NOM DE JEUNE FILLE

DU MÊME AUTEUR

Aux éditions Belfond

Les Bois de Battaudière, 2007
L'Inconnue de Peyrolles, 2006
Berill ou la Passion en héritage, 2006
Une passion fauve, 2005
Rendez-vous à Kerloc'h, 2004
Le Choix d'une femme libre, 2004
Objet de toutes les convoitises, 2004
Un été de canicule, 2003
Les Années passion, 2003
Un mariage d'amour, 2002
L'Héritage de Clara, 2001
Le Secret de Clara, 2001
La Maison des Aravis, 2000
L'Homme de leur vie, 2000
Les Vendanges de Juillet, 1999, rééd. 2005
Nom de jeune fille, 1999
L'Héritier des Beaulieu, 1998, rééd. 2003
Comme un frère, 1997
Les Sirènes de Saint-Malo, 1997, rééd. 2006
La Camarguaise, 1996, rééd. 2002

Chez d'autres éditeurs

Crinière au vent, éditions France Loisirs, 2000
Terre Indigo, TF1 éditions, 1996
B. M. Blues, Denoël, 1993
Corrida. La fin des légendes
En collaboration avec Pierre Mialane, Denoël, 1992
Mano a mano, Denoël, 1991
Sang et or, La Table Ronde, 1991
De vagues herbes jaunes, Julliard, 1973
Les Soleils mouillés, Julliard, 1972

Vous pouvez consulter le site de l'auteur à l'adresse suivante :
www.françoise-bourdin.com

FRANÇOISE BOURDIN

NOM DE JEUNE FILLE

belfond
12, avenue d'Italie
75013 Paris

Si vous souhaitez recevoir notre catalogue
et être tenu au courant de nos publications,
vous pouvez consulter notre site internet :
www.belfond.fr
ou envoyer vos nom et adresse,
en citant ce livre,
aux Éditions Belfond,
12, avenue d'Italie, 75013 Paris.
Et, pour le Canada,
à Interforum Canada Inc.,
1055, bd René-Lévesque-Est,
Bureau 1100,
Montréal, Québec, H2L 4S5.

ISBN 978-2-7144-4392-2
© Belfond, un département de place des éditeurs, 2007.

À ma sœur Catherine qui a beaucoup plus lu que je n'écrirai jamais. Et qui n'a sans doute pas oublié ce Képafiyacapo *qui gîtait sur les bords de l'Oise. Ni certain prince et certain peintre qui reconstruisaient Saint-Pétersbourg tandis que les meringues tiédissaient dans le four...*

1

Le professeur Keller achevait la visite de son service, en hâte, comme à l'accoutumée, le petit groupe d'internes, d'étudiants hospitaliers et d'infirmières trottinant derrière lui pour le suivre. Il portait un costume gris clair qui le distinguait du bataillon de blouses blanches. Sa seule concession à la chaleur qui régnait au troisième étage, dans le service de cardiologie, était l'absence de cravate ainsi que le col de la chemise négligemment ouvert.

Au bout du couloir, sur le seuil de son bureau, Mathieu Keller hésita. Les pales du ventilateur tournaient au plafond, brassant un air tiède. La secrétaire attendait, l'agenda du patron ouvert devant elle, prête à lui réciter la litanie de ses rendez-vous. Il tourna le dos au bureau, jeta un coup d'œil sur l'interne le plus proche et laissa tomber :

— La péricardite m'inquiète. Pas vous ?

Le jeune homme auquel il s'adressait rougit jusqu'aux oreilles. Keller terrorisait tout le service avec ses questions impromptues et sa manie de désigner les malades par leur maladie.

— Eh bien, euh... Je crois que son dernier électro est satisfaisant...

— Vous l'avez ? Lisez-le-moi, voulez-vous ?

Interpréter à voix haute le tracé d'un électrocardiogramme semblait poser un problème au jeune médecin qui se mit à bafouiller. Keller leva les yeux au ciel et lança, ironique :

— Ne me récitez pas un cours ! Il s'agit d'un cas précis, avec des antécédents et des particularités. Vous devez en tenir compte.

Comme la réponse de son jeune confrère tardait à venir, Mathieu Keller laissa errer son regard sur les jambes d'une infirmière. Il esquissa un sourire, malgré lui, puis tapota l'épaule de l'interne.

— Aucune importance, ne vous faites pas de souci... Je me débrouillerai tout seul ! ironisa-t-il.

Il entra dans son bureau et claqua la porte. L'ensemble du personnel médical qui composait le staff du matin laissa échapper un soupir de soulagement. Réprimant un sourire, Gilles leur fit signe de se disperser. Il était le seul à ne pas craindre le patron et, parfois même, à lui tenir tête. En tant qu'agrégé, le poste de chef de service lui reviendrait peut-être un jour, à condition que le ministère soit d'accord à ce moment-là. Hélas ! c'était une échéance lointaine car Mathieu Keller n'avait jamais que cinquante ans et il était en pleine forme. Il avait été l'un des plus jeunes patrons de France et il était capable de mettre un point d'honneur à devenir l'un des plus vieux.

Avant de s'attaquer aux diverses tâches urgentes qui l'attendaient, Gilles fit une halte devant la machine à café. Ce mois de septembre était décidément beaucoup trop chaud. La plupart des patients étaient incommodés, surtout ceux qu'on appelait les malades « lourds », reliés par des tuyaux et des fils à des machines les contraignant à l'immobilité.

Un bruit de semelles en bois qui claquaient sur le linoléum du couloir le fit se retourner. La secrétaire de Mathieu, Sylvie, venait vers lui.

— Tiens, dit-elle en lui tendant des pièces de monnaie, fais-m'en deux, noirs et sans sucre.

— C'est l'heure du coup de fil personnel ? demanda Gilles avec un clin d'œil complice.

Elle hocha la tête, amusée. Chaque fois que Mathieu décrochait son téléphone en précisant qu'il s'agissait d'une communication privée, Sylvie quittait discrètement le bureau. Les frasques du chef de service la trouvaient indulgente, presque complaisante. Pour elle, le patron était une sorte de don Juan, c'était un fait acquis, une chose normale. Elle ne posait pas de questions et il ne faisait guère de confidences. La photo de sa femme et de ses deux enfants restait posée en évidence près du Minitel. Valérie Keller était resplendissante sur ce cliché. Plus belle, d'ailleurs, que la plupart des maîtresses de Mathieu.

— De qui notre grand homme est-il entiché, en ce moment ? demanda perfidement Gilles.

Agacée, Sylvie haussa les épaules.

— Tu n'y comprends rien, bougonna-t-elle. À cinquante ans, les hommes ont peur de vieillir. Il se rassure comme il peut.

Gilles éclata de rire, et un peu de café déborda du gobelet en carton.

— C'est le pire dragueur de tout l'hôpital et il y a douze ans que ça dure ! Mais tu lui trouves toujours des excuses...

La réflexion laissa Sylvie indifférente. À quelques mois de la retraite, avec ses cheveux gris et son embonpoint, elle pouvait bien chouchouter l'éminent professeur Keller sans que personne y trouve à redire.

— Donne-moi ça, il l'aime brûlant.

D'autorité, elle prit les deux cafés et s'éloigna d'un pas alerte. Devant la porte du bureau, elle tendit l'oreille tout en faisant mine de regarder l'heure à la pendule murale. Elle perçut la voix furieuse de Mathieu, de l'autre côté du battant, et elle préféra attendre un peu. Elle s'écarta pour laisser passer des brancardiers qui poussaient un chariot. Fugitivement, elle se demanda ce qu'elle deviendrait loin de l'ambiance rassurante de l'hôpital. Ce bâtiment moderne, dans lequel la cardio était installée depuis cinq ans, avait fini par devenir son foyer.

— Vous attendez qu'il soit tout à fait froid ?

Prise en faute, elle esquissa un sourire. Elle n'avait pas entendu Mathieu ouvrir la porte. Il but d'un trait et lui rendit le gobelet.

— Je ne suis pas en avance, dépêchons-nous d'expédier cette consultation.

Il s'engouffra dans le cabinet, sur sa droite, tandis qu'elle allait chercher le premier patient dans la salle d'attente.

Lorsqu'il eut enfin rédigé sa dernière ordonnance, il était presque treize heures. Il s'étira, laissa tomber son stéthoscope sur le divan d'examen puis énonça quelques phrases dans le micro du Dictaphone. Sylvie se chargerait de taper les comptes-rendus dans l'après-midi. Tout comme elle rangerait les fiches qu'il ne se donnait jamais la peine de classer.

En se dirigeant vers les ascenseurs, il eut une pensée agacée pour Laurence. Il détestait la voix plaintive dont elle le gratifiait ces jours-ci. Et il n'avait vraiment aucune envie de traverser toute la ville pour aller déjeuner avec elle Il devait faire une chaleur infernale dans son studio. Bien sûr, ils auraient pu en profiter pour prendre une douche ensemble. Elle était toujours consentante pour ce genre de récréation.

Perplexe, il traversa le hall du pavillon Derocque sans parvenir à se décider. D'un côté, il avait faim. De l'autre... il s'arrêta net et regarda avec stupeur la silhouette qui avançait vers lui, à contre-jour. Il attendit qu'elle soit toute proche pour la prendre par la taille.

— Ma chérie... quelle bonne surprise !

Il l'embrassa dans le cou, huma un effluve de Chanel, plongea avec plaisir son regard dans les yeux verts de sa femme. Elle venait si rarement au C.H.U. qu'il en éprouva une crainte vague. La vie compliquée de Mathieu demandait beaucoup d'organisation, et l'hôpital était son territoire.

— Je t'emmène déjeuner ? proposa-t-il en souriant.

— J'espère bien ! Une terrasse ombragée et un meursault bien frais, d'accord ?

D'un geste impulsif, il lui prit la main. Il se sentait coupable et stupide, soudain. Aucune femme ne valait la sienne, finalement. Tout en marchant vers le parking, il lui jeta un coup d'œil. Elle était très séduisante dans son tailleur ivoire. La jupe droite et courte mettait ses jambes fines en valeur. Le tee-shirt noir accentuait le bronzage de l'été.

— On prend ma voiture, décida-t-elle, je te déposerai au retour.

Il croisa le regard vert, aigu, qu'elle posait sur lui. Lorsqu'elle fut installée au volant, il ne vit plus que son profil, le petit nez délicat, les taches de rousseur, les longs cils, les boucles cendrées.

— Tu as eu une excellente idée en venant jusqu'ici, affirma-t-il. Sans toi, je me serais contenté d'un mauvais sandwich !

— Vraiment ?

L'intonation était trop ironique et il ne fut pas dupe. Un peu mal à l'aise, il se demanda si Valérie avait des doutes et il alluma une cigarette pour se donner le temps de réfléchir. Non, elle ne pouvait pas deviner, c'était impossible. Il se montrait toujours prévenant avec elle, essayant d'être, au moins en apparence, un bon mari. Son désir pour elle ne s'était pas émoussé malgré leurs dix années de mariage. De surcroît, il éprouvait une grande tendresse et même une certaine reconnaissance à son égard. Elle ne s'était jamais mise en travers de sa route et lui avait donné deux enfants superbes. C'était une excellente maîtresse de maison, une bonne mère, une épouse flatteuse. Et, chaque fois qu'il se souvenait du jour de leur première rencontre, il était ému. Elle était alors si mince et si fragile, dans sa petite blouse blanche, avec son badge épinglé sur une poche, son bloc-notes à la main, son air d'étudiante appliquée. Il l'avait bombardée de questions, pour la tester, et elle avait fini par fondre en larmes, si bien qu'il avait dû l'inviter à prendre un café, pour se faire pardonner. Elle était timide, ravissante, il avait eu envie tout de suite de la prendre dans ses bras. Pourtant, elle lui avait résisté un bon moment. C'était une élève douée, pas seulement consciencieuse mais vraiment brillante. De plus, elle avait un excellent contact avec les malades et un sens inné du diagnostic. Il en avait d'ailleurs été agacé. Pour cette raison, et aussi parce qu'elle refusait ses invitations à dîner, il lui avait mené la vie dure. Il venait juste d'être nommé, ayant bénéficié de sérieux appuis au ministère, d'un parcours sans faute et de l'amitié du directeur de l'époque. Un coup de chance, en fait, cet accident de voiture qui avait coûté la vie au Pr Lambrun, son prédécesseur. Sinon, il aurait été condamné à attendre interminablement son titre et son poste. Pour s'imposer dans le service, à quarante ans, il s'était montré autoritaire, exigeant, parfois même désagréable mais il avait fini par faire plier tout le monde, y compris Gilles, son chef de clinique.

— À qui penses-tu ? demanda Valérie.

— À toi, répondit-il trop vite.

Il remarqua qu'elle avait dit *à qui* et non pas *à quoi* selon la formule consacrée. Elle manœuvrait pour se garer et il attendit qu'elle ait coupé le contact avant de se pencher vers elle. Il l'embrassa avidement, prenant possession de sa bouche comme s'il avait voulu la faire taire. Il devait être plus prudent, beaucoup plus prudent à l'avenir. Et si Laurence était venue l'attendre, elle aussi ? Cette écervelée était capable de tout, même de le fourrer dans une sale histoire. D'ailleurs, leur liaison avait trop duré. Mathieu n'appréciait que les aventures brèves, celles qui le soulevaient d'un désir violent, impérieux, et qui s'achevaient aussitôt en le laissant repu et rassuré.

Valérie s'écarta de lui avec un sourire amusé.

— Quelle fougue, mon chéri ! Tu as quelque chose à te faire pardonner ?

Il lui saisit le poignet et se composa instantanément un visage grave.

— Je ne comprends pas ce que tu veux dire. Pourquoi tous ces sous-entendus ? Je suis heureux que nous passions un moment ensemble...

Il ne mentait pas, il se sentait toujours bien en compagnie de sa femme.

— Viens ! s'écria-t-il en quittant la voiture, je meurs de soif.

Dès qu'ils entrèrent dans le restaurant, un maître d'hôtel s'empressa et les conduisit sur la terrasse. Lorsqu'ils furent installés à l'ombre, face à face, Mathieu dévisagea Valérie.

— Tu es superbe, dit-il dans un élan de sincérité.

Il jeta un coup d'œil au menu et commanda pour eux deux, d'autorité. Puis il parla un peu de sa matinée, fit des remarques ironiques sur son « cadre infirmier de secteur », c'est-à-dire la surveillante de l'étage, égratigna au passage un consultant qu'il détestait, demanda des nouvelles des enfants sans écouter la réponse et finit par se plaindre de la chaleur.

— Enlève ta veste, suggéra Valérie.

Très conventionnel, Mathieu s'exhibait rarement en ville dans une tenue débraillée. Sa femme ne s'imposait pas ce genre de contrainte mais sa longue silhouette gracieuse lui donnait une élégance naturelle quels que soient ses vêtements. Depuis leur retour de vacances, elle entretenait son hâle en passant des heures à nager ou à paresser au bord de la piscine.

— J'ai hâte d'être à ce soir, soupira Mathieu. Tu as de la chance de pouvoir profiter de cette fin d'été...

Une brève expression d'agacement traversa le visage de Valérie. Sa pseudo-« chance » était une des rengaines favorites de Mathieu. Il faisait semblant d'envier son oisiveté alors qu'il n'était heureux qu'à l'hôpital, noyé de travail. Depuis que leurs enfants étaient en âge d'aller à l'école, Valérie avait tenté à plusieurs reprises de lui expliquer qu'elle souhaitait reprendre une activité, ne serait-ce qu'une matinée par semaine comme attachée, ainsi qu'elle l'avait fait durant les premières années de leur mariage. Mais, chaque fois, il se récriait puis se mettait à rire, comme si elle lui avait fait une blague. Il n'y avait guère que dans ces moments-là qu'il reconnaissait soudain l'importance de ses responsabilités de mère, d'épouse et de maîtresse de maison. Elle avait bien assez de choses à faire et, s'il lui restait malgré tout quelques heures pour prendre du bon temps, elle n'avait qu'à en profiter !

Valérie leva son regard vert sur Mathieu en lui souriant. Elle ne voulait pas gâcher leur déjeuner. Il paraissait vraiment content d'être avec elle, il était détendu, il ne regardait pas sa montre en fronçant les sourcils. Peut-être se faisait-elle des idées, après tout. Elle prit son verre, déjà couvert de buée, et trinqua avec son mari.

Il n'était que trois heures quand Valérie revint chez elle. Elle ouvrit le portail avec la télécommande, sans descendre de voiture, et alla se garer sous les marronniers. Les enfants ne seraient pas de retour avant une bonne heure. Elle avait le temps de se changer, de préparer le goûter et d'aller se baigner.

Elle entra dans le grand living dont les stores étaient à moitié baissés. Atome descendait l'escalier en bâillant, ce qui la fit sourire. Comme chien de garde, on faisait mieux ! Il vint lui lécher les mains et se frotter à ses jambes. Elle le caressa quelques instants, faisant voler des poils blancs. En bon dalmatien, Atome refaisait son pelage à longueur de temps sans tenir compte des saisons.

En sifflotant, Valérie grimpa les marches deux par deux. Elle se débarrassa de son tailleur et de ses sous-vêtements, enfila un maillot blanc et retourna dehors. C'était la première année où ils pouvaient profiter pleinement de cette piscine. Rouen devait détenir des records de grisaille et de pluie mais c'était sa ville et elle l'aimait bien malgré son climat détestable, malgré la circulation pénible que la construction du métro n'avait pas améliorée, malgré le calme compassé de ce quartier trop résidentiel de Mont-Saint-Aignan.

— Atome ! Non !

Résignée, elle regarda le chien se jeter dans l'eau bleue puis elle longea le bord et alla se poster à l'autre bout du bassin pour l'aider à remonter. Il l'aspergea en s'ébrouant et partit s'affaler sur la pelouse. Elle le rejoignit et s'allongea, la tête sur le flanc de l'animal. Le ciel pâlissait et elle espéra qu'il y aurait bientôt un orage, sinon toutes les fleurs finiraient par mourir. La terre restait sèche et dure malgré les arrosages. Vue d'ici, la maison était imposante. Valérie n'avait jamais eu l'impression d'y être tout à fait chez elle. Ce genre d'architecture moderne, fonctionnelle, un peu prétentieuse, la laissait indifférente. Elle avait fait mine de s'y intéresser au moment de la construction, dix ans plus tôt. Mathieu était très fier des plans de son architecte et, pour lui faire plaisir, elle avait joué le jeu de la jeune fille éblouie. En réalité, cette débauche de baies vitrées, de fausses poutres, de moquettes claires et de sanitaires bleu nuit lui faisait plutôt regretter le petit appartement de la vieille ville où elle avait grandi.

Atome poussa un long soupir et posa une patte sur l'épaule nue de Valérie qui frissonna. Les enfants allaient rentrer. Elle s'accrocha à cette idée. Elle partageait les allées et venues de l'école avec une autre maman. Elle avait inscrit Jérémie et Camille à la cantine, cette année, parce que Mathieu affirmait que c'était préférable. Il fallait leur forger le caractère, ne pas les surprotéger. Peut-être... En tout cas, c'était pour eux le meilleur moyen de se faire des copains, car ils avaient expliqué à leur mère que la « bonne » récréation était celle du déjeuner. Ils disposaient alors d'une grande heure pour rouler dans la poussière avec les autres enfants, ce qui leur permettait de revenir un jour sur deux avec les genoux couronnés !

Valérie se redressa, un peu oppressée soudain. Qu'est-ce qu'elle faisait là, vautrée sur l'herbe ? Est-ce que toute sa vie allait s'écouler à préparer des goûters, des dîners, des petits déjeuners ? À coller des pansements sur des écorchures ? À arranger des fleurs dans les vases ? À vérifier les piles de linge propre ? À n'être que la délicieuse épouse du professeur Keller ? Souvent, Camille ou Jérémie déclaraient avec orgueil : « Mon papa, il est médecin. À l'hôpital, il est chef ! » Et maman ? Juste une jolie maman qui ne sait rien faire de ses dix doigts. Qui impose le silence les matins où papa se repose. Alors, à quoi avaient donc servi ces interminables années d'études, les sacrifices consentis par ses parents, les examens, les concours ? Et ce beau diplôme de la faculté de médecine, pour lequel elle s'était tant battue, qui dormait au fond d'un tiroir...

Elle se leva d'un bond, marcha vers le bassin et plongea. Elle s'astreignit à nager lentement, régulièrement, s'appliquant à des virages impeccables lorsqu'elle touchait le bord. Elle détestait ce genre d'idées noires. La plupart du temps, elle parvenait à les chasser de son esprit. Mais, aujourd'hui, quelque chose était changé. Une toute petite chose qui la poursuivait depuis le matin. Une insignifiante clef plate, tombée de la poche intérieure d'une veste. Pas une clef de cadenas ou de voiture, une simple clef qui devait ouvrir une porte. Laquelle ?

Jamais Valérie ne fouillait les vêtements ou les papiers de Mathieu. Elle n'y songeait même pas. En suspendant la veste, celle-ci lui avait échappé. Et la clef avait heurté le parquet avec un bruit sec. Est-ce qu'un aussi petit bruit pouvait avoir des conséquences ? En prenant sa douche, en séchant ses boucles blondes, Valérie n'avait pas cessé d'y penser. Après tout, il pouvait s'agir d'un placard de l'hôpital ou de n'importe quoi d'autre. Mais son trouble n'avait fait qu'augmenter au fil des heures. Des bribes de phrases lui revenaient, des impressions furtives, de minuscules doutes semés dans sa mémoire prenaient soudain leur place, s'organisaient en une question obsédante.

À l'époque de son internat, déjà, la réputation de Mathieu était solidement établie. Coureur. Homme à femmes. C'était un inépuisable sujet de plaisanteries que les cœurs brisés par le jeune et séduisant professeur Keller. Elle s'en était beaucoup méfiée, au début, car elle ne tenait pas à ajouter son nom à la liste. Tout le monde disait qu'elle avait été très habile, qu'elle s'était débrouillée pour lui passer la corde au cou. Elle n'avait rien échafaudé du tout. Elle avait peur de Mathieu, à ce moment-là, comme homme et comme chef de service. Elle n'en était tombée amoureuse que peu à peu. Il avait été très gentil, très patient, très galant avec elle. Et, lorsqu'il l'avait demandée en mariage, elle n'avait pas ressenti cette déclaration comme une victoire mais seulement comme une preuve d'amour. Mathieu voulait des enfants, un foyer, la stabilité. Elle lui avait tout donné de grand cœur. Elle avait vingt-quatre ans et lui quarante le jour de la cérémonie.

Essoufflée, Valérie s'arrêta et se hissa sur le bord de mosaïque. Le dalmatien vint lui lécher les jambes, et elle le regarda quelques instants avant de lui demander, gravement :

— À ton avis, Atome, est-ce qu'il me trompe ?

En l'épousant, Mathieu n'avait pas changé de personnalité ni de caractère. Combien de fois, même lorsqu'il était en sa compagnie, avait-il suivi des yeux une jolie fille ?

Un bruit de moteur puis de portières lui fit tourner la tête. Le chien se précipitait déjà à la rencontre des enfants. Valérie se leva et s'avança à son tour vers son fils et sa fille qui remontaient l'allée de gravier en courant. Ils représentaient la meilleure part de son existence, elle oublia instantanément ses soucis.

Mathieu fouilla une nouvelle fois ses poches puis haussa les épaules. Il appuya sur la sonnette et la porte s'ouvrit presque aussitôt, comme si Laurence avait attendu derrière. Elle se jeta contre lui, se suspendit à son cou, lui offrit ses lèvres. Elle était affublée d'une chemise d'homme, trop grande pour elle, mais ne portait rien en dessous. Il eut envie d'elle sur-le-champ. Sa peau était claire, soyeuse, attirante. La soulevant, il la porta jusqu'au canapé.

— J'ai cru que tu ne viendrais plus... Il est tard. Tu veux boire quelque chose ?

Il ne répondit pas, occupé à la caresser d'une main et à se déshabiller de l'autre. Comme prévu, il faisait lourd dans le studio malgré la fenêtre ouverte. Lorsque Mathieu se releva pour aller chercher une bouteille d'eau dans la cuisine il était couvert de sueur. Laurence était toujours allongée sur le canapé, et il décida de prendre une douche en vitesse. Il s'aperçut qu'il n'avait pas prononcé trois mots depuis son arrivée et qu'il lui faudrait faire un effort de courtoisie avant de partir.

— J'ai acheté un ensemble adorable pour notre voyage ! lui cria Laurence pendant qu'il se séchait.

Contrarié, il fronça les sourcils. Elle s'était mis en tête de l'accompagner à ce congrès de Tunis parce qu'il avait commis l'erreur d'en parler devant elle. Il était vraiment temps qu'il la quitte et qu'elle l'oublie. Mais c'était une maîtresse formidable, inventive, amoureuse, soumise à tous ses désirs. Il la rejoignit et s'assit près d'elle. Distraitement, il lui flatta la cuisse de la main.

— Trois jours et deux nuits rien qu'à nous, chuchota-t-elle. J'en rêve depuis si longtemps... Oh, mon amour...

Elle fermait à moitié les yeux, un sourire extasié flottant sur ses lèvres. Elle lui offrait sa jeunesse sans la moindre réserve. Il se souvint qu'elle allait avoir vingt-trois ans la semaine suivante et qu'il ne fallait pas oublier de lui faire un cadeau. Même si c'était un cadeau d'adieu. À moins qu'il n'attende encore un peu. Ce serait tout de même agréable d'avoir une si jolie jeune fille dans son lit, lors de ce fichu congrès, pour se distraire des assommants discours de ses confrères et de l'interminable hommage à Charles Nicolle. Pourquoi ne pas s'octroyer ce dernier plaisir ?

Pelotonnée contre lui, elle ronronnait comme un chaton. Il la détailla sans complaisance. Elle était petite, un peu potelée, très appétissante. Ses longs cheveux châtains descendaient jusqu'à ses fesses rondes. Il sourit malgré lui puis jeta un coup d'œil à sa montre qu'il n'avait pas quittée.

— Je dois y aller, déclara-t-il brusquement.

Elle mit ses bras autour de son cou et le serra trop fort dans un geste dérisoire qui l'exaspéra aussitôt.

— Sois raisonnable, ma chérie, je suis en retard. Il faut que je puisse embrasser mes enfants avant qu'ils n'aillent se coucher...

Parler de sa famille était cruel et, de plus, ce n'était qu'un prétexte. Il n'avait pas la fibre paternelle développée à ce point-là, il ressentait seulement l'envie de partir.

— Je te vois demain ? demanda Laurence en usant de cette voix suppliante qu'il détestait.

Il allait répondre sèchement mais il eut un scrupule. Elle était quand même attendrissante, malgré ses maladresses, et elle l'aimait avec une telle passion qu'il en était flatté. Il était son amant depuis trois mois et il l'avait déjà trompée. Mais il n'oubliait pas que, à sa demande, elle avait quitté l'hôpital et pris un poste dans une clinique. Elle était incapable de dissimuler ses sentiments, le couvant du regard ou buvant ses paroles, et Mathieu avait mesuré le danger qu'il y aurait à la garder dans son service. Il ne s'était jamais demandé si elle avait souffert de ce changement qu'elle avait accepté sans sourciller. Elle semblait vouloir lui consacrer sa vie sans rien demander en échange.

En hâte, il l'embrassa sur le bout du nez avant de sortir. Dès qu'il eut refermé la porte, elle se redressa et fila sur le minuscule balcon. Elle le vit traverser la rue, monter dans sa voiture et démarrer. Bien entendu, elle n'avait pas osé lui parler. Mais ce soir, le moment était mal choisi. En fin de journée, il était toujours pressé. S'il était venu déjeuner, elle aurait eu le temps de lui annoncer la nouvelle calmement. Le champagne était au frais, avec les tranches de saumon mariné au citron vert dont il raffolait. Tant pis, ce serait pour le lendemain.

Elle quitta le balcon et déambula dans le studio à pas lents. En général, les soirées lui semblaient longues. Elle imaginait Mathieu jouant avec ses enfants, Mathieu recevant des amis, Mathieu dans sa splendide maison de Mont-Saint-

Aignan, Mathieu se couchant près de sa très belle femme... Quand l'amertume était trop lourde, la jalousie trop acide, elle téléphonait à sa sœur ou à une amie et allait dîner chez le Chinois du coin. Tout le monde lui disait qu'elle était folle d'avoir une liaison avec un homme marié qui, de surcroît, aurait pu être son père ! Mais elle se moquait des conseils et des sermons. Mathieu était exactement l'homme dont elle avait toujours rêvé. La première fois qu'il avait posé les yeux sur elle, la détaillant des pieds à la tête, elle s'était dit que ce serait lui et personne d'autre. Elle avait rompu avec son petit copain et attendu une invitation à déjeuner qui n'avait pas tardé. Deux jours plus tard, il était venu boire un verre chez elle. Elle ne l'avait pas déçu, pas fait attendre, s'offrant sans la moindre pudeur et grimpant au septième ciel à toute vitesse. Avec Mathieu, l'amour était comme un challenge, une performance, et il l'avait comblée au-delà de ce qu'elle espérait. Toutefois, ce n'était que le premier round, et la partie n'était pas gagnée d'avance. Pour s'attacher un homme comme lui, il fallait être plus maligne que toutes celles qui l'avaient précédée

Laurence eut un petit rire nerveux en repensant aux innombrables ruses qu'elle avait déployées pour le revoir, pour le garder. Jusque-là, tout s'était bien passé. Il venait régulièrement la rejoindre et elle lui préparait des petits repas d'amoureux, sachant bien qu'il ne voudrait jamais se montrer en ville avec elle. Lorsqu'elle avait accepté de quitter l'hôpital, elle en avait profité pour lui donner la clef du studio. C'était un premier pas vers l'intimité. Elle n'était plus une simple conquête, elle était devenue sa maîtresse attitrée. Et bientôt davantage. Bien davantage !

Non sans mal, elle était parvenue à obtenir tout un week-end en sa compagnie, à Étretat. C'était au début du mois d'août, alors que Valérie – elle l'appelait Valérie lorsqu'elle pensait à elle – était dans le Midi avec les chers petits. Mathieu avait cédé à ses prières, lui avait enfin accordé ce tête-à-tête dont elle rêvait. Ils avaient déjeuné d'un plateau de fruits de mer, s'étaient promenés le long de la digue. Puis, bien sûr, ils avaient eu envie de faire l'amour, et Mathieu avait demandé une chambre au Dormy House, un hôtel construit sur la falaise. Ils avaient passé un moment merveilleux, exceptionnel. Ils avaient dîné au lit, dormi ensemble pour la première fois, pris un vrai petit déjeuner. Évidemment, Mathieu avait été plutôt préoccupé sur le chemin du retour. Il craignait que Valérie n'ait appelé, qu'il ne lui faille inventer toute une histoire. Mais il était revenu la voir le soir même, de très bonne humeur, et n'avait donc pas eu le moindre problème avec cette escapade.

Chaque fois que Laurence repensait à Étretat, elle se sentait fondre de bonheur. Au bras de Mathieu, elle avait eu l'impression d'être véritablement une femme, d'avoir enfin trouvé son destin. Des gens s'étaient retournés sur eux et elle les avait toisés avec arrogance. Était-ce la différence d'âge qui intriguait les promeneurs ou l'air tellement radieux de cette jeune fille ? Quoi qu'il en soit, là-bas, Laurence avait obtenu ce qu'elle désirait. Tout ce qu'elle désirait, même si Mathieu ne savait pas encore qu'elle avait ramené bien plus que de simples souvenirs avec elle.

Elle s'aperçut que la moquette aurait mérité un coup d'aspirateur, mais elle n'avait plus très envie de bichonner le studio. Cet endroit lui avait servi de nid d'amoureux seulement, avec la venue d'un bébé, tout était désormais à reconsidérer.

Dans la salle de bains, elle se posta de profil à la grande glace. Elle écarta la chemise et regarda son ventre plat. C'était encore trop tôt, bien sûr. Est-ce que Mathieu serait ému en l'apprenant ? Ou en colère ? On lui avait toujours dit que les hommes, arrivés à la cinquantaine, sont ravis de se retrouver jeunes papas. S'offrir un petit dernier est un bon moyen de retarder la vieillesse. Et peut-être même de refaire sa vie une ultime fois. C'est en tout cas ce que Laurence espérait, ce sur quoi elle misait.

En posant ses cigarettes et son briquet sur la table de nuit, Mathieu aperçut la clef, bien en évidence entre le radio-réveil et le cendrier. Il connut une seconde de panique. Qui avait mis là cette fichue clef ? Valérie ? Mais où donc l'avait-elle trouvée ? Est-ce que cela avait un quelconque rapport avec sa visite impromptue à l'hôpital ?

Entendant sa femme sortir de la salle de bains, il s'empara brusquement de la télécommande du téléviseur.

— Tu regardes des dessins animés, maintenant ? s'étonna Valérie en jetant son peignoir blanc sur le dossier d'un fauteuil.

— Je cherchais un flash d'informations...

Il zappa un moment puis éteignit. Surveillant sa femme du coin de l'œil, il prit une cigarette et heurta sciemment la lampe de chevet.

— Merde... maugréa-t-il en la remettant d'aplomb. Heureusement que l'ampoule... Oh, mais elle était là, celle-là ?

Il avait pris la clef entre ses doigts d'un geste délibéré.

— Je suis vraiment distrait, ces temps-ci. Le manque de vacances se fait sentir. Mais aussi, à force de tout compliquer, dans cet hôpital ! Il faut des clefs pour la pharmacie, pour les vestiaires, pour mon bureau... Et puis quoi, encore ? Je suis cardiologue, pas geôlier. Je la confierai à Sylvie. Ah, quand elle va partir à la retraite, je ne sais pas comment je m'en sortirai, mais ce sera dur... Il y a si longtemps qu'elle me facilite la vie...

Lorsqu'il tourna enfin la tête vers Valérie, et croisa son regard, il eut la désagréable sensation qu'elle attendait quelque chose.

— Est-ce que les enfants dorment ? demanda-t-il bêtement, sachant qu'elle allait leur dire bonsoir dix fois de suite.

— Il est minuit, fit-elle remarquer d'une voix neutre.

— Déjà ? Je suis crevé, je dors...

Il se pencha sur elle, l'embrassa, lui caressa une épaule, descendit jusqu'au sein. Il ne se sentait pas très en forme mais il voulait à tout prix lui faire oublier cette clef. Elle était bronzée, fine, musclée : tout le contraire de Laurence. Et elle sentait délicieusement bon.

— Je suis fatiguée aussi, dit-elle en se détournant.

Il réprima un soupir. Avant de s'endormir, il lui prit la main, comme d'habitude. Sa dernière pensée fut pour Laurence, qu'il se jura de rayer de son existence sans trop tarder

2

Valérie réussit à trouver une place rue Saint-Nicolas, à deux pas de la boutique de son père. Le temps avait brusquement changé, durant la nuit, et un ciel plombé s'étendait sur Rouen.

Elle longea plusieurs maisons a pans de bois puis poussa la porte d'un magasin vétuste. Derrière le comptoir hors d'âge, Augustin leva la tête et gratifia sa fille d'un sourire joyeux.

— Eh bien ! Voilà de quoi me réconcilier avec cette vilaine matinée, on dirait... Comment vas-tu, mon lapin ?

Il avait levé ses lunettes sur son front pour la regarder. Il était tellement fier d'elle qu'elle l'attendrissait à chaque fois. Quelle que soit la manière dont elle était vêtue, qu'elle soit de bonne ou de mauvaise humeur, elle était pour lui la plus belle et la plus radieuse des femmes.

— Quand j'ai quitté l'appartement, ta mère faisait un clafoutis. Il doit être cuit. Si ça te tente...

Il alla jusqu'à la vitrine, retourna l'écriteau qui prévenait les clients de son absence momentanée, et se dirigea vers l'arrière-boutique. Ils gravirent le vieil escalier de chêne l'un derrière l'autre. Sur le palier, il s'effaça devant elle.

— Va, mon lapin...

L'entrée, avec son odeur de cire à la citronnelle, les étroites fenêtres à petits carreaux, les meubles patinés et les sols inégaux étaient pour Valérie un univers familier et rassurant. Mathieu prétendait qu'on étouffait dans ces bâtisses du XVIIe, aussi n'y avait-il mis les pieds que deux fois en dix ans.

Elle poussa la porte de la cuisine, se précipita sur sa mère et défit par jeu le cordon de son tablier.

— Je vous emmène déjeuner chez l'Italien ! déclara-t-elle.

La pâte à pizza était une des rares choses que Suzanne ne savait pas faire. Valérie prit un couteau pour entamer le clafoutis.

— C'est trop chaud ! protesta sa mère. Tu ne digéreras pas...

Augustin eut un petit rire amusé et s'éclipsa. Leur fille en connaissait tellement plus long qu'eux sur la santé qu'il lui paraissait désopilant de lui asséner ces vieux dictons.

— Tout va bien ? demanda Suzanne avec un imperceptible froncement de sourcils.

Valérie était coutumière des visites surprises et des invitations inopinées, mais Suzanne lui trouvait un drôle d'air. Elles s'assirent face à face, de part et d'autre de la lourde table de chêne striée de coups de couteau.

— Les enfants ? Mathieu ?

Questions de routine posées sur un ton de vraie tendresse.

— Et toi ?

— Oui, oui...

Une mouche s'approchait du gâteau, et, avec une dextérité surprenante, Suzanne l'écrasa d'un coup de torchon.

— J'ai fait des sucres de pomme pour les petits, hier. Je les leur donnerai mercredi.

Chaque semaine, Suzanne recevait ses petits-enfants en déployant des trésors d'imagination. Elle les gâtait comme elle avait choyé Valérie en son temps. Et elle faisait semblant de ne pas s'apercevoir de l'absence systématique de Mathieu aux réunions de famille qu'elle avait tenté d'organiser pour les anniversaires ou les fêtes de fin d'année. Usant d'un tact qui confinait à l'abnégation, elle s'interdisait d'interroger Valérie sur ses projets d'avenir. C'était là un sujet tabou. Suzanne et Augustin, s'ils avaient été surpris et déçus que leur fille n'exerce pas un métier pour lequel elle avait tant étudié, ne lui avaient jamais rien reproché. Il y avait eu le mariage, la naissance du premier bébé, puis du second, et les années avaient passé vite. Valérie n'avait pas besoin de gagner sa vie. Besoin, non, mais envie ?

— Pourquoi me regardes-tu comme ça, maman ?

Suzanne ne répondit rien, se contentant de dévisager sa fille. Au bout d'un moment, alors que celle-ci détournait son regard, elle annonça :

— Je vais me changer pour te faire honneur...

— Tu es très bien comme ça, maman ! Ce bleu est ravissant.

Hochant la tête, Suzanne murmura :

— As-tu des soucis, ma chérie ? Aimerais-tu m'en parler ?

Aussitôt, Valérie s'en voulut. De quel droit venait-elle troubler la sérénité de ses parents ? Elle n'allait tout de même pas leur déballer cette ridicule histoire de clef ! Pour changer de sujet de conversation, elle s'enquit des affaires de son père, au magasin. Suzanne éclata de rire.

— Le problème de ton père, c'est qu'il ne veut rien vendre ! S'il pouvait garder tous ses trésors pour lui, ce serait le plus heureux des hommes. Tiens, il est allé faire un inventaire, pour une succession, et il a rapporté trois cartons de livres. Seulement il ne veut pas se séparer d'un seul volume, figure-toi ! Pour le moment, il authentifie les éditions, il tergiverse, mais il ne les étiquette pas... Avec le soleil de ces derniers jours, il a également vidé la vitrine sous prétexte que ça abîme les reliures ! Heureusement, il fait quelques concessions à de vieux clients fidèles. Mais c'est toujours à regret, crois-moi !

Attendrie, Valérie observait les rides qui entouraient les yeux de sa mère. Trop de rires et de soucis avaient marqué son visage de manière indélébile.

— Je crois que Mathieu me trompe, maman.

Incapable de résister à l'atmosphère chaude et tendre de cette cuisine dont elle connaissait les moindres détails, Valérie avait parlé malgré elle et malgré ses bonnes résolutions. Suzanne planta son regard brun dans les yeux verts de sa fille.

— Oui, je crois aussi... dit-elle posément.

Mathieu quitta la chambre le premier, écœuré. Il était essoufflé, en nage. Il avait fait tout ce qui était en son pouvoir et l'équipe médicale l'avait assisté sans faille. Il aurait dû laisser Gilles s'en occuper. Ou même l'interne de service. N'importe qui aurait échoué à sa place, mais le doute subsistait toujours, après coup.

Il claqua violemment la porte de son bureau. Il s'était trouvé là au mauvais moment, c'est tout, durant la visite de l'unité des soins intensifs. Alors qu'il posait au malade des questions de routine sur un ton débonnaire, l'accident était survenu brutalement. Et pas moyen de faire repartir ce cœur récalcitrant. Massage, électrochoc et adrénaline : rien. Pas moyen de remettre la pendule en marche. Tandis que l'interne ventilait au ballonnet et que Gilles maniait le défibrillateur, Mathieu s'était acharné presque un quart d'heure. En vain. Hospitalisé pour un infarctus subit, ce malade n'était pourtant pas le plus lourd du service, tant s'en fallait. Alors pourquoi lui, et pourquoi à cette minute précise ?

Mathieu se souvint d'avoir rudoyé une infirmière quand il avait compris que tout était perdu. Il avait eu besoin d'un exutoire à sa fureur, c'était compréhensible. Il imaginait déjà les commentaires, dans les couloirs.

— Monsieur ? Voulez-vous un café ?

Le regard de Mathieu tomba sur Sylvie, qu'il n'avait pas entendue entrer.

— Il y a eu deux appels pour vous. Toujours la même personne et elle n'a pas laissé de message.

Une bouffée de colère envahit Mathieu. Laurence l'appelait tous les matins, à la même heure C'était devenu une habitude, donc une contrainte. Comme le téléphone sonnait à nouveau, il quitta son bureau, laissant à Sylvie le soin de répondre. Il s'aventura jusqu'à la machine à café et étudia un moment les instructions sur le panneau. Il entendit des éclats de voix hilares derrière lui mais ne comprit que la fin d'une phrase.

— ... et au moment où le type allait répondre, il nous fait une affreuse grimace et couic, plus de son, plus d'image ! Imparable ! Tu les aurais vus se jeter sur lui !

Mathieu fit volte-face et se trouva nez à nez avec un interne qui devint livide. Les yeux de Mathieu descendirent jusqu'au badge, épinglé sur la blouse. Il lut le nom avec intérêt.

— Avez-vous besoin de monnaie, monsieur ? demanda alors le jeune homme d'une voix étranglée.

Derrière lui, les deux filles avec lesquelles il avait plaisanté restaient statufiées. Mathieu haussa les épaules en guise de réponse et planta là le petit groupe. Dans son bureau, il trouva Gilles qui l'attendait.

— On a passé un sale quart d'heure... On oublie toujours que ces trucs-là peuvent arriver n'importe quand. Tout de même, je n'ai pas compris.

Gilles guettait la réaction de Mathieu qui se contenta de répliquer :

— Pas d'erreur sur le diagnostic, et pas davantage sur le traitement. Il était en bout de course, c'est tout.

Avec un interminable soupir, il se laissa tomber dans son fauteuil en maugréant.

— Je déteste ça ! Comme tout le monde, je suppose.

Les gens mouraient, bien sûr. En cardiologie, la majorité des patients étaient âgés. Et ici, dans ce service de pointe où ils arrivaient pour des problèmes graves, ils étaient particulièrement fragiles. Mais ils étaient également très surveillés. Aux soins intensifs, les écrans des douze scopes étaient sous le contrôle permanent d'un interne.

— Il m'a filé entre les doigts, Gilles...

— Tu n'y pouvais rien.

— Ce matin, non. Mais hier ? Avant-hier ? Tu vas me sortir son dossier et convoquer les autres à une petite réunion d'équipe. Je veux être certain que rien ne nous a échappé.

Interloqué, Gilles dévisagea Mathieu. Il se demanda combien de temps il allait les harceler avec cette histoire. S'il y avait bien une chose que le patron ne supportait pas, c'était l'échec.

— Je serai de retour à quinze heures, annonça Mathieu en jetant sa veste sur son épaule.

Il se précipita vers un ascenseur, faisant signe qu'on lui maintienne les portes ouvertes. Il éprouvait l'impérieux besoin de se changer les idées. Laurence saurait lui faire oublier ce mauvais moment. Et aussi le rire imbécile de cet interne. Tout l'hôpital allait être au courant du rodéo matinal auquel s'était livré le professeur Keller, en pure perte. Cette idée hérissait Mathieu. Il ne voulait en aucun cas être la cible des plaisanteries de la salle de garde.

Sa mauvaise humeur s'était à peine atténuée lorsqu'il introduisit sa clef dans la serrure du studio. Laurence s'affairait près de la petite table ronde, et la première chose que vit Mathieu fut la bouteille de champagne dans le seau. Il n'eut pas le temps de lui dire bonjour qu'elle était déjà contre lui, l'embrassant, le serrant de toutes ses forces.

— J'avais peur que tu ne viennes pas ! Tu ne m'as pas rappelée... Sylvie t'a dit que j'avais essayé de te joindre à deux reprises ?

Elle se comportait comme s'il lui devait des comptes, comme si elle était sa femme. Valérie elle-même posait moins de questions.

— J'ai eu une matinée chargée. Un décès très désagréable.

Il n'avait pas envie d'en parler et il alla droit vers la table pour déboucher le champagne. Elle vint se placer entre lui et la fenêtre, silhouette appétissante à contre-jour. Sa robe de coton moulait ses formes rondes, ce qui le fit sourire malgré lui. Il lui tendit un verre et leva le sien.

— À quoi buvons-nous ? demanda-t-il d'un air gourmand.

Prenant une profonde inspiration, Laurence répondit, d'une voix basse :

— À nous trois, mon chéri.

Valérie était montée vers une heure, après avoir tout rangé dans le salon et la cuisine, selon son habitude. Elle prétendait ne pouvoir prendre son petit déjeuner que dans un endroit impeccable. Il fallait que l'évier soit vide et la table nette pour qu'elle apprécie son café. Mathieu, lui, était allé se doucher puis se coucher dès le départ des invités, sans proposer son aide.

Lorsqu'elle s'était allongée près de lui, elle n'avait fait

aucun commentaire sur cette soirée où il n'avait été question que de médecine et de la réforme de la Sécurité sociale. Le dîner s'était déroulé sans heurt. Valérie savait recevoir avec élégance et tout était parfait, du plan de table au menu.

Il avait attendu qu'elle s'endorme – il connaissait bien sa respiration régulière – pour se lever avec d'infinies précautions. Dans le placard de la salle de bains, il avait pris un peignoir propre et s'était retrouvé dehors, cherchant à mettre de l'ordre dans ses idées. La nuit était douce mais on sentait que l'été finissait pour de bon.

À présent, il était presque trois heures du matin et il n'avait toujours pas sommeil. Pour lui, et même s'il ne l'avait pas montré, la soirée avait été un véritable calvaire. Une conclusion logique à cette infernale journée.

Assis au bord de la piscine, il laissait ses pieds dans l'eau. Il ferma les yeux pour ne plus voir le reflet de la lune sur la piscine ni la silhouette massive de la maison sur la droite. Quelques heures plus tôt, il avait dû lutter contre une furieuse envie d'injurier Laurence et même de la gifler. Il était parvenu à se maîtriser, et pourtant la nouvelle de cette grossesse était une catastrophe. Une fois déjà, bien des années auparavant, il s'était trouvé dans la même situation. La fille avait été compréhensive. Comment s'appelait-elle ? Lisa ? Élisa ? Il ne s'en souvenait même plus. Mais il se revoyait en train de faire un chèque substantiel qui avait tout arrangé.

Avec Laurence, il n'était pas question d'argent. Elle était ravie d'attendre un bébé. Et il était, lui, dans un sacré piège. Est-ce qu'elle en était consciente ? Oui, bien sûr. Elle n'avait que vingt-trois ans mais elle était infirmière. Infirmière, délurée et amoureuse. Trois bonnes raisons de l'avoir fait exprès. « À Étretat », avait-elle précisé d'un air langoureux et extasié. Une ville qu'il aurait désormais en horreur !

Il rouvrit les yeux, tourna la tête vers la maison. Toutes les baies vitrées étaient obscures. À l'intérieur, sa femme et ses enfants dormaient tranquillement. Une femme qu'il aimait, des enfants qu'il avait désirés. Dans une maison qu'il avait fait construire à son idée et qui représentait le symbole de sa réussite. Comment Laurence pouvait-elle croire qu'il allait quitter tout ça ? Pour une paire de fesses rondes et un ventre plein ? Elle avait perdu la tête...

Pendant quelques instants, il essaya d'imaginer ce que serait l'existence près d'elle. Il tenta de se représenter sa maîtresse ailleurs que sur le canapé de son studio. Elle avait vraiment l'air d'être sa fille, elle faisait encore plus jeune que son âge. Et, surtout, elle n'avait pas la classe de Valérie. Ni son sens de la repartie, ni ses admirables yeux verts, ni... Finalement, il haussa les épaules. De toute façon, la lettre était prête. Il avait passé un bon moment dans son bureau, au rez-de-chaussée, à la rédiger. Puis il l'avait cachetée avec soin, n'avait rien inscrit sur l'enveloppe, par précaution, et l'avait rangée dans la poche intérieure de sa veste. Il avait joint la clef aux deux feuillets. Il n'avait pas le choix.

Sortant ses pieds de l'eau, il s'allongea sur le rebord de mosaïque et croisa ses mains derrière sa nuque en guise d'oreiller. Il savait pertinemment qu'il allait poignarder Laurence. Il le regrettait, tout comme il regrettait déjà de ne plus pouvoir à l'avenir jouir de son corps souple et tendre. Elle était vraiment douée pour le plaisir, elle y mettait une imagination et une fougue irrésistibles. Comme avec les cigarettes, Mathieu s'était promis vingt fois d'arrêter. Et puis, en la voyant, en y goûtant... Mais, à présent, la situation était vraiment différente. Il ne voulait pas d'une double vie, et encore moins changer quoi que ce soit à la sienne.

Valérie n'avait pas allumé. Elle était restée longtemps à guetter les bruits de la maison. Depuis que Mathieu avait enfin quitté son bureau et était sorti dans le jardin, elle l'avait observé sans relâche, debout contre le rideau de velours de leur chambre. Il n'était pas sujet aux insomnies. Ou alors, avec égoïsme, il la réveillait pour qu'elle lui tienne compagnie.

Sur la pointe des pieds, elle finit par se résoudre à descendre. Il faisait sombre mais elle s'était habituée à l'obscurité. Dans l'entrée, elle s'assura que Mathieu était toujours allongé au bord de la piscine, bien visible dans son peignoir blanc. Puis elle se rendit dans le bureau dont les fenêtres donnaient sur l'autre façade. Tout était en ordre, aucun papier, aucun livre ne traînait. Pourtant, il avait passé là une bonne heure. Perplexe, elle s'assit dans le fauteuil de cuir. Elle avait rarement vu son mari aussi distrait que ce soir, aussi mal à l'aise et aussi silencieux. Il aimait bien briller, pourtant, dans ce genre de dîner. Il voulait que les gens se souviennent avec plaisir des soirées passées chez lui et il savait se montrer disert, même quand il était fatigué.

En jetant un coup d'œil à la pendulette, elle constata qu'il était près de quatre heures. La journée du lendemain allait être épouvantable si elle ne montait pas se coucher tout de suite. Elle se leva, frôla la veste de Mathieu qui était sur le dossier du fauteuil et sentit quelque chose. Dès qu'elle mit les doigts sur l'enveloppe, elle sut inconsciemment qu'elle avait trouvé ce qu'elle cherchait. Elle devina la forme de la clef, sous le papier, mais elle avait déjà tout compris. Elle s'aperçut qu'elle oubliait de respirer et elle prit une profonde inspiration. D'une main ferme, elle sortit l'enveloppe de la poche et la posa sur le bureau. Elle prit le temps de se rasseoir, d'allumer la lampe bouillotte. D'où il était, Mathieu ne pouvait pas voir la lumière. De toute façon, c'était sans importance. Elle déchira posément l'enveloppe, extirpa les feuillets, qu'elle déplia. Les battements de son cœur s'étaient considérablement accélérés. Elle lut l'en-tête. « Laurence, ma chérie » et releva les yeux malgré elle.

— Ma chérie... répéta-t-elle à mi-voix.

Les deux mots semblèrent résonner dans le bureau. Comme pour se donner du courage, Valérie regarda autour d'elle. C'était elle qui avait choisi le revêtement mural, couleur tabac, et les deux sièges confortables qui faisaient face au bureau. Elle laissa passer quelques secondes puis, baissant de nouveau les yeux vers la feuille, elle lut la suite d'une traite : « Je suis au désespoir d'avoir à t'écrire ces lignes, à t'expliquer ici ce que je n'ai pas le courage de te dire. Nous n'aurions jamais dû aller si loin et si longtemps ensemble. J'ai plus du double de ton âge et ma vie est faite, tu le savais. Tu ne m'as pas parlé de ton désir d'enfant et tu as pris seule une décision lourde de conséquences. Nous devons nous séparer afin que tu choisisses en connaissance de cause. Je suis prêt à envisager toutes les solutions raisonnables. Financièrement, tu sais que tu peux compter sur moi, quel que soit le parti que tu prendras. Nous avons passé des moments merveilleux tous les deux et le souvenir d'Étretat m'est aussi précieux qu'à toi. Nous nous sommes vraiment aimés, ma chérie, mais ma place n'est pas auprès de toi. Oublie cet enfant et tu m'oublieras aussi. En voulant le garder, tu hypothèques une partie de ton avenir et c'est bien dommage. Je respecte tes sentiments comme je respecterai ta volonté, mais je dois sortir de ta vie quoi qu'il puisse m'en coûter. Ne m'appelle pas à l'hôpital. Je viendrai chez toi lundi prochain et nous pourrons parler calmement. D'ici là, réfléchis bien. Je t'embrasse comme je t'aime. »

Valérie relut trois fois la lettre avant de réaliser pour de bon ce qui était en train de se produire. Puis elle se leva précipitamment, traversa l'entrée en courant et s'arrêta net devant la baie vitrée. Mathieu était toujours là. Peut-être s'était-il endormi ? Elle n'hésita qu'une seconde et repartit d'où elle venait.

— Qu'est-ce qu'on fait dans ces cas-là, marmonna-t-elle entre ses dents. On met le feu à la baraque ? On prend un revolver ? On pique une crise de nerfs ?

Sur le bureau, la feuille semblait la narguer. Valérie se mit à marcher de long en large, attendant que la sorte d'anesthésie qui l'engourdissait veuille bien s'estomper. Elle finit par s'immobiliser, indécise, puis elle ouvrit un tiroir. Elle prit une enveloppe semblable à celle qu'elle venait de déchirer et y glissa la lettre et la clef avant de la cacheter. Après avoir remis le tout dans la poche de la veste, elle éteignit la lumière mais la ralluma aussitôt pour récupérer les morceaux de la première enveloppe. Lorsqu'elle quitta le bureau de son mari, il ne restait aucune trace de son intrusion. Elle remonta l'escalier, alla jusqu'à la chambre des enfants, y jeta un coup d'œil puis regagna la sienne. Elle se laissa tomber au pied du lit, épuisée. Qu'allait-elle faire quand Mathieu se déciderait à rentrer ? Elle se traîna jusqu'à la fenêtre et vit la tache claire du peignoir au bord de la piscine. Elle n'éprouvait qu'une immense lassitude. À quand la douleur, le chagrin, la rage ?

Était-ce la décharge d'adrénaline subie dix minutes plus tôt qui l'avait vidée de son énergie à ce point-là ?

Elle fit l'effort de se relever et d'aller jusqu'à la salle de bains. À tâtons, toujours dans le noir, elle chercha un tube de somnifères. Pour l'instant, il fallait oublier. Elle fit couler de l'eau mais, au dernier moment, elle se ravisa et jeta les comprimés dans la poubelle. Si elle avalait ça maintenant, elle ne serait pas en état de conduire les enfants à l'école. Les siens et ceux de sa voisine puisque c'était son tour aujourd'hui. Finalement, elle mit sa tête sous le jet et suffoqua au contact de l'eau froide.

— Le salaud ! murmura-t-elle.

La première chose à faire était d'éviter Mathieu. Elle ne parviendrait jamais à lui parler normalement. Ce serait tout de suite les insultes, les larmes, et au bout du compte, quoi ? La découverte de la nuit était tellement démente, insensée, impensable... Un peu plus tard, il serait toujours temps d'affronter la situation. La vérité.

— Quelle vérité ? demanda-t-elle à l'ombre vague qu'elle distinguait dans le miroir, au-dessus du lavabo.

Qui était Laurence ? Quand Mathieu trouvait-il donc le temps de la voir ? Qu'est-ce qu'Étretat venait faire là-dedans ?

— Je suis la femme la plus cocue de Rouen, soit...

Mais ce n'était pas aux infidélités de Mathieu qu'elle pensait, c'était à l'enfant de cette Laurence. Un enfant... Elle n'eut que le temps de soulever le couvercle des toilettes. Longtemps, elle resta agenouillée devant la cuvette. Il n'était pas loin de six heures lorsqu'elle trouva enfin le courage de se doucher. Elle enfila un pyjama de satin, se brossa les dents et gagna la chambre des enfants. Sans le réveiller, elle poussa Jérémie, qui grogna dans son sommeil. Elle s'allongea près de lui, tout au bord du matelas. Dans l'autre lit jumeau, Camille dormait, la bouche ouverte, une jambe hors du drap. Mathieu partait toujours très tôt. En ne trouvant pas sa femme dans leur chambre, il viendrait jusque-là, supposerait que l'un des deux enfants avait fait un cauchemar. Il leur jetterait un coup d'œil attendri, en bon père de famille, puis se retirerait sur la pointe des pieds, elle en était certaine.

Ce n'était d'ailleurs pas Mathieu qui préoccupait Valérie mais plutôt la façon dont elle allait s'y prendre pour trouver cette Laurence. Tant qu'elle n'aurait pas vu cette femme de ses yeux, elle serait incapable de penser d'une manière cohérente.

Ce ne fut qu'à deux heures de l'après-midi que Valérie obtint le renseignement. Elle s'était levée dans un état second, après un court sommeil agité. Devant les enfants, elle était parvenue à faire bonne figure, avait préparé le petit déjeuner, vérifié les cartables. Puis elle s'était habillée et maquillée avec soin, avait déposé tout le monde à l'école, et filé jusqu'au C.H.U.

Charles-Nicolle est un hôpital tellement vaste qu'on peut parfaitement y passer inaperçu, ou même s'y perdre. Mais Valérie avait effectué là plusieurs années d'internat et elle connaissait bien l'endroit. Elle connaissait aussi les habitudes de Mathieu. Elle se mit à la recherche du docteur Carlier et n'eut pas trop de mal à le dénicher. Ils avaient accompli ensemble leur cycle de spécialité, dix ans plus tôt, et il avait toujours eu un grand faible pour elle. C'était même devenu un sujet de plaisanterie entre eux, les rares fois où ils se rencontraient lors de soirées de médecins. Carlier avait suivi son chemin. Il n'était toujours pas marié et il n'obtiendrait jamais la place de Gilles, encore moins celle de Mathieu, mais il semblait se satisfaire de son sort.

Il emmena Valérie à la cafétéria et se laissa cuisiner. Il parut un peu gêné, au début, par les questions directes qu'elle lui posa. Pourtant, il aurait bien parié, comme n'importe qui dans le service, qu'un scandale finirait par arriver tôt ou tard. Il se souvenait d'elle comme d'une femme intelligente, sensible, observatrice. Les infidélités de Mathieu ne pouvaient échapper à personne et, un jour ou l'autre, il était logique qu'elle finisse par réagir. Il comprit que le moment était arrivé et que c'était à lui de l'aider. Même s'il n'appréciait ni les commérages ni la délation, il accepta pourtant de lui répondre.

— Laurence ? répéta-t-il d'abord pour gagner du temps.

— Je ne connais que le prénom.
— Eh bien, il y a eu dans le service une infirmière qui s'appelait Laurence mais elle a donné sa démission il y a deux mois.
— Quel âge a-t-elle ?
— Vingt-deux, vingt-trois...
— Jolie ?
— Oui.

Valérie but son café d'un trait et adressa un sourire reconnaissant à Carlier.

— Tu es gentil.
— C'est ce que tu m'as toujours dit. Et ce n'était pas ce que je voulais entendre !

Il s'était mis à rire, espérant dédramatiser un peu la situation.

— Où travaille-t-elle, maintenant ?

Cette fois, il hésita. Une explication entre les deux femmes était sans doute inévitable mais il ne voulait pas en prendre la responsabilité.

— Écoute, Valérie... Vous n'allez pas vous crêper le chignon dans les couloirs d'une clinique, quand même ?
— Laquelle ?

Elle poursuivait une idée fixe, et il la comprenait très bien. Il choisit la solution la plus simple. Il suffisait que Valérie se rende au service du personnel pour obtenir l'adresse de Laurence. Autant la lui donner directement.

— Merci, murmura-t-elle sans rien noter.

Il devina qu'elle allait s'y rendre sur-le-champ. Qu'elle n'oublierait jamais le nom de la rue et le numéro. Qu'un drame allait se produire. Il saisit la main fine et bronzée de Valérie, sur la table.

— Ne fais pas de bêtises, dit-il d'un ton sérieux.
— Pour qui me prends-tu ? Des bêtises, j'en ai tellement fait jusqu'à présent ! Il est temps que ça s'arrête. Vraiment !

Elle se leva, ramassa son sac, jeta un long regard à Carlier.

— Ne te fais pas de souci. Je vais juste mettre un peu d'ordre. Tu as été très...

Le mot était difficile à trouver. Elle ne voulait pas redire « gentil ». Plissant ses yeux verts, elle acheva :

— Très beau joueur. Tu aurais pu choisir le camp des mecs...

À son tour, il se mit debout. Aucune femme ne lui avait jamais autant plu. Elle avait pris de l'assurance, avec les années, elle s'était épanouie. Il se pencha et lui effleura la joue.

— En souvenir du bon vieux temps, docteur, chuchota-t-il.

N'ayant eu aucun mal à trouver l'immeuble, Valérie s'obligea à patienter un peu avant de quitter sa voiture. Lorsqu'elle se sentit plus calme, elle pénétra dans le hall et consulta la liste des locataires. Est-ce que Mathieu avait déjà déposé sa lettre ou bien le ferait-il en quittant l'hôpital, ce soir ? À moins qu'il ne se ravise ? Peu importait, à présent, puisque Valérie avait pris sa décision. Elle ne savait pas exactement à quel moment de la journée – ou de la nuit précédente –, mais son choix était fait. Peut-être s'était-il imposé à la seconde où Carlier l'avait appelée « docteur ».

L'ascenseur la conduisit au sixième. Il n'y avait que trois portes sur le palier. Son regard glissa sur le prénom de Laurence, au-dessus du bouton de la sonnette. Elle appuya dessus en espérant que l'infirmière serait là. Elle aurait la force d'attendre le temps qu'il faudrait mais elle préférait en finir tout de suite. Quand la porte s'ouvrit, elle éprouva une sorte de soulagement.

Les deux femmes se dévisagèrent en silence, avec curiosité. Laurence avait souvent vu la photo de Valérie, sur le bureau de Mathieu. Elle l'avait également aperçue une ou deux fois à l'époque où elle travaillait encore à Charles-Nicolle.

— Vous permettez ? dit Valérie machinalement.

Elle entra et referma la porte elle-même. Laurence portait un tee-shirt orange et un short en jean aussi moulants l'un que l'autre. Elle faisait terriblement jeune. Valérie remarqua la peau claire, les longs cheveux.

— Vous savez pourquoi je suis là ? demanda-t-elle d'une voix sourde.

Croisant les bras, Laurence releva la tête d'un air de défi. Elle était plus petite que Valérie mais elle essaya de la toiser.

— C'est très bien comme ça ! Puisque vous êtes au courant, ce sera plus simple. Mathieu vous a enfin parlé ?

Le prénom de son mari dans la bouche de cette gamine avait quelque chose de déconcertant.

— Vous attendez un enfant de lui ?
— Oui !

La réponse avait fusé, agressive et orgueilleuse. D'évidence, Laurence ne connaissait pas encore la position de Mathieu. Mais cela ne changeait plus rien désormais. Valérie se demanda si elle devait avoir pitié de sa rivale ou se jeter sur elle.

— Quand vous aurez divorcé, Mathieu pourra enfin...
— Il vous a dit ça ? coupa Valérie.

Blessée par l'ironie glacée de la question, Laurence fronça les sourcils un instant puis se reprit.

— Nous nous aimons ! Vous ne pouvez rien contre !

Elle était au bord de la crise d'hystérie et elle avait peur. Rien ne l'avait préparée à cette confrontation. Elle se mit à crier.

— Il a besoin de moi ! Sinon, pourquoi viendrait-il se réfugier ici, hein ? Vous ne l'avez jamais compris. Moi oui !

Valérie fit un pas en avant et posa ses mains sur les épaules de Laurence. Terrorisée, celle-ci ouvrit de grands yeux. Elle se sentit poussée avec violence et elle crut qu'elle allait tomber. Sa nuque heurta durement le mur, derrière elle.

— Écoutez... dit-elle d'une voix devenue plaintive.

Mais Valérie avait déjà claqué la porte. Laurence prêta l'oreille et entendit les portes de l'ascenseur. Elle poussa un profond soupir de soulagement puis elle se précipita vers le téléphone. Lorsque Sylvie lui passa enfin Mathieu, après bien des réticences, la jeune fille claironna :

— Ta femme sort d'ici, mon amour !

À l'autre bout de la ligne, dans son élégant bureau du service de cardiologie, Mathieu Keller eut l'impression que le plafond lui tombait sur la tête.

3

Mathieu mit une demi-heure pour arriver à Mont-Saint-Aignan. Il rangea sa voiture à côté de celle de Valérie dont le capot était encore chaud. Il se précipita dans le living, qui était vide, puis il grimpa l'escalier quatre à quatre. La porte de leur chambre n'était pas fermée. Valérie, debout devant les penderies d'acajou, semblait perdue dans ses songes. Elle ne se donna pas la peine de tourner la tête vers lui mais, en deux enjambées, il fut contre elle et la saisit par la taille avec une telle violence qu'elle grimaça.

— Je te demande pardon, murmura-t-il dans un souffle.

Ce n'était plus la peine de ruser, il lui fallait jouer la carte d'une absolue sincérité s'il voulait sauver quelque chose.

— Je t'en supplie, ma chérie, écoute-moi...

La lettre à Laurence commençait par les mêmes mots. Ma chérie. Aucun risque de se tromper de prénom. Valérie se félicita d'avoir su maîtriser sa colère, face à Laurence. Pour sa part, elle n'allait pas se tromper de cible. Elle envoya une gifle à Mathieu et l'obligea à reculer.

— Sors d'ici... grogna-t-elle. Va-t'en ! Va nager, va draguer, va au diable et laisse-moi faire une valise !

Joignant le geste à la parole, elle jeta un sac de voyage sur le lit. Mathieu fit une nouvelle tentative en l'attrapant par les épaules.

— Attends ! S'il te plaît, attends... Laisse-moi parler...

Au lieu de quoi il enfouit sa tête dans le cou de sa femme.

— Il faut que je t'explique... Cette fille n'est rien... Je ne sais pas comment te le dire...

Il eut soudain très peur de la perdre. Il sentait les effluves de Chanel, la peau satinée sous ses lèvres. Il eut la sensation qu'il la connaissait depuis toujours et qu'elle faisait partie de lui-même. Il s'agrippa à elle comme un noyé.

— Tu lui as fait un enfant, Mathieu, dit la voix lointaine de Valérie.

Une nouvelle fois, elle le repoussa. Elle fit tomber une pile de pulls qu'elle écarta d'un coup de pied rageur. En hâte, elle saisit deux jeans, une robe, des chemisiers qu'elle fourra dans le sac.

— Tu ne peux pas partir ! Où vas-tu ?

— Chez mes parents. Camille et Jérémie sont déjà là-bas.

— On va discuter d'abord !

Il avait élevé le ton et elle lui jeta un regard de mépris.

— Rien du tout. Le bla-bla, c'est fini. Tu peux remballer tes mensonges.

— Je me fous de cette fille et de son gosse ! hurla-t-il. Je me suis fait piéger ! C'est ma faute, d'accord. Je suis responsable de tout. Mais ce n'est pas ce que tu crois.

Pendant qu'il essayait de se justifier, de trouver une quelconque parade, Valérie se déshabillait. Il se tut pour la regarder faire, médusé. Elle était vraiment superbe dans ses sous-vêtements blancs. Elle enfila un sweat-shirt, une jupe et des tennis.

— Qu'est-ce qu'il faut que je fasse pour que tu me pardonnes ?

— Rien. Il n'y a rien à faire, j'en ai peur. À part trouver deux avocats.

Souffle coupé, il réalisa qu'elle parlait de divorce. D'un mouvement impulsif, il se jeta sur elle et se mit à la secouer.

— Je t'aime, espèce d'idiote ! Je t'aime !

Elle le força à lâcher prise avant de lui répondre.

— Pas moi. Plus moi. C'est fini, Mathieu.

Il la vit disparaître dans le couloir et se lança à sa poursuite. Il essaya de l'arrêter dans le living mais elle parvint à se débarrasser de lui. Elle fila vers sa voiture, claqua la portière et verrouilla tout de l'intérieur. Comme elle s'était mise à trembler, elle eut du mal à enfoncer la clef de contact. Mathieu frappait à coups de poing sur la vitre, l'air hagard. Elle braqua en reculant et il trébucha. Elle donna un brusque coup de volant pour l'éviter, puis accéléra en direction du portail. Dans son rétroviseur, elle le vit arrêté au milieu de l'allée, les bras levés au ciel.

Tout le temps qu'elle mit à gagner le centre-ville lui permit de retrouver un peu de sang-froid. Elle respirait trop vite mais elle avait les yeux secs, et le peu de chagrin qu'elle ressentait l'effrayait. Elle avait partagé la vie de Mathieu durant dix ans, elle s'était endormie des milliers de fois en lui tenant la main, elle avait parfois éprouvé un indiscutable plaisir dans ses bras – même si celui-ci s'était émoussé –, elle lui avait donné deux enfants, avait organisé ses dîners, planifié ses vacances, porté ses costumes chez le teinturier, fait des grogs quand il était enrhumé... Et jamais elle n'avait supposé qu'elle pourrait vieillir ou mourir loin de lui. Or elle venait de le quitter en quelques minutes, sans que le désespoir la foudroie sur place. Elle essayait de penser à lui, de dresser un bilan, au lieu de quoi ses idées se fixaient sur un logement à trouver, un travail à chercher. Elle s'organisait... Il y avait même, dans les sentiments confus qui l'assaillaient, un relent d'école buissonnière, de fin d'année universitaire, en un mot de liberté. Car Mathieu l'avait bel et bien enchaînée. Parce qu'elle avait quinze ans de moins que lui, elle n'avait jamais contesté ses décisions, son autorité. Parce qu'elle venait d'un milieu simple, elle s'était appliquée à rester un peu en retrait. Parce qu'elle avait été interne dans son service, elle avait continué à le voir comme le patron. Or rien, ni dans son caractère ni dans sa jeunesse, n'avait prédisposé Valérie à jouer ce second rôle. Au contraire, elle avait tout mis en œuvre pour se hisser au premier plan. Et puis ce mariage, qualifié d'inespéré par ses amies de l'époque, l'avait peu à peu ravalée au rang de jolie potiche. Elle n'avait pas voulu en prendre conscience, elle s'était absorbée dans sa vie d'épouse et de mère, s'acharnant à bien faire, à être à la hauteur.

Le centre-ville était encore très animé, et elle perdit un bon quart d'heure avant de trouver une place. Son sac de voyage n'était pas très lourd. Il était même infiniment trop léger pour le symbole de rupture définitive qu'il représentait

Valérie aperçut son père de loin. Il guettait les mouvements de la rue, sur le pas de sa porte. Il n'avait pas fait le moindre commentaire lorsqu'elle lui avait téléphoné, le matin même, l'avait chargé de prendre Atome puis d'aller chercher les petits à l'école et de ramener tout le monde chez lui. Il s'était exécuté en dissimulant son désarroi. À l'heure dite, il avait filé à Mont-Saint-Aignan jusqu'à la maison de sa fille. Il possédait un jeu de clefs dont il ne s'était jamais servi jusque-là. Atome lui avait fait la fête et il l'avait installé sur une couverture, à l'avant de sa petite Saxo. Puis il s'était rendu à l'école primaire. Sur la banquette arrière, Jérémie et Camille avaient mangé les pains au chocolat qu'il avait eu l'idée d'acheter.

— On se fait une escapade ? avait-il proposé en riant. Suzy vous attend, elle a préparé un dîner de gala !

Les petits appelaient leur grand-mère Suzy depuis qu'ils étaient en âge de parler.

— Qu'est-ce qu'on fête ? avait demandé Camille avec inquiétude.

Elle avait peur d'avoir oublié un anniversaire et Augustin lui avait souri tendrement, dans son rétroviseur.

À présent, il attendait sa fille, arpentant le trottoir et consultant sa montre sans arrêt. Lorsqu'il l'aperçut, avec son sac de voyage sur l'épaule, il se sentit très soulagé.

Sans rien lui demander, il la précéda jusqu'à l'appartement. Camille et Jérémie étaient installés devant la télévision, sur le vieux canapé de cuir fauve. Valérie les embrassa, leur ébouriffa les cheveux, les interrogea sur leur journée. Ensuite, elle les abandonna à leur dessin animé et rejoignit ses parents dans la cuisine dont elle ferma la porte lentement.

— J'ai quitté Mathieu, annonça-t-elle en s'appuyant au battant.

Augustin ouvrit la bouche mais ne dit rien. Suzanne se mit à essuyer ses mains sur son tablier, sans raison.

— Il va falloir que je trouve un appartement, pas loin d'ici parce que je vais devoir vous mettre à contribution, pour les enfants... J'ai envie de les inscrire dans mon ancienne école, l'année scolaire vient juste de commencer... Et puis je chercherai un travail.

— Quel travail ? demanda Augustin un tout petit peu trop vite.

— La seule chose que je sache faire, papa, médecin !

En prononçant ces mots, elle eut la sensation paradoxale de leur faire un vrai cadeau. Ils attendaient ce moment depuis tant d'années !

— Tu es sûre que c'est comme pour le vélo, que ça ne s'oublie pas ?

Son père plaisantait pour cacher son émotion. Valérie fit deux pas hésitants puis se laissa tomber sur une chaise de paille.

— Il y a beaucoup de cliniques, en ville... Je vais tenter ma chance un peu partout. Je n'ai pas vraiment d'expérience mais j'ai mes titres... Et puis je me suis tenue au courant, heureusement...

Elle parlait plus pour elle-même que pour eux. Augustin ouvrit le réfrigérateur et en sortit une bouteille de muscadet glacé. Il disposa trois verres sur la table et les emplit à ras bord.

— Buvons, décida-t-il.

Le regard de reproche de Suzanne ne lui échappa pas mais il feignit de l'ignorer. Dans le silence, ils perçurent les rires des enfants. Suzanne demanda alors :

— Où est Mathieu ?

— À la maison.

— Qu'est-ce qu'il dit de tout ça ?

— Qu'est-ce que tu veux qu'il dise ! riposta Valérie d'une voix devenue dure. Il a une liaison avec une fille qui attend un enfant de lui ! Elle a vingt-trois ans. Je l'ai rencontrée tout à l'heure.

Un silence épais s'abattit sur la cuisine. Suzanne finit par s'asseoir. Elle saisit son verre auquel elle n'avait pas encore touché et le vida d'un trait. Depuis longtemps, elle avait deviné les infidélités de Mathieu. Entre ce que sa fille lui confiait, parfois naïvement, et les bruits qui couraient en ville ou au magasin, il y avait de quoi être édifié. Mais elle avait supposé des aventures d'un jour, des passades.

— Qui attend un enfant ? articula enfin Augustin.

Ses yeux paraissaient assombris, cernés, et ses rides

s'étaient creusées. Valérie connaissait trop bien son père pour ne pas savoir à quoi il pensait. Elle le fixa avec insistance.

— C'est mon problème, papa. C'est ma vie. J'ai été stupide, je suis en partie responsable. Je ne serai pas victime jusqu'au bout, tu peux me faire confiance. Mais ne t'en mêle pas... d'accord ?

Il la dévisagea quelques instants. Elle était ce qu'il avait de plus précieux, ce qu'il avait le mieux réussi dans son existence. Elle était belle, intelligente, accomplie, elle était sa fille unique.

— Nous sommes là, mon lapin, murmura-t-il. Tu feras ce que tu veux, bien sûr.

Parce qu'il l'avait dit simplement, comme une évidence, elle fondit brusquement en larmes.

Mathieu s'était servi une nouvelle rasade de vodka, avait ajouté quelques glaçons puis s'était confectionné un sandwich auquel il avait finalement renoncé. Il avait arpenté la maison sans but, allumant partout sur son passage. Dès que la vague de panique provoquée par le départ de Valérie avait reflué, il avait été en proie à une colère folle. Contre Laurence, contre lui-même, contre le monde entier. Ensuite, il avait passé un long moment à se raisonner, à aligner des arguments. Sa femme s'était réfugiée chez ses parents, bien entendu. Et les langues devaient aller bon train ! Comme elle leur disait toujours tout, elle leur déballerait cette nouvelle-là aussi, sans la moindre pudeur. Mais il se moquait éperdument de la réaction de ses beaux-parents. Quant aux enfants, Valérie ne leur parlerait de rien, c'était probable. Elle allait bouder un certain temps. Ce n'était pas le genre d'histoire qu'elle pouvait avaler facilement. Elle était aussi honnête qu'orgueilleuse, ce qui n'arrangerait pas les choses.

Posément, il avait passé en revue les moyens dont il disposait. La patience, bien entendu, et le repentir, à condition d'avoir l'air sincère. Ensuite, un petit voyage d'amoureux... En attendant, il irait dès le lendemain chez un joaillier et choisirait quelque chose d'exceptionnel qu'il lui ferait porter chez ses parents.

« Tant que j'y serai, je prendrai une bricole pour cette pauvre Laurence... »

L'idée lui arracha un sourire de dérision. Un petit cadeau d'adieu pouvait-il adoucir la rupture ? Il avait vraiment haï sa voix triomphante au téléphone, un peu plus tôt dans la journée, quand elle lui avait annoncé que Valérie sortait de chez elle ! Valérie dans le studio de Laurence... Il y avait quelque chose de tellement irréel dans cette situation qu'il ne parvenait pas à y croire. Comment avait-elle trouvé l'adresse ? Comment avait-elle su ? La lettre était toujours dans sa poche et il se demandait ce qu'il allait en faire. Autant s'offrir une explication de vive voix. Il pouvait très bien se rendre là-bas, il n'était que neuf heures du soir, Valérie n'allait pas téléphoner de sitôt. Il faudrait sans doute plusieurs jours avant qu'elle ne s'apaise.

Il décida de s'octroyer d'abord une autre vodka. Il en avait besoin. Heureusement que tout ce scandale avait eu lieu loin de l'hôpital. Il se félicita d'avoir fait démissionner Laurence. Même si la vérité avait éclaté, elle n'avait pas éclaboussé le service.

En quittant la cuisine, son verre à la main, il s'observa un moment dans le grand miroir de l'entrée. Il avait l'air crevé et il l'était. Sa femme l'avait giflé tellement fort qu'une de ses bagues avait laissé une petite estafilade sur sa joue. Elle était vraiment belle, en colère, vraiment désirable. Il sourit à son reflet et monta dans la salle de bains pour se changer. Il mit un polo et un jean noirs, s'aspergea d'eau de toilette puis, de nouveau, scruta son reflet. Fatigué, oui, mais tout de même pas mal pour son âge. Ses cheveux bruns se clairsemaient un peu, c'était son angoisse. Mais il était resté mince et musclé grâce à la natation et au tennis. Il avait un sourire charmeur quand il voulait, souligné par deux rides très attendrissantes.

Il se demanda s'il devait prévenir Laurence de sa visite. Il décida que non, qu'il en avait assez du téléphone pour aujourd'hui. Il fallait absolument qu'elle soit compréhensive et raisonnable. Pour sa part, il se promit d'être généreux

Généreux et gentil, mais inflexible. Il devait faire place nette, être irréprochable pendant quelque temps. Valérie ne reviendrait de sa fugue qu'à ce prix-là.

Il conduisit vite, ses vitres baissées, profitant de l'air frais de la nuit. Lorsqu'il sonna chez Laurence, il dut patienter deux ou trois minutes avant qu'elle n'ouvre. Elle portait la robe de chambre de soie bleue qu'il lui avait offerte et elle avait les yeux rouges. En le voyant, elle poussa un cri et se jeta dans ses bras, en larmes.

— Mathieu ! J'ai eu tellement peur ! Oh, mon amour, tu es venu ! Mathieu...

Comme une folle elle s'accrochait à lui et il essaya de la calmer. Il la conduisit jusqu'au canapé qu'elle avait déjà défait pour la nuit. La robe de chambre s'ouvrit lorsqu'elle s'allongea. Elle lui tendait les bras d'un geste implorant mais il se contenta de s'asseoir près d'elle.

— Il faut qu'on parle, tous les deux, commença-t-il.

Elle était tellement offerte qu'il détourna les yeux pour continuer. Il lui débita, de mémoire, la lettre qu'elle n'avait pas lue. Ensuite il la regarda, gêné. Elle ne pleurait plus. Elle lui adressa même un drôle de petit sourire.

— Tu ne penses pas un mot de ce que tu dis, mon amour. Tu récites.

Haussant les épaules, il répliqua :

— Je suis très sérieux. Je ne veux pas perdre ma femme et mes enfants.

Elle avait tressailli mais elle lui tint tête, bravement.

— Le plus dur est fait, mon amour. Tu as eu le courage de lui parler et maintenant tu subis le contrecoup. Je comprends.

— Tu ne comprends rien ! Laurence, c'est fini entre nous. Je ne veux pas de ce bébé. Ni de toi.

De nouveau elle eut les yeux pleins de larmes.

— Tu dis des horreurs pour te venger. Je t'aime, Mathieu. Tout le reste m'est égal.

Elle se glissa vers lui, sur le drap, jusqu'à le frôler. Comme il restait immobile, elle prit sa main et l'embrassa. Elle était sans défense, trop jeune et trop ingénue. Il n'était pas tout à fait indifférent à cette adoration qu'elle lui montrait sans réserve, à ce corps appétissant qui s'était lové contre son genou.

— Laisse-nous un peu de temps, s'il te plaît... Ne prends aucune décision ce soir...

Il posa ses doigts sur la peau claire, la faisant frissonner.

— Je vais rentrer chez moi, dit-il d'une voix rauque.

À regret, il voulut se lever mais elle se redressa brusquement et l'en empêcha. Elle se plaqua contre lui, agenouillée sur le lit.

— Attends ! Ne t'en va pas comme ça ! Pas tout de suite !

Il n'était pas vraiment pressé et elle l'avait deviné. Elle essayait désespérément d'en profiter.

— Rien qu'un moment, Mathieu...

— Mais ça ne changera rien, protesta-t-il en hésitant.

Son désir à elle était quand même très excitant, quelles que soient les circonstances. Des dernières conquêtes de Mathieu, Laurence était la plus jeune et la plus sensuelle. Elle avait soulevé le polo noir et elle le caressait. Il se promit que ce serait la dernière fois. Mais lorsqu'il ferma les yeux, il eut immédiatement le visage de Valérie présent à l'esprit. Il lui arrivait de penser à sa femme lorsqu'il faisait l'amour à d'autres. À son regard vert, à ses boucles cendrées. D'une main ferme, mais sans méchanceté, il repoussa Laurence.

— Je t'appellerai, dit-il lâchement en se dirigeant vers la porte.

Dans son ancienne chambre, Valérie se réveilla un peu après l'aube. Elle parcourut du regard les étagères chargées de livres et de classeurs qui avaient rythmé ses années d'études. À cette époque-là, elle se couchait tard parce qu'elle faisait beaucoup de baby-sitting. Un été, elle avait trouvé une place de serveuse chez l'Italien. Pendant les vacances de Noël, elle aidait son père au magasin, où elle avait appris à faire de très jolis paquets-cadeaux. Entre commerçants, on s'aide, et elle avait toujours obtenu des jobs d'appoint dans ses périodes de liberté. Par la suite, durant les trois ans du cycle de spécialité, elle avait effectué des remplacements pour des confrères généralistes qui partaient en vacances. Elle avait même accepté d'harassantes gardes de nuit aux urgences. Cette période de sa jeunesse était pleine de bons souvenirs. Beaucoup d'hommes lui avaient fait la cour, mais elle n'avait pas le temps d'être amoureuse et elle ne voulait pas se laisser détourner du but final : son diplôme. Sans être une jeune fille modèle, elle avait été assez sage, en somme.

Elle s'absorba dans la contemplation des photos punaisées au mur. Elle avait du mal à mettre des noms sur les visages de ses amis de l'époque. Petit à petit, Mathieu l'avait éloignée de ses copains. Ceux-ci s'étaient installés, les uns après les autres, et ils exerçaient presque tous aujourd'hui.

« Sauf toi, pauvre cloche ! »

Elle se leva d'un bond, s'étira comme un chat et fila prendre une douche. Pas plus que la veille, elle ne ressentait de réelle souffrance. Entre elle et Mathieu, la faille qui s'était ouverte était impossible à combler.

« C'est ce qu'on appelle la goutte d'eau qui fait déborder le vase, je suppose... »

Où étaient donc passés les sentiments qu'elle portait à son mari ? Ils ne pouvaient pas s'être effacés d'un coup. Mathieu avait toujours été gentil avec elle. Un peu harcelant mais gentil. À la fois trop présent et souvent absent. L'hôpital, les congrès, son emploi du temps si chargé qui dissimulait sa liaison. Sa ou ses liaisons. Depuis toujours. Est-ce qu'il l'avait trompée à peine mariés ? Ou même avant ? Pendant qu'elle se remettait de l'accouchement de sa fille, à la clinique ? Pendant qu'elle emmenait les enfants au bord de la mer et s'ennuyait sur les plages ? Il était insatiable et elle le savait très bien. Une jolie fille le faisait chavirer. Il était le chasseur le plus assidu qu'elle connaisse et il passait sa vie au milieu d'un troupeau de biches ! Qu'est-ce qu'elle s'était donc raconté pour se rassurer ? Qu'il se calmerait avec l'âge ? Quelle blague ! Qu'il ne laisserait jamais ses amourettes prendre une quelconque importance ? Eh bien, il s'était fait avoir cette fois. Par une belle petite infirmière, jeune et provocante comme il les aimait, un peu ronde et un peu vulgaire.

« Qu'est-ce qu'elle a de mieux que moi ? »

Elle brossa rageusement ses boucles qui descendaient sur son front et sur ses joues en dégradé. Il fallait qu'elle reparte de zéro. Pour commencer, elle allait dresser une liste des cliniques auxquelles elle pouvait s'adresser. On ne l'attendait nulle part mais, tout de même, elle avait un beau cursus et des appréciations flatteuses pour tous ses stages. Elle avait également obtenu une mention à son mémoire de D.E.S. Si vraiment elle ne trouvait rien, elle pourrait toujours s'installer à titre privé mais elle ne le souhaitait pas. L'ambiance de l'hôpital lui avait toujours manqué, depuis qu'elle l'avait quitté.

« Et tu as attendu aujourd'hui pour t'avouer ça ? »

Peut-être que cette fille était une maîtresse sublime alors que, pour être honnête, elle était toujours plus ou moins pressée que Mathieu en finisse.

« Donc, tu l'as bien cherché... »

Depuis combien de temps n'avait-elle pas dit à Mathieu qu'elle l'aimait ? Il avait sans doute besoin de ce genre de déclaration.

« Oui, il a besoin qu'on le flatte, qu'on l'admire, qu'on l'aime, qu'on le fasse passer avant tout... »

Elle enfila une robe légère et des mocassins beiges. Elle décida qu'elle allait se présenter partout sous son nom de jeune fille. Le patronyme de Keller était trop connu dans le milieu médical à Rouen.

« Et il n'a même pas pris ses précautions ! Comme un gamin ! Et... Oh, non... Mais il est fou, il est irresponsable ! »

Secouée par un frisson, elle essaya de repousser l'idée de la maladie. Lui avoir fait courir ce risque-là ? À elle ? De quel droit ? Par quel monstrueux égoïsme ? Il fallait qu'elle prenne rendez-vous, d'urgence, dans un laboratoire.

Quand elle ouvrit la porte de la salle de bains, Atome lui sauta dessus et lui lécha le bras.

— Mon pauvre vieux ! Tu veux sortir ? Viens, on va acheter le journal et les croissants...

Elle dévala l'escalier, le chien sur ses talons, traversa le magasin et déverrouilla la porte. Il faisait frais, elle s'éloigna d'un pas vif dans la rue étroite.

Gilles tomba sur Mathieu dans la cour d'honneur et comprit tout de suite que quelque chose n'allait pas. Après s'être salués, ils se dirigèrent ensemble vers le pavillon Derocque.

— Tu feras la visite à ma place, annonça Mathieu d'un ton péremptoire.

— D'accord.

— J'ai besoin de tests pour l'admission d'hier. Son dossier est plein de trous, de points d'interrogation. Refais une échoendoscopie œsocardiaque.

En émergeant de l'ascenseur, au troisième étage, Mathieu fila directement vers son bureau. Gilles le suivit du regard, perplexe. Ce n'était pas la première fois que le patron était d'une humeur de chien, certes, mais il y avait autre chose. Il arborait une sorte d'air... coupable, gêné. Est-ce qu'il avait des ennuis personnels ?

Il croisa un groupe d'infirmières qui bavardaient avec animation et il leur adressa un sourire distrait. Il se rendit dans le bureau de la surveillante, qu'il trouva en train d'ouvrir une boîte de chocolats.

— Un cadeau de madame Martin, expliqua-t-elle, son mari est sortant ce matin. Il est resté dix jours ici, c'est un record ! Vous en voulez ? Ils sont vraiment délicieux...

— Non, mais si vous aviez un peu de café... Le distributeur est en panne.

Tandis qu'elle lui servait une tasse, il trouva charitable de la prévenir :

— Le chef est d'une humeur massacrante ce matin !

— Ah bon ? Il doit manquer de sommeil...

Ils se mirent à rire ensemble.

— Vous avez de la chance, précisa Gilles, c'est moi qui fais la visite.

Il allait ajouter quelque chose mais il la vit pâlir brusquement et il suivit la direction de son regard. Mathieu était appuyé au chambranle, affichant un sourire narquois.

— Qui a de la chance ? demanda-t-il. Les malades ou le personnel ?

— Je voulais dire que...

— Ne t'excuse pas ! l'interrompit Mathieu. C'est bien connu, quand le chat n'est pas là... Ah, vous n'avez pas de chance, je ne fais pas partie de ces chefs de service qui ne font *jamais* la visite ! Et qui finissent d'ailleurs par ne plus avoir aucun contact avec les malades. Non, très peu pour moi. Tant que vous m'aurez sur le dos, on fera du vrai travail à cet étage...

Ils s'observaient tous les trois avec ironie. Finalement, la surveillante se souvint de la panne du distributeur et proposa une tasse de café à Mathieu.

— Merci, non. Je file. Amusez-vous bien !

Dans le couloir, il croisa Sylvie à qui il donna quelques ordres pour la matinée. Il ne prit pas la peine d'attendre l'ascenseur et il s'engouffra dans l'escalier. Depuis qu'il était réveillé, la pensée de Valérie ne l'avait pas quitté. Il avait trop bu, la veille, et il avait une affreuse migraine. Il récupéra sa voiture sur le parking et se glissa dans la circulation déjà très dense du quai. Une seule chose lui semblait claire : il n'aurait jamais la patience d'attendre qu'elle cesse de bouder. Il devait précipiter leur réconciliation par n'importe quel moyen.

Devant la vitrine du joaillier, il hésita un moment. Autant frapper un grand coup et au diable la dépense ! Il n'avait aucun problème d'argent, de toute façon. En cinq minutes il fit son choix, et lorsqu'il émergea du magasin il se sentit un peu mieux. On lui avait assuré que la livraison pouvait être faite le jour même, mais il s'était brusquement ravisé. Il n'était pas loin de la boutique d'Augustin. Il avait beau ne jamais venir, il connaissait le chemin. C'était une démarche difficile et d'*autant* plus méritoire que de se présenter là-bas. Valérie y verrait forcément une preuve de bonne volonté.

— Où vas-tu comme ça ?

Il avait failli ne pas la voir, la bousculer même, car elle s'était plantée en plein milieu du trottoir. Le ton sec n'annonçait rien de bon.

— Je venais te voir. Il faut que nous ayons une vraie discussion.

Avec combien de femmes allait-il devoir parlementer avant de remettre sa vie sur les rails qu'elle n'aurait jamais dû quitter ?

— Viens, allons déjeuner quelque part tous les deux.

— Pour quoi faire, grands dieux ?

Vexé, il riposta par une foule de questions.

— Combien de temps vas-tu rester chez eux ? Voyons, Val, tu n'es plus une gamine ! Je retourne chez ma mère, c'est bon pour les concierges ! Et les enfants ? Tu y penses ? Qu'est-ce que tu leur as raconté ? Que je suis en voyage ? Tôt ou tard, il faudra que tu m'écoutes. Autant que ce soit aujourd'hui, non ?

Sarcastique, elle prit une petite voix plaintive.

— Oui patron, bien patron... Tu te fous de moi ? N'importe quel concierge te vaut mille fois ! Sans parler de ta nana !

Comme il ne pouvait pas s'empêcher de regarder autour de lui, elle l'apostropha encore plus fort.

— Tu as peur qu'on te reconnaisse ? Et alors ? Ne reste pas là, va la retrouver. Tu as des décisions à prendre, tu vas bientôt être chargé d'une nouvelle famille ! Pour le divorce, ne crains rien, je ne serai pas exigeante !

Atterré, il la regardait sans comprendre.

— Valérie, dit-il lentement. Oh, Valérie...

Une petite pluie fine et froide s'était mise à tomber. Il ne s'en souciait pas. Ils étaient si près l'un de l'autre qu'il put lui prendre la main d'un geste furtif avant qu'elle réagisse.

— Viens avec moi, s'il te plaît... Allons où tu veux...

Il l'entraîna jusqu'à une brasserie où ils s'assirent côte à côte. Il n'avait pas lâché sa main.

— Je t'aime, souffla-t-il sans la regarder. Je me suis conduit comme le dernier des cons. Et tout ça pour rien ! Elle, je m'en fous. Si ce n'était pas vrai, je ne te le dirais pas. Pas en ce moment.

Tout en parlant, il avait sorti le petit paquet de sa poche.

— C'est pour toi. Je sais que ça n'excuse rien mais j'avais envie.

— Mathieu...

— Les bijoux te vont bien. Tout te va, d'ailleurs. Tu m'as fait des enfants beaux comme toi. Je ne veux pas d'une vie sans toi. Il n'est pas question de divorcer, tu es folle ! Demande-moi n'importe quoi.

La réponse se fit un peu attendre. Comme elle ne touchait pas au paquet, ce fut lui qui l'ouvrit. Il prit le collier dans l'écrin et le lui mit autour du cou. Ses mains tremblaient lorsqu'il accrocha le fermoir.

— C'est... c'est absurde, Mathieu.

Un maître d'hôtel s'approchait et Mathieu commanda une vodka et un kir. Elle en profita pour ôter prestement le collier et le reposer sur le velours. Elle claqua le couvercle et glissa l'écrin dans la poche de Mathieu.

— Je n'en veux pas. Tu ne peux pas tout arranger avec des cadeaux.

La peur qui s'était emparée de lui ne lâchait pas prise. Valérie semblait hors d'atteinte. Pis, elle paraissait différente.

— Je cherche un appartement, dit-elle. Nous allons divorcer.

— Non ! Tu vas réfléchir, tu vas laisser passer quelque temps. On ne démolit pas une famille sur un coup de colère ! Prends un appartement, tu as raison. Si tu préfères, je te laisse la maison et je me trouve un...

— Un studio ? Inutile, j'en connais un qui fera ton affaire, et la fille est livrée avec !

Ils en revenaient au point de départ. Il devina qu'elle ne passerait jamais l'éponge. Peut-être aurait-elle fermé les yeux sur Laurence, mais il y avait cette histoire de bébé. Un vrai cauchemar. Il se demandait comment la fléchir, forcer ses défenses, mais il ne trouvait rien.

— Qu'est-ce que tu lui as dit, à elle ? Que tu la laisses tomber ? Qu'elle sera ton second foyer ? Mais tu es lâche, comme tous les mecs, tu n'as rien dit du tout...

— « Comme tous les mecs » ? Et d'où tires-tu cette expérience ? Écoute, Val, je t'affirme que c'est une histoire terminée. Finie !

— Déjà ? Et son enfant ?

— Elle avorte ou elle devient mère célibataire, je m'en fous !

— Mais c'est ton enfant, Mathieu ! C'est aussi le tien. Tu penses à ça ?

— Et toi, à quoi penses-tu ? Pourquoi veux-tu m'enfoncer davantage ? Tu ne vois pas que j'ai la tête sous l'eau ? Je donnerais n'importe quoi pour n'avoir jamais croisé cette emmerdeuse.

— Ou pour que je ne l'aie pas su ?

— Arrête, arrête, arrête !

Il avait crié et il se reprit.

— Excuse-moi. Je n'en peux plus.

Il s'appuya au dossier de la banquette et poussa un profond soupir.

— Dis-moi ce que je dois faire.

— Je n'en sais rien, répondit-elle. Je ne suis pas à ta place, la mienne me suffit !

Cette fois, il se tourna vers elle et la regarda enfin. Elle avait les mâchoires crispées, les lèvres serrées, les yeux rivés sur la rue, droit devant elle. Il pleuvait toujours.

— Tout de même, il y a quelque chose que je veux te demander, dit-elle d'une voix sourde.

Leurs regards se croisèrent un instant. Celui de Valérie était à présent brillant de colère.

— Puisque tu lui as fait un enfant, c'est que tu n'utilisais pas de préservatif. Je ne pourrai jamais te pardonner de m'avoir exposée à ça. C'est indigne, Mathieu...

— Mais enfin... tu... Enfin, comment peux-tu... Ce n'est pas une... une...

Effaré par l'accusation, il cherchait ses mots sans succès. Tout ce qu'il aurait pu répondre était impossible à dire. Laurence était très jeune, très amoureuse et très fidèle. Pourtant prudent en général, Mathieu s'était laissé aller avec elle en toute confiance au bout de trois semaines.

— Est-ce qu'au moins tu fais des tests, de temps à autre ?

— Deux fois par an ! répondit-il trop vite.

— Bien sûr...

— Écoute, tu imagines bien qu'à l'hôpital...

Mais il n'était pas chirurgien et il ne courait aucun risque particulier, ils le savaient tous les deux. Ses fréquents contrôles le rassuraient régulièrement. Même en étant vigilant, le doute subsistait.

— Et avec les autres, tu as agi de la même manière ? Avec la même légèreté ?

— Quelles autres ? se récria-t-il. Je ne...

— Ne me prends pas pour une idiote ! Plus maintenant.

— J'ai toujours fait attention, murmura-t-il. Je te le jure.

— Oh non, pas de serments ! s'indigna-t-elle. Tu as cinquante ans, tu es médecin, et tu t'es conduit comme un beau salaud. Tu te serais retrouvé séropositif, tu m'aurais raconté quoi ? Qu'un de tes malades t'avait craché à la figure ? Tu n'as jamais pensé à moi, ni aux enfants, à personne qu'à ton petit plaisir ! C'est odieux, c'est accablant, j'ai l'impression de ne pas te connaître.

Elle parlait d'un ton uni, presque détaché, et il sut avec certitude qu'il lui restait très peu de chances de sauver leur couple. Il laissa passer un long silence mais elle n'avait rien à ajouter.

— Je ne veux pas qu'on se quitte, Val... Je ne peux même pas supporter cette idée.

— C'est toi qui nous as amenés là où nous en sommes ! répliqua-t-elle. Et c'est une impasse.

Cette discussion était vaine, il en prit conscience avec désespoir.

— J'attendrai ton retour chaque soir, murmura-t-il en se levant.

Elle le saisit par la manche et il s'immobilisa.

— C'est inutile, Mathieu. On s'arrête là, toi et moi. En fait, ça s'est arrêté hier. Tu ne l'as pas encore compris ?

Il attendit un peu puis chuchota, d'une voix à peine audible :

— Comment as-tu appris ? Quelqu'un t'a...

— Non, c'est toi. Je devais être si facile à berner que tu ne prenais plus beaucoup de précautions, tu sais... Pour ça comme pour le reste...

Elle paraissait fragile et douce, soudain. Il aimait particulièrement cette façon qu'elle avait de changer, d'une seconde à l'autre, selon ce qu'elle éprouvait.

— Je te demande pardon, dit-il encore, et je t'attendrai quand même.

Il quitta la brasserie malheureux comme il ne l'avait jamais été. Mais c'était un enfant gâté et il n'avait pas vraiment souffert jusque-là.

4

La fin du mois de septembre s'organisa cahin-caha. Augustin et Suzanne, toujours discrets mais efficaces, s'occupèrent beaucoup de leurs petits-enfants. Ils les emmenèrent en pique-nique dans la forêt de Roumare, au muséum d'histoire naturelle, au jardin des plantes et au cinéma. Un dimanche, Augustin les chargea même de décorer la vitrine du magasin. Suzanne, dans un accès de dévouement, les conduisit au magasin Glups de la rue du Gros-Horloge et les laissa emplir un énorme sac de bonbons multicolores.

Comme tous les enfants, Camille et Jérémie posaient des questions directes auxquelles Valérie tentait de répondre le plus franchement possible. Elle leur expliqua donc qu'elle avait décidé de se séparer de leur papa mais qu'ils le verraient tant qu'ils voudraient. C'est en leur énonçant cette vérité toute simple qu'elle en prit vraiment conscience. Camille semblait regretter ses anciennes amies de classe, et Jérémie la maison de Mont-Saint-Aignan pour la piscine. Afin de les distraire, Valérie les autorisa à rentrer seuls de leur nouvelle école qui était proche, à condition qu'ils se tiennent par la main.

Augustin se démena comme un beau diable pour trouver un appartement dans le quartier. Il aurait aimé garder sa fille et ses petits-enfants mais ils étaient très à l'étroit au-dessus du magasin. Il en parla à tous les commerçants, fit le tour des agences immobilières et finit par dénicher un beau trois-pièces dans une très vieille maison, deux rues plus loin. Il s'agissait d'un deuxième étage un peu sombre mais les chambres étaient très grandes et tout venait d'être repeint en blanc. Les colombages de la façade et la cheminée de pierre qui trônait dans le salon amusèrent les enfants et conquirent d'emblée Valérie.

Dès qu'elle se mit en rapport avec le propriétaire, elle comprit que les ennuis commençaient. Elle avait couru d'une clinique à l'autre, pendant dix jours, présentant partout sa candidature sous le nom de Valérie Prieur. Elle avait dû effectuer un certain nombre de démarches comme sa réinscription au conseil de l'ordre ou des photocopies de ses diplômes, certifiées conformes aux originaux par le commissariat. Ces recherches l'avaient tellement accaparée qu'elle ne s'était pas encore demandé comment sa vie allait s'organiser sur un plan pratique. Or elle s'aperçut avec stupeur que, dès qu'il s'agissait d'un engagement financier – caution, loyers d'avance, bail –, elle avait besoin de la signature de son mari. Elle n'existait, pour son banquier par exemple, qu'en tant que madame Mathieu Keller. Tous les documents qu'on lui remit devaient être revêtus de l'accord de monsieur.

Elle n'avait pas encore revu Mathieu. Il lui avait téléphoné plusieurs fois, s'efforçant de paraître enjoué et patient, mais elle n'avait pas voulu le rencontrer. Lorsqu'elle pensait à lui, elle ne ressentait qu'une humiliation et une colère qui occultaient tout le reste. Elle était retournée chez elle prendre des vêtements et un certain nombre de choses pour les enfants, mais elle avait choisi un moment où elle était certaine qu'il serait à l'hôpital. Elle n'avait aucune envie d'entendre ses protestations d'innocence, ses déclarations d'amour, ses mensonges. À quoi bon se quereller de nouveau ? Il y avait quelque part dans cette ville une jeune femme du nom de Laurence qui attendait un enfant. L'enfant de Mathieu. Qui serait donc, s'il venait au monde, le demi-frère ou la demi-sœur de Camille et Jérémie. Cette idée suffisait à créer une infranchissable barrière. Elle savait qu'elle ne reviendrait pas en arrière. La trahison de Mathieu, survenant dans une période où rien ne la laissait présager, avait définitivement glacé Valérie. Elle ne s'était jamais refusée à lui, ne s'était jamais disputée avec lui, n'avait rien fait pour mériter d'être ainsi bafouée, trompée, ridiculisée. Elle ne le lui pardonnerait pas, quoi qu'il arrive désormais. Pourtant, il allait bien falloir qu'elle le voie, qu'elle lui fasse signer ces maudits papiers, qu'ils évoquent un peu l'avenir immédiat.

À contrecœur, Valérie l'appela un matin, à sept heures, avant qu'il ne parte pour Charles-Nicolle, et lui annonça qu'elle viendrait le soir même. Il eut l'air soulagé et ravi. Elle raccrocha, exaspérée, puis resta songeuse quelques minutes, regardant le téléphone sans le voir. Qu'avait-il fait, depuis dix jours ? La femme de ménage avait dû repasser ses chemises et tenir la maison en ordre, mais comment avait-il occupé son temps ? Ses soirées et ses nuits, par exemple ? Elle aurait bien parié qu'il n'avait pas fait pénitence en pleurant seul sur son oreiller !

Ce fut donc à regret qu'elle gagna Mont-Saint-Aignan en fin de journée. Lorsqu'elle gara sa voiture à côté de celle de Mathieu, sous les marronniers, elle éprouva une drôle de sensation. Elle ne se sentait déjà plus chez elle. Elle descendit, longea la piscine dont l'eau était un peu trouble, et aperçut son mari qui se tenait dans l'embrasure de la baie vitrée. Ils se retrouvèrent face à face, très embarrassés.

— Tu as maigri, dit-il en la détaillant.

Elle portait un jean et un blouson de cuir bleu marine sur son tee-shirt blanc.

— J'avais oublié à quel point ils sont verts... tes yeux... il faut les voir pour le croire...

Le compliment était sincère et elle esquissa un sourire.

— Viens, dit-il en l'entraînant dans le living.

Elle faillit éclater de rire en découvrant qu'il avait tamisé les lumières et dressé une table d'amoureux avec champagne et chandelles. La vaisselle était un peu disparate mais il avait dû prendre ce qui lui tombait sous la main. Il ne s'occupait jamais de ce genre de choses. Jusque-là, il avait trouvé normal d'être servi par sa femme.

— Quel cinéma tu fais... murmura-t-elle en s'asseyant au bord du canapé.

— Ne t'installe pas comme ça, on dirait que tu es en visite !

Il vint près d'elle et la poussa vers le dossier.

— Je ne sais pas par où commencer, prévint-il. Mais nous

avons sûrement beaucoup de choses à nous dire. Les enfants ?

— Ils vont très bien.

— Leur nouvelle école leur plaît ?

Il gardait un ton uni, presque poli.

— Oui, je crois. À ce propos, il faut que tu signes un papier pour la directrice... Et puis, ils aimeraient te voir.

— Moi aussi ! Ils sont chez eux, ici, ils ont leur chambre.

— Prends-les un week-end ? suggéra-t-elle.

— Tout un week-end ? s'écria-t-il. Mais qu'est-ce que j'en ferai ?

— Eh bien... Tu n'auras qu'à les emmener manger au McDo ou...

— Ah non ! Je ne me vois pas seul dans les rues avec les enfants. J'aurais l'impression d'être veuf !

D'évidence, il ne plaisantait pas. L'idée d'affronter son fils et sa fille sans sa femme le mettait mal à l'aise. Valérie comprit qu'il ne saurait plus comment les amuser au bout de dix minutes.

— De toute façon, cette situation ne va pas s'éterniser ?

— Bien sûr que si, dit-elle d'un ton ferme. D'ailleurs, j'ai trouvé un appartement. C'est pour ça que je suis là. Il faut que tu remplisses le dossier, que tu donnes ton accord et que tu fasses un chèque.

Crispé, il empoigna son paquet de cigarettes et en alluma une tandis qu'elle cherchait dans son sac les papiers du bail. Il y jeta un coup d'œil, fit semblant de lire puis les posa sur la table basse.

— Tu loues ça comme une résidence secondaire ? Je te rappelle qu'on ne peut pas avoir deux résidences principales, vis-à-vis des impôts.

Comme elle se taisait, sur la défensive, il reprit les feuilles et les examina pour de bon.

— Un peu cher, comme loyer... Tu me feras visiter, j'espère ? Et pour le meubler, que comptes-tu faire ?

— Acheter des trucs tout simples.

Après une brève hésitation, il choisit d'être magnanime. Il alla chercher un stylo et son chéquier, remplit le dossier, signa et rédigea les chèques nécessaires. Il en fit un autre, d'un montant de cinquante mille francs, à l'ordre de Valérie.

— Voilà, dit-il, avec ça tu vas pouvoir jouer à la dînette !

Il jeta le tout en vrac dans le sac de sa femme et se tourna vers elle.

— Écoute-moi, Valérie... Nous sommes dans une période un peu difficile... Mettons que ce soit comme une parenthèse, d'accord ? Je n'ai pas volé ce qui m'arrive, tu te venges et tu as raison. Mais il faut quand même garder les pieds sur terre ! Tu ne peux pas trimballer les enfants à droite et à gauche, c'est trop grave. Alors je t'accorde trois mois. Disons jusqu'à Noël. Ensuite, tu pourras revenir ici la tête haute, n'est-ce pas ?

Incrédule, elle le dévisageait comme si elle le voyait pour la première fois. Il se comportait en professeur Keller. Un homme dont les décisions n'étaient jamais contestées.

— Tu me « donnes » trois mois ? Je t'ai donné dix ans, Mathieu !

Devant le changement d'humeur de sa femme, il se hâta de battre en retraite.

— Je meurs d'ennui sans toi ! Trois mois, c'est la traversée du désert ! Tu me manques affreusement et je t'aime autant qu'il y a dix ans ! Davantage, même ! Tu es ma vie. Val...

Il s'était penché vers elle. Il la prit dans ses bras et l'obligea à venir contre lui malgré sa résistance, sans chercher toutefois à l'embrasser comme elle s'y attendait.

— Je comprends ce que tu ressens, murmura-t-il. J'y pense tout le temps. Je t'ai blessée, je t'ai fait souffrir...

Elle avait envie de protester car elle n'éprouvait pas de réelle douleur depuis qu'elle l'avait quitté.

— Mais si tu savais ce que j'endure, moi ! Je rêve de toi, j'ai envie de toi, tu m'obsèdes ! Quoi que tu puisses croire, il n'y a rien de changé dans mes sentiments pour toi. Quand tu seras un peu apaisée, nous pourrions faire un petit voyage, tous les deux. Je voudrais te voir danser, rire, t'occuper de moi... Je me suis mis dans mon tort, c'est vrai, mais je suis capable de te supplier, de me traîner à tes pieds si c'est ça que tu veux...

Il chuchotait, la tenant toujours serrée contre lui. Il ne lui avait jamais dit aussi clairement qu'il l'aimait. Elle déglutit péniblement, les larmes aux yeux. Il lui faisait de la peine, c'était une sensation nouvelle et désagréable. Joignant le geste à la parole, il s'était laissé glisser du canapé sur la moquette. À genoux devant elle, il constata qu'elle était émue.

— On fait la paix ?

Cette petite phrase était de trop. Valérie ne jouait pas à la guerre, ne rendait pas coup pour coup. Mais elle ne vivrait plus jamais avec Mathieu, elle le savait.

— Je suis désolée, dit-elle d'une voix étranglée. Et pourtant ce n'est pas à moi de l'être. Je... je crois que tu ne me comprends pas. Nos chemins se... se séparent.

Il se redressa lentement et se tint debout devant elle, la regardant sans indulgence.

— Tu es têtue... Bien, disons qu'il est encore trop tôt pour parler de notre avenir. Tu es toutes griffes dehors !

— Tu plaisantes ? Si j'avais sorti mes griffes, j'aurais tout cassé ici !

Elle ne lui avait jamais parlé sur ce ton et il se raidit.

— On dîne ? proposa-t-il. Je suis passé chez un traiteur en sortant de l'hôpital. J'espère que ça te plaira...

Il se dirigea vers la table, recula une chaise, attendit qu'elle le rejoigne. Il servit du champagne avant de filer à la cuisine où elle l'entendit ouvrir le réfrigérateur, froisser des papiers. Il revint, l'air triomphant, avec un grand plateau de fruits de mer.

— Et voilà ! Madame est servie !

— Une fois n'est pas coutume.

Ignorant la remarque, il s'installa en face d'elle.

— Je pars pour Tunis la semaine prochaine. Tu t'en souvenais ? Je serai absent quatre jours.

— Tu pars seul ?

— Évidemment !

— Tu auras le temps de voir les enfants d'ici là.

— J'essaierai. Mais j'ai un travail fou.

— À propos de travail, j'ai postulé un peu partout...

Il resta stupéfait, une huître à la main.

— Quoi ? Mais enfin, Val... Tu es devenue une vraie suffragette, ma parole !

La remarque était pleine d'aigreur. L'idée que sa femme puisse chercher du travail – et en trouver – l'exaspérait.

— D'ailleurs, tu n'as aucune expérience, tu n'as rien fait depuis dix ans !

— Vraiment rien ?

Elle le foudroyait du regard et il se hâta de corriger.

— En médecine, je veux dire. En cardio. Ce ne sont pas les quelques heures que tu avais gardées, au début... D'ailleurs, tout change si vite ! Tu vas être complètement larguée. Et les gens ne seront pas tendres, je te préviens. Surtout sachant que tu es ma femme !

— Plus pour longtemps, rassure-toi !

D'un bond, il se mit debout et contourna la table.

— Ne recommence pas ce chantage, c'est odieux ! Je ne veux pas que tu travailles et je ne veux pas entendre parler de divorce, c'est clair ?

Sans même s'en apercevoir, il avait tapé du pied comme un enfant.

— Je m'en fous, répliqua Valérie d'une voix tranquille. Tes exigences, vraiment, je m'en fous.

Il la prit par le bras et la souleva de sa chaise.

— Tu vas me faire tourner en bourrique ! Tu n'es venue que pour me dire des horreurs et pour avoir tes chèques ?

Pâlissant d'un coup, Valérie dégagea son bras.

— Tu ne te trompes pas de rôle, tu es sûr ? Tu crois que tu as le droit d'élever la voix ? Ce n'est pas toi qui as saccagé notre existence, dis ? Je fais des efforts, Mathieu, je ne te parle pas de ta petite infirmière et de ton futur bambin, mais tu ne les as tout de même pas oubliés ? Nous sommes séparés, il va falloir que tu te mettes ça dans le crâne. Et tu ne me dicteras plus jamais mes actes. Jamais ! Dix ans de soumission, ça suffit. Organise ta vie, je m'occupe de la mienne. Salut !

En trois enjambées, elle gagna la table basse et récupéra son sac.

— Attends ! Bon sang, attends !

Au lieu de fuir, elle lui fit face.

— Je veux pouvoir venir jusqu'ici sans avoir peur, articula-t-elle. Et partir sans me sauver. Tu comprends ?

Malgré tous ses efforts, son menton tremblait. Il n'était pas facile pour elle d'affronter son mari.

— Je te raccompagne, murmura Mathieu d'une voix apaisante.

En silence, ils marchèrent côte à côte jusqu'aux voitures.

— Il faut que je m'occupe de la piscine, dit-il distraitement, l'eau est en train de tourner.

— Les produits sont à la cave...

De nouveau, ils se sentaient gênés, étrangers l'un à l'autre

— Je peux quand même t'embrasser ? demanda-t-il.

Immobile, le dos appuyé à la portière, elle le laissa approcher. Il posa ses lèvres sur les siennes, prit doucement possession de sa bouche. Lorsqu'il lui frôla les seins de sa main, elle voulut reculer mais elle était coincée. L'étreinte ne lui procurait aucun plaisir. Au contraire, elle se sentait révoltée. Il s'écarta d'un pas, conscient de son échec. Elle s'installa alors au volant et démarra, s'obligeant à rouler lentement dans l'allée.

Pendant toute la semaine qui suivit, Valérie fut débordée. Elle passait des heures avec ses enfants, décidée à leur montrer les bons côtés de leur nouvelle existence. Chez Habitat, elle les laissa choisir des lits superposés. Il y eut une longue discussion pour savoir qui occuperait celui du haut et un roulement fut finalement décidé. Ensuite, ils jetèrent leur dévolu sur des bureaux d'architecte à tréteaux et des chaises tournantes. Valérie sélectionna quelques meubles simples et indispensables puis ajouta un peu de linge et de vaisselle à la commande. Son emménagement était prévu pour le lundi suivant et elle dut s'occuper de faire ouvrir les compteurs d'eau et d'électricité, prit une assurance, demanda une ligne de téléphone.

Chacune de ces démarches l'éloignait davantage de Mathieu. Elle les accomplissait avec plus de curiosité que de plaisir. Installer un nouveau cadre de vie, si rudimentaire soit-il, la mettait un peu mal à l'aise. Elle n'avait pas eu le temps de réfléchir, de se préparer. Du jour au lendemain, elle s'était trouvée précipitée dans une existence différente.

Suzanne s'était rendue à plusieurs reprises dans l'appartement encore vide. Elle avait pris des mesures et confectionné sur sa machine à coudre des rideaux de piqué blanc. Après réflexion, elle avait acheté ce tissu tout simple, classique, pour ne pas heurter sa fille en ayant l'air de décider à sa place. Elle la sentait désemparée, obnubilée par l'idée d'un travail à trouver, incapable de s'investir dans quelque chose d'aussi futile que de la décoration. Suzanne connaissait Valérie mieux que personne. Contrairement à Augustin, elle ne s'aveuglait pas et elle aurait pu dresser la liste exacte des qualités et des défauts de leur fille. Elle savait très bien que celle-ci, malgré la détermination dont elle faisait preuve, devait être habitée par le chagrin et par les doutes. Dix années d'habitudes et de vie facile ne pouvaient se gommer en un instant. Le soir, dans leur lit, elle essayait de faire part à Augustin de ses angoisses mais il n'en tenait aucun compte. Pour lui, Valérie avait eu mille fois raison de quitter son mari. Elle allait divorcer et refaire sa vie, quoi de plus simple ? Elle n'avait que trente-cinq ans, elle était belle et intelligente, où était le problème ? Et surtout, elle allait enfin pouvoir exercer, se réaliser dans son métier, devenir une sommité. Suzanne enrageait en écoutant Augustin. Comment pouvait-il croire que l'avenir de leur fille unique se réglerait si aisément ? Mathieu n'était pas le genre d'homme à se résigner, à accepter d'être plaqué en un après-midi. Seul dans sa grande maison de Mont-Saint-Aignan, il allait devenir fou. Augustin avait beau affirmer que c'était bien fait pour lui, Suzanne restait inquiète. Elle n'aimait pas son gendre mais elle le plaignait alors qu'Augustin le détestait cordialement, lui rendait son mépris au centuple. À cinquante ans, Mathieu restait un enfant gâté. Ses parents, qui profitaient d'une retraite dorée au soleil de la Floride, lui avaient toujours tout passé. Pour eux, il avait raison quoi qu'il fît et il avait grandi avec cette belle certitude. Lorsqu'ils avaient quitté la France, Mathieu ne les avait même pas regrettés, habitué à n'aimer que lui-même depuis toujours. Suzanne les avait rencontrés une seule fois, le jour du mariage. C'étaient des gens distingués et sans chaleur qui avaient à peine regardé leur belle-fille, tout occupés qu'ils étaient à admirer leur fils. De toute façon, durant la cérémonie et la réception, Suzanne et Augustin s'étaient sentis déplacés dans un monde qui n'était pas le leur. Valérie changeait de catégorie sociale, tant mieux pour elle, mais ce n'était pas grâce à son mari, c'était grâce à ses diplômes. Juste avant d'être la femme du professeur Keller, elle était devenue le docteur Prieur, interne des hôpitaux.

Tout en piquant les ourlets des rideaux, Suzanne s'était promis de veiller sur Valérie et sur ses petits-enfants avec la plus grande attention. Sa fille était en train de faire l'apprentissage d'une liberté retrouvée, il ne fallait pas l'obliger à retomber sous une quelconque autorité. Suzanne n'avait fait aucun commentaire à propos des meubles achetés. Pourquoi Valérie n'en avait-elle pas emporté de Mont-Saint-Aignan ? Peut-être ne voulait-elle pas affronter la vision d'un camion de déménagement, peut-être préférait-elle épargner Mathieu et ne rien tenter de définitif pour l'instant ? Ou alors, au contraire, elle ne souhaitait pas s'entourer d'objets appartenant au passé. Quoi qu'il en soit, il fallait respecter ses choix. Elle ne semblait pas vraiment malheureuse, c'était le principal. Pourtant, elle devait penser à la maîtresse de son mari. Avec plus de rage que de peine, c'était évident.

« Une gamine de vingt-trois ans ! Il devient sénile, c'est pas Dieu possible... » songea Suzanne avec écœurement.

— Je l'ai ! hurla la voix joyeuse de Valérie.

Sa mère avait sursauté et le fil de la canette s'était cassé net.

— Tu m'as fait peur ! protesta-t-elle, une main sur son cœur.

Avec un sourire éblouissant, Valérie contourna la machine à coudre et vint se planter devant la fenêtre.

— J'ai le poste, maman ! C'est juste un remplacement d'un mois et encore, à mi-temps ! Mais tu ne peux pas imaginer le plaisir que ça me fait...

Les yeux brillants de fierté, Suzanne observa sa fille un moment.

— Ton père va être si content... Où est-ce ?

— La clinique des Bleuets. Un établissement médiocre, à

mon avis, mais ça me mettra dans le bain... Je commence mardi.

— Je m'en réjouis beaucoup, ma chérie.

— Qu'est-ce que c'est que ça ? demanda Valérie en découvrant le coupon de tissu qui s'étalait jusqu'au sol.

— Tes rideaux. La rue est étroite, tu as du vis-à-vis, ce n'est pas comme dans ta maison...

Le visage grave, soudain, sa fille semblait contrariée.

— Je n'aurais pas dû choisir sans toi mais je voulais te faire la surprise, s'excusa Suzanne. Blanc, ça va avec tout...

— Ils seront magnifiques, maman, tu es très gentille. Mais tu sais... ce n'est plus ma maison, là-bas.

— Tu en es sûre, chérie ?

Valérie hocha la tête. Son regard était limpide, sans ombre. Elle s'assit à même le sol, aux pieds de sa mère.

— Il croit que je me venge, que ce sera passager, mais il se trompe. Je ne veux plus vivre avec lui, je ne veux plus qu'il me touche. Pas à cause de cette fille, enfin pas seulement... C'est juste que je n'en ai plus envie. Je n'en avais même pas conscience, pourtant il doit y avoir longtemps que... eh bien, que certaines choses étaient cassées, finies. Cette histoire d'enfant m'a fait vomir, au sens propre. Tous ces mensonges, cette faculté qu'il a de baiser l'une puis l'autre, et moi en prime ! Et aussi sa morgue, sa supériorité, son égoïsme ! Il fallait un détonateur, mais le baril était bien plein...

Médusée, Suzanne écoutait la confidence inattendue.

— Tu n'étais pas heureuse, chérie ?

— Je ne me posais pas la question. Je passais en dernier, maman. Tu connais ça, tu l'as vécu avant moi ! On pense aux enfants d'abord. À l'autre. Au confort de chacun, aux mille détails quotidiens, à se faire belle. On est comme... comme un bon petit soldat.

— Alors tu désertes ?

— Je crée mon propre bataillon, maman. À partir de maintenant, c'est moi le chef.

Malgré elle, Suzanne éclata de rire. Elle se pencha un peu et caressa les boucles de sa fille.

— Je t'adore, lui dit-elle en redevenant sérieuse.

Et, sans que rien l'ait laissé prévoir, Valérie se mit à pleurer au même instant. Suzanne laissa sa main sur les cheveux soyeux sans tenter un autre geste. Dans les sanglots qui secouaient sa fille, il y avait de la fatigue, de la nervosité, et peut-être même du soulagement.

Une autre femme pleurait, à l'autre bout de la ville, recroquevillée sur les coussins de son canapé. Même débarrassé de sa femme, Mathieu restait insaisissable. Il était venu plusieurs fois mais ne s'était jamais attardé. Bien sûr, il n'avait pas résisté à ses avances et il lui avait fait l'amour, mais en hâte, avec une sorte de violence qui ressemblait à de la rancune. Et chaque fois, il lui avait reparlé d'avortement. Or Laurence était décidée à tenir bon et à garder son enfant. Parce que c'était son seul moyen pour garder aussi Mathieu, qu'il le veuille ou non. Elle avait fait trop de projets pour renoncer, elle avait trop espéré pour s'effacer. Surtout maintenant.

Elle tendit la main vers un paquet de biscuits et déchira l'emballage. Elle mangeait trop, elle était en train de grossir mais elle avait besoin de trouver une consolation. Mathieu paraissait effondré du départ de Valérie, au lieu d'être soulagé. Il n'avait jamais beaucoup parlé d'elle à Laurence. Celle-ci était bien obligée de reconnaître qu'elle s'était livrée à des suppositions, qu'elle avait forcé le destin. La manière dont Valérie avait appris son existence et celle de l'enfant qu'elle portait restait un mystère. Mathieu éludait et semblait d'ailleurs ne pas le savoir lui-même. En tout cas, malheureusement, il n'y était pour rien.

Elle se leva et alla chercher une bouteille de soda qu'elle but au goulot, à longs traits. Il ne fallait pas qu'elle se laisse détourner de son but. Elle aimait Mathieu comme une folle. Il représentait le père qu'elle n'avait pas connu, l'amant, l'homme idéal. Dès qu'il ouvrait la bouche, elle était éperdue d'admiration. Il avait tout ce qui lui faisait défaut à elle, l'assurance, l'aisance et la position sociale, l'humour caustique, la faculté de juger le monde d'en haut. À côté de lui, elle se sentait toute petite et délicieusement en sécurité. Dès le début de leur histoire, elle avait décidé qu'elle l'aurait un jour pour elle toute seule.

Avec un soupir, elle se laissa tomber sur le canapé et se remit à grignoter. Il prétendait ne pas vouloir du bébé, soit, mais après la naissance il changerait peut-être d'avis. Elle se plaisait à imaginer Mathieu devant le berceau, attendri malgré lui.

Elle considéra le morceau de biscuit qu'elle s'apprêtait à engloutir et le rangea dans le paquet. Mathieu la désirait telle qu'elle était, un peu ronde mais pas obèse. Car il avait envie d'elle, il ne pouvait pas le cacher, il finissait toujours par craquer. Ce qui leur manquait à tous deux était un peu d'intimité. Il fallait absolument qu'elle arrive à le convaincre, pour ce voyage à Tunis. Il ne voulait pas en entendre parler mais tant pis, elle irait quand même. Quelques jours ensemble, loin de Rouen, ne pouvaient que les rapprocher. Elle lui montrerait à quel point elle savait se faire discrète.

Une brusque envie de lui téléphoner se mit à la tenailler. Elle mourait d'envie d'entendre sa voix, de savoir s'il avait l'intention de venir dans la soirée. Attendre jusqu'au lendemain lui paraissait une véritable torture. Elle vérifia d'un coup d'œil que sa valise était bien rangée dans le placard. Il ne fallait ni le brusquer ni le mettre devant le fait accompli. Pourtant, toutes ses affaires étaient prêtes et elle avait demandé son congé le matin même à la clinique. Il ne lui manquait que le billet d'avion. Lorsqu'il avait été question de ce voyage, la première fois, Mathieu avait dit qu'il s'en chargerait. Mais à présent, qu'allait-il faire ? Pourquoi refusait-il qu'elle l'accompagne ? Pour la punir, à cause du bébé ?

Sourire aux lèvres, Laurence s'allongea confortablement. Elle ne renoncerait pour rien au monde à cet enfant. Elle était sur le point de s'endormir lorsque le téléphone sonna, la faisant sursauter. Elle se précipita pour décrocher mais ce n'était que sa sœur qui voulait l'inviter pour la soirée. Elle refusa, prétextant un rendez-vous. Si Mathieu venait, elle ne voulait pas le manquer. Sa sœur, qui n'était pas dupe, lui dit vertement sa façon de penser avant de couper brutalement la communication.

Ce soir-là, Mathieu dîna en compagnie d'un confrère, un spécialiste de chirurgie cardiaque qu'il connaissait depuis trente ans et qui venait de divorcer. Ils échangèrent leurs impressions de célibataires en riant beaucoup et en buvant trop. Puis il rentra seul chez lui et s'endormit aussitôt. Le lendemain matin, il s'attarda jusqu'à l'arrivée de la femme de ménage et lui demanda de s'occuper de sa valise, car il partait pour Tunis le soir même. Ensuite, il fila à Charles-Nicolle où il travailla sans entrain toute la matinée. Il acheva la rédaction d'un article sur l'administration des digitaliques dans l'insuffisance cardiaque à bas débit, un de ses sujets favoris. Il écrivait beaucoup, multipliant les communications dans des revues internationales.

Laurence téléphona deux fois mais il fit signe à Sylvie de répondre qu'il n'était pas là. Il ne voulait pas lui parler ni écouter ses jérémiades. Il comptait sur le séjour en Tunisie pour se changer les idées, pour essayer de se distraire un peu et, pourquoi pas, pour faire des rencontres. De là-bas, il enverrait une lettre à la pauvre Laurence et s'en débarrasserait pour de bon. Ou bien il l'appellerait. À cette distance-là, il ne risquerait pas d'être tenté. Tous ces derniers temps, ils n'avaient fait que des câlins au lieu d'avoir une vraie discussion, c'était consternant. Oui, un coup de téléphone arrangerait les choses. C'était moins dramatique – et aussi moins compromettant – qu'un courrier. À force de ne rien vouloir entendre, de pratiquer la politique de l'autruche, Laurence avait élevé un mur infranchissable entre eux. Parce qu'elle l'attirait comme un pot de miel, il s'était mis dans les ennuis jusqu'au cou. Il fallait qu'il se comporte en adulte et qu'il rompe. D'autant plus que, il l'avait deviné, elle s'était mis en tête d'être la seconde madame Keller. Une idée vraiment désopilante. Ah, elle ne doutait de rien !

À cinq heures du soir, Mathieu s'installa avec une dizaine de ses confrères dans le train pour Paris. Deux compartiments de première classe leur avaient été réservés. Dès le lendemain, ils devaient assister aux discours et diverses manifestations de l'hôpital Charles-Nicolle de Tunis. L'homme qui avait donné son nom aux deux établissements était rouennais d'origine et avait dirigé pendant trente ans, au début du siècle, l'institut Pasteur de Tunis. Il avait obtenu le prix Nobel pour ses travaux de bactériologie et depuis quelque temps, dans les deux pays concernés, on célébrait sa mémoire en grande pompe, une année en France, l'autre en Tunisie. C'était l'occasion d'un échange intéressant sur le plan professionnel, durant cinq jours, mais aussi le prétexte à des festivités. C'était surtout, pour Mathieu, une possibilité d'évasion. Il décida d'oublier Laurence et d'envoyer des cadeaux à Valérie pour les enfants. Il n'avait pas eu le temps de les voir mais il se rattraperait à son retour. Avec un peu de chance, il trouverait des choses insolites ou originales à acheter. Si seulement sa femme pouvait sourire ou se laisser émouvoir en ouvrant les paquets, il marquerait un point. L'éloignement et le temps travaillaient pour lui, il en était certain.

— C'est moi qui commence, on était d'accord ! hurla Jérémie.

Il s'accrochait aux barreaux de la petite échelle conduisant au lit du dessus. Cramponnée au pyjama de son frère, Camille tirait de toutes ses forces.

— Vous allez vous faire mal ! protesta Valérie qui terminait l'installation d'une prise pour la lampe de chevet.

Après un dernier coup de tournevis, elle se redressa, en nage. Elle avait l'habitude du bricolage et n'était pas maladroite.

— Le propriétaire a tout fait repeindre, d'accord, mais les baguettes électriques sont hors d'âge, dit-elle à son père. Sans parler des fusibles... je ne sais même pas si c'est légal. Il doit bien y avoir des normes de sécurité...

Il finissait de ranger les livres de classe sur une étagère. La chambre des enfants était vraiment gaie et spacieuse.

— Maman ! hurla Camille qui venait de prendre un coup de pied en pleine figure.

— Jérémie ! Descends de là tout de suite ! Vous n'êtes pas de parole ni l'un ni l'autre ! Vous ne deviez pas vous chamailler pour ces lits.

Ils se mirent à crier ensemble et Valérie leur fit signe de se taire.

— On va tirer à la courte paille, d'accord ? Et, chaque lundi, on tournera.

Jérémie voulut sauter par terre et il atterrit sans douceur.

— Et le premier qui n'utilise pas l'échelle passe son tour, ajouta Valérie en regardant son fils. Venez avec moi, il y a des pailles dans la cuisine.

Suzanne avait dressé la table et préparé des sandwiches pour leur pique-nique improvisé. Augustin avait apporté deux bouteilles de pouilly pour fêter l'emménagement.

— Tu as dit que tu ferais du feu dans la cheminée, grand-père ! rappela Camille d'un ton autoritaire.

Il avait déjà vérifié le tirage et promis qu'après le dîner il arrangerait une belle flambée. La fin du mois de septembre était maussade, pluvieuse.

— Chose promise... répondit-il en souriant.

Valérie lui jeta un coup d'œil reconnaissant. Elle était consciente de tout le mal que se donnaient ses parents, de leur bonne humeur inaltérable, de leur dévouement et de leur tendresse. Il allait bien falloir qu'elle apprenne à vivre seule mais, pour le moment, elle était heureuse de leur présence.

— Alors c'est demain le grand jour ? dit Augustin.

Il ne parvenait pas à dissimuler sa fierté. Sa fille allait enfin enfiler une blouse blanche, mettre un stéthoscope autour du cou et exercer son métier de cardiologue.

— À toi, mon lapin...

Elle but en même temps que lui, cul sec, pour lui faire plaisir.

— Quand est-ce qu'on verra papa ? demanda Camille, la bouche pleine.

— Il est en voyage, ma chérie. Dès son retour, c'est promis. Il a eu beaucoup de travail, ces jours-ci...

— Et toi aussi tu vas travailler, maintenant ?

Une petite inquiétude avait percé dans la voix de Jérémie. Valérie s'assit, prit son fils sur ses genoux et l'embrassa dans le cou.

— T'es docteur, alors ? demanda-t-il.

— Oui, mon chéri.

Elle croisa le regard de sa mère, esquissa un sourire et embrassa de nouveau son fils. Une rafale de vent fit vibrer l'un des carreaux et ils tournèrent leurs têtes ensemble vers la fenêtre. Il faisait déjà presque nuit.

— Le temps se gâte, dit Suzanne.

Une fois de plus, Valérie éprouva une étrange sensation d'irréalité. Elle se demanda fugitivement ce qu'elle faisait là. Puis elle se reprit aussitôt, attrapa un sandwich et se mit à le dévorer. Toute la journée, elle n'avait pas cessé de monter des escaliers et elle mourait de faim.

« Pas question de se laisser aller, ma vieille ! » se dit-elle en mastiquant avec énergie.

Ses parents et ses enfants la regardaient et elle avala sa bouchée avant de redemander du pouilly, l'air conquérant.

Après une nuit abominable, passée à sangloter et à téléphoner en vain, Laurence avait pris sa décision. Elle avait bouclé sa valise et s'était précipitée à la gare. Il fallait qu'elle rejoigne Mathieu coûte que coûte. Elle était incapable de rester dans son studio à se morfondre, c'était intolérable. Elle avait rêvé de ce séjour depuis un mois et elle n'y renoncerait pas quoi qu'il arrive. Elle connaissait le nom de l'hôtel où la délégation française serait reçue. Et elle avait suffisamment d'argent sur son compte pour s'offrir le billet d'avion. Il ne pourrait pas la renvoyer à Paris. Une fois sur place, elle se faisait fort de le séduire, de l'amadouer.

Tout le temps du voyage en train, elle échafauda divers plans, prépara des phrases et des attitudes. Ce ne fut que lorsqu'elle fut assise dans l'avion à destination de la Tunisie qu'elle commença à avoir peur.

— Toi ? Mais qu'est-ce que tu fais là ?

Stupéfaite, Valérie regardait son ami Carlier. Il éclata de rire et s'installa sur la chaise, de l'autre côté du petit bureau.

— Tu ne t'attendais pas à m'avoir comme patient, hein ? Eh bien, je voulais être le premier, ma grande ! Il y a une heure que je poireaute dans la salle d'attente mais je ne t'aurais ratée pour rien au monde. C'est trop beau de te voir enfin rejoindre les rangs.

— Oh ! dit-elle d'une voix émue, tu es tellement...

— Gentil ?

Il se remit à rire puis jeta un coup d'œil autour de lui.

— Pas terrible comme endroit. Mais c'est un début ! Tu verras, ils sont tous nuls, ici. Je t'avais trouvé un truc mieux que ça mais qui ne collait pas...

— Pourquoi ?

Un peu mal à l'aise, il se tortilla sur sa chaise.

— Eh bien, c'était dans la clinique où travaille ma petite copine... Elle est cadre de secteur à la maternité... Seulement, c'est aussi là que cette fille bosse, tu sais, celle dont on a parlé l'autre jour...

Il baissait les yeux mais il attendait sa réaction. Comme elle se taisait, il demanda :

— Tu vas bien, Valérie ? Tout le monde sait que tu as quitté Mathieu. J'ai un peu l'impression d'avoir précipité les choses.

— Ne t'inquiète pas, répondit Valérie d'un ton détaché. Le fait de la rencontrer ne m'a rien apporté et rien enlevé. J'avais pris ma décision avant. J'en avais marre d'être la risée de tout le monde, tu comprends ça ?

Elle avait prêché le faux pour savoir le vrai et Carlier tomba dans le panneau tête baissée.

— Bien sûr ! C'est ce que je me disais, te connaissant. Un jour ou l'autre, tu ne supporterais plus, c'était couru.

« Eh bien voilà, je suis fixée... J'étais ridicule mais je l'ignorais, c'est toujours comme ça... Quel salaud ! » pensa-t-elle avant de reprendre, à voix haute :

— Mathieu prétend que c'est fini entre eux mais je m'en moque. Après celle-là il y en aura une autre, et une autre ensuite...

Carlier fronça les sourcils, intrigué.

— Il en a fini avec elle ? C'est possible, mais je sais deux choses par ma copine. La première, c'est que cette fille passe son temps pendue au téléphone, à appeler Charles-Nicolle, et la seconde est qu'elle a demandé un conge pour la semaine. Juste au moment du congrès de Tunis !

Il soutint son regard. Il ne voulait pas lui faire de mal, bien au contraire. Elle s'était libérée de Mathieu, ce qui n'avait pas dû être une partie de plaisir, et il ne fallait pas qu'elle fasse marche arrière. Il y avait dix ans que Carlier la plaignait, de loin. Keller ne méritait pas une femme comme elle, c'était donner de la confiture à un cochon.

— Alors, d'après toi, ils sont partis ensemble ?

Le visage de Valérie s'était fermé. Mathieu lui avait menti jusqu'au bout, jusqu'à ses protestations d'amour éperdues, sa pseudo-rupture avec cette Laurence, sa solitude d'homme abandonné. Il avait décidément toutes les indécences, toutes les inconsciences.

— Tu as fait le bon choix, ma vieille, dit Carlier en se penchant au-dessus du bureau. Ce que je vais te dire est odieux mais il y a au moins une douzaine de nanas, à l'hôpital, qui se réjouissent parce que tu les as vengées. Tu connais le surnom de ton mari ? Le spécialiste des cœurs... brisés !

Plongeant son regard vert dans celui de Carlier, Valérie demanda :

— Est-ce que tu le détestes ?

— Tout le monde le déteste ! Ne me dis pas que ça t'étonne. Il ne s'est fait que des ennemis. Son meilleur atout dans la vie, c'était toi. Bien entendu, il n'en a pas la moindre idée. J'espère que tu vas réussir, Valérie. Dans le boulot, je veux dire. Quand on sait ce que tu valais, à l'époque de notre internat, et qu'il t'a délibérément empêchée d'exercer...

Sincère, il se contentait d'exprimer ce qu'il avait sur le cœur depuis très longtemps. Il se leva, à regret.

— Une dernière chose, ma vieille... Je ne suis pas venu ici ce matin pour essayer de te récupérer ou un truc de ce genre. Je n'ai jamais eu ma chance, avec toi, je ne suis pas assez idiot pour croire le contraire. Je joue franc jeu, je suis ton copain. Et je crois que tu n'en as plus beaucoup. Si tu as un coup de spleen, tu m'appelles et on t'emmènera dîner, je te présenterai ma petite amie.

Valérie resta interloquée une ou deux secondes puis elle

quitta son bureau et marcha vers lui. Elle lui posa les mains sur les épaules, le secouant gentiment.

— Tu es un frère, dit-elle d'une voix un peu rauque.

Dans un élan spontané, elle l'embrassa sur les deux joues. Il lui adressa un clin d'œil avant de franchir la porte. Elle attendit quelques minutes puis elle sortit dans le couloir pour aller chercher son premier patient. Pendant trois heures, elle se concentra sur son travail. Elle était crispée, avait peur de ne plus se souvenir de rien. Elle cherchait ses mots, hésitait dans ses prescriptions, consultait le Vidal sans arrêt. Elle ne se détendit que lorsque la salle d'attente fut enfin vide. À ce moment-là, elle prit le temps de relire les fiches, d'ajouter quelques commentaires de son écriture en pattes de mouche. Une infirmière vint la voir vers midi pour lui proposer du café. La clinique était assez silencieuse et son atmosphère n'avait rien à voir avec celle d'un hôpital, mais c'était un début. L'infirmière s'appelait Caroline, n'était pas vraiment jolie et devait avoir une trentaine d'années. Comme elle était très chaleureuse, Valérie eut l'impression qu'elles allaient pouvoir sympathiser, toutes les deux.

Lorsqu'elle regagna son appartement, il était presque deux heures. Elle n'avait pas faim mais elle se força à ouvrir une boîte de sardines. Ensuite, elle fit le tour de son nouveau domaine, qu'elle examina attentivement à la lumière du jour. L'ensemble était assez gai mais un peu trop dépouillé. Les enfants se chargeraient de mettre du désordre. Ce cadre de vie ne pouvait être que provisoire cependant il était correct. Plus tard, elle s'interrogerait sur ses goûts, ce qu'elle n'avait pas pris la peine de faire depuis dix ans.

Plus tard... C'était étrange d'avoir à s'inventer tout un nouvel avenir. Bizarre, oui, mais excitant. Il y avait si longtemps qu'elle n'avait rien décidé pour de bon !

Dans sa chambre, elle découvrit un bouquet de tulipes à l'étroit dans une carafe. Suzanne n'avait pas dû trouver de vase. Valérie regarda le téléphone qui était posé à même le sol avec un annuaire tout neuf. Elle s'assit à côté de l'appareil et le considéra pensivement un long moment. Puis elle composa le numéro de Mont-Saint-Aignan, écouta le répondeur qui précisait que le professeur Keller serait de retour le 2 octobre. Elle raccrocha, prit l'annuaire et chercha le numéro de Laurence. Là aussi, une bande enregistrée prévenait les correspondants que l'abonnée était absente jusqu'au 2.

Valérie reposa le combiné avec soin. Très bien. Carlier n'était pas méchant, c'était au contraire le plus chic type qu'elle connaisse. Et il avait raison, elle devait cesser de se vautrer dans le ridicule, d'être l'éternel dindon de la farce. Elle retourna l'annuaire et feuilleta les pages jaunes. Il y avait une liste impressionnante d'avocats à Rouen. Quelques noms lui étaient familiers et elle ne s'y arrêta pas. Elle allait devoir confier le choix de son défenseur au pur hasard. Elle opta pour un cabinet de groupe dont l'annonce publicitaire s'ornait d'un dessin amusant. Elle demanda un rendez-vous avec le premier des trois associés mais il était en vacances pour deux semaines. On lui proposa le second, qui portait un nom breton, et qui pouvait la recevoir le surlendemain.

5

Ce fut pire que tout ce que Laurence avait pu redouter. Il faisait une chaleur torride à Tunis et elle avait mal supporté le vol. Pour la première fois depuis qu'elle était enceinte, elle avait éprouvé des nausées. Ensuite, elle avait dû patienter interminablement avant de récupérer sa valise. Quand elle était enfin montée dans un taxi, elle s'était regardée dans le miroir de son poudrier et avait découvert sa mine épouvantable. Parvenue à l'hôtel où étaient descendus les médecins français, elle avait espéré qu'elle pourrait attendre dans la chambre de Mathieu pour lui faire la surprise. Mais le réceptionniste n'avait rien voulu savoir et elle avait fini par s'asseoir dans le hall, malade d'inquiétude. Elle n'était plus très sûre d'avoir eu raison de venir jusque-là.

Au bout d'une bonne heure d'hésitation, elle se résigna à abandonner sa valise et gagna les toilettes pour se recoiffer et arranger son maquillage. Elle transpirait malgré la climatisation, elle avait les yeux cernés et ses vêtements étaient froissés. Un quart d'heure plus tard, elle retourna s'asseoir, commanda un café à un chasseur et demanda s'il y avait des journaux français. Elle aurait dû prendre le risque de se présenter sous le nom de madame Keller. On l'aurait laissée monter et elle aurait pu prendre un bain, se changer. Elle ne connaissait pas le programme du congrès et n'avait aucune idée de l'heure à laquelle Mathieu rejoindrait son hôtel. L'idée de passer toute la journée dans ce hall la déprimait. Elle commençait à se demander si elle n'avait pas fait une folie en venant le relancer ici. Peut-être le plus sage était-il de prendre une chambre et d'aller s'y reposer. Elle en était là de ses tergiversations lorsqu'elle reconnut l'un des confrères de Mathieu qui s'engageait dans la haute porte à tambour. Elle se plongea dans la lecture de son quotidien, le cœur battant. Puis, ne sachant quelle attitude adopter, elle se mit à surveiller du coin de l'œil ceux qui entraient dans l'hôtel. Mathieu arriva parmi les derniers, lancé dans une conversation qu'il ponctuait de grands gestes. Laurence aurait voulu pouvoir se cacher mais il était trop tard, il l'avait aperçue. Son expression de stupeur puis, très vite, de contrariété ôta ses dernières illusions à la jeune femme. Il se tourna vers son interlocuteur, prononça encore quelques phrases puis il quitta les autres et traversa le hall.

— C'est une mauvaise blague ? dit-il d'un ton sifflant, en guise de préambule.

D'un regard, il nota la robe chiffonnée, les traits défaits, l'air pitoyable. Laurence lui sembla tellement indésirable et déplacée qu'il n'essaya même pas de mentir.

— Tu m'as poursuivi jusqu'ici dans quel but ? Comment faut-il s'y prendre pour que tu comprennes enfin ? Tu me mets dans une situation ridicule.

Il voulut s'assurer que personne ne les observait mais, lorsqu'il tourna la tête, il eut la désagréable surprise de découvrir qu'ils étaient le point de mire. Il s'assit dans le fauteuil le plus proche, croisa les jambes, alluma une cigarette et attendit que tous les gens qu'il connaissait aient disparu dans les ascenseurs.

— Tu m'avais promis ces quatre jours, rappela-t-elle d'une voix mal assurée. Je ne sais jamais à quoi m'en tenir avec toi. Tu traverses une période difficile et je veux t'aider à passer le cap.

Il se pencha vers elle, menaçant.

— C'est fini, la leçon de morale ? Je n'ai pas besoin de toi. Fous-moi la paix et retourne d'où tu viens.

Elle se mit à pleurer sans bruit et les grosses larmes qui roulaient sur ses joues achevèrent de délayer son maquillage. Il ferma les yeux un instant, exaspéré, essayant de recouvrer son sang-froid.

— Je reviens, déclara-t-il en se levant.

À la réception, il se renseigna sur les vols à destination de Paris. Il n'y avait aucune place le jour même et il prit une réservation pour le lendemain matin. Il n'y avait pas de chambre disponible non plus. Il demanda sa clef puis il revint près de Laurence qui n'avait pas bougé.

— Suis-moi, dit-il d'un ton maussade.

Machinalement, parce qu'il était bien élevé, il empoigna la valise et sans un mot la précéda jusqu'à sa chambre. Elle demanda aussitôt la salle de bains et il la lui désigna d'un geste. Elle s'y enferma tandis qu'il tournait en rond, furieux. La pièce était vaste et claire, avec de grandes fenêtres qui donnaient sur des jardins. La climatisation ronronnait doucement. Il ouvrit le mini-bar et se servit une vodka. Il eut le temps de la siroter avant que Laurence ne le rejoigne enfin. Elle s'était douchée, ses longs cheveux étaient mouillés et elle avait drapé autour d'elle une serviette de bain. Elle alla s'asseoir au pied du lit avec une mine de petite fille coupable.

— Je suis désolée, mon chéri...

— Pas autant que moi ! Ton avion décolle à dix heures demain matin.

C'était quand même un sursis et elle se sentit moins mal. Impitoyable, il ajouta :

— Il n'y avait pas de place aujourd'hui et je le regrette, crois-moi !

Il reprit une vodka mais ne lui proposa rien. Il but quelques gorgées en silence. Le matin même, il avait repéré une jolie petite interprète et il s'était dit qu'il allait l'inviter à faire une promenade le soir même. À présent, ce projet tombait à l'eau. Ce serait pour plus tard. Et peut-être un autre homme aurait la même idée que lui. Il jeta un coup d'œil sans complaisance à Laurence. Cette gentille idiote ne comprenait rien au plaisir de la conquête.

— Je préfère croire qu'il s'agit d'un malentendu, déclara-t-il enfin. Tu ne l'as pas fait délibérément.

Mais il savait très bien qu'elle avait agi en connaissance de cause. Exactement comme pour le bébé.

— Je ne suis pas libre ce soir, nous avons un dîner de gala auquel il n'est pas question que je t'emmène. Tu n'auras qu'à te faire monter un repas ou aller te balader en ville, comme tu veux.

— Bien sûr ! s'empressa-t-elle d'accepter. Je t'attendrai tranquillement, ne te fais pas de souci.

— Mon seul souci est que tu arrêtes de me poursuivre ! cria-t-il.

Pour ne plus la voir, il alla se poster devant la fenêtre.

— Ma pauvre Laurence, je ne veux pas être méchant mais mets-y un peu du tien... Je n'arrive pas à discuter avec toi, j'ai l'impression que ça ne sert à rien, c'est un vrai dialogue de sourds.

— Mathieu, s'il te plaît..

Il fit volte-face, furieux.

— Ne m'interromps pas !

D'un geste craintif, elle resserra la serviette éponge autour d'elle. Elle devinait qu'il allait la condamner sans appel.

— Je ne referai jamais ma vie avec toi, dit-il à mi-voix. Même pas un petit bout. Il faut que ce soit clair. Je suis navré que tu attendes un enfant, navré que tu veuilles le garder, mais ça ne change rien. Je ne t'aime pas. Ce n'est pas drôle d'avoir à le préciser mais tu m'y obliges... Physiquement, tu m'as plu parce que tu es jeune et jolie. Seulement tu es tout de même adulte et tu dois comprendre certaines choses. Je n'étais pas le premier, je ne serai pas le dernier dans ta vie. C'était un moment, entre nous, rien de plus qu'une attirance. Maintenant, c'est terminé. Ce n'est pas la peine de te mettre à pleurer ou à danser toute nue sur ce lit.

Elle refoulait ses larmes, immobile, statufiée.

— Il y a quelque chose que je ne pourrai jamais te pardonner, poursuivit-il, c'est le départ de Valérie. Je suis amoureux de ma femme, même si je la trompe. Très amoureux ! Et je ferai tout pour la récupérer. Demain matin, tu sortiras de ma vie pour de bon. N'aie pas peur, tu te consoleras vite ! En ce qui concerne cet enfant, tu devrais te dépêcher de prendre une décision raisonnable. Mais c'est toi qui choisis, ça ne m'intéresse pas. Je vais te donner de l'argent, c'est normal, tu en auras besoin...

Comme elle l'avait laissé parler sans l'interrompre, il sentit que sa colère retombait.

— Je te parais sûrement très cruel, mais ce n'est pas si simple, à mon âge... Cette fois, je n'ai rien à ajouter.

Il posa son verre sur une table et se dirigea vers la salle de bains. Quand il eut fermé la porte, Laurence s'affaissa sur elle-même. Elle avait froid, elle était au-delà du désespoir. Une photo, sur la table de chevet, attira son attention. Elle se pencha un peu pour mieux voir mais c'était bien de Valérie qu'il s'agissait. Les yeux verts, les boucles courtes et un sourire triomphant narguaient l'objectif. Elle n'osa pas se saisir du cliché pour le déchirer comme elle en mourait d'envie. Jamais Mathieu ne lui avait paru si séduisant et si beau qu'aujourd'hui. Jamais elle ne pourrait se guérir de lui. Il ne lui laissait aucune chance, aucun espoir. Mais quand même, cette nuit, ils allaient dormir ensemble par la force des choses. Durant ces quelques heures, serait-il possible de trouver un moyen pour le faire céder ?

À Rouen, il pleuvait depuis des heures. Valérie était trempée quand elle sonna à la porte de l'étude. Une secrétaire l'introduisit immédiatement dans le bureau de maître Ludovic Carantec qui l'attendait.

— Je suis désolée de ce retard, dit-elle en lui adressant un signe de tête qui envoya quelques gouttes sur le sous-main.

— Asseyez-vous, je vous en prie, proposa l'avocat avec un sourire. Si vous voulez vous servir...

Il poussait vers elle une boîte de mouchoirs en papier. Un peu interloquée, elle regarda la boîte puis l'homme dont les yeux sombres brillaient d'amusement et elle se mit à rire. Elle passa ses doigts dans ses boucles pour les décoller de son front.

— Je suis ici pour intenter une action en divorce, annonça-t-elle tranquillement.

— Mon Dieu, malheureux homme !

C'était une simple boutade mais elle fronça les sourcils.

— Excusez-moi, je plaisantais... Nous allons commencer par le début, madame Prieur. D'abord, un peu d'état civil c'est obligatoire.

Il prit un formulaire, sur une pile, et demanda son identité exacte à sa cliente.

— Valérie, Suzanne, Augustine, née Prieur...

Elle donna sa date de naissance et sa nouvelle adresse. Ensuite, elle passa à Mathieu puis aux enfants.

— Pour le moment, ils résident chez vous ? s'enquit l'avocat.

— Pour le moment et pour tout le temps, je ne crois pas que mon mari aimerait s'en occuper !

Il leva la tête, la dévisagea et lui adressa un nouveau sourire encourageant. Il avait beaucoup de charme mais il n'en jouait pas. Il cherchait seulement à la mettre un peu à l'aise. Elle remarqua, amusée, qu'il avait la même couleur de cheveux qu'elle. La pluie tombait en rafales, heurtant les carreaux avec violence. Il n'était que midi et demi mais le ciel était vraiment plombé, sinistre.

— L'automne commence bien mal, dit-il en se levant pour allumer une lampe halogène. Pourquoi voulez-vous divorcer, madame Prieur... euh, Keller ?...

Valérie regardait ses mocassins beiges sur lesquels des auréoles sombres s'étalaient. Elle aurait mieux fait d'éviter les flaques, ce chevreau fragile n'allait pas s'en remettre. Prenant soudain conscience du silence, elle releva les yeux vers l'avocat qui attendait sans aucune impatience.

— Parce que j'en ai marre, murmura-t-elle.

Une boule s'était formée dans sa gorge et elle dut avaler plusieurs fois sa salive. Ne sachant pas très bien par où commencer, elle choisit la fin et raconta sa brève entrevue avec Laurence. Puis elle récita la lettre qu'elle connaissait par cœur, décrivit la maison de Mont-Saint-Aignan, passa à l'hôpital Charles-Nicolle et au poste qu'occupait son mari, en vint à ses propres années d'internat.

— J'étais vraiment gonflée à bloc, à ce moment-là. Je voyais le bout des études, la sortie du tunnel, la récompense. Mathieu était un chef de service jeune mais très, très impressionnant. Il m'a bluffée, bien entendu. J'avais vingt-quatre ans et je ne connaissais pas grand-chose d'autre que Rouen... et un petit peu de cardio, quand même... Je ne suis pas tombée dans ses bras tout de suite, je trouvais que ça faisait très... roman-photo ! Tout le monde me répétait que j'avais de la chance, alors je l'ai cru. Mathieu n'avait jamais proposé le mariage à aucune fille, après tout ! Il me plaisait beaucoup mais, c'est drôle, je crois qu'il me plaisait de loin. J'aimais qu'il m'aime mais je ne sais pas si je l'aimais, lui.

Elle fit une pause, inquiète à la pensée de s'égarer dans un récit inutile. Mais l'avocat restait silencieux, attendant la suite.

— Mes parents sont des gens formidables, reprit-elle. Ils auraient dû être flattés par la position sociale de leur gendre ! Et, au contraire, ils ont eu l'air presque déçus. Même s'ils n'ont rien dit... À peine mariés, Mathieu a voulu des enfants. J'étais en dernière année de spécialité et, quand je me suis retrouvée enceinte, il m'a suggéré de laisser tomber la cardio. J'ai voulu finir, malgré tout, et j'ai été bien inspirée... Il disait que j'étais fatiguée, que ce serait mauvais pour le bébé. Je crois qu'il ne tenait pas à ma présence dans son service. J'étais devenue sa femme, ma place était à la maison. Nous nous sommes accrochés plusieurs fois. J'ai bouclé en juin et Camille est arrivée en juillet, avant terme. Un nouveau-né fragile, comme prévu. Mathieu a toujours raison, c'est bien connu ! J'ai adoré ma fille dès la première minute mais j'avais l'impression qu'il me manquait quelque chose. L'ambiance de l'hôpital, le travail... J'avais gardé une matinée de consultation par semaine, comme attachée, mais ce n'était plus la même chose, j'étais devenue étrangère au service...

Le regard vert de Valérie effleura Ludovic Carantec sans le voir. Elle avait dû traîner Camille de pédiatre en pédiatre. Alors que le bébé fêtait ses trois mois avec une bronchite carabinée, elle s'était aperçue qu'elle attendait un deuxième enfant. Mathieu s'était montré ravi L'idée d'un véritable retour à l'hôpital s'était de nouveau estompée. Jérémie était né en été, lui aussi. Un gros bébé joufflu qui criait toutes les nuits et dormait dans la journée. Camille avait continué d'enchaîner les maladies infantiles sans en oublier une seule. Valérie avait dû emmener les enfants au bord de la mer durant des étés entiers. Le reste du temps, Mathieu invitait beaucoup de monde. Il aimait être entouré, admiré. C'était également un mari très assidu. Il réclamait un troisième enfant sur tous les tons et Valérie s'était fait poser un stérilet sans lui demander son avis. Il avait acheté le terrain de Mont-Saint-Aignan et elle avait été mobilisée par les travaux. Ensuite, il avait fallu décorer cette trop grande maison. Puis le moment d'inscrire Camille à l'école était arrivé, et les allées et venues avaient commencé.

— Je croyais toujours être plus libre l'année suivante. C'est fou comme le temps passe vite. On peut engloutir une vie sans y prendre garde. J'ai été aveugle. Les femmes ont le goût du dévouement... J'ai lâché ma matinée à l'hôpital. Mais j'allais toujours suivre les cours ou les conférences à l'université. Je voulais absolument rester dans ce monde-là, me tenir au courant des évolutions, des découvertes.. Seulement, il y a des choses qu'on ne peut pas faire à moitié, ça ne sert à rien...

Mathieu s'absentait parfois. De temps à autre, il rentrait tard. Quelques détails auraient dû alerter Valérie mais elle avait voulu les ignorer.

— Vous aviez des doutes sur sa fidélité ?

— Sûrement. Mais je les faisais tenir tranquilles. Je suppose que ça devait m'arranger, d'une certaine façon. Mathieu est épuisant... dans tous les domaines...

Il esquissa un sourire, toussota puis demanda :

— Toutes vos affaires personnelles sont restées au domicile conjugal ?

— À la maison, oui... Vous savez, c'est un endroit prétentieux et sans âme mais je ne m'en suis aperçue qu'en partant. J'ai grandi dans un petit appartement merveilleux. Oh, je le vois comme ça parce que c'était une époque formidable. J'étais Valérie Prieur, avec un bel avenir... Mme Mathieu Keller m'a endormie pendant dix ans, je n'en reviens pas. Une bourgeoise dans l'ombre du grand homme ! Ce n'est déjà pas très brillant mais, en plus, j'étais la « pauvre » madame Keller. Celle qui ne voit rien. Qui affiche un sourire imbécile en passant les petits fours ! Qui ignore pourquoi les autres rient et se poussent du coude.

Un grondement de tonnerre secoua les vitres. Ludovic, impassible, gardait les yeux fixés sur sa cliente.

— Comment a-t-il pris votre départ ?
— Bien... Enfin, je... Il a voulu tout arranger avec un cadeau, un voyage, comme d'habitude. C'est son langage, il n'en connaît pas d'autre. Mais gâter une femme, lui faire l'amour, ce n'est pas s'intéresser à elle. Il s'imagine que je vais revenir dans quelque temps. Alors, en attendant, il se croit malheureux mais il continue sa petite vie de don Juan. En ce moment, sa maîtresse est avec lui à Tunis.
— Vous pensez qu'il tient à elle ?
— Non... Même pas. Il en parle mal et ça sonne juste. C'est elle qui a dû vouloir un bébé. Ou bien c'est un accident. Mais ce n'est pas ça qui le gêne. C'est seulement de s'être fait avoir... Mathieu est un enfant. Un vieil enfant... Vous savez... comment dire... J'ai été obligée de faire un test pour... eh bien, pour le sida... parce que ça existe, n'est-ce pas... et quand je pense à ce risque-là, je trouve que c'est vraiment immonde... Aujourd'hui, l'infidélité a un prix exorbitant, pour celui qui est trompé... Bien sûr, le résultat du labo est négatif... heureusement ! Sinon je ne sais pas ce que j'aurais été capable de faire... En tout cas, je ne serais pas là à vous parler tranquillement.

Elle avait du mal à respirer et ne prononçait plus que des phrases hachées, entrecoupées de silences... Elle prit un mouchoir en papier pour essuyer ses joues tout en reniflant. Ludovic tourna la tête, un peu embarrassé. Il pleuvait toujours mais plus doucement à présent. Il se leva, fit quelques pas autour de son bureau. Beaucoup de femmes avaient pleuré dans cette pièce mais Valérie avait quelque chose de différent. Il était persuadé qu'elle n'avait pas parlé aussi librement depuis très longtemps. Elle dégageait un curieux mélange de détermination et de fragilité. Il jeta un rapide coup d'œil vers une pendulette ancienne.

— Madame Prieur, avez-vous faim ?
Surprise, elle le dévisagea.
— Faim ?
— Il est treize heures trente. Que diriez-vous de poursuivre cette conversation devant une assiette ?
— Mais, je...
— Parfait, alors allons-y, je prends un parapluie.

La proposition ne semblait pas incongrue tant il y mettait de naturel, de spontanéité. Lorsqu'ils se retrouvèrent dehors, il faisait toujours très sombre. La pluie, fine et serrée, était froide pour un début d'automne. Il y avait peu de gens dans les rues. Valérie frissonna, releva le col de son imperméable puis sentit que Ludovic la prenait par le coude.

— Restez là-dessous...

Il la protégeait avec son grand parapluie noir et rouge. Marchant vite, ils s'engagèrent dans une rue étroite et se retrouvèrent devant le restaurant du Beffroy. Il n'eut même pas besoin de demander une table. On les conduisit dans un coin tranquille et Valérie en conclut qu'il devait être un habitué. Elle s'absorba dans le menu, étonnée de constater qu'elle était affamée. Ludovic passa la commande, la consulta pour le vin et opta pour un bordeaux. Quand le maître d'hôtel se fut un peu éloigné, ils échangèrent un regard.

— Êtes-vous pressée ?
— Non.
— Tant mieux. J'aimerais assez que vous poursuiviez votre histoire.

Désemparée, Valérie eut une moue impuissante.

— Je crois que vous savez à peu près tout.
— Oh, non ! Nous sommes loin du compte. Votre mari a-t-il l'habitude de s'adresser à un avocat en particulier ?
— Oui, il est assez lié avec François Bréval. Je suppose que c'est lui qu'il choisira.
— Très bien. Je le connais, il va nous donner du fil à retordre.
— Pourquoi donc ? Je ne demande rien de spécial.
— La question n'est pas là. Aucun divorce ne se passe bien. Dès qu'on parle d'argent, c'est un désastre. Dans votre cas, votre mari a tous les torts. Au regard de la loi, s'entend. Sauf que vous n'auriez pas dû abandonner le domicile conjugal...
— Vous seriez resté, vous ?

La question avait fusé, nette, agressive. Il secoua la tête, amusé.

— Je n'en sais rien... Sans doute pas. Je voulais seulement

dire que vous auriez mieux fait de le mettre dehors, mais passons. Est-ce que la fumée vous dérange ?

Il lui offrit une cigarette et lui donna du feu. Il avait une manière étrange de tenir le filtre de la sienne entre ses dents. Elle remarqua qu'il avait le teint mat, des traits énergiques et bien dessinés, qu'il était un peu maigre. Il devait avoir une quarantaine d'années à peine. Il avait un sourire charmant, juvénile, et elle ne l'imaginait pas en train de plaider.

— J'ai du mal à réaliser que vous êtes cardiologue, madame Prieur.

Parce que leurs pensées s'étaient superposées, Valérie le trouva soudain sympathique.

— Si je vous appelle maître, vous m'appellerez docteur ? dit-elle en plaisantant.

— Ce n'est pas ça, non. Vous pourriez être pédiatre ou chirurgien, ce serait convenable, mais pour moi un cardiologue est un monsieur sérieux, d'un certain âge. Celui qui a soigné mon père avait une grande barbe blanche et des lunettes... Est-ce que c'est intéressant, la cardio ?

— Passionnant ! C'est le centre de la machine. Le cœur est ce qui préoccupe le plus les gens. Vous n'aviez pas remarqué ? Je ne comprends même pas qu'on puisse choisir une autre spécialité. Je devais avoir dix ans quand j'ai décidé que ce serait ça ou rien.

— Et toutes ces études ?

— Longues, laborieuses, chères.

Les yeux de Valérie le fascinaient. Tout en l'écoutant il cherchait un adjectif pour qualifier leur surprenante couleur.

— Vous avez trouvé un emploi temporaire, c'est bien ça ?

— Oui, dans une clinique de second ordre, mais c'est juste pour me remettre dans le bain. Évidemment, j'espère obtenir mieux que ça. Ce qui ne sera sans doute pas facile ! Mathieu ne fera rien pour m'aider et peut-être même me mettra-t-il des bâtons dans les roues, qui sait ? Quand je lui ai dit que je voulais travailler, il est monté sur ses grands chevaux.

Elle parlait entre deux bouchées mais mangeait de bon appétit. Elle termina son plat alors qu'il avait à peine touché au sien ; le serveur emporta tout et leur proposa des desserts. La mine gourmande, elle choisit des profiteroles.

— La première chose à faire est de demander une séparation de corps. Êtes-vous mariés sous le régime de la communauté des biens ?

— Les biens ? Mais... tout est à Mathieu, je suppose. Nous avions fait un contrat de séparation, au moment du mariage. De toute façon, je n'avais rien. Mon père est un modeste commerçant. Je dis modeste parce qu'il n'est pas riche, mais c'est plutôt un original. En principe, il vend des livres anciens. Le problème est qu'il veut tous les garder ! C'est un bibliophile passionné... Enfin bref, je n'avais que quelques jeans et une collection de tee-shirts.

Elle se souvint que, tout au début, elle n'osait pas demander de l'argent à son mari. Tous les mois, il lui faisait donc un virement bancaire pour qu'elle s'occupe des enfants, de la maison, d'elle-même. Il aimait la voir élégante mais elle rechignait à dépenser des fortunes pour s'habiller et ses réticences agaçaient Mathieu. Elle avait eu l'habitude de faire attention, de compter.

— Comment se présente l'avenir immédiat ? Êtes-vous convenus d'une somme quelconque, même temporaire ?

— Non... Mais ne vous inquiétez pas, je peux vous faire un chèque de provision. Je...

— S'il vous plaît !

D'un geste amical, il posa un instant sa main sur celle de Valérie puis la retira aussitôt.

— Nous en parlerons plus tard, dit-il gentiment.

Il commanda des cafés, recula un peu sa chaise et alluma une nouvelle cigarette.

— Avez-vous des amis, madame Prieur ?

— Non. Des relations, d'anciens copains, mais pas d'amis. Presque tous ceux avec lesquels j'ai fait mes études se sont installés ou sont partis vivre ailleurs. Mathieu n'invitait que des gens de sa génération, de son milieu social. Il est d'une excellente famille et il en est assez fier.

Ludovic trouvait son futur adversaire très antipathique. Il avait vaguement entendu parler du professeur Keller, de temps à autre, un bon spécialiste et un tombeur de filles.

— Mon histoire est banale, dit Valérie. Un mari trompe sa femme, elle s'en va avec les enfants. Il n'y a pas de quoi écrire trois actes.

— Vous n'êtes pas banale, riposta Ludovic.

Avant qu'elle puisse répondre, il demanda deux autres cafés. Il aurait aimé prolonger le déjeuner malgré l'heure tardive mais elle avait déjà deux fois consulté sa montre.

— Eh bien, je vous propose de nous revoir à mon étude la semaine prochaine. J'aurai sans doute quelques documents à vous faire signer.

Il improvisait, curieusement attristé à l'idée qu'elle allait le quitter. Il mit sa carte bancaire sur l'addition puis regarda de nouveau Valérie. Il la trouva incroyablement jolie.

— Si vous avez le moindre problème, n'hésitez pas à m'appeler. Même pour une question qui vous paraît futile.

Comme ils étaient les derniers clients du restaurant, le silence autour d'eux devenait gênant. Elle se leva et il l'imita, à regret. Il avait envie de l'embrasser et il se traita d'imbécile tout en lui serrant la main. Il la laissa sortir la première après s'être assuré qu'il ne pleuvait plus.

À Tunis, au contraire, la fin de l'après-midi avait été brûlante. Le soir apporta une relative fraîcheur. Après un dîner interminable et assommant, Mathieu s'offrit la promenade qu'il avait projetée en compagnie de la petite interprète. Il avait accaparé son attention, à table, la faisant rire aux éclats. Bien avant le café, il avait deviné qu'elle était consentante. Il était obligé d'attendre le lendemain soir pour concrétiser sa victoire mais ce contretemps le servait. La jeune femme en déduirait qu'il n'était pas un goujat, qu'il savait se montrer patient. Elles étaient toutes les mêmes, elles avaient besoin d'un peu de romantisme. Il la quitta après l'avoir embrassée, ce qui lui permit de vérifier qu'elle était effectivement prête à céder. Malgré un léger sentiment de frustration, il se sentait de bonne humeur en regagnant sa chambre. Il exerçait son pouvoir de séduction avec une déconcertante facilité. Il n'avait connu que peu d'échecs et il s'était empressé de les oublier, prenant garde à toujours mettre toutes les chances de son côté. Son père lui avait appris l'élégance et l'humour, des leçons que Mathieu n'avait jamais oubliées. Il savait exactement comment s'habiller pour être à son avantage, faisant tailler ses chemises et ses costumes sur mesure, passant des heures à choisir ses chaussures ou ses cravates. Il était aussi très conscient du prestige que lui donnait son titre et il en profitait. Beaucoup de jeunes filles, infirmières ou stagiaires en médecine, le couvaient d'un regard extasié. Il était le patron, il était séduisant et charmeur, autoritaire mais brillant, envié mais respecté.

En entrant dans sa chambre, il espéra que Laurence serait endormie. Il ne voulait plus parler avec elle, il l'avait assez vue, elle ne représentait rien d'autre qu'un poids désormais. Il avait rarement eu autant de mal à se débarrasser d'une femme. Depuis dix ans, il se réfugiait volontiers derrière son statut d'homme marié, de père de famille, pour mettre un terme aux aventures qui s'éternisaient. Il ne promettait rien, ne s'engageait jamais. Avec Laurence, il avait multiplié les erreurs. Dès le début, il aurait dû comprendre qu'elle était excessive et incontrôlable. Sa jeunesse n'excusait pas tout, ni son aveuglement, ni son obstination déplacée. Bien sûr, il y avait quelque chose de flatteur à être adoré de cette façon par une jolie gamine. Elle s'était accrochée bec et ongles et il avait cédé, chaque fois, parce qu'elle s'était acharnée à être une maîtresse exceptionnelle. Mais il n'avait jamais éprouvé le moindre sentiment pour elle et il aurait mieux fait de le lui dire plus tôt. Avant Étretat, par exemple. S'il avait eu ce courage, Valérie n'aurait sans doute rien su.

Penser à sa femme le rendit brusquement triste. Elle devait dormir, dans un appartement qu'il ne connaissait pas, seule dans son lit et sans personne pour lui tenir la main. Quand allait-elle se décider à rentrer à la maison ? Est-ce qu'il était possible que leur séparation s'éternise ou, pis encore, soit définitive ? Cette idée était insupportable.

Il traversa la chambre sans allumer et, dans la salle de bains, il s'assit sur le bord de la baignoire. Aucune femme ne pouvait remplacer Valérie pour une raison évidente : il l'aimait. C'était quelque chose de naturel, d'ancien, de profond. Il ne l'avait pas demandée en mariage par hasard, ni pour faire une fin, ni pour fonder une famille ou se ranger. Il l'aimait !

Perplexe, il s'observa dans le miroir. Il avait cinquante ans et elle en avait trente-cinq. Est-ce qu'il lui était arrivé de regarder d'autres hommes ? Cette pensée le frappa comme une gifle. Valérie dans les bras d'un autre ? C'était tellement inimaginable, odieux... Mais c'était pourtant ce qui arriverait, fatalement, s'ils ne se réconciliaient pas. Elle poserait un jour ses yeux verts, ses extraordinaires yeux verts, sur un type plus jeune que lui ou plus fidèle.

Il se redressa d'un bond, mû par une irrésistible envie de l'appeler, d'entendre sa voix, de lui avouer qu'il était malheureux. Mais, près du téléphone, il y avait cette abrutie de Laurence, vautrée dans son lit, et qui devait l'attendre en faisant semblant de dormir. De quoi le rendre fou. Après quelques hésitations, il retraversa la chambre, sans jeter un seul coup d'œil vers le lit, et sortit en claquant la porte. À la réception, il dut consulter son petit agenda pour trouver le numéro de sa femme, en France. Elle décrocha au bout de trois sonneries et Mathieu, soudain intimidé, murmura seulement son prénom. Il y eut quelques secondes de silence avant qu'elle ne lui demande, d'une voix froide, pourquoi il téléphonait. Puis, sans lui laisser le temps de répondre, elle lui souhaita un bon séjour en compagnie de Laurence avant de raccrocher.

Stupéfait, Mathieu garda l'appareil dans sa main crispée. Comment pouvait-elle savoir ce que lui ignorait encore le matin même ? Il éprouva une violente bouffée de haine envers Laurence. Cette idiote s'amusait peut-être à narguer Valérie pour mieux resserrer son filet autour de lui. À moins qu'il s'agisse d'une simple supposition de la part de sa femme...

À pas lents, il gagna le bar, s'installa sur l'un des hauts tabourets et commanda une vodka. Il n'y avait presque plus de clients et l'endroit était morose. Mathieu se dit qu'il devait dormir à tout prix, essayer de sauver un morceau de sa nuit car il avait un discours à prononcer le lendemain, en début de matinée. Ses confrères de chirurgie thoracique et cardio-vasculaire allaient tenter de l'éclipser, comme d'habitude. Il avait intérêt à relire ses notes avant de s'endormir s'il voulait parler sans le secours de ses lunettes. Sa vie privée ne devait pas l'accaparer au point de lui nuire, il fallait qu'il se surveille. Dès le lendemain, Laurence quitterait Tunis. Si besoin était, il lui remettrait les points sur les i une dernière fois. Et ensuite, il ne la reverrait jamais. Ni elle ni ce satané bébé.

Au bout de deux verres, il commença à se sentir mieux et décida de regagner sa chambre. Il entra sans faire de bruit et se déshabilla dans l'obscurité. À présent, il avait sommeil. Il se glissa dans les draps frais, prenant garde de ne pas effleurer Laurence. Durant quelques minutes, il écouta le léger sifflement de la climatisation. Juste au moment où le sommeil le gagnait enfin, il perçut un mouvement, tout contre lui. La jeune femme venait de se retourner, avec un long soupir. Il voulut s'éloigner mais elle chuchota :

— Mon amour...

Ce simple mot le hérissa de fureur tandis que les mains de Laurence s'aventuraient sur lui.

— Ne bouge pas. Je ne te demande rien. Laisse-toi faire, chéri.

Sa voix se faisait exagérément sensuelle, pleine de promesses dont il n'avait que faire. Il se redressa, la repoussant brutalement.

— Maintenant, ça suffit !

Il alluma sa lampe de chevet. L'exaspération l'avait tout à fait réveillé. Est-ce qu'elle n'allait jamais le laisser en paix ? Est-ce qu'il fallait vraiment qu'elle transforme cette nuit en cauchemar ? Accrochée à lui, elle ne le regardait pas. Elle s'acharnait maladroitement, persuadée qu'une étreinte résoudrait tout.

— Ou tu te tiens tranquille, ou tu vas dormir sur le tapis !

La menace avait un tel accent de sincérité que Laurence s'immobilisa puis sembla se recroqueviller sur elle-même, ses petites épaules rondes secouées de sanglots silencieux. Elle aurait dû s'avouer vaincue mais elle n'y parvenait pas. L'idée de perdre définitivement Mathieu, dans quelques heures à peine, la faisait suffoquer d'angoisse.

Assis contre la tête du lit, il l'enveloppait d'un regard méprisant.

— Si tu dois piquer une crise d'hystérie, va donc prendre une douche froide !

Avec des gestes lents, elle glissa au bord du matelas, parvint à se mettre debout.

— J'ai mal au cœur, murmura-t-elle.

Il éclata d'un rire forcé, désagréable.

— Ben voyons !

Elle ressentait un authentique vertige.

— Quand ce n'est pas la maîtresse sulfureuse, c'est la femme enceinte ! Mais qu'est-ce que tu t'imagines ? Ce qui est fini est fini. Je n'y reviendrai pas. Essaye au moins de rester digne !

Poussée à bout, elle riposta tant bien que mal.

— Que ça te plaise ou non, mon chéri, je porte notre enfant !

— Mais ça ne me plaît pas ! Pas du tout ! Tu ne m'as pas demandé mon avis !

À son tour il s'était levé et il la toisait.

— Je ne veux pas de ton moutard ! cria-t-il, à bout de nerfs.

Il l'avait prise par les épaules pour la secouer, perdant tout contrôle. Puis il la poussa loin de lui avec violence. Elle trébucha en reculant et s'effondra contre un fauteuil, entraînant un guéridon dans sa chute. Souffle coupé, elle resta quelques instants affalée sur la moquette. Lorsqu'elle releva la tête, elle vit qu'il retournait au lit. Il éteignit la lampe de chevet. Dans l'obscurité, elle grimaça de douleur, incapable de reprendre ses esprits.

— Viens donc te coucher, dit Mathieu dont la voix vibrait encore de colère. Arrêtons de nous battre, c'est ridicule. Nous n'avons plus que trois heures à dormir.

Protester ne servait à rien. Pleurer non plus. Elle ne trouvait aucune échappatoire. Elle ne pouvait même pas quitter cette chambre. Et elle avait définitivement perdu l'homme qu'elle aimait.

Elle se hissa péniblement sur le fauteuil, se roula en boule en remontant ses genoux sous son menton. La climatisation maintenait une température fraîche et elle frissonna. Pour ne pas renifler, elle se mit à respirer par la bouche. Jamais elle ne s'était sentie aussi seule de toute sa vie. Le sentiment d'abandon était tellement fort qu'elle se demanda si elle ne préférerait pas mourir, en finir. Mathieu était à quelques mètres d'elle, plus inaccessible que s'il avait été au bout du monde.

Un peu avant l'aube, elle émergea d'une vague somnolence en claquant des dents. Tout ankylosée, elle parvint à se rasseoir puis se leva. Elle avait des fourmis dans les jambes. Elle gagna la salle de bains et, au moment où elle fermait la porte, elle vit une tache rouge sur le carrelage, à ses pieds. Sans bien réaliser ce qui arrivait, elle s'écarta machinalement. De nouvelles gouttes de sang tombèrent aussitôt avec un petit bruit mat. Horrifiée, elle vit de longues traînées sur ses cuisses et ses mollets. Elle attrapa une serviette pour s'essuyer mais elle eut un étourdissement et elle dut se raccrocher au lavabo. Elle poussa un cri étranglé avant de se mettre à hurler.

Consterné, Mathieu avait fini par se résoudre à demander une ambulance. Il avait fait allonger Laurence, inquiet devant l'ampleur de l'hémorragie. Après une dernière hésitation, il avait appelé l'hôpital Charles-Nicolle de Tunis.

Avec la nette sensation qu'il allait se couvrir de ridicule et devoir donner des explications sans fin, il avait quand même fait le nécessaire pour l'admission de Laurence en gynécologie. Puis il s'était rendu en hâte dans la lointaine salle du congrès où tout le monde l'attendait. Il était parvenu à prononcer son discours sans bafouiller et son intervention avait été très applaudie. À l'heure du déjeuner, il avait été obligé de rester avec ses confrères et de subir leurs questions, car, bien entendu, la nouvelle s'était répandue dans la délégation française. Le personnel de l'hôtel avait sans doute manqué de discrétion mais, de toute façon, l'ambulance et la civière n'étaient pas passées inaperçues !

À bout de nerfs, Mathieu dut endurer toutes les mondanités d'une interminable journée. Sa seule consolation fut de pouvoir fixer rendez-vous, pour dîner, à la petite interprète. Quoi qu'il arrive désormais, il était fermement décidé à ne plus s'occuper de Laurence. Il avait pris soin de mettre sa valise et son sac à main dans l'ambulance. Malgré tout, il fallait bien qu'il prenne de ses nouvelles. En fin d'après-midi, il lui rendit donc une brève visite. Considérée comme une patiente de l'éminent cardiologue français, elle avait été installée dans une grande chambre particulière. Son état n'était pas alarmant et ne nécessiterait que quarante-huit heures de repos.

Distant, Mathieu resta à quelques pas du lit et se borna à poser quelques questions de pure politesse. Très abattue, Laurence lui annonça qu'elle avait prévenu sa sœur, ne voulant pas rester seule. Celle-ci devait la rejoindre et la ramener en France. Il se contenta d'approuver, gravement, avant de poser une enveloppe sur la table de chevet.

— Je te laisse de quoi régler tous tes frais, murmura-t-il.

Il s'agissait d'un chèque conséquent, comme s'il avait voulu effacer sa culpabilité en se montrant généreux.

— Je suis navré que tout ceci se termine de cette manière, se força-t-il à ajouter. Mais c'est sûrement un mal pour un bien. Et ton avenir de mère n'en souffrira pas, on me l'a certifié.

Il parlait en médecin, sans la regarder, et elle ne trouvait rien à répondre. Elle était toujours en plein cauchemar.

Se contraignant à faire deux pas vers elle, il tapota paternellement sa main, sur le drap.

— Allez, Laurence, on se dit au revoir...

Hébétée, elle le vit s'éloigner, ouvrir la porte, disparaître. Dès qu'il fut dans le couloir, il éprouva un tel soulagement qu'il se mit à sourire malgré lui. Il croisa une jeune femme qui le dévisagea d'un air surpris et à qui il adressa un clin d'œil, pour s'amuser.

Lorsqu'il émergea de l'ascenseur, au rez-de-chaussée, il fit une petite pause. C'était fini pour de bon ! L'histoire était close et il avait échappé au pire. Cet enfant ne naîtrait pas. Il n'aurait jamais à se dire que, quelque part, son fils ou sa fille existait sans qu'il le sache, sans qu'il veuille le savoir...

— Monsieur Keller ! cria une voix forte, tout près de lui.

La jeune femme qu'il avait croisée quelques instants plus tôt, à l'étage de la gynécologie, venait à sa rencontre d'un pas décidé.

— C'est vous, Mathieu Keller ? répéta-t-elle en s'arrêtant devant lui.

Il fit un pas en arrière, gêné.

— Oui...

— Vous êtes un beau salaud ! Une ordure !

Menaçante, elle parlait très haut, les yeux rivés à ceux de Mathieu. Il eut l'impression que toutes les conversations, dans le grand hall, s'étaient interrompues.

— Mais qui...

— Je m'appelle Brigitte, je suis la sœur de Laurence. Vous sortiez de sa chambre, il y a trois minutes, l'air tout content de vous... Vous avez déjà oublié ?

— Écoutez, dit-il doucement, ne criez pas si fort, je...

— Je crie si je veux ! Vous avez peur du scandale, Mathieu Keller ?

Sa voix tonitruante résonnait, et des gens s'étaient arrêtés pour l'écouter.

— Vous lui avez menti, vous lui avez fait un môme, vous l'avez brutalisée, vous l'avez expédiée sur un lit d'hôpital ! Et vous croyez que vous allez vous en tirer comme ça ?

Elle agitait le chèque sous son nez.

— Allons discuter dehors, proposa-t-il en essayant de s'écarter d'elle.

— Est-ce que les toubibs ne savent pas comment éviter de fabriquer des bâtards ? Et puis, dites-moi...

De nouveau, elle haussa le ton

— Qu'est-ce qu'une belle fille comme elle pouvait bien trouver à un vieux beau déplumé comme vous, hein ? En tout cas, elle ne l'a pas fait pour le fric !

Déchirant le chèque en petits morceaux, elle le lui jeta à la figure.

— Vous êtes un mec bien pourri, monsieur Keller, un vrai dégueulasse, et votre joli petit costard n'y change rien !

— Taisez-vous, maintenant ! Taisez-vous !

— Mais il n'en est pas question ! Vous avez peur du scandale ? Eh bien, il ne fallait pas le provoquer !

Horrifié, Mathieu aperçut l'un de ses confrères français qui s'approchait d'eux.

— Tu as un problème ? demanda celui-ci en arrivant à leur hauteur.

Ce fut Brigitte qui fit volte-face, apostrophant le médecin.

— S'il a un problème ? Non, aucun ! Les types comme lui n'ont jamais de problème ! Il s'est débrouillé pour que sa petite amie fasse une fausse couche, il a donné le petit coup de pouce au bon moment ! Maintenant, à elle de se débrouiller comme elle peut, c'est la vie, n'est-ce pas ! Et puis, ici, c'est joli, c'est un pays touristique ! La gamine n'a vraiment aucune raison de se plaindre ! Tenez, regardez, elle a même refusé son pognon, c'est vous dire si tout va bien !

Se désintéressant de l'inconnu, elle s'adressa une dernière fois à Mathieu.

— Ne l'approchez plus jamais, espèce de minable ! Trouvez-vous d'autres victimes, d'accord ? Et écartez-vous de mon chemin !

Elle le poussa avec violence et tapa du poing sur le bouton de l'ascenseur. Sans demander son reste, Mathieu s'éloigna aussitôt. Il était blême et son confrère lui emboîta le pas sans prononcer un mot.

Devant la porte de Laurence, Brigitte attendit quelques instants, le temps de recouvrer son sang-froid. La journée avait été longue depuis l'appel de sa sœur, à l'aube. Elle avait tout laissé en plan, quittant son bureau sur-le-champ, sautant au vol dans un train, attrapant son avion in extremis. Le voyage n'avait servi qu'à attiser sa colère. Pour avoir été déçue elle-même par un homme marié, elle prévoyait depuis longtemps ce qui allait arriver. Elle savait que Laurence était condamnée à souffrir, qu'une rupture pénible serait la seule issue. Mais elle n'avait pas prévu ce drame-là. Elle n'avait pas imaginé que ce serait si sordide et si terrible. La voix de sa sœur, au téléphone, exprimait un tel désarroi qu'elle avait eu peur, vraiment très peur. À présent, tout était consommé. Encore fallait-il que sa cadette l'admette. Elle pénétra dans la chambre d'un pas décidé.

— Voilà, c'est fait, je lui ai dit ma façon de penser, à ce connard !

Laurence la dévisagea, cherchant à deviner ce qui s'était passé. Elle regrettait amèrement d'avoir signalé à sa sœur, dix minutes plus tôt, que Mathieu venait juste de la quitter et qu'il avait laissé un chèque. Brigitte s'en était emparée et était ressortie comme une folle.

— J'ai trouvé ton joli coco dans le hall et il en a pris pour son grade, crois-moi !

— Tu n'aurais pas dû... soupira Laurence, les larmes aux yeux.

— Et pourquoi, s'il te plaît ? Tu n'as aucun orgueil ou quoi ?

Il y eut un petit silence puis Brigitte traîna une chaise près du lit.

— Je vais rester avec toi... Je m'occuperai de dénicher une chambre d'hôtel plus tard. Je ne te quitte plus, ma vieille...

C'était sa façon d'être tendre.

— J'ai perdu le bébé, dit Laurence d'une toute petite voix.

— Remercie le bon Dieu ! D'ailleurs, à ce stade-là, on ne peut pas appeler ça un bébé...

Sa sœur n'avait pas l'air convaincu et elle ajouta, péremptoire :

— Ton mec ne t'a pas dit que la nature fait parfois bien les choses ? Qu'avec une fausse couche on se débarrasse souvent d'un fœtus mal formé ou pas viable ?

— Non, je...

— De toute façon, qu'en aurais-tu fait ?

— Je le voulais ! C'était...

— Un boulet ! De quoi foutre ta vie en l'air, idiote ! Et puis c'est comme ça, c'est tout. Tu n'as pas eu de décision à prendre. Dans deux jours, on rentre. Tu viendras un peu chez moi, d'accord ? Je vais te dorloter...

Son ton bourru trahissait quand même son émotion. Elles n'avaient pas de chance avec les hommes, ni l'une ni l'autre.

— Tu sais, reprit-elle lentement, des types qui prétendent ne plus aimer leur femme, juste pour pouvoir tirer un coup avec une jolie nana, il y en a beaucoup... Ils jurent qu'ils vont divorcer mais ils sont comme des toutous à la maison et ils ramènent des fleurs à leur légitime dès qu'ils ont une demi-heure de retard... Je t'avais avertie, quand tu as démissionné de l'hôpital, que tu faisais une vraie connerie.

— Tu ne comprends pas, s'énerva Laurence. Tu ne connais pas Mathieu.

— Eh bien, j'ai appris à le connaître en cinq minutes ! Si seulement tu avais pu le voir, tout à l'heure, tu n'aurais plus d'illusion ! C'est un lâche, un vrai minable. Et il ne t'a jamais aimée, ça c'est sûr. Il faut te faire une raison. Mais tu vas voir, c'est tout simple. Réponds juste à cette question : est-ce qu'elle est moche, la femme de ton Mathieu ? Est-ce qu'elle est vieille, contrefaite, débile mentale, vulgaire, mère indigne ?

Laurence jeta un regard éperdu sur sa sœur. Elle pensait à la photo de Valérie, sur la table de nuit.

— Alors pourquoi la quitterait-il ? acheva Brigitte, impitoyable.

Elle attendit quelques instants une réponse qui ne vint pas. Elle se leva, se dirigea vers la fenêtre. La nuit était tombée sur Tunis et le ciel était d'un bleu profond, tout scintillant d'étoiles. Elle eut une pensée brève mais intense pour cet enfant qui n'avait pas existé. Derrière elle, Laurence pleurait à longs sanglots étouffés. C'était sa petite sœur, elle ne la lâcherait pas tant qu'elle ne serait pas guérie.

6

Ludovic tendit docilement sa tasse et Axelle lui versa du café. Elle était ravissante avec sa peau couleur de miel. Tout l'été passé en Bretagne lui avait donné une mine vraiment superbe. Mais, à présent que l'année universitaire avait repris, elle allait pâlir peu à peu, retrouver ses yeux cernés, et il aurait de plus en plus de mal à la réveiller le matin.

— Pourquoi me regardes-tu comme ça ?
— Tu es jolie comme un cœur, ma chérie.

Le compliment la fit sourire puis elle mordit dans son croissant qu'elle avait enduit de confiture.

— Nous sommes le 1er ! rappela-t-elle, la bouche pleine.
— J'y ai pensé. Je t'ai laissé de l'argent sur le bonheur-du-jour.

Elle ne le remercia pas, fidèle à son caractère autoritaire et indépendant. Pour elle, il allait de soi que son père veille à tout, subvienne à ses besoins, mais en lui laissant organiser sa vie comme elle l'entendait. En échange, elle faisait semblant de s'occuper de la maison. Fort heureusement, une femme du village venait deux fois par semaine pour tenter de mettre un peu d'ordre. Ludovic collectionnait les meubles, les gravures et les bibelots depuis si longtemps que la grande bâtisse tarabiscotée était pleine d'un étrange bric-à-brac. Axelle s'y était sentie tout de suite à l'aise. Lorsqu'elle était revenue vivre avec son père, les choses s'étaient passées simplement, comme s'ils ne s'étaient jamais quittés. Pourtant, elle avait grandi avec sa mère, loin de Ludovic qu'elle ne voyait qu'une ou deux fois par mois. Elle avait juste douze ans lorsque ses parents s'étaient séparés, d'un commun accord. Ils étaient restés en excellents termes mais c'était toujours Ludovic qui faisait le voyage et venait passer ses week-ends chez son ex-femme. Après le bac, la question des études s'était posée et, tout naturellement, Axelle s'était inscrite à l'école des beaux-arts de Rouen. Elle avait découvert la maison de Ludovic avec stupeur puis ravissement. Construite au XVIIe siècle, la vieille demeure de pierre s'adossait à une tour. Le petit jardin de curé, à moitié clos de murs, s'ouvrait sur une immense prairie qui longeait la rivière. Tout au loin, la forêt commençait. La maison était isolée, sans aucun voisinage, à deux kilomètres du village de Clères. L'endroit avait de quoi séduire n'importe qui et Axelle fut immédiatement conquise. Une fois la lourde porte de chêne franchie, on débouchait dans une grande salle voûtée où un délicieux désordre s'organisait autour de l'imposante cheminée centrale. D'une pièce à l'autre, il y avait toujours deux ou trois marches de décalage comme si rien n'était construit au même niveau. L'architecture torturée gardait la trace de nombreux remaniements effectués à différentes époques. Dans la tour, Ludovic s'était aménagé une vaste chambre ronde qui lui servait aussi de bureau. Un escalier de pierre, à vis, conduisait à une salle de bains décorée comme un insolite petit salon, avec des meubles de rotin peints en couleurs pastel. Dans la maison, la cuisine avait été installée à l'emplacement de ce qui était peut-être une ancienne chapelle, car il subsistait des vitraux magnifiques.

Après quelques hésitations, Axelle décida de s'établir au premier étage où elle annexa deux chambres communicantes, l'une pour y dormir et l'autre pour travailler. La salle d'eau était un peu vétuste et Ludovic fit faire des travaux afin que sa fille dispose de tout le confort nécessaire. Leur cohabitation s'organisa vite et sans trop de heurts. Axelle décidait et Ludovic cédait. Il était très heureux de la savoir dans la maison, de percevoir les échos de la musique hard rock sans laquelle elle ne pouvait pas vivre. Il lui acheta une petite voiture d'occasion pour qu'elle soit libre d'aller et venir. En contrepartie, il lui demanda de bien vouloir se charger des courses. Sans en avoir l'air, il la surveillait et il prenait toujours le temps de bavarder avec les copains qu'elle ramenait parfois de la fac. Leur premier trimestre de vie commune fut un peu déconcertant mais assez agréable. Axelle voulait tout régenter, et Ludovic s'amusait de la voir si décidée, si possessive. S'il rentrait tard, ou s'il ne rentrait pas du tout, elle boudait toute une journée puis elle le bombardait de questions. Il éludait, riant aux éclats et gardant pour lui sa vie privée. Il ne voulait ni la choquer, ni l'attrister, ni même la mettre en rivalité avec une autre présence féminine.

— Tu dînes ici ? demanda-t-elle comme elle le faisait chaque matin.

— En principe, oui. Sinon je te téléphonerai.

Elle referma la porte du lave-vaisselle d'un coup de pied, selon sa détestable habitude, éparpilla les miettes avec une éponge trop mouillée et se pencha sur son père qu'elle embrassa dans le cou.

— À ce soir ! lança-t-elle en quittant la cuisine.

Il entendit le bruit du moteur de la Twingo qui s'éloignait. Il poussa un soupir puis se resservit un peu de café. Il avait mal dormi, incapable de trouver le sommeil. Mille fois au moins il avait repensé à Valérie Prieur et à son regard vert embué de larmes. S'il fermait les yeux, il voyait son visage, il entendait sa voix. Il était tombé amoureux d'elle en moins d'une heure, ce qui le stupéfiait. Il n'avait pas souvenir d'avoir jamais été aussi troublé par une femme, et surtout pas aussi vite. Il se demanda ce qui lui arrivait et pourquoi. Ce n'était pas la première fois qu'il recevait une jolie cliente, loin de là. S'il avait aimé consoler les âmes en peine, il aurait pu le faire à longueur d'année. Or il ne s'y était pas encore risqué. Au contraire, il avait toujours séparé avec soin sa vie professionnelle et ses liaisons. C'était une des règles de base de son métier, il en était très conscient.

Depuis son divorce, il se méfiait un peu des grands sentiments. Il avait cru aimer Nathalie, dix-neuf ans plus tôt, au point de la demander en mariage alors qu'il n'avait même pas fini ses études de droit. Ils étaient amis d'enfance et bretons tous les deux. Cependant Ludovic s'était trompé sur lui-même et sur ce qu'il avait pris pour de l'amour. Au bout de quelques mois, il avait commencé à s'ennuyer. Il s'était montré assez honnête pour le lui avouer, petit à petit. Il ne voulait pas la faire souffrir ou se moquer d'elle, encore moins la ridiculiser. Axelle était déjà en route, sa naissance n'avait rien arrangé. Ils avaient alors vécu comme des amis, aussi discrets l'un que l'autre, faisant chambre à part et vie commune sans trop d'amertume. Pourtant, lorsqu'il avait parlé de se séparer pour de bon, Nathalie s'était mise en colère. Il y avait Axelle et, pour elle, il fallait sauver les apparences. Ludovic n'était libre qu'à condition de tenir son rôle de père, de faire semblant. Il avait supporté cette situation quelques années encore, puis Nathalie s'était enfin entichée d'un autre homme et avait accepté le divorce. Elle était repartie en Bretagne, emmenant Axelle avec elle. Si Ludovic avait été soulagé du départ de sa femme, il avait souffert de l'absence de sa fille. Il avait cherché à se consoler en achetant cette maison et en la restaurant. Finalement, Nathalie ne s'était pas remariée, son aventure ayant tourné court. Elle prétendait que c'était mieux ainsi, qu'Axelle n'aurait pas à supporter un beau-père, que Ludovic pourrait venir tant qu'il voudrait. Il lui avait prêté de l'argent et elle avait ouvert une galerie de peinture qui marchait bien durant la saison d'été. Depuis quelque temps, elle s'était mise à l'aquarelle et ce qu'elle avait montré à Ludovic semblait vraiment intéressant.

Il posa sa tasse dans l'évier et sortit par l'arrière de la maison. Il vérifia toutes les portes avant de monter dans sa voiture. Le trajet jusqu'à Rouen lui permettait en général de réfléchir à certains dossiers, de passer en revue ses rendez-vous de la journée. Mais, ce matin-là, Valérie ne quitta pas sa pensée et, à peine arrivé à l'étude, il téléphona à son confrère François Bréval. Celui-ci, qui n'avait pas encore été contacté par Mathieu Keller, eut l'air de tomber des nues en apprenant que sa femme entamait une procédure de divorce. Après cet appel, Ludovic resta rêveur un moment. Tout en sachant qu'il ne pouvait pas inviter sa cliente à déjeuner chaque fois qu'elle se présenterait dans son bureau, il était pourtant en train de chercher dans quel restaurant il allait la conduire. Et, si elle refusait, il ne lui resterait plus qu'à s'inventer une quelconque douleur thoracique et à prendre rendez-vous à sa consultation ! Cette idée saugrenue le fit sourire et le mit de bonne humeur pour la matinée. Il se décida alors à appuyer sur le bouton de l'interphone pour demander à la secrétaire d'introduire son premier client de la journée.

Valérie terminait son auscultation, sourcils froncés. C'était son dernier patient et il la préoccupait un peu. Elle l'autorisa à se rhabiller et alla jeter un coup d'œil sur sa fiche. Elle n'était d'accord ni avec le diagnostic ni avec le traitement du cardiologue qu'elle remplaçait. Mais comment le formuler ? Dans dix jours, son confrère serait de retour. Elle connaissait les impératifs de la déontologie mais pensait à juste titre que l'intérêt du malade devait passer avant tout. Elle pouvait très bien demander des examens complémentaires pour étayer ses appréciations. Même si les consignes formelles de la Sécurité sociale limitaient désormais ce type d'investigations. Seulement, il ne s'agissait pas d'une banale insuffisance coronarienne, elle en était sûre.

Elle sourit au vieux monsieur chauve qui prenait place dans le fauteuil, en face d'elle. Il semblait gêné, méfiant. Elle était trop jeune pour lui inspirer confiance, c'était manifeste.

— Depuis votre dernière visite, vous n'avez eu aucun malaise, aucune fatigue inexplicable, aucune faiblesse particulière ? demanda-t-elle avec un sourire engageant.

— Non.

— Pas d'essoufflement, de vertige ?

— Non.

Il n'était pas décidé à coopérer. Elle étouffa un soupir et se mit à jouer machinalement avec son stylo. Elle était sûre de ce qu'elle avait entendu, dans son stéthoscope. Le plus sage était d'envoyer cet homme à l'hôpital pour y passer des tests. Au moins un doppler. La clinique n'était pas équipée pour ce genre d'examen. Mais il allait refuser, bien sûr, et en déduire qu'elle n'y connaissait rien.

— Quand est-ce qu'il rentre, mon docteur ? demanda justement le vieil homme d'une voix pleine de rancœur.

Valérie lui adressa un nouveau sourire, très professionnel.

— Le 14. Nous allons noter tout de suite un rendez-vous avec lui, d'accord ?

Soulagé, il hocha vigoureusement la tête. Elle inscrivit son nom sur l'agenda.

— Le 14 alors, à neuf heures.

Elle le raccompagna jusqu'à la porte. Il lui serra la main en l'appelant « mademoiselle ». L'avait-il prise pour une infirmière ? Elle sourit à cette idée puis retourna s'asseoir. Peut-être manquait-elle d'assurance. L'homme qui venait de sortir n'était pas dans un état inquiétant et il pouvait attendre quelques jours, mais s'il arrivait quoi que ce soit entre-temps, elle serait moralement responsable. Les années de femme au foyer pesaient lourdement. Il fallait qu'elle retrouve des gestes sûrs, l'autorité naturelle qui avait été la sienne à la fin de son internat, une manière de convaincre et d'imposer qui ne laissait aucun choix au patient. Pour regagner son statut de spécialiste, elle aurait eu besoin de l'atmosphère de l'hôpital, cette immense machinerie bien huilée dans laquelle elle mourait d'envie de reprendre une place. Ici, elle était livrée à elle-même, ne disposait que de petits moyens, n'avait aucun contact.

En travers du dossier qu'elle fixait toujours, elle écrivit son propre diagnostic suivi d'un point d'interrogation qu'elle n'ajouta que par politesse. Elle espérait ne pas froisser son confrère mais elle était certaine qu'il avait été un peu négligent. Elle jugea que les tarifs pratiqués par cet établissement étaient inversement proportionnels à la qualité des soins. Dans quelques jours, elle quitterait la clinique sans regrets, mais d'ici là, il fallait qu'elle se remette à chercher un poste. Elle hésitait à demander un rendez-vous au directeur général du C.H.U. sans en parler préalablement à Mathieu. Il était normal de l'avertir ou même de lui demander son avis mais elle devinait sa réaction. Il allait mal réagir, trouver des prétextes pour la décourager. À moins qu'il ne lui propose son appui en échange de... De quoi ? D'une réconciliation ? Étaient-ils vraiment fâchés ? Pour sa part, elle ne se sentait plus en colère. Une grande lassitude avait maintenant remplacé sa fureur. Elle ne souffrait toujours pas et s'en étonnait. La blessure était bien là mais presque indolore. S'il s'agissait d'un détachement artificiel, le réveil serait dur. Elle avait tout de même pleuré comme une madeleine dans le cabinet de son avocat. Bien qu'elle ait eu l'impression qu'il s'agissait davantage de larmes d'amertume. Elle avait rendez-vous le lendemain à l'étude et elle allait devoir poursuivre ce qu'elle avait commencé : ce divorce qui révulsait Mathieu.

Elle enleva sa blouse blanche, ramassa son sac et quitta le petit bureau. Le couloir était désert, la clinique aussi silencieuse qu'à l'accoutumée. Sur le parking, en arrivant près de sa voiture, elle fut frappée par la vue du caducée, sur son pare-brise. Celui-ci était bien le sien. Ce n'était pas un passe-droit dû à Mathieu pour éviter les contraventions. C'était le signe de sa nouvelle vie, de ses fonctions de médecin. Le seul problème était de savoir où elle allait pouvoir les exercer. Mathieu rentrait le surlendemain et elle prit la décision de l'appeler à ce moment-là. Il pourrait en profiter pour lui donner la raison de son coup de téléphone intempestif en pleine nuit. Il lui avait paru triste et angoissé, pourtant il adorait Tunis où il devait briller, comme toujours en congrès. Et puis, il avait sa jeune maîtresse avec lui, alors pourquoi ce soudain besoin de parler à sa femme ?

En regagnant le centre-ville, elle essaya d'imaginer Mathieu en compagnie de cette Laurence. Lui tenait-il la main pour s'endormir ? Sans doute pas, car il n'avait pas l'air de l'aimer ni de vouloir prendre soin d'elle. Mais était-il capable d'aimer, de prendre soin d'autre chose que de lui-même ? Il n'avait même pas songé à demander des nouvelles des enfants... Une impression pénible submergea brusquement Valérie. Camille et Jérémie avaient besoin d'elle et ils en auraient d'autant plus besoin qu'elle venait de leur infliger un changement de vie, une rupture, l'absence de leur père. Elle serait obligée de compenser, chaque jour, un tel bouleversement. Aucun enfant ne vit bien un divorce, même s'il se tait. Camille adorait Mathieu et un jour, forcément, elle en voudrait à sa mère. D'ici là, il fallait que Valérie leur ait reconstruit une existence agréable, intéressante, douillette. Qu'elle se soit épanouie elle-même, parce que c'était le seul moyen de rendre son entourage heureux. Une raison supplémentaire pour se battre et réussir. Elle se jura qu'elle allait y arriver, quel que soit le prix à payer.

Dans l'avion qui le ramenait en France, Mathieu essaya, en vain, de s'absorber dans la lecture des journaux. Il régnait une ambiance joyeuse à l'avant de l'appareil, les premières classes étant entièrement occupées par les médecins du congrès. Chacun avait une anecdote à raconter, une rencontre, un souvenir. Obstinément, Mathieu gardait la tête penchée sur son quotidien mais son voisin lui envoya un coup de coude.

— Et toi ? *Quid* du séjour ?

Il allait répondre, d'assez mauvaise grâce, lorsqu'une voix retentit, juste derrière lui.

— Oh, Mathieu est notre maître à tous ! Il avait pris des provisions avec lui !

Un éclat de rire général salua la plaisanterie.

— Ah bon ? J'aurais pourtant juré que tu avais trouvé une petite mignonne sur place, fit remarquer son voisin. On t'a vu avec l'interprète, et Dieu sait qu'elle était gironde !

Son air gourmand acheva d'exaspérer Mathieu. Tous ces types rêvaient de femmes et d'aventures mais ils avaient toujours du mal à se jeter à l'eau. Lui, au moins, n'avait pas perdu son temps. Une fois l'épisode pénible de Laurence achevé, il avait effectivement passé une nuit mémorable avec la jeune Tunisienne qui parlait si bien français.

— Elle était charmante, c'est vrai, articula-t-il. Il ne faut jamais bouder les occasions.

— S'il y en a bien un qui ne crache pas là-dessus, c'est toi !

Enfermés dans la carlingue, les médecins profitaient tout naturellement de la promiscuité pour recréer une ambiance de salle de garde. Ils étaient ravis de cette récréation, des quelques heures de répit qui leur restaient avant de reprendre leurs très sérieuses activités.

— Et si tu nous parlais de cette petite brunette qui a quitté ta chambre d'hôtel sur une civière ?

Bien entendu, de nouvelles manifestations d'hilarité

suivirent la question. Mathieu étouffa un soupir nerveux. Il n'avait pas que des amis dans cet avion : ses nombreuses conquêtes avaient toujours suscité des jalousies.

— Et si vous me foutiez la paix ? répliqua-t-il avec hauteur.

Il y eut un murmure désapprobateur puis le voisin de Mathieu se leva pour changer de place. Les doigts crispés sur son journal, il ferma les yeux, appuyant sa tête au dossier du siège. La conversation continuait bon train derrière lui. Chacun y allait de son morceau de bravoure, authentique ou inventé de toutes pièces.

« Est-ce que je suis aussi bête qu'eux ? » se demanda-t-il.

Mais lui, au moins, savait toujours saisir sa chance ou la provoquer. Dans ce domaine, il n'avait rien d'un gamin. Et il ne s'interrogeait pas sur son sempiternel besoin de séduction, trop occupé à le savourer. Il serait toujours temps de vieillir. La seule chose qu'il regrettait, au fond, était de n'avoir pas été assez discret, assez rusé. Avant Laurence, sa vie avec Valérie était parfaitement réglée. Mais, maintenant...

Une voix, dans le haut-parleur, informa les passagers qu'on approchait de Roissy. Chacun regagna sa place pour boucler sa ceinture. Mathieu se tourna vers le hublot afin de couper court à toute tentative de bavardage. Évoquer sa femme l'avait rendu triste, comme toujours ces temps-ci.

Le mercredi, Valérie termina sa consultation un peu avant onze heures. Elle n'avait vu que cinq patients sans grand intérêt mais elle commençait à se sentir plus à l'aise. La veille, elle s'était couchée tard, après avoir longtemps réfléchi à la meilleure manière de présenter son dossier de candidature. Ses diplômes et ses stages parlaient d'eux-mêmes puisqu'ils étaient tous assortis d'appréciations élogieuses. Toutefois, il fallait expliquer en quelques phrases cette longue interruption dans une carrière médicale si brillamment commencée. Sans oublier d'ajouter une motivation bien formulée. Elle avait gâché beaucoup de papier mais elle était satisfaite du résultat. L'important était d'obtenir des entretiens avec les directeurs d'établissement, ensuite ce serait à elle de se montrer convaincante. Si elle n'obtenait pas un poste à Rouen, il lui faudrait contacter des hôpitaux plus lointains. Elle était prête à envisager toutes les solutions, à condition pour le moment de ne pas perturber davantage la vie de ses enfants.

Elle se hâta de rejoindre le centre-ville et alla directement chez ses parents. Augustin, derrière son comptoir, tentait d'apprendre à Camille comment envelopper un livre dans du papier cadeau. La petite fille abandonna son paquet informe pour se jeter dans les bras de sa mère. Valérie la serra contre elle, un peu trop fort. Vingt-cinq ans plus tôt, c'était à elle qu'Augustin montrait les mêmes gestes, avec la même patience, et sans doute le même papier argenté.

— Où est ton frère ?

— Là-haut. Suzy lui a acheté des crayons de couleur, toute une boîte grande comme ça !

Camille avait pris un ton boudeur.

— Ils font une carte, pour la géographie... précisa-t-elle.

Valérie lança un regard complice à son père. Qu'aurait-elle fait sans ses parents ? Aurait-elle pris le risque de tout changer, de chambouler une existence dorée et bien rodée ? Mais ils étaient là, pareils à eux-mêmes, approuvant d'avance toutes les décisions de leur fille unique.

— Il faut que je coupe ta frange ou tu vas finir par loucher, dit Valérie.

Avec un petit sourire, Augustin lui tendit aussitôt les ciseaux qui traînaient sur le comptoir. Autant ne pas retarder ce moment délicat. Camille ferma les yeux, inquiète, écoutant le crissement des lames sur ses cheveux fins. Sa mère avait des gestes doux et précis, ce fut terminé en quelques instants.

— Là ! Tu vaux cent sous de plus ! apprécia Augustin.

La petite fille rouvrit les yeux et regarda les mèches qui étaient tombées sur sa salopette.

— Il me les prêtera, ses crayons, Jérémie ?

— Viens, dit Valérie en lui tendant les bras, allons le lui demander.

Elle grimpa l'escalier en trouvant que Camille devenait

bien lourde. Tandis qu'elle traversait l'entrée, sa fille lui chuchota dans l'oreille :

— On le verra quand, papa ?

— Il rentre après-demain.

— On ira au restaurant tous ensemble ?

La petite voix avait un peu tremblé, pleine d'espoir. Évitant de répondre, Valérie poussa la porte de la cuisine. Jérémie, exactement comme sa sœur cinq minutes plus tôt, se précipita sur sa mère.

— Quel bébé ! Tu la portes encore ? protesta-t-il.

Elle l'embrassa puis se tourna vers Suzanne qui les regardait tous les trois en souriant.

— Jérémie est un grand garçon, dit celle-ci, il a sorti Atome tout seul dans la rue tout à l'heure.

— Moi je veux pas, y tire trop ! rugit Camille.

La cuisine sentait bon et Valérie jeta un coup d'œil vers le four. Sa mère préparait toujours exactement ce que les enfants aimaient.

— J'ai rendez-vous chez mon avocat, soupira-t-elle.

— On t'attend pour déjeuner ?

— Non, non, ils n'auront jamais la patience ! Fais-les manger, maman, je vous rejoindrai...

Sur le point de sortir, elle se retourna et s'adressa à son fils.

— Jérémie... Est-ce que tu accepterais, exceptionnellement, de prêter tes crayons à ta sœur qui veut faire un dessin pour moi ?

Il hésita puis consentit gravement, conscient que sa mère lui avait parlé comme à un adulte. Valérie se détourna pour qu'il ne la voie pas sourire et elle dévala l'escalier. Au passage, elle embrassa son père puis se précipita hors du magasin. Certaine de perdre un temps fou à chercher une place pour sa voiture, elle préféra filer à l'étude à pied. D'ailleurs, elle aimait beaucoup arpenter les rues du centre qu'elle connaissait comme sa poche. Elle ne se lassait pas d'admirer les maisons à pans de bois, parfaitement restaurées depuis quelques années. Tous les noms qui l'avaient amusée autrefois et qui faisaient rêver ses enfants aujourd'hui lui rappelaient des souvenirs : rue des Bons-Enfants, des Tonneliers, des Bonnetiers, de la Tour-au-Beurre, rue aux Ours, Écuyère, Massacre, Pavillon-des-Vertus, et bien sûr Gros-Horloge. Mathieu, lui, restait indifférent au charme des mots comme à l'architecture médiévale. Il semblait sans racine et sans goût pour ce qui n'était pas sa carrière. Quand il avait construit sa maison de Mont-Saint-Aignan, il n'avait fait preuve d'aucune originalité. Il voulait des matériaux de qualité, des prestations luxueuses, mais il parlait en termes d'investissement et de placement. Jamais il n'avait eu de coup de cœur ou d'enthousiasme et il s'était complètement désintéressé de la décoration intérieure en prétendant que c'était une affaire de femme. Pourquoi ? Son cadre de vie lui était donc à ce point indifférent ? En tout cas, ses exigences de baies vitrées, de marbre ou de laque avaient tué toute imagination chez Valérie. Elle s'était donc cantonnée à des couleurs neutres. Elle n'avait jamais oublié l'expression dont Mathieu avait gratifié l'appartement de ses parents la première fois qu'il y avait mis les pieds : un capharnaüm. Aussi elle avait bien retenu la leçon et s'était conformée avec indifférence au modernisme dépouillé que son mari semblait apprécier. En y réfléchissant, à présent, elle se demandait si elle n'avait pas eu le pressentiment que tout cela ne la concernait pas vraiment.

Rue de la Vicomté, elle constata qu'elle avait un bon quart d'heure de retard. Elle s'engouffra dans l'immeuble et sonna à l'étude, hors d'haleine. Presque aussitôt Ludovic ouvrit la porte lui-même, s'empressant d'expliquer que la secrétaire était partie déjeuner. Valérie crut qu'il s'agissait d'un reproche mais, alors qu'elle allait se répandre en excuses, il lui adressa un irrésistible sourire de gamin.

— Madame Prieur, vous allez dire que j'exagère, mais je ferais bien comme ma secrétaire, j'irais volontiers manger un morceau... Alors, si vous acceptiez de me tenir compagnie sans pour autant en déduire que je manque de sérieux dans mes fonctions ni que je vous infligerai systématiquement ce genre de pensum...

Il reprit sa respiration, les yeux toujours rivés sur Valérie, avant d'ajouter :

— En plus, aujourd'hui, il ne pleut pas, n'est-ce pas ?

— Maître Carantec, je ne...

— Ah, non ! Nous ne pouvons pas nous donner nos titres respectifs à table, nous en étions convenus la dernière fois, vous vous souvenez ? Passez devant, allez-y, je ferme à clef. Je m'appelle Ludovic. Me permettez-vous de vous appeler par votre prénom ? Valérie, c'est absolument ravissant. J'aurais dû baptiser ma fille comme ça. Elle a hérité d'Axelle, c'est un peu dur, je trouve, comme tous les mots avec un x.

Un éclat de rire joyeux, sans rien d'artificiel, fut la réponse de Valérie. En le précédant dans l'escalier elle déclara :

— Vous êtes très... disert ! C'est le métier qui veut ça ? Les tribunaux doivent vous donner raison pour vous faire taire, non ?

Il fut enchanté qu'elle plaisante et, surtout, qu'elle semble gaie.

— Je cache ma timidité sous un flot de paroles, sinon je ne pourrais pas plaider dans un tribunal, dit-il très sérieusement.

Un petit rayon de soleil les accueillit sur le trottoir. Ils prirent la direction de la place du Vieux-Marché, marchant côte à côte comme des amis de toujours. Tournant dans la rue de la Pie, ils allèrent s'installer aux Nymphéas. Avant de se plonger dans le menu, Ludovic se sentit obligé de préciser :

— Je vous promets que c'est la dernière fois que je vous oblige à déjeuner avec moi. Surtout un mercredi. Vous aviez peut-être envie de vous consacrer à vos enfants ?

Elle esquissa un geste qui ne voulait rien dire de précis, sans répondre. Il y avait longtemps qu'un homme ne s'était pas comporté d'une manière aussi directe et amusante avec elle. Il évitait de la regarder, absorbé dans la carte des vins, tout en se promettant que, bientôt, il aurait le courage de l'inviter à dîner. Il devina qu'elle l'observait et, aussitôt, il se sentit rougir. Valérie produisait sur lui un effet ahurissant, brutal, électrique. L'arrivée du maître d'hôtel lui procura une heureuse diversion.

— Vous parliez de votre fille, tout à l'heure... Axelle, c'est ça ? Quel âge a-t-elle ?

— Dix-huit ans. Elle est en seconde année des beaux-arts.
— Vous avez d'autres enfants ?
— Oh non ! Celle-là me suffit, elle a un sacré caractère.

Il y avait tellement de tendresse dans le regard de Ludovic que Valérie ne pouvait pas s'y tromper, cet homme adorait sa fille et en était fier. Elle n'avait jamais surpris le même enthousiasme chez Mathieu lorsqu'il évoquait ses enfants.

— J'ai adressé un courrier à mon confrère Bréval. Votre mari ne l'a pas encore contacté. Je vais vous demander, aujourd'hui, des choses désagréables et précises. Des chiffres concernant les revenus de votre époux, les capitaux dont il dispose, bref, l'état de son patrimoine actuellement. C'est indispensable. Et puis... des détails plus personnels sur sa vie et sur la vôtre.

Embarrassé, alors qu'il ne l'était jamais quand il parlait d'un dossier, Ludovic guettait la réaction de Valérie.

— Je voudrais... commença-t-elle, enfin j'envisageais un divorce à l'amiable.
— Par consentement mutuel ?
— Je ne sais pas comment ça s'appelle. Ni si... il ne sera peut-être pas d'accord.
— Écoutez-moi, Valérie...

Il avait prononcé le prénom avec un réel plaisir et il le savoura un instant avant de poursuivre :

— D'après ce que vous m'avez confié, votre mari n'a pas à être d'accord ou pas. Il a tous les torts ! Vous allez vous passer de son autorisation une fois pour toutes. Sur le plan juridique...
— Je m'en moque ! Et le plan moral ? J'ai quitté Mathieu parce qu'il s'est mal conduit...
— C'est le moins qu'on puisse dire !
— Laissez-moi parler !

Surpris par le ton autoritaire qu'elle venait d'utiliser, Ludovic se cala contre le dossier de sa chaise et attendit.

— Excusez-moi, je suis désolée, soupira-t-elle. Je voulais seulement vous faire comprendre que... eh bien, je pense qu'il est sincèrement malheureux de cette séparation, aussi paradoxal que ce soit. Je le connais par cœur et son égoïsme est sans limite. À l'heure qu'il est, il doit se croire injustement abandonné, même s'il se console dans les bras d'une autre. Je sais, ça vous paraît fou mais c'est comme ça. Il me semble que, pour lui, les femmes ne sont pas très importantes... sauf la sienne, malgré les apparences...

Elle s'interrompit comme si elle cherchait ses mots. La tête un peu penchée sur le côté, elle jouait avec ses couverts. Très doucement, il demanda :

— Vous n'êtes pas en train de m'expliquer que vous regrettez votre départ ?

Elle le regarda, incrédule.

— Bien sûr que non ! J'aurais dû partir plus tôt, en fait. Toutefois, ce n'est pas parce que je l'ai quitté que je veux, en plus, l'assassiner à distance. Je n'éprouve rien d'assez passionnel pour désirer une vengeance ou quelque chose de ce genre.

Rassuré, il s'empressa de l'approuver. Il avait eu peur, soudain, qu'elle lui apprenne une mauvaise nouvelle. Le pire aurait été qu'elle avoue aimer encore son mari. Il se demanda s'il n'était pas en train de perdre les pédales. Comment débattre avec sérénité d'un dossier dans lequel il était déjà si impliqué personnellement ? Il ne connaissait pas Mathieu et pourtant il le haïssait.

— Vous éprouvez de la compassion pour lui ?

— Oui... un peu... même si c'est ridicule. Ou, plus exactement, une certaine mélancolie pour la famille que nous étions et que nous ne serons jamais plus. Je plains Mathieu tant que je ne le vois pas, que je ne lui parle pas. À distance, je parviens à oublier mais il vaut mieux que je ne le rencontre pas. En face de lui, j'ai beaucoup d'amertume, de colère. Beaucoup ! Comme vous êtes un homme, Ludovic, je ne sais pas si vous pouvez comprendre mon point de vue. Mais c'est celui-là qu'il faudra défendre.

Il ne répondit pas tout de suite, laissant le silence peser à leur table. Il faillit lui dire qu'elle lui plaisait trop pour qu'il n'ait pas envie de la défendre, quel que soit son point de vue, mais il n'osa pas. Le moment était mal choisi et il craignit qu'elle ne se sauve s'il se laissait aller à une telle déclaration. Et puis elle l'avait appelé Ludovic avec tant de naturel qu'il voulait profiter de l'instant sans prendre de risque. Aucune stratégie ne lui paraissait adaptée à une femme comme elle.

— Je suis breton, dit-il de façon abrupte. Mon nom ne laisse pas de doute là-dessus ! Et s'il y a bien quelqu'un qui est capable de comprendre les gens entêtés, c'est moi. Toutefois, je dois vous avertir qu'il ne sert à rien de se montrer magnanime. Votre mari va vous en vouloir, même si tout est de sa faute. Vous risquez de tomber de haut... Les gens qui divorcent sont comparables à ceux qui s'installent au volant d'une voiture, ça rend tout le monde agressif ! Successions ou divorces, on sort les couteaux. Dans un couple en train de se séparer, chacun est persuadé que l'autre reconnaîtra ses mérites de bonne foi, or ce n'est jamais le cas, croyez-en mon expérience. Comment réagirez-vous si votre mari vous refuse toute pension alimentaire ou demande la garde de ses enfants ? Attendez-vous à tout et n'importe quoi pour ne pas avoir de mauvaise surprise.

Elle n'avait pas cherché à l'interrompre, même si ses propos la laissaient perplexe. Elle essaya d'imaginer une guerre avec Mathieu et dut se rendre à l'évidence : l'idée l'effrayait.

— J'espère que tout ira bien, murmura-t-elle.

Une brusque tristesse venait de la prendre à la gorge. Malgré tous ses défauts, son mari était censé la protéger jusqu'à la fin de ses jours. Leur écart d'âge avait accentué ce sentiment de sécurité et peut-être même de dépendance. Mais elle avait choisi de se révolter et il lui faudrait en subir les conséquences jusqu'au bout.

— Je suis navré de vous voir inquiète, je ne voulais pas vous troubler, s'excusa Ludovic d'une voix douce.

— C'est sans importance. Redonnez-moi un peu de ce vin, soyez gentil...

Elle était pâle et elle avait l'air perdue. Il s'en voulut d'avoir trop parlé, de lui avoir enlevé toute gaieté. Il s'empressa de la servir mais son geste fut si précipité que le verre se renversa. Malgré un réflexe rapide, elle ne s'écarta pas assez vite et une large tache s'étala sur sa jupe. Elle tendit la main vers sa serviette mais Ludovic était déjà près d'elle.

— Je ne sais même pas quoi dire tellement je suis gêné, marmonna-t-il d'un ton navré en lui tendant son mouchoir.

Le lui prenant des mains, elle le trempa dans le seau à glace et se mit à tamponner le tissu. Tandis qu'il patientait, toujours debout, indécis, l'auréole s'élargissait. Dans les mêmes circonstances, Mathieu aurait claqué des doigts pour appeler un serveur.

— Retournez vous asseoir, je vais survivre à cette inondation, assura-t-elle en souriant.

— Vous m'enverrez la note du teinturier ?

— Non, vous n'aurez qu'à la déduire de vos honoraires. À ce propos...

Elle leva la tête sur lui, oubliant sa jupe.

— Il faut que nous en parlions. Je dois vous donner une provision, c'est la coutume, non ?

— Oui, mais pas aujourd'hui. Après un incident pareil, je meurs de honte si vous me faites un chèque sur le coin de cette table dévastée...

Un maître d'hôtel avait surgi et disposait artistiquement des serviettes immaculées. En quelques secondes, le désastre fut réparé, les verres changés et une autre bouteille apportée dans un seau.

— Eh bien, nous allons nous saouler en attendant que votre tailleur sèche.

Il lui était reconnaissant de n'avoir pas manifesté le moindre agacement.

— Vous êtes très gentille... ou très bien élevée !

Elle prit la peine de le dévisager, s'intéressant soudain à lui. Ils ne s'étaient rencontrés que deux fois et leurs rapports n'étaient pas ce qu'ils auraient dû être. Même si elle n'avait jamais eu besoin d'un avocat, elle supposait que Ludovic Carantec se conduisait de façon peu ordinaire. Elle constata qu'il y avait quelque chose de vraiment juvénile dans son expression.

— Résultat de l'examen ? s'enquit-il avec bonne humeur. Vous me conservez comme conseil juridique ou vous me trouvez trop bizarre et trop maladroit ?

— Je trouve que vous n'êtes pas comme tout le monde.

— Vous dites ça pour me faire plaisir ?

L'angoisse qu'elle avait ressentie en pensant à Mathieu se dissipa. La compagnie de Ludovic lui était agréable, malgré tout.

— Vous deviez me poser des questions indiscrètes, rappela-t-elle.

— Ah oui, des horreurs indispensables... Parlons d'abord de gros sous. Je suppose que votre mari gagne bien sa vie ?

— Très bien.

— Le domicile... enfin, la propriété de Mont-Saint-Aignan lui appartient en propre ?

— Oui.

— Pas de crédit, d'emprunt ou d'hypothèque ?

— Non.

— Dispose-t-il d'autres revenus ?

— Un portefeuille d'actions, je crois. J'ignore de quel montant exactement.

— C'est sans importance, le juge prendra ses renseignements. Tous ces chiffres détermineront le montant des prestations. Où en êtes-vous, de votre côté ?

— Mon travail était temporaire et je cherche quelque chose de plus stable. À plein temps, si je veux qu'on me prenne au sérieux. Je ne tiens pas à exercer de manière occasionnelle.

— Pensez-vous trouver facilement ?

— Pas vraiment. Mais j'y arriverai !

— Oh, je n'en doute pas...

Il eut, de nouveau, un de ces sourires adorables qui le rendaient presque émouvant.

— Vous m'avez confié que votre mari collectionnait les liaisons. Est-ce que, en ce qui vous concerne, vous avez... euh... pourrait-il prendre comme argument que...

Incapable de formuler sa question, il s'embrouillait et elle lui vint en aide.

— Non, jamais. Je ne sais pas si j'en ai eu envie parce que je n'en ai même pas eu l'idée.

— Très bien ! dit-il d'un air trop réjoui.

Il n'y avait donc personne dans sa vie, ni dans sa tête, ce qui le mettait aux anges.

— Il est tard. Il va falloir que je parte, dit soudain Valérie.

C'était une simple constatation et il se souvint que ses enfants devaient l'attendre, pourtant il eut du mal à lutter contre un insupportable sentiment de frustration. Il régla l'addition en hâte puis lui demanda s'il pouvait la raccompagner. En chemin, il ne lui parla que de choses anodines tout en l'observant à la dérobée. Qu'allait-il pouvoir inventer pour la revoir très vite ? Il ne voulait rien précipiter. Si elle se rendait compte qu'il était amoureux d'elle, quelle serait sa réaction ? Elle avait subi trop de bouleversements en quelques semaines pour être disponible, il en était certain. Et elle comptait sur lui comme soutien, comme conseil.

— Nous y sommes...

Arrêtée devant la vitrine du magasin de son père, Valérie se tourna vers Ludovic.

— Merci pour le déjeuner, dit-elle seulement avant de pousser la porte de la boutique.

Il resta sur le trottoir, désemparé. Au bout d'un moment, il leva la tête et regarda la vieille maison. Valérie avait grandi là et c'est donc là qu'elle était venue se réfugier le jour où elle avait décidé de trancher le fil de son existence. Auprès de ses parents, elle devait se sentir en sécurité, libre de reprendre son histoire personnelle à l'endroit où elle l'avait abandonnée, dix ans plus tôt. Il s'éloigna de quelques pas puis repassa devant la vitrine. Il connaissait très bien cette enseigne et, ironie du sort ou des rencontres prédestinées, il avait déjà acheté deux fois des livres à Augustin. Pressant le pas, il se rendit jusqu'à l'adresse que Valérie lui avait donnée. Il observa l'immeuble où elle avait loué un appartement puis repartit plus lentement vers la rue de la Vicomté. Beaucoup de travail l'attendait et il n'était pas en avance, toutefois il prit le temps de s'arrêter chez un fleuriste. Il avait conscience d'être ridicule, peut-être même importun, aussi écrivit-il quelques phrases sur une carte pour s'excuser de l'incident du déjeuner. Même si le prétexte était cousu de fil blanc, c'était mieux qu'un envoi banal. Il demanda qu'on livre le tout chez elle en fin de journée.

Lorsqu'il regagna son étude, la secrétaire lui annonça sur un ton de reproche que ses clients s'impatientaient. Il ne fit pas de commentaire mais songea que ce n'était rien en comparaison de ce qu'il ressentait, lui, tant il avait hâte de revoir Valérie. Il aurait voulu connaître ses goûts, ses manies, ses faiblesses, être déjà intime avec elle. Il rêvait de l'emmener chez lui, de lui montrer sa maison, de la choyer. Mais comment en arriver là avec une femme qu'il connaissait à peine ? Comment lui redonner confiance alors qu'elle devait être écorchée vive ? Son mari était un imbécile, une brute, et Ludovic se promit de s'acharner sur lui dans ce divorce. Avoir la chance d'être marié à une femme comme elle et ne songer qu'à la tromper !

« Un type qui a cinquante ans, une vie réussie, une perle rare à la maison, et qui fait des bâtards à des petites infirmières... Quel con ! »

— Je fais entrer madame George ? Ou alors je lui offre un café, pour la faire patienter, parce qu'il y a plus d'une heure qu'elle est là !

Pris en flagrant délit de rêverie, Ludovic adressa un sourire irrésistible à la secrétaire.

— Bien sûr... Qu'est-ce que vous attendiez ?

Exaspérée, elle voulut claquer la porte mais celle-ci était capitonnée, par discrétion pour les clients, et se referma sans bruit.

7

La malheureuse femme de ménage avait subi tout un sermon au sujet de l'état de la piscine, du jardin et même de la maison. Il s'agissait pourtant de tâches dont elle n'était pas chargée. En principe, c'était Valérie qui s'occupait de tout ça et, si elle devait le faire à présent, il lui faudrait y consacrer davantage de temps. Hautain, Mathieu lui rétorqua qu'il se moquait du nombre d'heures nécessaires mais qu'il voulait que tout soit impeccable. Tant qu'à faire, il lui demanda de s'occuper des courses afin que les placards et le réfrigérateur soient toujours pleins.

Dès qu'elle fut partie, après avoir vidé sa valise et rangé ses affaires, Mathieu alla se servir une vodka. Il éprouvait une drôle de sensation dans cette maison vide. Il avait pourtant vécu seul, avant d'être marié et père de famille. Enfin, pas vraiment seul, toujours entouré de filles et de copains. Seulement, depuis dix ans, il avait pris l'habitude de retrouver tous les soirs sa femme et ses enfants qui l'attendaient. Avec Valérie, il régnait une sorte de quiétude et de gaieté au rez-de-chaussée. Elle adorait écouter de la musique classique et, lorsqu'il pénétrait dans le living, il y avait toujours un ténor ou une soprano en train de chanter ses malheurs sur des accords déchirants. Il y avait aussi des odeurs de cuisine, des jouets abandonnés par Camille ou Jérémie, des éclats de rire quelque part dans l'escalier, et Atome qui venait lui faire la fête.

Il retourna chercher des glaçons dans la cuisine et ses pas résonnèrent sur le carrelage. Jusque-là, il n'avait pas pris au sérieux le départ de Valérie. Était-il possible qu'elle ne revienne jamais ? Et, si c'était le cas, comment allait-il organiser sa vie ?

Son verre à la main, il gagna son bureau et mit en marche le répondeur. Il écouta distraitement les messages jusqu'au moment où la voix de François Bréval retint son attention. Il arrêta la bande et la rembobina pour l'écouter de nouveau. Une séparation de corps ? Il avait le cœur battant, le souffle court. Il était obligé de se rendre à l'évidence : sa femme intentait une action en divorce.

Les yeux dans le vague, il resta assis cinq bonnes minutes. Voilà où l'avait conduit cette idiote de Laurence. Ah, il n'en revenait pas ! Il avait pu agir si longtemps à sa guise qu'il ne s'était jamais interrogé sur les conséquences de ses infidélités, qu'il n'avait pas eu assez d'imagination pour prévoir un éventuel drame. Un divorce était une chose grave, vraiment grave à cinquante ans. Surtout pour rien, sans but précis et sans passion, un divorce inutile dont il ne voulait pas. Il décrocha le téléphone et composa le numéro de son avocat. Il lui donna rendez-vous en ville, dans une brasserie, négligeant de lui demander s'il était libre. Il avait trop besoin d'être rassuré et il n'avait pas envie de dîner seul. En partant, il brancha l'alarme puis il jeta sur le siège arrière de sa voiture les cadeaux achetés à Tunis pour les enfants. S'il se sentait calme, en sortant du restaurant, il rendrait visite à Valérie. Une conversation avec Bréval allait lui permettre d'y voir plus clair.

Hélas ! deux heures plus tard, malgré un bon repas, il était beaucoup plus abattu que rassuré. Son avocat, qui était un vieil ami, lui avait annoncé que leur adversaire se nommait Carantec et avait la réputation d'être redoutable dans ce genre d'affaires. Évidemment, le dossier de Mathieu n'allait pas être facile à défendre. L'histoire de Laurence et de l'enfant qu'elle attendait semblait être connue de tout Rouen. Mathieu avait écouté, agacé, pas vraiment convaincu. Peut-être Valérie avait-elle agi sur un coup de colère, peut-être y avait-il une possibilité pour que tout rentre dans l'ordre puisqu'il avait rompu avec sa maîtresse ? Bréval avait paru dubitatif mais il avait admis que, pour l'instant, rien n'était définitif. D'ici quelques semaines, il y aurait une première tentative de conciliation chez le juge. Mathieu pouvait essayer d'arranger les choses s'il le souhaitait, tout en évitant de se mettre dans son tort. Pour les enfants, des mesures provisoires seraient prises si les deux parties ne parvenaient pas à s'entendre.

Lorsqu'il se retrouva au volant de sa voiture, Mathieu se laissa aller à l'inquiétude qu'il avait dissimulée pendant tout le repas. Il tergiversa longtemps, fit quelques kilomètres inutiles et finit pas se garer devant l'immeuble de sa femme. Il prit ses paquets, poussa la porte cochère et grimpa l'escalier de bois avec une désagréable impression d'irréalité. Venir chez Valérie en visiteur, en intrus, était difficile à accepter. Elle parut surprise en lui ouvrant, mais ni heureuse ni fâchée.

— Je suis venu embrasser les enfants...
— C'est une bonne idée mais tu aurais pu prévenir ! Entre...

Avant qu'elle puisse s'écarter, il la prit par la taille d'un geste autoritaire.

— Bonsoir, d'abord ! dit-il en posant ses lèvres sur sa bouche.

Comme elle ne portait qu'un pyjama de soie, il eut tout de suite envie d'elle. Sous ses doigts, il la sentait frêle et tiède. Une fois encore elle dut constater, consternée, qu'il ne connaissait qu'un seul langage : celui de ses désirs. Elle lui échappa et le précéda jusqu'à la chambre des enfants. La sonnette n'avait pas troublé leur sommeil et ils dormaient, l'un au-dessus de l'autre, dans leurs lits superposés. Valérie voulut allumer mais Mathieu l'en empêcha, un doigt sur les lèvres.

— Ne les réveille pas, chuchota-t-il. Il est tard et je ne fais que passer. Ils seraient déçus... Je les emmènerai déjeuner avec moi dimanche.

Il déposa ses cadeaux près de la table de nuit, effleura les cheveux de Camille puis remonta la couette sur Jérémie. Il sortit sans bruit et referma la porte. Valérie l'attendait dans le couloir.

— Quand es-tu arrivé ?
— Vers cinq heures.
— C'était bien, Tunis ?

La nuance d'ironie agaça Mathieu qui se défendit aussitôt.

— Ce n'est pas ce que tu crois. Je ne sais pas d'où tu tires tes informations mais, effectivement, cette fille est venue me poursuivre jusque là-bas... Seulement je...

Un instant, il fut tenté de lui avouer la vérité, de dire qu'il n'était plus question d'enfant, mais il aurait fallu avouer ce qui s'était réellement passé et il y renonça.

— Eh bien, je m'en suis débarrassé ! acheva-t-il. Parfaitement ! Je t'ai annoncé que c'était fini et je n'ai qu'une parole.

— Mathieu ! Ne dis donc pas de bêtises... D'ailleurs, je m'en fous.

Elle avait croisé les bras dans une attitude de défense sans s'apercevoir que ce geste plaquait la soie sur elle et soulignait ses formes. Le regard de Mathieu était éloquent, aussi elle lui tourna le dos et s'éloigna vers le salon.

— C'est mignon, ici, dit-il en la suivant.

— C'est un peu sommaire pour le moment. Puisque tu es là... veux-tu que nous discutions ?

— Bien sûr ! À condition que tu m'offres un verre.

— Je n'ai pas de vodka. Est-ce qu'un peu de vin blanc t'irait ?

Avec une moue, il accepta la proposition. Il s'assit au bord d'un des fauteuils de toile qu'elle avait achetés en hâte, sans vraiment les choisir. Son regard s'attarda sur un puzzle inachevé, un ours en peluche qui gisait la tête en bas, des crayons de couleur, un bouquet de fleurs dans un vase, à même le sol.

— Regarde qui est là... annonça Valérie qui revenait de la cuisine, flanquée d'Atome.

Le chien se jeta sur Mathieu et commença de lui lécher les mains avec allégresse.

— Tu me manques, chérie. La maison est sinistre sans toi, sans les enfants, et même sans lui...

Un peu surpris, il trouvait un réel plaisir à caresser la tête soyeuse du dalmatien.

— Tu t'y feras, je te fais confiance ! répondit Valérie d'une voix dure.

Stupéfait, il croisa le regard de sa femme. Les yeux verts le toisaient sans indulgence.

— Pourquoi es-tu si agressive ?

Elle étouffa un bref soupir et vint s'asseoir en face de lui. Elle lui tendit un verre en essayant de sourire malgré tout. Il avait pris un léger hâle durant ces quelques jours à Tunis et il était aussi séduisant et sûr de lui que d'habitude. Seulement, il ne l'émouvait plus, ne lui plaisait plus, ne lui faisait même plus peur.

— J'ai contacté un avocat... annonça-t-elle.

— Un certain Carantec, je sais, François m'a averti. Je trouve ça complètement prématuré. Je ne serai jamais d'accord pour ce divorce, Val. Jusqu'au dernier moment j'essaierai de te faire changer d'avis, je te préviens.

— Tu perds ton temps, Mathieu.

Comment pouvait-elle lui avoir échappé si complètement en si peu de jours ? Elle paraissait libre, indifférente, étrangère même, ce qui la rendait encore plus désirable.

— Je compte demander un rendez-vous au directeur de Charles-Nicolle. Est-ce que tu y vois un inconvénient ?

— Pourquoi veux-tu le rencontrer ?

— Pour solliciter un poste. La clinique dans laquelle je travaille en ce moment est vraiment minable. C'était juste une remise en train...

— Et la remise à niveau, tu penses la faire quand et comment ? s'enquit-il d'un ton narquois.

— Le C.H.U. regroupe plusieurs hôpitaux, poursuivit-elle comme si elle n'avait pas entendu. Il est hors de question que je te demande un passe-droit, j'imagine que tu détesterais me voir dans ton service. Mais je peux aller à Bois-Guillaume ou à Oissel...

— Il n'y a plus de cardio là-bas ! Tout est regroupé à Charles-Nicolle, tu le sais très bien.

— Et je sais aussi que tu ne veux pas de moi !

— C'est terrible d'être têtue à ce point-là ! De toute façon, il n'y a pas de place. Pourquoi veux-tu exercer ? Si c'est pour de l'argent, je peux te faire la pension que tu désires, et...

— Combien de temps ? Tant que tu me regrettes, que tu espères me récupérer ? Et ensuite ? Tu te remarieras, tu auras d'autres enfants, tu as déjà commencé ! Ce jour-là, tu te mettras à rechigner, je t'entends d'ici. De toute façon il n'y a pas que l'aspect matériel, figure-toi que j'ai envie de travailler ! Très envie... Il y a dix ans que l'hôpital me manque.

— Tu ne l'as jamais dit !

— Si, mais tu ne m'as pas entendue. Refais ta vie et laisse-moi refaire la mienne. Je veux un poste et je l'obtiendrai, ici ou ailleurs, que tu sois d'accord ou pas. Tu ne peux même pas supposer à quel point j'y suis décidée...

Éberlué, il cherchait quelque chose à répondre mais ne trouvait rien.

— Vois le directeur si ça te chante, proféra-t-il enfin d'un ton pincé. Mais ne te sers pas de mon nom !

Elle se contenta de sourire, ajoutant à la fureur de son mari.

— J'y ai pensé toute seule. Je me suis réinscrite au conseil de l'ordre sous mon nom de jeune fille.

— Ton nom de jeune fille... répéta-t-il. Mon Dieu que tu étais différente à cette époque-là !

— N'est-ce pas ? Soumise, timide, admirative... Un vrai régal pour toi !

— Tu caricatures, c'est ridicule.

Il était vexé et ne parvenait pas à le cacher. De plus, il était inquiet. Elle parlait de séparation, de divorce ou d'avenir d'un ton détaché qui n'avait rien d'artificiel.

— Je t'aime, dit-il à mi-voix. C'est quelque chose que tu ne peux pas nier.

— Combien es-tu capable d'en aimer à la fois ?

C'était donc ça, elle lui en voulait toujours, elle cherchait à le faire payer. Il eut envie de forcer ses défenses, pour en avoir le cœur net. Il posa son verre par terre, se leva et vint près d'elle.

— Valérie, je ne veux pas qu'on se quitte. On va commettre l'irréparable et le regretter amèrement, chacun de notre côté, comme deux imbéciles. Tous les couples connaissent des crises. J'ai fait mon mea culpa mais, si ça ne te suffit pas, dis-moi ce que je dois faire.

Il s'était penché et, sans lui laisser le temps de réagir, il la souleva dans ses bras. Il lui était souvent arrivé de la porter ainsi, par jeu. Il se demanda où était sa chambre et, à tout hasard, s'engagea dans le couloir.

— Lâche-moi, Mathieu.

— Non. Je veux te faire l'amour, je veux qu'on arrête de se disputer et qu'on se retrouve un peu...

Il vit une porte entrouverte qu'il poussa du coude. Il déposa doucement Valérie sur le grand lit et, avant qu'elle ait pu faire un geste, il dénoua la ceinture de la veste du pyjama.

— Que tu es belle, ma chérie...

— Mieux que les autres ? Pareille ? Un peu moins bien ? Un peu plus vieille ? Les jambes, les seins, tu dois faire des comparaisons ? Est-ce que tu donnes des notes ?

Il était sur le point de l'embrasser mais il s'arrêta net. Dans la pénombre, le regard de Valérie scintillait. Incapable de comprendre s'il s'agissait de haine ou de chagrin, Mathieu hésita.

— Va-t'en, murmura-t-elle d'une voix sourde. S'il te plaît, sors d'ici.

Lentement, il se redressa, quitta le lit, fit deux pas en arrière. Elle ne bougeait pas, ne tournait même pas la tête vers lui. Il eut peur qu'elle se mette à crier et il préféra partir. En montant dans sa voiture, il ne savait plus où il en était. Aucune femme ne l'avait traité avec une telle froideur, un tel mépris glacé. Stupéfait, il sentit des larmes lui piquer les yeux. Il venait de prendre la mesure d'un sentiment sur lequel il ne s'était pas vraiment interrogé depuis dix ans. Mais il n'avait plus le moindre doute là-dessus : il aimait Valérie pour de bon. En démarrant, il repensa au bouquet de fleurs. Les avait-elle achetées pour égayer un peu cet appartement à moitié vide ? À moins qu'on ne les lui ait offertes. Quelque chose qui ressemblait beaucoup à un pincement de jalousie serra le cœur de Mathieu tandis qu'il accélérait.

Axelle observait son père du coin de l'œil. Il lui paraissait bien gai depuis quelques jours, plaisantant pour un oui ou pour un non, sifflotant à tout bout de champ. Chaque fois qu'il avait une aventure, elle la détectait infailliblement et étalait aussitôt sa mauvaise humeur. Il n'en tenait aucun compte, ne lui présentait jamais personne, ne répondait pas à ses questions. Il protégeait jalousement sa vie privée, ce qui la mettait hors d'elle. Elle aurait voulu pouvoir juger les femmes qui approchaient son père... et les décourager ! Personne ne mériterait jamais de prendre la place de sa mère, elle se l'était juré confusément.

— Il y a des gens que le printemps rend joyeux, toi c'est l'automne, on dirait, bougonna-t-elle.

Il lui adressa un clin d'œil sans la voir, la tête ailleurs.

— Je vais au cinéma avec des copains, ce soir. Mais si tu veux, on dîne ensemble après ?

— Très bonne idée ! Je travaillerai tard, j'ai une montagne de dossiers en attente. Passe me prendre en sortant.

— Vers dix heures, ça ira ? Mais je ne veux pas te déranger. Si tu as d'autres projets...

— Pas du tout !

L'air béat de son père acheva de l'exaspérer. Elle se leva, fit son habituel simulacre de nettoyage et quitta la cuisine en claquant la porte. Ludovic regarda, par la fenêtre, la Twingo qui s'éloignait. Il étouffa un soupir. Il n'avait pas vu Valérie depuis près d'une semaine et il cherchait désespérément un moyen de la rencontrer. Il lui avait déjà téléphoné deux fois, sans raison particulière, pour le plaisir d'entendre sa voix. Il s'était rendu jusqu'à la boutique d'Augustin, avait fureté parmi les livres anciens et déniché une édition rare qu'il avait achetée parce qu'elle lui plaisait vraiment. Il en avait profité pour bavarder avec le vieux libraire. En partant, il avait croisé une petite fille et un petit garçon qui rentraient de l'école, se tenant par la main. Il les avait reconnus tout de suite, même s'ils n'avaient pas les merveilleux yeux verts de leur maman.

Mal à l'aise, incapable de se concentrer sur ses dossiers, Ludovic ne savait pas comment aborder son problème. Accaparée par ses enfants, son divorce, sa recherche d'un poste de cardiologue, Valérie risquait de mal prendre ses avances, d'être déçue ou choquée. Il devait se montrer patient s'il voulait conserver ses chances de lui plaire un jour. Mais elle ne tarderait sans doute pas à rencontrer des tas d'hommes qui auraient sans doute moins de scrupules que lui. Si elle avait besoin d'une épaule compatissante, si elle renouait avec d'anciens copains... Il se torturait à longueur de journée avec ce casse-tête. Et, pour comble, Axelle s'était naturellement aperçue qu'il n'était pas dans son état normal. Elle allait donc bientôt lui faire toutes sortes d'ennuis.

Il faillit avoir un accident tant il était distrait ce matin-là. À l'étude, il eut un mal fou à s'intéresser à ses dossiers en cours. Lorsque l'un de ses associés vint le trouver pour lui proposer de déjeuner ensemble tous les trois, comme chaque lundi, il accepta avec soulagement. Ils formaient une excellente équipe et ils étaient bons amis. Charles était le plus âgé, ensuite venait Ludovic puis Hubert, un jeune confrère qui les avait rejoints depuis deux ans. Chacun avait sa spécialité, sa comptabilité propre, mais ils se dépannaient volontiers les uns les autres, tout comme ils partageaient leur unique secrétaire sans le moindre heurt.

Ils se rendirent dans leur restaurant de prédilection, un bistrot délicieux où ils avaient leur table. Pendant une heure, la conversation roula sur les sujets les plus divers et Ludovic put se réfugier dans ses pensées jusqu'au moment où un mot de Charles attira son attention. Brusquement très attentif, il lui fit répéter sa phrase.

— Je disais qu'il s'agit de Keller et de Martin, ce sont deux patrons de Charles-Nicolle, à la table du fond, là-bas... D'ailleurs, on ne doit plus dire « patron », paraît-il. Ce sont des P.U.P.H. ! Puph ! Et vous savez ce que ça signifie ? Professeur universitaire, praticien hospitalier. Je me demande par quoi le mot d'avocat sera bientôt remplacé ! Bon, pour en revenir aux toubibs, j'ai défendu Martin l'année dernière dans une odieuse histoire. Que nous avons gagnée, d'ailleurs. C'est celui qui a les cheveux blancs... Un type formidable... L'autre, celui qui a un début de calvitie, est cardiologue.

Ludovic n'écoutait plus, hypnotisé par les deux hommes qui déjeunaient à quelques mètres. Il voyait Mathieu de profil et le détaillait avec une immense curiosité. Il nota la veste parfaitement coupée, la chemise bleu pâle, la cravate élégante, les mains fines, le bronzage. Toute la panoplie du parfait séducteur jusqu'à la montre Cartier.

— Pourquoi les regardes-tu comme ça ? protesta Charles.

— La femme de Keller est ma cliente, elle vient de demander le divorce, expliqua Ludovic à voix basse.

Évitant de regarder dans leur direction, Charles eut un sourire de vieux renard.

— Tu vas t'amuser ! Ce type mène une vie de bâton de chaise et, si tu as besoin de témoignages, il y aura la queue devant l'étude !

Il s'esclaffa le plus discrètement possible. Ludovic observait toujours Mathieu. Cet homme possédait un charisme indiscutable mais il en était très conscient et il en jouait. À cet instant, il tourna la tête pour héler un serveur d'un mouvement impérieux. Il devait avoir l'habitude de commander, d'être obéi.

— Sois un peu discret ! dit Hubert en donnant un coup de coude à Ludovic.

Mais Mathieu était trop absorbé dans sa discussion avec son confrère pour prêter la moindre attention aux autres tables. D'ailleurs, tant qu'il ne s'agissait pas de jolies filles, les gens ne l'intéressaient pas.

— À quoi ressemble la femme de Keller ? demanda Hubert qui était surpris de l'insistance de Ludovic.

— Elle est très, très belle...

Le ton était si éloquent que les deux associés éclatèrent de rire.

— Tu connais la règle, mon vieux, il est interdit de draguer les clientes ! rappela Charles avec bonne humeur.

— Je ne drague pas, j'en suis au stade contemplatif, riposta Ludovic.

— Le mieux que tu puisses faire pour la séduire est de lui obtenir une fortune de prestations compensatoires. La famille Keller ne fait pas partie des damnés de la terre ! J'ai rencontré une ou deux fois le père, Adrien, avant son départ pour la Floride. Il avait un joli petit portefeuille qu'il gérait très bien tout seul...

Ludovic n'écoutait plus Charles. Maintenant qu'il pouvait

mettre un visage sur le nom de Mathieu, il se sentait mal à l'aise. C'était tout de même ridicule de détester à ce point-là un homme qu'il apercevait pour la première fois. Il s'obligea à ne plus le regarder, à ne plus imaginer Valérie dans ses bras. Durant dix minutes, il parvint à écouter la discussion de Charles et d'Hubert en faisant même semblant de s'y intéresser.

Lorsqu'ils quittèrent le restaurant, ils passèrent à côté de la table des deux médecins qui en étaient au café.

— Les femmes sont tellement versatiles ! disait Mathieu d'un ton péremptoire et ironique.

Son confrère répondit par une banalité du même acabit. Ludovic leur jeta un dernier coup d'œil agacé, espérant de toutes ses forces que Valérie, elle, s'en tiendrait à sa décision.

Le directeur général du C.H.U. n'occupait son poste que depuis dix-huit mois. Il n'était pas originaire de Rouen et ne comptait pas y effectuer la totalité de sa carrière. En attendant, il dirigeait très habilement cet immense complexe, peu impressionné par les sommes énormes qu'il brassait et les six mille deux cents personnes qu'il employait.

— Votre dossier est intéressant, madame Prieur, même s'il n'est pas courant. Ces dix années de... d'absence, représentent évidemment un handicap.

Il avait utilisé le nom sous lequel elle s'était inscrite mais il savait pertinemment qu'elle était la femme de Mathieu Keller. Il n'y avait fait aucune allusion, depuis dix minutes qu'il bavardait avec elle.

— Je n'ai aucune possibilité, pour vous, dans le cadre du C.H.U.

Valérie ne le quittait pas des yeux, attentive et déjà désespérée. Il feuilleta quelques papiers, sur son bureau.

— Vous avez effectué un splendide cursus et toutes les appréciations de vos stages sont unanimes... J'ai fait sortir votre thèse des archives... et je l'ai donnée à lire. On m'affirme qu'il s'agit d'un très beau travail, sérieux, bien documenté, assez ambitieux et même... novateur.

Il releva la tête et croisa le regard de Valérie.

— Pourquoi voulez-vous travailler, madame Prieur ?

Sans chercher quelle pouvait être la réponse la plus habile, Valérie répliqua :

— Parce que j'ai commis une grosse erreur en abandonnant. J'aime ce métier et il y a dix ans qu'il me manque. J'étais douée pour ça, c'était ma passion. Je ne comprends même pas comment j'ai pu m'en passer si longtemps.

Il n'y avait aucune vanité dans ses paroles. Elle se pencha un peu en avant et posa sa main sur le bureau, décidée à convaincre son interlocuteur.

— J'ai fait comme beaucoup de femmes, monsieur, j'ai capitulé à un certain moment parce qu'on peut difficilement mener trois vies de front. Vous savez bien qu'il est impossible de faire une carrière à mi-temps. Si on veut réussir, il faut être complètement disponible. Aujourd'hui, je le suis, mes enfants vont à l'école. Et je n'ai que trente-cinq ans. De plus, je n'ai jamais vraiment cessé d'étudier. Je crois même que je n'ai jamais raté aucun cycle des conférences de la fac ! J'y allais pour mon plaisir, en auditeur libre, mais c'était surtout pour ne pas me laisser distancer.

Elle reprit son souffle tandis qu'il dissimulait un sourire.

— Vous êtes très persuasive, madame Prieur, et certainement très motivée. Je vais vous garder sur la liste des postulants, c'est tout ce que je peux faire. Néanmoins, j'ai quelque chose à vous proposer.

— C'est vrai ?

Elle avait crié et il eut une expression amusée. Il la trouvait séduisante, avec quelque chose de fragile mais de déterminé qui lui plaisait beaucoup.

— Votre dernier patron, ici, était Mathieu Keller. C'est aussi...

— Mon dernier mari, oui !

La repartie avait fusé, rapide, un peu agressive. Valérie se creusait la tête pour deviner ce que Mathieu avait bien pu raconter sur elle.

— Je lui ai demandé s'il voyait un inconvénient, sur un plan strictement professionnel, à ce que vous réintégriez un jour le C.H.U. Il n'a émis aucune réserve quant à vos capacités, en dehors de cette longue interruption, bien entendu.

— Il est trop aimable, dit Valérie d'une voix glaciale.

Attendant manifestement autre chose d'elle, le directeur se contentait de l'observer. Au bout de quelques instants, elle reprit, avec plus de calme :

— Je sais que Mathieu est un chef de service très apprécié, à juste titre d'ailleurs, seulement s'il était possible de nous... dissocier dans l'avenir, j'en serais très soulagée.

Avec un hochement de tête qui ressemblait à une approbation, il répondit :

— C'est parce que vous aviez été son élève que j'ai pris son avis, madame Prieur. Pour la suite, c'est à vous de faire vos preuves, naturellement. J'ai eu l'occasion de discuter, hier, avec mon homologue de la clinique Saint-Lazare. Le sérieux de cet établissement n'est plus à prouver, et les responsables se montrent toujours très exigeants sur le choix des praticiens.

Retenant son souffle, Valérie écoutait.

— Un de leurs cardiologues part à la retraite dans deux mois et ils veulent être certains que la relève se fera en douceur. Une clientèle privée se ménage, comme vous savez... Ces deux mois pourraient vous offrir une sorte de... réinsertion ? Si vous leur convenez, c'est un bon poste. Exercez là-bas et nous verrons par la suite, pour le C.H.U., si quelque chose se libère... En attendant, téléphonez donc au directeur de ma part.

Avec un nouveau sourire, il se leva pour mettre fin à leur entretien, laissant Valérie stupéfaite. Elle ne comprenait pas à qui ou à quoi elle devait cette sollicitude inattendue. Le directeur général de Charles-Nicolle n'avait aucune raison de s'occuper d'elle. Il avait bien d'autres chats à fouetter.

Comme il lui tendait la main, elle la serra avec une vigueur qui le surprit. Lorsqu'elle eut refermé la porte, il revint vers son bureau à pas lents. Il avait eu envie de l'aider dès qu'il avait reçu son dossier. Même si Keller avait toutes les qualités du monde, il y avait trop longtemps qu'il se comportait à Charles-Nicolle comme un coq dans une basse-cour. La conversation qu'ils avaient eue tous les deux au sujet de Valérie avait été rapide et amicale. Mathieu n'avait pas eu le temps de ruser, de défendre son territoire. Car c'était bien de ça qu'il s'agissait, le directeur l'avait deviné.

Fermant le dossier, il le repoussa. Il n'avait guère le loisir de s'appesantir sur cette histoire mais, indiscutablement, l'intermède l'avait amusé. Cette femme allait faire une brillante carrière, il en était persuadé. S'il avait un jour l'occasion de l'intégrer dans le C.H.U., il le ferait. Quelle que soit l'opinion de Keller. Les médecins passaient leur temps à se jalouser, à régler leurs comptes, à se plaindre, à faire valoir leurs privilèges. Les soixante-dix professeurs que comptait l'hôpital finiraient par le rendre fou. Aussi l'idée de jouer un bon tour à l'un d'entre eux avait quelque chose de très distrayant. Surtout s'il repensait à une jeune femme en particulier, que Mathieu lui avait soufflée sous le nez sans le moindre scrupule...

Dans le pavillon Derocque, à l'étage de la cardiologie, Gilles venait de subir un véritable sermon. De très mauvaise humeur, comme souvent ces dernières semaines, Mathieu avait mis son service sur les dents en effectuant une revue de détail inopinée. Soudainement attentif à la moindre chose, il s'en était pris aux internes, aux infirmières, et même aux étudiants. Certains dossiers n'étaient pas tout à fait à jour dans l'ordinateur, certaines chambres n'étaient pas vraiment impeccables, certains malades n'avaient pas le bon régime alimentaire ; il manquait un bouton à une blouse, une ampoule à une veilleuse ; il y avait des ratures sur le cahier des produits toxiques et le goutte-à-goutte d'une perfusion s'écoulait trop vite. Agacé, impatient, Mathieu avait bombardé une jeune infirmière de questions pièges, puis il s'en était pris à une interne qu'il avait ridiculisée sur une erreur de diagnostic. Il tenait Gilles pour responsable de tout ce qui n'allait pas et lui reprocha d'un ton désagréable son manque de vigilance.

En temps normal, Gilles savait désamorcer les colères de Mathieu. Tout comme il n'hésitait pas à lui tenir tête s'il se sentait dans son droit. Mais ce matin-là, il jugea préférable de ne rien répondre à ses sarcasmes grinçants. Il le connaissait depuis suffisamment longtemps pour comprendre ce que sa rage dissimulait. Mathieu allait mal, vraiment mal pour une fois. Il ne s'agissait pas d'une petite blessure d'orgueil, superficielle et passagère. Le départ de Valérie – que tout le service avait abondamment commenté – semblait l'avoir plongé dans une crise profonde. Il souffrait pour de bon, même s'il cachait son désespoir sous une arrogance accrue.

Consternée, Sylvie ne savait que faire et n'osait rien tenter par peur de commettre une maladresse. Le patron ne supporterait pas le moindre geste de compassion, elle en était persuadée. Lorsqu'elle retrouva Gilles, près de la machine à café, elle était en plein désarroi.

— Tu devrais lui mettre une cuillère à café de bromure, à la place de son sucre ! dit-il gentiment.

La vieille secrétaire haussa les épaules. La plaisanterie, éculée, lui sembla soudain très déplacée et ne lui arracha même pas un sourire.

— Il me fait de la peine, expliqua-t-elle à mi-voix tout en jetant un coup d'œil derrière elle. Je ne l'ai jamais vu aussi...

Une lumière s'alluma au-dessus de la porte d'un malade, tout près d'eux et, au même instant, une sonnerie d'alarme se mit à retentir. Gilles fronça les sourcils et entra dans la chambre sans frapper. À l'autre bout du couloir, la surveillante quitta son bureau en courant. On entendait déjà le bruit du chariot d'urgence poussé par un interne. Sylvie espéra de toutes ses forces qu'il n'y aurait pas un nouvel incident à déplorer dans le service.

— Fausse alerte ! annonça Gilles en ressortant. Madame Alvarez avait débranché un contacteur et le moniteur a pris ça au tragique !

Il fit signe à l'interne que tout allait bien, puis il sourit à la surveillante et ajouta, plus bas :

— Elle est un peu agitée. Donnez-lui quelque chose, voulez-vous ?

Sylvie s'éloignait, son gobelet de café à la main, et Gilles la rattrapa.

— Si Mathieu a entendu sonner, dis-lui de ma part que

ce n'était rien. Et puis ne le chouchoute pas trop, il a horreur de ça, tu le sais...

Mathieu les interrompit en émergeant de son bureau.

— Je file à la réa, Joachim a un problème dont il veut me parler. Viens donc avec moi, tu ne seras pas de trop !

Docilement, Gilles suivit le patron vers les ascenseurs.

— Tu te souviens d'un certain Andrieux ? demanda-t-il en appuyant sur le bouton d'appel. Son état se dégrade à toute allure. Joachim n'a aucune idée de ce qui se passe. Il pense que le malade coule sans même chercher à réagir.

Ils descendirent au rez-de-jardin où les deux pavillons modernes communiquaient, et ils se hâtèrent vers le service de réanimation.

— Désolé d'avoir été désagréable, ce matin, mais je trouve que tu laisses un peu flotter les rubans...

Gilles leva les yeux au ciel, jugeant la réflexion d'une totale mauvaise foi.

— Et moi, je trouve que tu as une mine épouvantable ! répliqua-t-il. Tu as l'air crevé, à cran... Qu'est-ce que tu fais, à midi ? Tu veux qu'on déjeune ensemble au huitième ?

Il faisait allusion au restaurant réservé aux médecins mais Mathieu s'arrêta net, furieux.

— Je vois que tout le monde est au courant ! Ah, ces foutus bavardages qui pourrissent la vie de l'hôpital, je te jure !... Ma femme est partie, avec les enfants, pour quelque temps. Voilà, tu sais tout. Maintenant, si j'ai besoin de compagnie, j'en connais de plus drôles que la tienne !

Il repartit, à grandes enjambées, vers le bureau de Joachim. Gilles resta immobile quelques instants puis, au lieu de rejoindre Mathieu, il fit demi-tour. À de très rares moments – mais celui-ci en faisait partie –, il en avait par-dessus la tête de son métier, de l'hôpital, et surtout de Mathieu Keller, brillant mais exécrable chef de service.

« Valérie a eu bien raison de se tirer. De toute façon, elle était cocue depuis des lustres. Il n'a que ce qu'il mérite et je suis le dernier des abrutis. Ce type n'est pas à plaindre. S'il en bave, pour une fois, c'est justice ! »

Rageusement, il regagna le troisième étage en empruntant les escaliers. Mathieu était trop égoïste pour souffrir bien longtemps et, d'ici quelques jours, tout rentrerait dans l'ordre. Il suffisait de se souvenir avec quelle désinvolture il s'était débarrassé de Laurence, par exemple. Elle avait quitté l'hôpital, puis c'est lui qui l'avait quittée ! Et de quelle manière ! À en croire le récit de ceux qui étaient allés à Tunis, il s'était produit là-bas des choses particulièrement lamentables.

Alors qu'il poussait la porte battante de la cardio, il se trouva nez à nez avec la surveillante.

— Je profite de l'accalmie pour aller déjeuner, lui dit-elle avec un clin d'œil.

— Bonne idée, je vais avec vous ! décida-t-il.

D'un geste délibéré, il débrancha l'appareil électronique qui était dans sa poche de poitrine. Il savait que Mathieu allait le biper dans les minutes suivantes, étonné de son absence, et il voulait la paix. Tant pis si ce mouvement d'indépendance provoquait une nouvelle colère. D'ailleurs, les deux grands pontes devaient être en pleine discussion, à la réa, et n'avaient besoin des conseils de personne. Pour une fois, Mathieu allait devoir se passer de son faire-valoir.

— J'en ai appris une bien bonne, tout à l'heure, lui dit la surveillante tandis qu'ils franchissaient la porte des Capucins. Il paraît que madame Keller a obtenu un poste à Saint-Lazare. Elle va exercer sous son nom de jeune fille. Prieur, je crois...

Gilles enregistra la nouvelle avec une certaine jubilation. Valérie avait été une interne agréable et douée. Elle faisait preuve de courage en se remettant à la médecine si tardivement. Et Mathieu devait détester cette idée !

— Vous trouvez ça réjouissant, on dirait ?

— Très ! Même si ça nous promet des moments difficiles...

— Pourquoi ? s'étonna la surveillante.

— Un pressentiment, répondit-il gaiement. À moins qu'il ne rencontre une créature de rêve dans les prochains jours, je crois que le patron va nous en faire voir de toutes les couleurs !

— À propos de créature de rêve, il y a de drôles de bruits qui courent sur le séjour des grands pontes à Tunis... Il semblerait qu'une femme inconnue mais française ait fait tout un esclandre là-bas, en plein hall de l'hôpital ! Et vous savez après qui elle en avait ? Après notre cher patron à nous...

Gilles haussa les épaules tout en conservant son air jovial.

— Oui, je suis au courant. Une vilaine histoire... Un jour, il aura de vrais ennuis, vous verrez.

Il n'avait pas voulu citer le nom de Laurence. La malheureuse avait payé sa désastreuse liaison suffisamment cher comme ça. Il se demanda ce qu'elle devenait. C'était une fille adorable et elle méritait autre chose que ce que Mathieu lui avait fait subir.

8

Mathieu avait fini par accepter d'aller chercher les enfants à la sortie de l'école, le samedi à midi. Il devait les emmener déjeuner et passer l'après-midi avec eux. Avant de partir en classe ce matin-là, Camille avait obtenu que sa mère lui fasse des nattes et l'autorise à mettre ses chaussures vernies avec son nouveau jean rouge. Jérémie, moins surexcité que sa sœur à l'idée de voir leur père, ne s'était donné aucun mal.

Valérie brûlait d'impatience en attendant le lundi suivant, qui serait enfin sa première journée à Saint-Lazare. Elle avait eu un entretien très chaleureux avec son directeur, et elle avait signé un contrat sur-le-champ. Ensuite, il l'avait emmenée visiter le service de cardio et l'avait présentée à tout le monde. Elle avait passé deux heures avec le chef de service, un homme calme et compétent qui semblait ravi de passer le relais à une jeune femme. Il avait promis de lui faciliter les choses et de la laisser se familiariser sans la brusquer. De son côté, elle s'était engagée à suivre un maximum de conférences à l'université afin d'actualiser ses connaissances. La clinique était grande, bien tenue, le personnel semblait sérieux et le plateau technique était impressionnant.

Pour occuper son week-end, elle décida de faire d'abord quelques courses. Elle aurait pu aller à Mont-Saint-Aignan prendre des vêtements dans sa garde-robe mais elle répugnait encore à se retrouver dans cette maison. Plus tard, il faudrait bien se résoudre à trier, emballer, partager, et cette perspective n'avait rien de réjouissant. Le seul moyen pour ne pas souffrir était de rester résolument tournée vers son avenir. Avec ses nouvelles fonctions, à Saint-Lazare, il lui fallait donc de nouvelles tenues. Elle acheta deux jupes, un pantalon de velours noir, une veste, des chemisiers et un cachemire à col roulé. En passant devant un magasin de cadeaux, elle fut séduite par une paire de chandeliers dont elle n'avait aucun besoin mais qui constitueraient un premier élément personnel de décoration dans son appartement. Elle entra dans la boutique et les acheta sans même demander leur prix. La vendeuse lui offrit de choisir quatre bougies et elle opta pour une cire vert sapin.

— Vous préparez déjà Noël ? s'enquit une voix familière derrière elle.

Appuyé au comptoir, Ludovic la regardait en souriant. Il tenait un petit bronze à la main.

— Ils ont de très belles choses, ici, ajouta-t-il avec enthousiasme.

Elle l'avait appelé la veille pour lui annoncer qu'elle avait obtenu un poste intéressant et il l'avait félicitée chaleureusement. Ensuite, il s'était demandé, tout au long de la journée, comment il pourrait faire pour la rencontrer. Il avait décidé de passer la matinée du samedi à traîner dans le centre-ville. Entre l'école, le magasin d'Augustin et l'immeuble de Valérie, il finirait bien par la rencontrer. Il avait erré deux bonnes heures en vain et, ironie du sort, c'était elle qui l'avait trouvé dans ce magasin où il s'était réfugié, fatigué d'arpenter les rues en guettant toutes les silhouettes.

Pendant qu'elle tendait son chèque à la caissière, il remarqua les nombreux paquets qu'elle avait posés à ses pieds.

— C'est à vous, tout ça ? demanda-t-il d'un air réjoui. Eh bien, je vais vous aider à les porter !

Ravi d'avoir trouvé un prétexte pour rester un peu avec elle, il se hâta de régler le bronze qu'il tenait toujours à la main.

— Ne croyez pas que je passe mon temps à acheter des fringues, dit tranquillement Valérie pendant qu'il s'emparait des sacs.

— Je ne crois rien ! Je suppose que vous fêtez votre nouvelle vie ?

— Exactement.

Une fois dehors, ils longèrent la cathédrale avant de s'engager dans la rue des Carmes. Il faisait froid et ils marchaient vite. Ludovic bavardait de façon insouciante tout en se demandant avec angoisse de quelle manière il allait pouvoir prolonger cette rencontre. Ils arrivèrent trop rapidement chez Valérie et, devant la porte cochère, il lui rendit ses paquets.

— Êtes-vous libre pour déjeuner ?

Il n'avait rien trouvé de mieux à dire et il fut soulagé qu'elle se mette à rire.

— Encore ? Mais vous ne pensez qu'à manger ! Non, écoutez, je...

Elle s'interrompit, hésitante. Après tout, elle n'avait rien à faire et les enfants ne rentreraient pas avant la fin de l'après-midi.

— D'accord, accepta-t-elle simplement.

— Merveilleux ! Je vais chercher ma voiture et je vous prends ici dans dix minutes, d'accord ? Avec ce temps de Toussaint, je connais une petite auberge en dehors de la ville où ils auront fait du feu dans la cheminée, ça vous tente ?

— Pourquoi pas ? À tout de suite...

Il fouillait ses poches à la recherche de ses clefs lorsqu'elle le rappela :

— Ludovic ! Est-ce que vous verriez un inconvénient à ce que mon chien nous accompagne ? Il est très sage.

— Évidemment ! Va pour le chien et, si vous avez un chat, n'hésitez pas, répondit-il en plaisantant.

Elle s'engouffra sous le porche et grimpa jusqu'à son appartement. Elle jeta ses paquets sur son lit, en vrac, avant de filer vers la salle de bains. Elle se donna un coup de brosse, fit une retouche de mascara et, après une brève hésitation, elle mit aussi une goutte de parfum sur ses poignets. Ensuite, elle alla troquer son blouson en jean pour un caban et ses boots pour des mocassins.

— Toi, tu viens avec nous, dit-elle à Atome qui l'observait, plein d'espoir.

Au moment de refermer la porte, elle se demanda pourquoi elle avait eu ce réflexe de coquetterie. Il n'entrait pas dans ses intentions de séduire son avocat.

« C'est déjà fait, ma vieille ! Pourquoi crois-tu que ce type passe son temps à t'inviter ? Tu lui plais et ça t'amuse... »

Une main sur la rampe, elle s'arrêta à mi-étage. Depuis dix ans, il n'y avait eu que Mathieu. Les mains d'un seul homme, sa chaleur, son odeur, l'habitude... Plus lentement, cette fois, elle acheva de descendre les marches. Mathieu ne lui manquait pas, ni le jour ni la nuit. Et elle se réjouissait à l'idée de passer deux heures avec Ludovic. Elle n'avait aucune raison de se sentir coupable. Au contraire, il était vraiment temps pour elle de se décider à vivre. Mais, comme son mari lui avait menti pendant des années, elle se jura de ne pas se laisser aller tête baissée dans le premier piège venu.

Ludovic l'attendait debout à côté de sa Honda, un coupé rouge métallisé avec un intérieur en cuir beige qui sentait le tabac.

— Une vraie voiture de play-boy ! plaisanta Valérie en s'installant.

— Pas du tout ! Un petit reliquat d'une passion de jeunesse... J'étais fou d'automobiles à vingt ans et j'avais trafiqué une vieille bagnole que je prenais pour une Ferrari ! J'ai dû attendre un certain temps avant de m'offrir quelque chose de bien.

— Et c'était quoi ?

— Une M.G. d'occasion dont le moteur a grillé au bout de cinq cents kilomètres ! Je venais juste de me marier et ma femme n'appréciait pas du tout ce genre de fantaisie.

Elle lui jeta un rapide regard tandis qu'il essayait de se dégager de la circulation assez dense du centre-ville. Elle trouva qu'il avait un beau profil énergique, à peine adouci par ses cheveux blonds. Il portait bien ses quarante ans, ni plus ni moins.

— Vous pourriez être un marin, dit-elle soudain.

— Moi ? Je fais vieux loup de mer ? C'est parce que je suis breton ? Ou alors, c'est mon pull ?

Elle se mit à rire et s'enfonça dans le siège moelleux. Atome s'était sagement couché à l'arrière, occupant le peu d'espace qu'offrait le coupé.

— Où allons-nous ?

— C'est une surprise ! J'espère que vous ne connaissez pas cet endroit.

À la sortie de Rouen, il avait pris la direction de Dieppe

mais, dix minutes plus tard, il quitta la nationale et s'engagea sur une petite route. Il conduisait vite, avec beaucoup de souplesse et de sûreté. Le vent s'était levé et des feuilles tourbillonnaient un peu partout sur le bitume devant eux. Valérie se demanda à quand remontait sa dernière escapade en compagnie d'un homme. Avant Mathieu, de toute façon. Et les quelques aventures qu'elle avait connues à cette époque-là ne lui avaient pas laissé de souvenirs marquants.

« Ou bien j'ai tout oublié, exprès, ou bien je suis une oie blanche... »

Elle se souvint que Laurence l'avait traitée de bourgeoise.

— Vous pensez à quelque chose de désagréable, constata Ludovic.

Il venait de prendre un chemin de terre et freinait devant la façade d'une vieille auberge. Il voulut contourner la voiture pour lui ouvrir la portière mais elle était déjà descendue et basculait le siège pour libérer Atome.

— Allons nous promener d'abord, il se dégourdira les pattes, proposa-t-il.

Un petit bois s'étendait derrière le restaurant. Ludovic dut résister à l'envie de prendre Valérie par la main. Il se contenta de marcher à ses côtés en silence. Le sentier, étroit, les obligeait à rester tout près l'un de l'autre, épaule contre épaule.

— Vous portez le N° 5... Je me trompe ?

— Non, c'est bien ça. Je suis fidèle à Chanel depuis des années. Mais j'en ai peut-être trop mis ?

— Pas du tout ! Au contraire...

Atome gambadait autour d'eux, la truffe au ras du sol.

— J'aime les chiens mais je ne veux pas en laisser un tout seul du matin au soir. Je rentre tard, ma fille aussi... C'est dommage, ma maison est faite pour les animaux.

— Vous habitez à la campagne ?

— Pas très loin d'ici. Du côté de Clères, dans un coin perdu. Si vous voulez, je vous ferai visiter après déjeuner.

Il n'avait pas prévu cette invitation et il la regretta aussitôt. Valérie s'était arrêtée, sourcils froncés. Comme elle semblait chercher ses mots, il se hâta de la devancer.

— C'est une proposition honnête et sans arrière-pensée, ne vous croyez pas obligée de refuser.

Un peu déroutée par son humour, elle finit par lui sourire. Il lui effleura le coude, pour faire demi-tour, et ils regagnèrent le restaurant. Ludovic n'avait pas menti, un feu brûlait dans la cheminée près de laquelle ils s'installèrent. Le cuisinier, un gros bonhomme jovial, vint aussitôt s'enquérir de leurs désirs. Il proposa du canard, avec une fricassée de pleurotes, et une truite au bleu pour commencer. Valérie avait faim, elle accepta tout et demanda un kir en attendant.

— Vous passez votre vie au restaurant ? dit-elle gaiement.
— À peu près, oui. Comme beaucoup de célibataires, j'imagine. Et en plus, j'aime ça ! D'ailleurs, je ne vaux pas grand-chose devant des fourneaux, et ma fille encore moins.

Loin de Rouen, de l'atmosphère rassurante de la ville autour d'eux, ils se sentaient vaguement gênés. Ce déjeuner ne pouvait pas passer pour un entretien professionnel. Autour d'eux, il n'y avait que des couples qui mangeaient là en amoureux. Ludovic comprit qu'il devait mettre Valérie à l'aise et il l'interrogea longuement sur son poste à Saint-Lazare. Elle lui raconta ce qu'elle attendait de ce nouveau travail, évoqua ses possibilités d'avenir puis souligna l'effort qu'il lui faudrait accomplir pour être à la hauteur de ses nouvelles fonctions. Elle y mettait tellement d'enthousiasme qu'il fut attendri. Il ne s'était pas trompé, son apparence de jolie femme dissimulait une volonté de fer. Elle arriverait à ses fins, quelles que soient les difficultés à surmonter. Sa liberté retrouvée semblait lui donner des ailes.

— En quelque sorte, conclut-il, je vous aide à tuer le temps d'ici à lundi matin ?

Il voulait plaisanter mais elle approuva, l'air grave.

— Vous savez comme on devient impatient lorsqu'on touche au but ? Eh bien, pour moi, c'est exactement ça. J'ai l'impression de sortir d'un long sommeil. Mathieu n'est pas responsable de tout. Je me suis trompée sur moi...

C'était la première fois de la journée qu'elle prononçait son nom.

— Et, à propos de mon mari, où en êtes-vous ?
— Je fais mon possible pour accélérer les choses, répon-

dit-il avec une absolue sincérité Si ça ne tenait qu'à moi, vous seriez déjà divorcée. Est-ce que...

Il dut avaler sa salive avant de reprendre, tant l'idée lui déplaisait.

— Est-ce que vous l'avez rencontré ces jours-ci ?

— Il est passé voir les enfants l'autre soir mais il était très tard. Nous avons essayé de discuter, seulement... Oh, il est comme ça, il veut toujours terminer les conversations de la même manière...

Avec un sourire contraint, Ludovic fit signe qu'il comprenait.

— Bref, nous n'avons rien décidé, rien prévu, et je l'ai mis dehors. Je crois qu'il considère encore cette séparation comme provisoire. Aujourd'hui, il s'est décidé à prendre un peu Camille et Jérémie avec lui. Mais...

Elle n'acheva pas, comme si elle ne souhaitait pas attaquer Mathieu sur ce terrain-là. C'était un père lointain, distrait, peu communicatif. Ce qui avait constitué pour elle une déception supplémentaire. Ludovic voulut qu'elle précise sa pensée et elle le fit à contrecœur.

— Les hommes ont toujours cette formidable excuse du travail. Ils sont débordés, ils sont fatigués, ils ne sont pas disponibles. Mathieu n'avait jamais de temps pour eux. J'espère qu'il en trouvera un peu maintenant.

Il y avait un reste de tendresse dans sa voix, mais aussi une bonne dose d'amertume. Elle se pencha brusquement au-dessus de la table et déclara :

— J'aimerais qu'il y ait des compteurs pour tout ! Qu'on puisse totaliser les gestes et les heures. J'ai refait le lit conjugal environ trois mille fois, j'ai monté des milliers de marches pour aller vérifier le sommeil de nos enfants, j'ai rempli et vidé des centaines de machines avec le linge et la vaisselle sales de tout le monde, j'ai balayé des kilos de miettes que je n'avais pas semées moi-même, j'ai dû plier une montagne de chaussettes qui ne m'appartenaient pas... Femme au foyer, c'est vraiment une vocation à la con !

Éberlué, il la dévisagea avant d'éclater de rire.

— Vous êtes en pleine révolte ! C'est très bien, continuez

comme ça. Mais vous dites « les hommes » en nous fourrant tous dans le même sac, or il n'y a pas que des pachas.

— Vous êtes sûr ? Pourtant il vous suffit d'une mère, d'une femme, d'une fille, même d'une copine pour accaparer le beau rôle et la transformer en cendrillon. Vous ne changez jamais les draps, vous ne récurez jamais les casseroles ni la baignoire, vous trouvez normal qu'il y ait du dentifrice dans le tube...

— Qui, moi ?

Elle se radoucit, secoua la tête et finit par s'excuser.

— Je suis désolée. Une fois que ça déborde, c'est difficile à endiguer...

— J'espère que vous allez faire beaucoup de cardio et très peu de ménage à partir de lundi, dit-il d'une voix amicale, conciliante. D'ici là, si nous allions prendre le café chez moi ? Je vous promets de ne pas vous faire laver les tasses !

Tandis qu'elle se levait et disparaissait vers les toilettes, il demanda l'addition. Il dut signer son chèque d'une main et tenir Atome de l'autre.

— Elle revient, souffla-t-il au chien. Je suis beaucoup plus impatient que toi, mon vieux...

Lorsqu'elle le rejoignit, il prit le temps de la détailler des pieds à la tête. Il décida qu'il aimait tout en bloc, de la démarche aux petites mèches blondes, du sourire aux mains fines, de la silhouette mince aux longues jambes. Avec une préférence pour les yeux verts, si incroyablement verts.

— Voulez-vous conduire ? proposa-t-il devant le coupé.

Elle refusa en riant, persuadée qu'il faisait allusion aux tirades plutôt féministes qu'elle lui avait infligées. Ils ne mirent que quelques minutes pour atteindre la propriété de Ludovic. La Twingo d'Axelle était garée près du portail.

— Quelle drôle de maison... murmura Valérie en contemplant la façade de pierre.

Il lui ouvrit la porte et s'effaça pour la laisser entrer dans la grande salle. Elle fit trois pas avant de s'arrêter, hésitante.

— C'est... c'est très... Très séduisant !

Conquise d'emblée, elle se félicita de l'avoir suivi jusque-là. Il habitait exactement le genre d'endroit dont elle avait toujours rêvé sans se l'avouer.

— Bien sûr, c'est un peu en désordre, dit-il en ramassant un coussin. Asseyez-vous où vous pourrez, je vais faire du café.

— Non, je vous suis, je veux voir le reste !

Ravie, elle l'accompagna jusqu'à la cuisine. Chaque fois qu'elle posait son regard sur un objet, elle se disait qu'elle aurait pu le choisir.

— Depuis combien de temps vivez-vous ici ?

— Sept ou huit ans, je ne sais plus. Mais c'est pour la vie, entre cette maison et moi. Je l'adore, même si elle n'est vraiment pas fonctionnelle ! Attention à la marche.

Il mit de l'eau à bouillir tandis qu'elle furetait partout en poussant des exclamations. Elle n'avait jamais vu un endroit pareil. C'était un merveilleux fouillis de meubles patinés et d'ustensiles en cuivre impossibles à identifier. Il y avait une collection de gravures naïves et des porte-flambeaux accrochés sur les murs de pierres apparentes. Devant les vitraux, elle resta bouche bée.

— Ça devait être une ancienne chapelle, dit-il en désignant la voûte. C'est un peu païen d'y avoir installé la cuisine !

Elle allait répondre lorsque la porte s'ouvrit brusquement.

— Tu es rentré ?

Axelle s'adressait à son père, avec un air buté, sans paraître remarquer la présence de Valérie.

— Je vous présente ma fille, Axelle. Le docteur Valérie Prieur...

La jeune fille se tourna vers elle et lui jeta un long regard scrutateur.

— Enchantée ! lança-t-elle d'un ton rogue. Tu es malade ? Bon, je suis en haut avec des copains... Je ne te dérange pas plus longtemps...

Elle attendit une réponse qui ne vint pas et sortit en haussant ostensiblement les épaules. Ludovic se tourna vers Valérie, un peu embarrassé.

— Elle se comporte toujours de manière très possessive avec moi ! J'espère que ça ne durera pas...

Il prit le plateau sur lequel il avait disposé des tasses et la cafetière. Passant devant Valérie, il ajouta :

— Elle est désagréable avec vous parce qu'elle pense que je suis amoureux de vous. Elle a raison, d'ailleurs...

Suffoquée, Valérie mit deux secondes à réagir. Elle le rattrapa dans la grande salle et vint se planter devant lui.

— Qu'est-ce que vous avez dit, à l'instant ? Vous ne croyez pas que vous... que vous envoyez le bouchon un peu loin ?

Elle n'était ni déçue ni en colère mais elle aurait préféré qu'il se taise.

— Écoutez, expliqua-t-il d'une voix douce, c'est la vérité. Alors, comme vous êtes une grande fille, vous allez finir par vous en apercevoir toute seule. Autant prendre les devants, j'aurai l'air moins ridicule. Je ne crois pas qu'il s'agisse d'une injure. Et ça ne signifie pas non plus que je vais vous importuner. Encore moins vous sauter dessus ! Je n'y ferai plus allusion, c'est promis.

Reprenant sa respiration, il lui adressa un vrai sourire de gamin.

— Asseyez-vous quand même, ajouta-t-il en lui versant du café. Sucre ?

Il redoutait encore de la voir partir en claquant la porte mais elle finit par s'installer dans une bergère écossaise. Lorsqu'il lui tendit sa tasse, il prit garde à ne pas frôler ses doigts. Ensuite, il s'activa près de la grande cheminée centrale pour allumer une flambée. Le silence de Valérie l'inquiétait et il s'en voulut d'avoir parlé. Lorsqu'il fut satisfait de son feu, il se redressa enfin.

— Je laisse sortir Atome ? demanda-t-il en constatant que le chien s'agitait.

— Oui...

Il disparut, le dalmatien sur ses talons. Valérie soupira, but son café et regarda autour d'elle. L'atmosphère de la pièce était particulièrement agréable, douillette, sereine. Des rideaux de velours bleu nuit encadraient les fenêtres à petits carreaux. Un somptueux tapis persan ne dissimulait les tomettes anciennes qu'en partie. Ludovic devait dépenser tous ses honoraires chez les antiquaires de la région.

Réprimant un sourire, elle ferma les yeux. La chaleur du feu l'engourdissait, lui donnait envie de rester encore un peu dans cette maison. Il n'était que quatre heures et elle avait un peu de temps devant elle. À moins que Mathieu n'ait rien trouvé à faire avec les enfants et n'ait décidé de les ramener plus tôt.

« Eh bien, tant pis, il va falloir qu'il s'habitue à des horaires, des conventions... Même à distance, il faudra qu'il remplisse son rôle de père, que ça l'amuse ou pas. »

Comme Ludovic revenait, elle se redressa. Il s'arrêta sur le pas de la porte, la fixant avec insistance. Elle soutint son regard jusqu'à ce qu'il s'approche.

— Je suis désolé d'avoir été maladroit, tout à l'heure. Mais on tourne la page, d'accord ? Votre chien visite mes terres. Ne craignez rien, la route est loin. Je me demande où je vais mettre le petit bronze que j'ai acheté ce matin. Là ? Non, il serait à contre-jour... Ah, plutôt ici...

Il parlait de manière insouciante, effaçant toute trace de gêne entre eux. Quelques accords étouffés de musique hard rock leur parvinrent.

— Vous entendez ça ? Et pourtant, les murs sont épais ! Ils finiront sourds. Comme nous à leur âge, je suppose. Est-ce que vous voulez que nous tentions une riposte ?

De la main, il désignait une chaîne stéréo assez sophistiquée, posée à même le sol.

— Je n'aime que l'opéra, prévint-elle d'un air malicieux.

— Merveilleux ! *Turandot*, ça ira ? J'ai une version fabuleuse à vous faire écouter... Cet enregistrement a une bonne dizaine d'années mais on n'a pas fait mieux depuis...

Il mit un disque compact sur la platine et laissa éclater l'ouverture. Cinq minutes plus tard, ils n'entendirent même pas Axelle entrer, ce qui l'obligea à aller baisser le son d'un geste autoritaire avant de se tourner vers son père.

— Je ne dîne pas là, mais tu as tout ce qu'il faut dans le frigo... Salut !

Sourcils froncés, Ludovic la suivit du regard tandis qu'elle quittait la pièce. Il se promit d'avoir plus tard une explication avec elle.

— Il faut que je rentre, dit Valérie en se levant.

— Je vais vous raccompagner tout de suite.

Il ne cherchait pas à la retenir, sachant que c'était inutile, mais il se jura qu'elle viendrait se rasseoir dans cette bergère d'ici peu. Il avait éprouvé une étrange impression familière en la voyant là, comme si elle avait toujours fait partie de sa vie.

Dehors, Atome les attendait, gambadant autour du coupé.

— Cette fois, je conduis ! déclara Valérie qui se sentait de très bonne humeur.

Elle s'amusa, durant tout le retour, à faire ronfler le puissant moteur et à jouer avec la boîte de vitesses. Mathieu lui avait toujours offert des voitures aussi élégantes que sages. La dernière en date était noire, automatique, avec une direction assistée et des vitres teintées.

— J'ai passé un très bon moment, affirma-t-elle en s'arrêtant devant son immeuble.

D'un coup d'œil, elle s'assura que la rue était déserte, que Mathieu n'était pas planté là avec les enfants. Ludovic vint lui ouvrir la portière et lui tendit la main.

— Appelez-moi dans la semaine, dit-il d'un ton léger. J'aurai sans doute du nouveau et vous me raconterez vos débuts à la clinique.

Il s'appliquait à rester gai, à sourire pour cacher le regret qu'il avait de la quitter sur le trottoir. Elle l'enveloppa d'un regard indéchiffrable, hocha la tête et se dirigea vers la porte cochère. Elle laissa passer Atome, referma le battant puis traversa la cour vers l'escalier qu'elle gravit lentement. En pénétrant dans l'appartement, elle fut frappée par la froideur du décor. Il allait falloir qu'elle arrange tout ça si elle voulait passer un hiver agréable. Elle alla jusqu'à sa chambre pour récupérer le sac des chandeliers et elle en profita pour jeter un coup d'œil par la fenêtre. Le coupé rouge n'était plus là.

Dans le salon, elle hésita un moment puis finit par poser les chandeliers sur la cheminée en soupirant. Il ne restait que deux mois avant Noël. Le téléphone la fit sursauter et la voix tendre de Suzanne, qui lui proposait de venir dîner avec les enfants, lui donna une brusque envie de pleurer. Reconnaissante, elle accepta l'invitation. Elle aurait une bonne raison de se débarrasser de Mathieu lorsqu'il sonnerait. Et, en attendant, elle ferait bien de dresser une liste de toutes les choses qu'elle devait soit acheter, soit récupérer à Mont-Saint-Aignan. Elle n'était pas en vacances, il fallait qu'elle continue à organiser sa vie et celle de ses enfants.

Un peu gênée par le silence qui l'entourait, elle se demanda si elle n'allait pas s'offrir un verre mais elle y renonça. Boire seule lui semblait encore plus déprimant.

« Tu n'aimes pas la solitude et c'est pour ça que tu as épousé Mathieu... »

Elle découvrait cette vérité avec une certaine curiosité. Ainsi elle avait jugulé toutes ses peurs par de fausses réponses depuis qu'elle était en âge de prendre des décisions ? La vie de ses parents, admirable par certains aspects, l'avait quand même un peu effrayée. L'effacement de Suzanne et les fins de mois laborieuses faisaient partie des choses dont elle ne voulait pas pour elle-même, ni pour ses enfants. Elle extirpa de sa mémoire un souvenir très ancien. En jouant au basket, à l'école, elle s'était cassé une incisive. Suzanne l'avait conduite chez le meilleur stomatologue de Rouen et, pour payer les honoraires prohibitifs, elle avait vendu un bracelet et une bague. Augustin avait mis plus d'une année avant de pouvoir lui racheter des bijoux.

« Et alors ? Ça n'a rien de terrible... »

Mais c'était l'une des nombreuses raisons qui avaient poussé Valérie à travailler d'arrache-pied, à réussir. Ses diplômes, son mariage l'avaient rassurée. Aujourd'hui, elle se retrouvait à la case départ.

« Non, pas tout à fait... Il y a Camille et Jérémie... »

Finalement, elle alla tout de même se servir un petit verre de blanc qu'elle but debout dans la cuisine. Plus rien ne l'obligeait à se voiler la face, à ruser, à se mentir. Désormais, elle pouvait s'offrir le luxe de penser et d'agir exactement comme elle l'entendait. Et, pour commencer, il fallait qu'elle perde l'habitude d'occulter tout ce qui la gênait et donc qu'elle se pose quelques questions sur Ludovic Carantec.

Mathieu referma son agenda d'un geste sec. Il y avait bien deux ou trois filles qu'il aurait pu appeler mais il n'en avait pas vraiment envie. Valérie s'était montrée distante lorsqu'il avait ramené les petits. Elle les avait accueillis en bas de l'immeuble, comme pour l'empêcher de remonter chez elle. Ensuite, elle était partie à pied, tenant les enfants par la main, pour se rendre chez ses parents. Il les avait regardés s'éloigner dans la rue, silhouettes familières et attendrissantes, et il était resté tout seul.

Cette journée l'avait épuisé. Il avait encore le hamburger du McDo et le Coca-Cola sur l'estomac. Au cinéma, Camille avait voulu s'installer sur ses genoux, se comportant en vrai bébé. Ensuite, à la maison, ils avaient retrouvé une partie de leurs jouets en poussant des cris de joie et ils en avaient semé dans toutes les pièces. La femme de ménage allait avoir du travail, demain.

Pour le moment, il avait faim. Il rêvait d'une véritable nourriture et d'un bordeaux millésimé. Toutefois, l'idée de devoir consacrer deux heures de conversation à une femme avant de pouvoir l'entraîner dans son lit le rebutait. Il se demanda, angoissé, s'il ne vieillissait pas un peu. À moins que ce ne fût l'absence de sa femme qui le perturbait.

Il ouvrit une nouvelle fois son agenda. Il avait pris l'habitude, depuis bien des années, de noter les noms et les numéros de téléphone de ses conquêtes en utilisant une sorte de code. Des précautions dérisoires qui, de toute façon, n'avaient servi à rien.

Quelques jours plus tôt, il avait remarqué une jolie petite étudiante. Des yeux noisette, un nez en l'air et des seins provocants sous la blouse avaient attiré son attention. Il avait noté son prénom : Céline. Seulement il n'avait pas encore ses coordonnées, ce serait pour les semaines à venir. En attendant...

Il jeta un coup d'œil à sa montre. Il était déjà huit heures et il y avait peut-être un bon film. Mieux valait se coucher tôt pour être en forme le lendemain. Depuis qu'il était seul, les invitations d'amis compatissants affluaient, surtout le dimanche.

Sous sa douche, il s'aperçut que, au lieu de passer en revue les filles avec lesquelles il pourrait se distraire un moment, il ne faisait que chercher le moyen de rencontrer sa femme. Il faudrait bien qu'ils finissent par avoir un vrai tête-à-tête. Si Augustin et Suzanne pouvaient garder les enfants, pourquoi ne pas lui proposer de venir dans l'après-midi ? Une fois qu'elle serait là, chez elle, il aurait peut-être une chance de la convaincre. Il avait eu sacrément envie d'elle, l'autre soir, quand sa veste de pyjama s'était ouverte. Les années l'avaient épanouie et n'avaient jamais émoussé son désir à lui. Les autres femmes étaient des intermèdes sans importance, des caprices, des sucreries.

Enveloppé dans un peignoir éponge, il alla s'allonger sur son lit. De sa main droite, il caressa la place vide, l'oreiller de Valérie. Puis il se tourna sur le côté pour essayer de retrouver un effluve de son parfum. Il éprouva brusquement une sensation de vide et de désespoir. Peut-être était-il responsable de ce qui était arrivé mais l'absence de sa femme lui parut intolérable. Il se promit que, si elle acceptait de reprendre la vie conjugale, il la laisserait travailler dans cette clinique. Au moins quelque temps. Jusqu'à ce qu'elle se lasse ou qu'il parvienne à la convaincre.

En fermant les yeux, il tenta de l'imaginer en blouse blanche et la revit telle qu'elle était à vingt-cinq ans, quand elle exerçait sous ses ordres. Ravissante mais trop douée... Presque inquiétante tant ses gestes étaient sûrs, son diagnostic infaillible. Une interne étonnamment brillante qui vous donnait l'impression de devenir inutile, d'être sur le déclin. Si elle revenait un jour à ce niveau-là, son futur chef de service avait du souci à se faire !

Un peu mal à l'aise, il se redressa et saisit la télécommande. Il y avait des choses auxquelles il valait mieux ne pas songer trop précisément si on ne voulait pas se découvrir mesquin. Il décida que Valérie ne lui faisait pas peur, c'était idiot. Et aussi qu'il avait toujours agi pour son bien. Travailler dans un service de cardiologie était quelque chose d'épuisant, voire même d'impossible pour une mère. Il avait bien fait de l'en empêcher. Rasséréné, il éteignit la télévision. Quitte à s'obséder sur sa femme, autant évoquer ses longues jambes, son bassin étroit, la douceur de sa peau, et oublier ses qualités professionnelles, moins réjouissantes.

9

Axelle ne décolérait pas. Son père avait passé toute la journée de dimanche à Rouen, seul à l'étude. Elle l'avait attendu en vain pour déjeuner, persuadée qu'il cesserait de bouder dès qu'il aurait faim. Consciente de s'être montrée désagréable avec cette Valérie Prieur, elle avait préparé tant bien que mal ses plats favoris pour se racheter, une terrine de poisson qu'elle réussissait à peu près et un miroir au chocolat dont il raffolait, même trop cuit.. Mais il n'était rentré qu'à neuf heures du soir, alors qu'elle commençait à s'inquiéter pour de bon. Il avait grignoté une part de gâteau du bout des dents avant d'exiger une explication sur son attitude de la veille. C'était la première fois qu'elle le voyait si déterminé et si autoritaire.

Depuis que ses parents s'étaient séparés, Axelle avait pris l'habitude qu'ils soient, l'un comme l'autre, à ses petits soins. Son père était fier d'elle, elle le savait, et prêt à tout lui passer. Pour sa part, elle était toujours ravie de le présenter à des copines qui, immanquablement, fondaient devant lui. Avant de lui offrir sa Twingo, il était souvent venu la chercher aux beaux-arts, au volant de son coupé rouge, ce qui donnait lieu à toutes sortes de plaisanteries, de gloussements, de sourires en coin. À quarante ans, le charme de Ludovic était indiscutable et Axelle veillait jalousement sur ce père trop séduisant.

En fait, elle l'adorait, et pas seulement parce qu'il était flatteur. Il savait l'écouter, l'amuser, lui remonter le moral d'un mot. Il ne faisait jamais de reproches, n'avait pas d'exigences particulières. Sauf hier soir, lorsqu'il avait dit clairement qu'il ne supporterait plus qu'on traite mal les gens qu'il invitait. Les gens ! Cette femme, plus précisément.

— Si tu ne peux pas être au moins polie, eh bien ne viens plus me déranger quand je ne suis pas seul ! avait-il lancé d'un ton furieux.

Il n'avait pas apprécié qu'elle baisse le volume du son, qu'elle ne salue pas sa dulcinée.

« Je ne dois pas laisser n'importe qui lui mettre le grappin dessus ! » songea Axelle rageusement.

Elle ne savait rien de Valérie parce qu'il ne lui avait donné aucun détail. Mais elle jugeait que son père était une proie facile, toutes les femmes souhaitant s'approprier un célibataire de son genre.

« Il a du fric, il est beau et il est gentil. Le rêve pour une paumée ! Mais si cette nana s'imagine qu'elle va pouvoir s'incruster, avec son cabot... »

Surtout qu'il semblait vraiment accroché, cette fois, parce qu'il avait été jusqu'à préciser :

— Tu es ma fille, ma chérie, pas ma maîtresse ! Alors laisse ma vie privée tranquille et occupe-toi de la tienne !

Ensuite, il s'était enfermé dans sa tour et n'avait pas reparu de la soirée. Quand elle avait voulu lui monter un café, ce matin, elle avait trouvé la chambre vide. Il avait dû partir très tôt, sans même venir l'embrasser.

Elle faillit téléphoner à l'étude mais se ravisa. Il devait déjà regretter de s'être montré si cassant. Autant lui faire croire qu'elle boudait. Décrochant le combiné, elle composa le numéro de sa mère, en Bretagne. Nathalie était toujours de bon conseil et elle avait le droit de savoir ce qui se passait ici. À défaut de pouvoir réunir ses parents, Axelle tentait toujours de les rapprocher

Du lundi au vendredi, Valérie fut submergée de travail. Elle avait repris pied dans l'univers médical avec une intense jubilation et, d'emblée, le cardiologue à qui elle devait succéder l'avait investie de multiples responsabilités. La traitant d'égal à égal, Robert Roussel lui avait demandé d'assister à tout, la visite des malades, la consultation, et surtout les examens.

La clinique, un établissement important, n'usurpait pas

son excellente réputation. Le personnel était non seulement compétent mais aussi très souriant. L'arrivée de Valérie, qui ne disposait pour le moment d'aucun statut, avait été bien accueillie. Dans le petit bureau qu'on lui avait octroyé, son papier à en-tête l'attendait. Elle relut plusieurs fois les trois lignes gravées en relief. « Docteur Valérie Prieur, cardiologue diplômée de la faculté de Rouen, ancienne interne puis attachée de l'hôpital Charles-Nicolle. » Pour une clientèle privée, qu'on tenait à ménager, les titres étaient primordiaux.

Elle enfila une blouse impeccable avec plaisir, dès le premier matin, retrouvant le geste machinal de remonter le col, de glisser un stylo dans la poche et d'y accrocher le badge qui portait son nom. La première infirmière qui vint se présenter à elle, dès huit heures et quart, ne lui était pas inconnue. Il s'agissait de Caroline, la gentille fille qu'elle avait déjà rencontrée à la clinique des Bleuets et qui avait réussi à se faire engager ici. Elles prirent un café ensemble, comme de vieilles amies, et Caroline lui parla de Saint-Lazare avec enthousiasme.

— C'est un paquebot, à côté de cette horreur des Bleuets ! Nous sommes des rescapées, vous savez ! Mais vous allez vous plaire dans ce service, les gens sont très gentils. Et le matériel est vraiment à la hauteur ! Si je peux faire quoi que ce soit pour vous faciliter les choses, n'hésitez pas. J'ai huit jours d'avance sur vous et je commence à connaître les lieux.

Elles avaient repris un café avant de se séparer, décidant de se tutoyer. En début d'après-midi, Valérie était montée se présenter en chirurgie puis elle avait visité le reste des bâtiments, de la maternité au service de radiologie. L'équipement technique de la clinique avait effectivement de quoi satisfaire aux exigences des médecins comme des patients. Roussel n'avait pas menti en lui affirmant qu'on pouvait exercer ici dans d'excellentes conditions. Bien sûr, ce n'était pas l'hôpital. Il n'y avait pas cette émulation propre aux C.H.U., ni les staffs rassurants qui précédaient toutes les grandes décisions dans les services de pointe de Charles-Nicolle. Mais Valérie savait qu'elle y retournerait un jour et que, d'ici là, elle devait rattraper le temps perdu. Il fallait qu'elle se débrouille pour suivre une formation en assistant aux conférences des chercheurs de l'université. Elle se félicita d'avoir lu, presque en cachette mais avec une attention constante, toutes les revues spécialisées que Mathieu recevait. L'évolution scientifique, très rapide d'une année sur l'autre, l'avait toujours fascinée. Et même si elle avait perdu le contact avec la profession, elle avait continué d'apprendre, l'esprit en éveil et la curiosité intacte.

Durant cette première semaine, il lui arriva de songer à l'entretien qu'elle avait eu avec le directeur de Charles-Nicolle. Sa bienveillance n'était pas dictée par une simple sympathie, il y avait autre chose. Un règlement de comptes avec Mathieu ? Il avait dû se faire beaucoup d'ennemis, comme n'importe quel patron, mais pas le directeur général ! Elle se promit de découvrir pourquoi celui-ci lui avait trouvé un poste en dehors de son hôpital et pourquoi il lui avait laissé l'espoir d'une réintégration.

En attendant, elle s'appliquait à travailler d'arrache-pied, à tout regarder et à tout écouter, à mettre les bouchées doubles. Comme Roussel avait vraiment envie de passer la main, il se montrait très coopératif avec elle. Disert, il expliquait comment il classait ses malades en deux grandes familles : les hypertendus et les insuffisants coronariens. Il en avait tant vu dans sa longue carrière qu'il avait une foule d'anecdotes amusantes à raconter.

Lorsqu'elle regagnait son appartement, le soir, elle prenait encore le temps de bavarder longuement avec Camille et Jérémie, de jouer avec eux, de leur lire des histoires. Elle s'était promis qu'ils n'auraient jamais à souffrir de leur nouvelle vie. Ils devaient sentir leur mère disponible, heureuse, bien dans sa peau.

Suzanne avait parfaitement compris la situation. Elle mettait tout en œuvre pour aider sa fille. Elle s'occupait des courses, des enfants, mitonnait des petits plats qu'elle congelait, faisait réciter les leçons et organisait des goûters-surprises. Augustin, de son côté, préparait avec soin les excursions du mercredi. Il s'était juré d'attendre jusqu'à Noël avant de demander un rendez-vous au docteur Prieur, à Saint-Lazare. Mais il bouillait d'impatience à l'idée de confier enfin sa santé et son cœur à sa fille. Trente ans de difficultés et de sacrifices allaient s'effacer définitivement le jour où elle le recevrait, en blouse blanche, et où elle signerait enfin, du nom de Prieur, une ordonnance qu'il se hâterait de mettre sous le nez de son pharmacien. Il y songeait chaque matin, éclatant d'une fierté anticipée qui faisait ses délices.

Ludovic téléphonait à Valérie le soir, assez tard pour que les enfants soient couchés, ne cherchant même pas à justifier ses appels. Au lieu d'user de prétextes oiseux, il se comportait en ami et essayait juste de la faire rire. Respectant son emploi du temps surchargé, il se contenta de l'inviter à dîner la semaine suivante, la laissant fixer le jour qui lui conviendrait le mieux.

Mathieu adressa un petit signe de tête aux étudiants et quitta l'estrade. Ses cours étaient toujours suivis dans le plus grand silence, pourtant il n'avait pas été spécialement brillant ce matin-là, dans son exposé sur l'arythmie cardiaque. Son rendez-vous avec Valérie le préoccupait beaucoup trop.

Il quitta le quartier du Madrillet en pestant, comme d'habitude. Il était vraiment temps de rapprocher les locaux universitaires de l'hôpital. Ce ne serait plus très long maintenant et tout le monde serait bientôt dispensé de ces épuisants trajets.

Tout en conduisant, il essayait de se rappeler les phrases qu'il avait préparées. Sa femme l'avait averti qu'elle aurait peu de temps à lui consacrer. C'était risible ! Pour qui se prenait-elle ? Il était beaucoup plus occupé qu'elle et il avait des responsabilités qu'elle ne connaîtrait jamais. Travailler à Saint-Lazare lui était monté à la tête. Il se promit de parler d'elle, à l'occasion, avec Roussel qu'il connaissait vaguement.

Lorsqu'il entra dans le bistrot où ils avaient rendez-vous, elle était déjà là, assise à une table près de la fenêtre, et il éprouva une drôle d'impression en la voyant. Il la trouva belle comme une femme inconnue et il se sentit presque intimidé. Dès qu'il croisa son regard, il lui adressa un sourire radieux. Oubliant sa rancune, sa frustration, l'humiliation d'avoir été quitté, il se pencha sur elle et l'embrassa d'une telle manière qu'elle dut à moitié se lever pour le repousser.

— Tu es fou ?

Il s'assit en face d'elle sans relever l'exclamation.

— Je suis heureux de te rencontrer enfin ! Pourquoi me fuis-tu ?

Persuadé qu'elle allait prendre pour prétexte son travail ou les enfants, il s'apprêtait à contrer ses arguments.

— Je ne te fuis pas, dit-elle calmement, je n'ai pas envie de te voir.

Vexé, il haussa les épaules et fit signe à un garçon. Il était trop dérouté par l'attaque de Valérie pour trouver quelque chose à répondre.

— Je crois que nous perdons notre temps, toi et moi, reprit-elle. Le mieux est de laisser travailler nos avocats.

— Parlons-en ! Qu'est-ce que c'est que ce Carantec et où l'as-tu déniché ?

— Dans l'annuaire, pourquoi ?

— Il tanne François, il veut tout bâcler et je ne suis pas d'accord. Il parle d'inventaire, d'estimation, il paraît même qu'il harcèle le juge ! Un divorce ne se fait pas à la sauvette. Tu as promis de nous accorder un minimum de réflexion et...

— Je ne t'ai rien promis du tout. Réfléchir à quoi ? Si c'est pour savoir qui garde l'argenterie, dis-toi que je m'en fous.

— Valérie ! protesta-t-il. Quelle mouche te pique ? Tu me parles sur un ton incroyable... Je ne suis pas ton ennemi, au contraire. Je suis encore ton mari, le père de tes enfants, et je t'aime.

— Tu imagines que ça te donne des droits ?

— Peut-être pas, mais je voudrais t'apprendre quelque chose d'important dont je n'ai pas osé te parler jusqu'ici... Eh bien, il n'y a plus de bébé en route, voilà... Nous sommes débarrassés.

— Débarrassés ? Nous ? Vous deux ? Nous trois ?

— Je veux dire que tout est réglé, fini, l'histoire est terminée.

Il arborait un air tellement satisfait qu'une bouffée de colère prit Valérie à la gorge.

— Tu attends des félicitations, ma parole !

— Mais non, mon amour ..

Un peu gêné, il voulut lui prendre la main mais elle se mit hors de portée.

— Tu as une façon d'aimer qui ne me convient pas, Mathieu. Je ne vivrai plus jamais avec toi. Chaque fois que tu ouvres la bouche, j'ai l'impression que tu profères un nouveau mensonge. Tu m'as tellement bernée que je ne te confierais même plus le chien !

Incrédule, il la dévisagea longuement. Toutes les belles phrases qu'il avait préparées lui semblaient absurdes à présent. En quelques semaines, elle était devenue si différente qu'il ne la reconnaissait pas.

— C'est moi qui presse mon avocat, autant que tu le saches, parce que je veux en finir vite.

Secouant la tête, il réprima à grand-peine un mouvement de rage.

— En finir ? C'est de nous que tu parles ? De ta famille ?

Valérie saisit son verre, but une gorgée, le reposa, puis elle planta son regard dans celui de Mathieu.

— Ma famille, ce sont mes parents et mes enfants. Ma vie, c'est Camille, Jérémie, et c'est aussi ce que tu m'as empêché de faire. Toi, tu t'émoustillais en regardant passer des fesses sous des blouses, tu avais des aventures, des maîtresses, des liaisons, des coups de cœur. Tu as pris tous les risques et tu me les as fait courir, par la même occasion. Or c'était ton plaisir, pas le mien. Tu trouves peut-être que je radote mais tu n'as pas l'air d'avoir bien compris... Je t'ai rayé de mon existence, aussi simplement que je t'avais laissé occuper toute la place. Tu insistes pour qu'on déjeune ensemble, qu'on dîne ensemble, qu'on parle ensemble... en réalité, tu veux surtout qu'on se retrouve dans un lit, tu veux qu'on efface tout et qu'on recommence. C'est de l'enfantillage ! Je n'ai rien à te dire parce que les seules décisions qui nous restent à prendre concernent les meubles et les comptes en banque...

Il était devenu très pâle et elle observa une veine qui

battait sur sa tempe. Elle savait qu'elle l'avait mis hors de lui mais elle n'en éprouvait ni crainte ni regret. C'était plus fort qu'elle ; chaque fois qu'elle se retrouvait en face de lui sa colère revenait, intacte. Elle pouvait parler de lui avec attendrissement, elle pouvait même penser à lui avec une certaine nostalgie, dès qu'il était présent physiquement, il l'exaspérait. Elle ne supportait plus ses gestes de propriétaire, sa suffisance, ses certitudes jamais remises en cause.

— Si on mangeait quelque chose ? finit-il par demander d'une voix contenue. Je suppose que ton travail t'attend ?

Une pointe de mépris avait percé dans la question. Valérie baissa la tête, comme si elle consultait sa montre. Quand elle releva les yeux sur lui, il se sentit mal à l'aise. Elle n'était plus seulement agacée ou déterminée, elle était soudain au bord des larmes.

— Écoute, dit-il avec un sourire crispé, tu m'assènes des horreurs et moi, dès que je te dis un petit truc insignifiant... Je ne voulais pas me moquer de toi, c'est très bien ce job à Saint-Lazare...

— Oui, répliqua-t-elle amèrement, un job, c'est ça... En somme, c'est une occupation sympa, juste pour passer le temps ? Allez, salut Mathieu, j'y retourne...

Sans lui laisser le loisir de riposter, elle ramassa son sac et se leva. Il la suivit des yeux tandis qu'elle traversait la salle, la tête haute. Elle était vraiment la seule femme qui parvienne à l'émouvoir aussi facilement, et la façon dont elle venait de passer en une seconde de la révolte au chagrin l'avait bouleversé. Elle avait tort de croire qu'il avait seulement envie d'elle, même s'il rêvait de la tenir dans ses bras. Imaginer la vie sans elle avait quelque chose de carrément insupportable. Elle lui était nécessaire, indispensable. Or il n'avait jamais eu besoin de personne, auparavant, et cette dépendance, qu'il n'avait pas soupçonnée jusque-là, ajoutait encore à sa blessure d'orgueil. Elle avait utilisé des mots odieux, avocat, compte en banque, comme si c'était tout ce qui subsistait entre eux. Combien de temps allait-elle le faire souffrir ? Jusqu'à quel point voulait-elle pousser son avantage ?

Mathieu remarqua le serveur qui attendait près de sa table. Il commanda un poisson grillé avec un verre de chablis. Il allait devoir se montrer patient, soit, alors autant occuper ses soirées. Dans l'après-midi, il lui faudrait se mettre en quête de cette ravissante étudiante. Il avait croisé son regard à plusieurs reprises, durant la visite du matin, et il avait sans doute de bonnes chances de parvenir à ses fins. Elle était mignonne comme un cœur, ce serait très agréable de la courtiser, de la faire rougir, de la déshabiller. Et tenter ainsi d'oublier un peu Valérie.

Il était sur le point de demander un café lorsqu'il fut frappé par une idée pénible. Est-ce qu'il y avait des hommes, à Saint-Lazare, pour regarder sa femme et pour l'inviter à dîner ? Jusqu'ici, il n'avait songé qu'à Roussel, qui était à l'âge de la retraite, mais combien de jeunes médecins travaillaient avec elle ? Il fallait être aveugle ou impuissant pour ne pas succomber à sa silhouette racée, à la couleur exceptionnelle de ses yeux, à sa fragilité. Dès que ses confrères comprendraient qu'elle était seule, elle deviendrait une proie facile.

Avec une certaine stupeur, Mathieu s'aperçut qu'il était jaloux et que cette sensation nouvelle était très désagréable. Il ne laisserait jamais un autre que lui s'endormir en tenant la main de Valérie.

« C'est ma femme, elle est à moi ! » songea-t-il, furieux.

Incapable de résister à la sensation de brûlure, Ludovic lâcha le plat qui alla se fracasser au fond de l'évier. Il était en train de se mordre les lèvres, pour ne pas se plaindre, lorsqu'il sentit que Valérie lui touchait l'épaule.

— Montrez-moi ça... dit-elle calmement.

Docile, il lui tendit sa main gauche et elle esquissa une grimace vite réprimée.

— Ce n'est rien...

— Rien ? protesta-t-il. Vous croyez qu'on va manger ce ragoût de lasagnes et de verre pilé ?

Il avait retrouvé le sourire tandis qu'elle lui maintenait la main sous l'eau froide.

— J'ai plein de trucs inutiles dans l'armoire à pharmacie

de ma salle de bains. Peut-être y trouverons-nous quelque chose ? Vous n'aurez qu'à choisir...

Elle le suivit à travers la grande salle puis dans l'escalier de la tour. Au milieu d'un fatras de tubes et de flacons, elle dénicha une pommade et de la gaze. Elle l'avait obligé à remettre sa main sous le robinet du lavabo.

— On attend cinq minutes, dit-elle en s'asseyant sur un petit fauteuil d'osier.

Compatissante, elle lui jeta un rapide coup d'œil. Il s'était brûlé assez sérieusement.

— Vous auriez dû le lâcher tout de suite ! dit-elle en riant.

— Je voulais sauver le dîner. Et ne pas avoir à vous montrer ce désordre... Je peux couper l'eau ?

— Non. Un peu de patience.

Elle regardait cette drôle de salle de bains ronde qui ressemblait à un petit salon. Comme tout le reste de la maison, c'était chaleureux et insolite.

— J'aime beaucoup ça, déclara-t-elle en désignant une série de lithographies figurant des tempêtes et des naufrages de voiliers.

— C'est un copain d'enfance qui a un vrai talent. Il commence à réussir et j'en suis très heureux pour lui.

— Où était-ce, votre enfance ?

— Un petit port des Côtes-d'Armor. Mes racines sont là-bas.

— Alors que faites-vous à Rouen ?

— Oh, c'est une longue histoire !

Il ne semblait pas décidé à parler de lui mais elle insista.

— Allez-y ! Vous en avez encore pour quelques minutes sous l'eau, profitez-en...

— Je suis né à Erquy, en face du golfe de Saint-Malo, tout près du cap Fréhel. Un lieu magique, mais ma mère était la directrice de l'école primaire et je vous assure que c'est très dur à vivre, pour un gamin ! Nous étions toute une bande de copains. Celui qui est devenu peintre, celle que j'ai épousée, beaucoup trop jeune d'ailleurs...

— Comment s'appelle-t-elle ?

— Nathalie. C'est la mère d'Axelle et c'est une femme

très bien. Elle est retournée dans la région quand nous avons divorcé.

— Et vos études de droit ?

— À Rennes. Mes parents se sont tués dans un accident de voiture et j'ai eu du mal à finir...

Il racontait en souriant mais elle perçut très bien son émotion. Elle se leva, ferma le robinet et examina les doigts brûlés d'un œil critique.

— Vous êtes droitier, j'espère ? Parce que cette main va vous gêner pendant quelques jours...

Tandis qu'elle étalait la pommade et posait le pansement, il en profita pour la scruter. Juste au moment où elle allait se reculer, il l'en empêcha, de sa main libre, se pencha sur elle et l'embrassa délicatement sur la joue, tout près de l'oreille.

— Merci, souffla-t-il.

Bien qu'il l'ait lâchée aussitôt, elle avait éprouvé une violente attirance l'espace d'une seconde. Amusée par cette réaction inattendue, elle passa devant lui pour redescendre l'escalier de pierre.

— Vous préférez que je vous fasse une omelette ou que je vous emmène au restaurant ? demanda-t-elle sans se retourner.

— C'est vous qui décidez mais la cuisine est un véritable chantier à présent...

— Je vais m'en occuper.

— Vous plaisantez ? Il n'en est pas question !

— Soyez raisonnable, on ne peut pas laisser tout ça en plan, ce ne serait pas très chic pour votre fille.

Sans tenir compte de ses protestations, elle gagna la cuisine et se mit à nettoyer les dégâts. Résigné, il servit des kirs après avoir bataillé avec le tire-bouchon. Il transporta son plateau dans la grande salle, mit de la musique en sourdine, ajouta une bûche à sa superbe flambée. Il était neuf heures et Axelle ne reviendrait pas avant minuit, c'est du moins ce qu'elle avait annoncé.

Agenouillé devant la cheminée, il tendit l'oreille. Valérie s'activait toujours et il eut envie de rire. Sa soirée romantique prenait une drôle de tournure ! Néanmoins, cet incident lui avait permis de l'approcher, de la respirer, de la toucher. Si bref qu'ait été leur contact, c'était un premier pas.

— Vous cherchez à brûler l'autre ? demanda Valérie en entrant.

Il se redressa et se tourna vers elle, réjoui.

— J'ai préparé un verre pour Cendrillon, dit-il en désignant le plateau. Je suis ravi que vous soyez là, à la vôtre...

Sans la quitter des yeux, il but une gorgée de son kir.

— Votre maison me fascine, déclara-t-elle. J'adorerais habiter un...

— C'est quand vous voulez !

Au lieu de protester, comme il s'y attendait, elle alla s'asseoir sur la bergère écossaise.

— Je viens à peine de gagner ma liberté.

Elle avait prononcé la phrase tranquillement, se bornant à rappeler une évidence.

— Je ne veux pas vous mettre en prison, répliqua-t-il très bas.

Un petit silence embarrassé s'installa entre eux durant quelques instants. Depuis qu'il avait mis son bras autour d'elle, dans la salle de bains, Valérie savait que cet homme lui plaisait, l'attirait. Ce n'était quand même pas suffisant pour se jeter tête baissée dans une aventure. D'autant plus qu'il avait l'air de prendre les choses très au sérieux. Elle termina son kir avant de se lever.

— Venez, allons manger.

Elle lui fit des œufs brouillés pour accompagner la salade de mâche qu'il avait préparée avant de se brûler. Ils discutèrent longtemps, sans même songer à débarrasser, ravis de se découvrir mutuellement. Durant des années, Valérie avait dû se taire, lorsqu'il était question de médecine, pour laisser parler Mathieu. Elle avait partagé des conversations sans intérêt avec des femmes oisives, enfermée dans un rôle qui n'était pas pour elle et qui ne lui procurait aucune satisfaction. Ludovic, lui, l'écoutait avec une attention qui allait bien au-delà d'un simple rapport de séduction. S'il voulait tout savoir d'elle, ce n'était pas pour la flatter mais au contraire pour assouvir une véritable curiosité.

À dix heures et demie, Axelle débarqua par surprise au

milieu de leur tête-à-tête. Son air boudeur n'augurait rien de bon.

— Désolée de vous déranger ! lança-t-elle sur un ton de défi. La soirée était nulle, tout le monde est parti tôt...

C'était un mensonge, Ludovic le devina immédiatement. Sa fille avait prévu de les surprendre, il l'aurait parié.

— Bonsoir, dit Valérie gentiment.

Au lieu de lui répondre, Axelle désigna les assiettes.

— Vous ne vous êtes pas foulés, question gastronomie...

— J'avais préparé des lasagnes, mais il y a eu un petit problème, déclara Ludovic en montrant sa main bandée.

— Heureusement qu'il y avait un médecin avec toi ! persifla la jeune fille.

Sans y avoir été invitée, elle s'assit entre eux et but une gorgée de vin dans le verre de son père. Son attitude était tellement provocante qu'il hésitait à intervenir. Lorsqu'elle alluma une cigarette et souffla la fumée dans la direction de Valérie, il se pencha brusquement vers elle pour l'embrasser sur le front.

— Eh bien, bonsoir, ma chérie, dit-il d'une voix froide

Étonnée, Axelle cherchait encore une parade lorsqu'il se leva. Il lui tendit la main, l'obligeant à quitter sa chaise.

— Bonne nuit, ajouta-t-il afin qu'il ne subsiste pas le moindre doute sur ses intentions.

Il l'avait habituée à ce qu'il cède toujours, à ce qu'il s'amuse de ses caprices ou de ses exigences, et c'était la première fois qu'elle se heurtait à sa volonté. Après une brève hésitation, elle choisit de ne pas se laisser traiter en gamine, surtout devant cette femme.

— Oh, tu sais, je n'ai pas sommeil, je vous tiendrais bien compagnie un moment... Je vais faire du café.

— Non ! Pas de café, non, et nous préférons être seuls si tu n'y vois pas d'inconvénient.

Il n'avait pas cherché à éviter l'affrontement et Valérie lui en sut gré. Les joues rouges, Axelle les toisa l'un après l'autre puis elle sortit en hâte, claquant la porte sur elle. Ils entendirent son pas rageur qui martelait l'escalier. L'expression tendue de Ludovic disparut et il se rassit, souriant de nouveau.

— Je suis désolé.

— Ne le soyez pas, vous avez été très bien.

Elle avait envie de rire, se demandant si Jérémie, un jour, se comporterait avec elle de la même façon.

— Nos enfants pensent que nous leur appartenons..

— À l'âge des vôtres, c'est normal. Mais pas Axelle, elle est majeure, elle a toute une ribambelle de petits copains et il ne faut pas la laisser jouer sur tous les tableaux. Est-ce qu'un peu de champagne vous ferait plaisir ? Ou une infusion ? C'est juste histoire de passer un moment près de la cheminée, ensuite je vous laisse partir, je sais que vous vous levez tôt. Et moi aussi !

Le comportement de Ludovic était si naturel, si éloigné de ce qu'aurait fait Mathieu dans les mêmes circonstances, que Valérie se sentit soudain très gaie. Elle opta pour le champagne, ravie à l'idée de s'attarder encore un peu.

Sourcils froncés, Mathieu émergea de l'unité de soins intensifs, Gilles sur ses talons.

— On en passera quand même par la scintigraphie, lança Mathieu sans se retourner. Dès que le dosage des enzymes arrive du labo, tu me préviens...

Ils remontaient le couloir au pas de charge. Mathieu poussa l'une des doubles portes si vite qu'il faillit heurter une étudiante qui venait en sens inverse. Il allait faire une réflexion désagréable lorsqu'il reconnut les yeux noisette et le petit nez en trompette de Céline. Tandis qu'elle s'effaçait pour les laisser passer, il lui adressa un long regard appuyé qui la fit pâlir.

— Venez avec moi, mademoiselle...

Il la prit par le coude, comme s'il la connaissait depuis toujours.

— Ma secrétaire s'est absentée une heure et j'ai besoin de quelqu'un pour prendre des notes, alors, si ça ne vous ennuie pas de me rendre ce petit service...

Derrière eux, Gilles leva les yeux au ciel. Mathieu était incorrigible et, naturellement, l'autre était déjà sous le charme. Il bifurqua vers la salle de repos des infirmières, sachant très bien que sa présence devenait indésirable.

Une fois dans son bureau, Mathieu ferma la porte et se pencha sur le badge accroché à la blouse de l'étudiante.

— Céline, c'est ça... Bon, asseyez-vous là-bas et prenez le bloc, je vais dicter lentement... C'est un courrier urgent, une réponse à la famille d'un jeune homme qui a été hospitalisé ici. Les gens deviennent fous, vous savez ! Ce sera bientôt comme en Amérique. Et à ce moment-là, il faudra un avocat derrière chaque praticien !

Le stylo en l'air, elle gardait une attitude crispée qui le fit sourire.

— Détendez-vous, je ne vais pas vous manger. Quel âge avez-vous ?

— Vingt-deux ans, monsieur.

Il l'examina, indifférent à sa gêne.

— Pourquoi portez-vous toutes ces affreux jeans ? Je suis certain que vous avez de très jolies jambes...

Incapable de lui répondre quoi que ce soit, la jeune fille baissa la tête. Il se demanda s'il devait pousser son avantage. Avait-elle peur de lui parce qu'il était le chef du service, le sacro-saint patron ? Est-ce qu'une fille de cet âge-là pouvait réellement le trouver séduisant ? Elle devait sortir avec des types de sa génération, qui s'habillaient comme elle et qui la faisaient rire.

Un peu mal à l'aise, il dicta sa lettre et la remercia. Il n'avait plus très envie de l'inviter à déjeuner. Elle pouvait accepter par crainte de lui déplaire et, plus tard, en faire des gorges chaudes avec les étudiants. C'était un risque auquel il n'avait jamais pensé jusque-là. Décidément, il vieillissait.

Après son départ, il resta songeur. Que faisait Valérie en ce moment ? Elle était difficile à joindre et rarement aimable au téléphone. Il avait voulu lui parler, la veille au soir, mais n'avait trouvé personne. Finalement, il avait appelé chez ses beaux-parents. Suzanne avait été plutôt froide. Elle avait proposé de lui passer les enfants, qui dînaient bien là, mais elle était restée très laconique en ce qui concernait sa fille, précisant seulement qu'elle était absente. Absente ? À dix heures du soir ? Il avait raccroché, furieux, sans même prendre le temps de parler aux enfants. Pour se racheter, il faudrait qu'il leur consacre sans tarder tout un week-end. Ne serait-ce que pour contrecarrer l'influence de leurs grands-parents. Et éviter les commentaires acides de Valérie.

Sylvie entra discrètement dans le bureau, adressant un petit sourire à son patron.

— J'ai dicté ça à une étudiante, en vous attendant. Vous le taperez et l'enverrez aujourd'hui, c'est assez urgent...

Elle se contenta de hocher la tête puis lui rappela qu'il avait un dîner le soir même, organisé par un laboratoire. Il marmonna une réponse inaudible, exaspéré à la perspective de ce pensum.

L'interphone bourdonna et Sylvie répondit.

— On vous demande pour un avis à la télémédecine, lui dit-elle.

— Décidément, je n'aurai jamais la paix !

Il se leva, foudroya Sylvie du regard comme si elle était responsable de toutes les corvées qui s'abattaient sur lui, puis se rendit jusqu'à la salle des écrans. Un confrère de Lyon, avec qui il avait travaillé autrefois, voulait absolument son opinion à propos d'un scanner dont il lui adressait les images. Mathieu s'absorba un moment sur les différentes coupes puis fut mis en relation téléphonique avec son homologue à qui il exposa longuement son point de vue.

Quelques heures plus tard, après avoir achevé un article destiné à une très sérieuse revue américaine, puis être passé se changer à Mont-Saint-Aignan, Mathieu se retrouva à l'auberge de la Couronne, le plus vieil établissement de Rouen et l'un des plus chics. Une quinzaine d'éminents cardiologues avaient été conviés à se réunir aux frais d'un laboratoire de spécialités pharmaceutiques. Ils eurent d'abord droit à un film d'une quinzaine de minutes sur le produit révolutionnaire qui serait bientôt à leur disposition pour le plus grand bien de leurs patients... mais qui n'était jamais qu'un inhibiteur calcique de plus ! Enfin ils se ruèrent à table, avec la ferme intention de ne plus parler de médecine de la soirée.

Mathieu manœuvra habilement pour se retrouver assis près de Robert Roussel, avec qui il voulait bavarder. Le représentant du laboratoire occupa aussitôt le siège disponible de l'autre côté, car il tenait par-dessus tout à échanger des idées avec le professeur Keller. Son opinion primait sur celles de ses confrères en tant que patron du service de cardiologie au C.H.U.

— Il paraît que tu prends ta retraite, je trouve ça très dommage, glissa Mathieu à Roussel sur un ton chaleureux.

— Trop aimable, répondit l'autre avec flegme.

Ils échangèrent un petit sourire poli. Bien des années plus tôt, Roussel avait été chef de clinique à Charles-Nicolle. Au moment du décès de Lambrun, le patron de l'époque, il était persuadé que le poste lui reviendrait. Et, coup de théâtre, Mathieu Keller avait été nommé à sa place ! Le jeune Keller, qui se retrouvait, à tout juste quarante ans, à la tête du service et qui lui soufflait ainsi sa promotion sur avis du ministère... Il avait préféré démissionner plutôt que travailler sous les ordres de Mathieu. C'est ainsi qu'il s'était retrouvé dans le privé, à la clinique Saint-Lazare, où il avait remâché son humiliation et sa colère. Par la suite, il avait admis que, dans le cadre d'un C.H.U., il fallait beaucoup publier, s'occuper activement de recherche, et surtout savoir se mettre en valeur. C'était le cas de Mathieu mais ce n'était pas le sien. Roussel était modeste par nature, et avait souvent la tête dans les nuages. La course à la gloire ne l'intéressait pas vraiment.

— Je sais que, depuis peu, ma femme travaille avec toi ! ajouta Mathieu de façon désinvolte.

Roussel se sentit agacé en découvrant la raison de l'intérêt inhabituel que lui manifestait Keller. Sa femme, bien sûr, la très jolie Valérie Prieur... Puis il fut brusquement gagné par un amusement inattendu. Il décida de laisser Mathieu abattre ses cartes, maintenant qu'il avait compris où il voulait en venir.

— Elle est charmante, dit-il prudemment.

— N'est-ce pas ? Oh, nous sommes un peu en froid en ce moment, comme tu dois le savoir, mais tous les couples connaissent des crises...

— La différence d'âge, peut-être ? suggéra Roussel avec une sollicitude à peine ironique.

— Je ne pense pas ! Je crois plutôt que nous aurions dû

avoir un troisième enfant. Valérie est une excellente mère, très dévouée, très attentive.

— Sans aucun doute...

— Évidemment, maintenant qu'elle veut se remettre au travail, ça va lui poser des problèmes. On ne peut pas être partout !

— Bien sûr...

Roussel jeta un coup d'œil vers Mathieu. Il connaissait, comme tout le monde, sa réputation de coureur invétéré. Il était encore séduisant malgré ses rides marquées et son début de calvitie. Séduisant mais antipathique, décida Roussel.

— Je suis persuadé qu'elle va faire un excellent spécialiste, dès qu'elle aura rattrapé son retard, affirma-t-il.

Avec une moue dubitative très exagérée, Mathieu acheva de se rendre détestable aux yeux de son confrère.

— C'est difficile de décrocher si longtemps, quand même...

— Mon Dieu oui, la pauvre ! C'est pour ça qu'elle met les bouchées doubles. Je l'aide de mon mieux car je pense qu'elle est très, vraiment très douée. Je le sens. Elle a un jugement d'une impressionnante sûreté. Et puis, un tel enthousiasme !

— Oui, c'est le moins qu'on puisse dire, répliqua Mathieu, elle est pleine d'entrain. Mais aussi très lunatique, comme beaucoup de femmes d'ailleurs... Entre nous, je la connais mieux que personne et je dois quand même te mettre en garde...

Il se pencha vers Roussel qui recula aussitôt.

— Je préfère me forger mon opinion moi-même, dit sèchement le vieux médecin.

— C'est bien naturel, mais...

Prêt à dire une vacherie, Mathieu eut une petite hésitation. Le regard de Roussel était hostile et il préféra biaiser.

— Je vois qu'elle a trouvé un ardent défenseur ! plaisanta-t-il.

— Personne ne l'attaque, que je sache, en tout cas pas chez nous ! Dans quelques mois, elle sera l'un des atouts de Saint-Lazare, j'en suis persuadé. Le fait d'être jeune et belle ne doit pas la desservir. Ni masquer ses réelles qualités professionnelles. Les malades réagiront très bien, la première surprise passée... Ils ont évolué, eux aussi ! Et puis tout ça va se faire en douceur, je ne suis pas encore parti...

Pour la première fois depuis qu'il avait démissionné de Charles-Nicolle, Roussel se sentait en mesure de prendre sa revanche. Trop sûr de lui, Mathieu commettait des erreurs dont il n'avait pas toujours conscience. Par exemple, il avait eu l'inconséquence de vouloir accrocher à son tableau de chasse la jeune femme chargée des relations publiques au C.H.U. Sans même se renseigner, il l'avait draguée, invitée à dîner. S'il avait été plus prudent ou moins impatient, il aurait pu apprendre qu'elle était alors la maîtresse du directeur général dont il s'était ainsi fait un irréductible ennemi. Ce qui expliquait l'intérêt soudain de ce haut fonctionnaire pour Valérie et la manière dont il l'avait recommandée à Saint-Lazare. Un jour ou l'autre, pour parachever sa vengeance, il la réintégrerait à l'hôpital, que Keller soit d'accord ou pas.

— Tu l'avais eue comme élève, à l'époque ?

— Oui, admit Mathieu, à contrecœur, sachant très bien où l'autre voulait en venir.

— Alors mes compliments, tu l'as bien formée. Je crois qu'une belle carrière l'attend, malgré le temps perdu. Tu dois être fier d'elle ?

L'air sérieux et innocent de Roussel ne permettait pas à Mathieu de riposter comme il l'aurait voulu. Contrarié, il se tourna vers son autre voisin. Autant parler pharmacologie plutôt qu'entendre chanter les louanges de Valérie. Roussel, lui, ne put réprimer un sourire. Il était content à l'idée de sa prochaine retraite, pressé de quitter un monde médical décidément bien décevant, trop plein de rivalités absurdes et d'ambitions illimitées. D'ici là, il aiderait la charmante Valérie Prieur de son mieux. Après tout, il serait juste que Mathieu, qui avait tant pris aux femmes, en trouve un jour une en travers de sa route.

« Est-ce que c'est pour ça qu'il l'a épousée ? Pour l'écarter de son chemin ? Ce serait vraiment odieux... Mais pas impossible. »

Un peu mal à l'aise, Roussel se demanda s'il ne poussait pas son raisonnement trop loin. Il était partial depuis la nomination de Keller à sa place, bien sûr, mais cependant, au-delà de ce contentieux personnel, il ne pensait pas se tromper beaucoup en le jugeant égoïste, arriviste, rusé et sans pitié.

— Nous n'avons pas l'occasion de nous rencontrer souvent et je le déplore, lui dit Mathieu qui reportait son attention sur lui. C'est dommage, ce clivage entre le public et le privé...

De nouveau sur ses gardes, Roussel se contenta d'un hochement de tête. D'ici quelques instants, il serait encore question de Valérie. Il étouffa un soupir, jugeant que la soirée risquait d'être longue.

10

— Le temps que ma cliente se fasse une situation, il faut pouvoir assurer aux enfants et à la mère un train de vie équivalant à celui qu'ils ont connu depuis dix ans. Je crois ma proposition très raisonnable...

— C'est énorme ! protesta Bréval d'un ton furieux.

Ludovic coinça le téléphone dans son cou pour pouvoir allumer une cigarette.

— La prestation compensatoire est excessive, cédez là-dessus, insista Bréval.

— Dans les conditions de ce divorce, sûrement pas. Je vous rappelle que l'attitude de votre client est indéfendable.

— Madame Keller a quitté le domicile...

— En apprenant la liaison de son mari et sa prochaine paternité extraconjugale !

— Aucune preuve officielle n'existe et...

— Si vous exigez des preuves, je vais pouvoir vous en fournir des classeurs entiers. Vous connaissez bien votre client, puisque c'est aussi votre ami, et vous savez qu'il vaut mieux ne pas vous engager sur cette pente.

Il y eut un silence qui fit sourire Ludovic. Il avait proposé un protocole d'accord difficilement recevable mais il ne voyait pas ce que son confrère pourrait trouver pour s'y soustraire.

— Ou c'est un divorce à l'amiable, ou nous plaidons, déclara-t-il. Dans ce dernier cas, vous connaissez l'état d'esprit des juges, actuellement. La désinvolture du mari est de plus en plus mal tolérée...

De nouveau, la réponse se fit attendre. Puis Bréval annonça sèchement qu'il en parlerait à Mathieu Keller.

Ludovic raccrocha, souriant. Quelles que soient ses chances d'avenir avec Valérie, il voulait sincèrement la mettre à l'abri. Les confidences qu'elle laissait échapper, peu à peu, n'étaient pas flatteuses pour son mari. Il appartenait à cette catégorie d'hommes à qui tout est dû et qui traversent l'existence préoccupés uniquement d'eux-mêmes.

— Tant pis pour lui, marmonna Ludovic en refermant le dossier.

Il se leva et s'étira, fit quelques pas jusqu'à la fenêtre. Il se sentait inquiet. Valérie ne téléphonait jamais. Elle passait ses journées à Saint-Lazare et ne s'en échappait que pour aller assister à des cours ou à des conférences au Madrillet. Le peu de temps qui lui restait était consacré à ses enfants, bien entendu. Camille et Jérémie, dont elle parlait tant, seraient-ils capables d'accepter la présence de Ludovic un jour prochain ? Cette question l'obsédait mais il était probable que Valérie, elle, n'y ait pas encore songé.

Depuis quelques jours, il se demandait comment précipiter les choses. S'il ne faisait pas évoluer leur relation, ils risquaient de sombrer dans une pseudo-amitié dont il serait difficile de sortir ensuite.

S'approchant d'une bibliothèque d'acajou qui occupait tout un pan de mur, il saisit un guide touristique et considéra la couverture quelques instants, perplexe. Il ne voulait ni brusquer Valérie ni essayer de la prendre par surprise. Il devait lui faire une proposition franche, crue, et obtenir son accord.

D'un geste nerveux, il commença à feuilleter l'ouvrage, cherchant un endroit séduisant. D'emblée, il avait décidé que leur première nuit ne pouvait pas se dérouler chez lui. Axelle était capable de tout gâcher, volontairement ou non. Il l'avait rappelée à l'ordre une seconde fois, lui expliquant qu'il ne s'agissait pas d'un jeu. Il était vraiment amoureux, et quand il avait confié que Valérie était la femme dont il avait toujours rêvé et qu'il n'avait jamais éprouvé de sentiment aussi puissant, Axelle avait fondu en larmes. Même si ses parents étaient divorcés, elle restait persuadée que sa mère serait toujours la première dans le cœur de son père. En avouant qu'il espérait refaire sa vie, Ludovic avait profondément blessé la jeune fille. Il était monté dans sa chambre pour tenter de la consoler, sans aucun succès. Depuis, elle boudait.

La pendulette du bureau indiquait dix-neuf heures trente. En général, il appelait Valérie en fin de soirée mais il pouvait la joindre maintenant, elle devait être en train de dîner avec ses enfants. Il prit une profonde inspiration et composa son numéro. Elle répondit presque aussitôt, affirmant qu'il ne la dérangeait pas.

— Ils sont dans leur bain et le soufflé est dans le four, alors j'ai au moins cinq minutes de tranquillité !

— J'avais une question très importante à vous poser et je ne pouvais plus attendre, dit-il très vite.

— Allez-y...

— Si je vous invite à dîner et à dormir dans un joli petit château au bord de la mer, est-ce que vous acceptez ?

Il regardait la photo de l'hôtel, sur le guide ouvert devant lui, essayant de respirer normalement. La réponse de Valérie avait soudain une telle importance qu'il regretta amèrement de n'avoir pas patienté davantage.

— Dormir comment ? Toute seule ou avec vous ?

La voix était gaie, sans trace de réprobation. Il chercha vainement une repartie amusante puis finit par murmurer :

— Est-ce que c'est oui ?

Le silence de Valérie le mettait à la torture.

— Pourquoi pas... Quand ça ?

Il s'obligea à répondre d'un ton calme.

— C'est vous qui décidez.

— Eh bien... samedi.

— C'est vrai ?

— Comment ça ?

— Vous ne me faites pas marcher ? Samedi pour de bon ?

— Oui.

Il perçut des bruits de rires, des exclamations.

— Vos enfants sont sortis de la salle de bains, je suppose ?

— Gagné.

— Alors je vous laisse. Je vous rappelle demain soir, je peux ?

— D'accord.

Incapable de lui dire au revoir, il restait sous le coup de la surprise. La réaction simple de Valérie l'avait pris au dépourvu. Il avait imaginé toutes sortes d'arguments drôles ou tendres pour la convaincre et il ne savait plus comment conclure.

— Ludovic ? Vous êtes un drôle de type... Pourquoi m'avez-vous demandé ça par téléphone ?

— Pour vous laisser la possibilité de refuser en levant les yeux au ciel sans que je sois là pour le voir. Disons... par timidité. Ou plutôt non, par trouille, tout simplement.

— Je comprends. Eh bien, bonsoir...

— Bonsoir Valérie.

Au moment précis où il raccrochait, il bondit de son siège et fit trois fois le tour de son bureau en bousculant tout sur son passage. Le lampadaire halogène oscilla puis s'effondra sur le photocopieur.

— Tout va bien ? demanda Charles en passant la tête à la porte.

Ludovic se précipita vers lui et lui envoya un joyeux coup de poing dans l'épaule.

— Mieux que ça !

— Qu'est-ce qui t'arrive, vieux ? La niche est tombée sur le chien ?

Il ouvrit en grand le battant et Ludovic découvrit Hubert qui venait lui aussi aux nouvelles.

— Si vous ne faites rien, là, tout de suite, je vous offre le champagne !

— Tu as gagné un procès d'assises ?

— Tu es nommé bâtonnier ?

— Venez, on ferme...

Par-dessus la tête de Ludovic, Hubert interpella Charles.

— À mon avis, il a rendez-vous avec Cendrillon pour le bal de l'école.

— C'est exactement ça ! Et je vous préviens, je vous invite mais je ne vous raconte rien !

Ils firent le tour des bureaux pour éteindre les lumières, continuant à plaisanter joyeusement.

En principe, le samedi était une journée assez calme à Saint-Lazare. Valérie avait eu le temps, dans la matinée, de bavarder un moment avec Caroline. Elle sympathisait de plus en plus avec la jeune fille, dont l'humour faisait passer tous les coups durs du service. Roussel avait effectué sa visite juste avant le déjeuner, s'attardant à bavarder avec ses patients puis confrontant longuement son opinion à celle de Valérie. Il affichait à son égard une bienveillance quasi paternelle et elle appréciait chaque jour davantage sa compétence et sa courtoisie. C'était en partie grâce à lui que la clinique s'était dotée, au fil des années, d'un matériel très sophistiqué. Il réclamait avec opiniâtreté des moyens techniques performants et il finissait toujours par avoir gain de cause auprès du directeur. À défaut d'hôpital, Roussel avait fait sa carrière dans cet établissement privé et il ne songeait plus à s'en plaindre.

Vers une heure, Valérie était allée déjeuner chez ses parents où elle avait retrouvé Camille et Jérémie, très excités à l'idée du week-end passionnant qu'Augustin leur avait promis. Au moment du café, Suzanne l'avait prise à part dans la cuisine et lui avait souhaité de passer une bonne soirée, de bien s'amuser, d'en profiter. Valérie l'avait serrée dans ses bras en riant. Elle n'avait pas eu besoin de faire des confidences, depuis toujours sa mère avait un don infaillible pour la percer à jour. En fait, son rendez-vous avec Ludovic la réjouissait beaucoup, la rendait même un peu nerveuse. Elle s'était promis de s'accorder toute la fin de l'après-midi pour se préparer, mais elle retourna tout de même à la clinique où une kyrielle d'ennuis l'attendait. À commencer par un infarctus assez sérieux qui venait d'arriver en urgence et qui l'occupa un bon moment. Suivi d'une alerte avec un patient souffrant d'angine de poitrine, dont la tension ne voulait pas se stabiliser. Au moment où elle allait partir, Caroline vint la chercher, très alarmée par l'état d'un malade. Valérie diagnostiqua une dissection aortique et organisa un transfert en urgence à Charles-Nicolle dans le service de chirurgie cardiaque.

Lorsqu'elle regagna enfin son appartement, il était plus de sept heures et elle se sentait épuisée. Elle disposait de trente minutes pour se préparer. Ensuite, Ludovic commencerait à l'attendre, devant l'immeuble, comme convenu. Elle se précipita vers la salle de bains et prit une douche en hâte. Ensuite, elle perdit un peu de temps à fouiller son placard, exaspérée, ne parvenant pas à choisir une tenue. Elle se comportait comme une gamine, elle en avait conscience, mais son dernier rendez-vous galant remontait au déluge, ou plus exactement à l'époque de ses études.

« Il faut que je change de sac, que je prenne une brosse à dents... Mais qu'est-ce que je vais mettre ! Et il est déjà vingt-cinq... »

Elle fit tomber deux tailleurs et se cassa un ongle en voulant ramasser les cintres. Résignée, elle tenta de retrouver son calme et pour y parvenir elle inspira profondément trois fois de suite. Puis elle prit, d'un geste décidé, une chemise de soie vert pâle qui s'accordait très bien avec la couleur de ses yeux, un ensemble beige et des escarpins assortis.

Son imperméable sur le bras, elle descendit l'escalier tellement vite qu'elle faillit rater une marche. Le coupé rouge de Ludovic était garé devant la porte.

— Je suis en retard, j'imagine, dit-elle en montant dans la voiture.

— J'écoutais les nouvelles... dont je me moque éperdument, et je regardais vos fenêtres.

— Il y a eu des urgences en chaîne à Saint-Lazare cet après-midi. Je plains l'interne de garde si cette ambiance se maintient ! Sans parler du malheureux d'astreinte...

— Astreinte ?

— Celui qu'on doit pouvoir joindre, par téléphone, en cas de problème.

— Vous n'êtes pas concernée ?

— Pas ce soir, non.

Il la trouvait ravissante malgré le désordre de sa coiffure et une boucle d'oreille accrochée de travers. Il tendit la main pour rajuster délicatement le bijou. Elle baissa aussitôt le pare-soleil et s'examina dans le miroir

— Quel désastre...

Agacée, elle fouilla dans son sac pour trouver un peigne avec lequel elle remit un peu d'ordre dans ses cheveux blonds.

— Vous êtes superbe, assura-t-il. On y va ?

— D'accord, en route ! Quelle destination ?

— Surprise. Je vous avais promis la mer mais j'ai changé d'avis.

— Pourquoi ?

— Parce que, en ce qui concerne la mer, je commencerai d'abord par vous montrer la mienne, en Bretagne, un de ces jours...

— Vous en avez, des projets !

— Oui, plein... Et certains sont très sérieux.

Elle n'ajouta rien, amusée mais déroutée par l'attitude de Ludovic. Sur l'autoroute de l'Ouest, il lui demanda si elle souhaitait un peu de musique et il mit une cassette dans le lecteur.

« J'ai pris un tee-shirt, un collant de rechange, ma trousse de maquillage... Bon, je n'ai rien oublié, c'est déjà ça... Est-ce que j'ai vraiment envie de me retrouver dans un lit avec lui ? »

Elle jeta un petit coup d'œil sur le profil de Ludovic, à peine éclairé par le tableau de bord. Il était séduisant, plein de charme, très concentré sur sa conduite. Le compteur indiquait cent quatre-vingts.

— Vous allez trop vite, fit-elle remarquer.

Il ralentit et se laissa glisser sur la voie de droite.

— Vous avez peur ?

— Non, bien sûr que non, mais si nous passons la nuit dans une gendarmerie, ça manquera de charme !

À la sortie de Pont-Audemer, il se tourna carrément vers elle et lui adressa un grand sourire.

— On y sera dans quelques minutes. Vous avez faim ?

— Très !

— Tant mieux...

Comme il avait déjà repéré la route et visité l'hôtel, deux

jours plus tôt, il n'hésita pas une seule fois jusqu'à Belle-Isle-sur-Risle. Il n'avait rien voulu laisser au hasard, trop inquiet à l'idée que quelque chose puisse déplaire à Valérie.

Dans la lumière des phares, elle aperçut les arbres du parc, puis la façade de la vieille demeure et le majestueux perron. Il vint lui ouvrir la portière, lui tendant la main.

— Venez vite, il commence à pleuvoir !

À la réception, l'accueil fut chaleureux mais discret, puis on les conduisit à leur suite.

— Nous descendrons dîner dans cinq minutes, affirma Ludovic au garçon d'étage qui les avait accompagnés et qu'il gratifia d'un généreux pourboire.

Il ouvrit les fenêtres du petit salon pour que Valérie puisse apprécier la vue.

— C'est une véritable île fluviale, dit-il, et il paraît qu'il y a des roses toute l'année...

Elle était à quelques centimètres de son épaule mais il ne chercha pas à la toucher.

— On y va ? proposa-t-il d'une voix un peu rauque. À moins que vous ne préféreriez prendre l'apéritif ici ?

— Non, à table, ce sera parfait...

Ils échangèrent un rapide regard, aussi gênés l'un que l'autre. Ils savaient très bien pourquoi ils étaient là, et aussi ce qui allait se produire, fatalement, d'ici quelques heures.

— Si vous aviez envie de rentrer, juste après le dîner, dit brusquement Ludovic, je vous jure de ne pas faire la tête, de ne pas me vexer. Rien n'est obligatoire, d'accord ?

Cette déclaration spontanée fit plaisir à Valérie. Elle avait trop peu d'expérience du marivaudage pour vouloir s'amuser avec lui à un jeu dont elle ignorait les règles. Mais leur escapade amoureuse lui évoquait insidieusement Mathieu et son infirmière à Étretat. Qu'est-ce que son mari racontait à ses jeunes maîtresses avant de les fourrer dans son lit ? Avait-il la même expression romantique que celle de Ludovic en ce moment ? En tout cas, lui ne devait sûrement pas leur laisser la possibilité de refuser au dernier moment.

Ils s'installèrent dans la salle à manger, une rotonde victorienne qui donnait sur la Risle, et s'absorbèrent dans les menus. Il régnait une ambiance feutrée, luxueuse, et la plupart des tables étaient occupées. Valérie choisit un marbré de turbot et Ludovic un foie gras chaud, puis ils tombèrent d'accord sur les pigeonneaux en filets, laqués au gingembre.

Durant tout le repas, Ludovic se montra gai, prévenant, léger. Il avait très bien senti la réserve de Valérie et il ne voulait pas qu'un malaise s'installe entre eux. Elle était encore fragile, il le devinait, et elle n'avait peut-être accepté cette soirée que sur un coup de tête, comme un défi supplémentaire qu'elle s'était lancé.

Lorsqu'ils regagnèrent la suite, une bouteille de champagne et des mignardises les attendaient sur une table basse. Valérie but la moitié d'une coupe, debout, puis elle disparut dans la salle de bains. Resté seul, Ludovic alla inspecter la chambre, alluma les lampes de chevet et ferma les lourds rideaux damassés. Le vent s'était levé, au-dehors, et une pluie fine coulait doucement sur les vitres. Il retourna dans le salon, s'assit, prit une cigarette mais l'éteignit après la première bouffée. Il était tellement nerveux qu'il se demanda s'il n'avait pas eu tort de vouloir précipiter les choses. Qu'allait faire Valérie en revenant ? Se coucher directement ? Et lui, qu'était-il censé dire avant de disparaître à son tour en la laissant toute seule sous les draps ? Ce premier moment d'intimité, tellement important, était à la merci du plus petit incident, de la plus insignifiante maladresse. Il ignorait tout d'elle, de ses goûts, de ses préférences, de ses tabous. Très angoissé, il se mit à marcher de long en large.

Tétanisée par la peur, Valérie était incapable de faire un mouvement. Mais c'était stupide, il fallait qu'elle sorte de l'eau, qu'elle attrape une chaussure et qu'elle écrase cette sale bête. Seulement ses escarpins étaient hors de portée, à l'autre bout de la trop grande salle de bains. L'araignée, qu'elle avait dû confondre avec l'un des motifs du carrelage, était d'une taille assez impressionnante. De toute façon, c'était une phobie contre laquelle elle n'avait jamais pu lutter.

À moitié redressée, Valérie distinguait nettement les pattes velues, le corps épais. Au premier geste qu'elle esquissa, l'araignée descendit vers le rebord au lieu de s'éloigner et Valérie hurla malgré elle, se levant brusquement dans des gerbes d'eau mousseuse. Aspergé, l'insecte glissa dans l'eau et la jeune femme quitta la baignoire d'un bond, juste au moment où la porte s'ouvrait.

— Tout va bien ? demanda la voix inquiète de Ludovic.

Ils se virent dans l'immense miroir en pied, lui appuyé au chambranle, alarmé, en jean mais sans chemise, et elle superbement nue et ruisselante.

— Là ! dit-elle en désignant la bestiole qui se carapatait sur le rebord trempé.

— Beurk ! apprécia Ludovic.

Il prit un mouchoir en papier dans le distributeur et écrasa l'araignée puis alla jeter le tout dans les toilettes. À l'aide d'un autre mouchoir, il nettoya les traces.

— C'est odieux, je vais appeler la réception...

Tourné vers elle, il ne cherchait pas à faire comme s'il ne la voyait pas. Au contraire, il siffla d'admiration, entre ses dents, et murmura :

— Voulez-vous un remontant ?

— Désolée, dit Valérie en s'enveloppant d'une serviette éponge. Je suis ridicule mais, aujourd'hui, tout va mal...

— Non ! protesta Ludovic. Vous êtes comme ma fille. J'ai l'habitude de chasser le papillon de nuit, l'araignée, la guêpe, le hanneton...

Incapable de continuer, il releva la tête pour la regarder droit dans les yeux.

— Je ne vais pas pouvoir résister, chuchota-t-il.

Sans hâte, il fit les quelques pas qui les séparaient et la prit dans ses bras. Il la souleva pour la porter dans la chambre, tandis que la serviette tombait mollement sur le sol de marbre.

— En réalité, c'est moi qui ai payé cette araignée... Très cher ! Pour qu'elle vous oblige à crier au secours. C'était ça ou une souris. Mais j'avais tellement peur de ne pas savoir comment faire, ni quoi dire pour en arriver là...

Il se débarrassa des vêtements qui lui restaient sans même qu'elle s'en aperçoive. Il avait une peau mate, douce. Il n'était pas maigre, contrairement à ce qu'elle avait supposé, mais seulement très mince, avec des muscles longs et durs. D'abord, il se contenta de la regarder, de la respirer. Ensuite, elle sentit ses mains qui la parcouraient avec douceur et elle ferma les yeux.

— Non, s'il vous plaît... chuchota-t-il.

Il voulait continuer à se noyer dans son regard vert, inlassablement. Quelques minutes plus tard, elle frissonna quand les cheveux de Ludovic frôlèrent son ventre puis ses cuisses.

Lorsqu'elle se réveilla, il faisait grand jour. Debout au pied du lit, Ludovic l'observait, le visage grave. Au souvenir de ce qu'elle avait vécu avec lui, une partie de la nuit, elle se sentit très embarrassée. Elle s'était laissée aller sans retenue, découvrant des plaisirs auxquels Mathieu ne l'avait jamais conduite.

— Je vous aime, dit-il d'une voix posée. Je veux vivre avec vous. Bien entendu, vous allez refuser, mais je m'en fous, j'ai tout mon temps.

— Ludovic...

— Et, au fait, ce n'est pas parce que nous avons fait plus ample connaissance que je vais vous tutoyer sans autorisation.

Stupéfaite, elle se redressa pour le considérer avec attention.

— Écoutez... commença-t-elle.

— Non, pas tout de suite ! Vous n'êtes pas prête, je sais, vous allez vouloir vous défendre, et moi...

On frappait discrètement et il dut s'interrompre pour aller ouvrir. Il revint avec le plateau du petit déjeuner qu'il posa sur le lit.

— Bon appétit, Valérie.

Ne sachant quelle contenance adopter, elle finit par sourire. Ils mangèrent en silence puis, au moment où elle repoussait le drap pour se lever, il la prit par les épaules avec une certaine brusquerie. Sans prononcer un mot, il la tint serrée contre lui. Jusque-là, il l'avait aimée comme un collégien, mais bientôt il souffrirait à cause d'elle. Parce qu'elle allait s'habiller, demander à rentrer, reprendre le cours de sa vie sans lui. Leurs existences n'étaient liées d'aucune manière. Il devrait se contenter d'attendre un hypothétique appel téléphonique, un signe. Or il aurait donné n'importe quoi pour qu'elle reste avec lui.

Spontanément, elle avait blotti sa tête dans son cou, et il fut aussitôt envahi par l'émotion. Elle était tout à la fois une femme intelligente et un petit animal vulnérable. Il décida qu'elle valait largement la peine qu'on se torture pour elle.

— Je ne regrette pas de t'avoir suivi jusqu'ici, dit-elle tout bas. Mais, c'est vrai, ne me demande rien...

— Je sais.

Elle chercha sa bouche et ils s'embrassèrent longtemps, aussi tristes l'un que l'autre.

— Il y a eu peu d'hommes avant Mathieu, et aucun depuis, déclara-t-elle gravement.

— Alors tu te demandes ce que tu fais là ?

— Non.

Tendant la main vers lui, elle repoussa des mèches qui lui tombaient sur les yeux.

— J'aime beaucoup ton regard parce qu'il est très doux, très tendre, très rassurant pour moi. J'ai l'impression de te connaître depuis longtemps, tu m'es... familier.

Tandis qu'il la laissait partir vers la salle de bains, il se souvint qu'il avait éprouvé la même sensation lorsqu'il l'avait vue assise dans la bergère écossaise de son salon. Il fut un peu apaisé par cette constatation. Ils étaient faits pour vivre ensemble, ils s'étaient trouvés au bon moment et peu importaient les difficultés qu'ils allaient immanquablement rencontrer.

« De toute façon, le hasard n'existe pas. Je l'ai, je la garde... »

En attendant qu'elle soit prête, il sortit sur le balcon. L'air sentait la terre mouillée, les roses fanées. Il regarda la Risle, qui coulait sous les fenêtres et dont les berges étaient couvertes de feuilles mortes. L'automne était une belle saison pour aimer.

Mathieu apprit trois jours plus tard que sa femme avait passé un week-end avec son avocat. Parmi les gens qui dînaient à l'auberge, ce samedi-là, Valérie n'avait pas remarqué un confrère neurologue qu'elle connaissait vaguement et qui, lui, s'était amusé à l'observer toute la soirée. L'histoire avait fait le tour de Charles-Nicolle avant d'arriver aux oreilles de Mathieu. La plupart des médecins et des infirmières en firent des gorges chaudes, ravis de découvrir Keller dans le rôle inattendu du cocu. Même Gilles hurla de rire, hors de vue de son patron, et il n'y eut que Sylvie pour être contrariée par la nouvelle.

Tout le pavillon Derocque commenta l'événement. Les aventures de Keller avaient fini par lasser tout le monde et personne n'avait envie de compatir. Finalement, ce fut la pauvre Sylvie qui se chargea d'avertir Mathieu, la mort dans l'âme, en se tordant les mains, horriblement gênée et le regard rivé au sol. Elle insista sur le fait qu'il ne s'agissait peut-être que de commérages, de malveillance. Puis elle quitta le bureau sur la pointe des pieds, refoulant ses larmes.

Une fois seul, Mathieu resta abasourdi. Valérie à l'hôtel ? Avec son avocat ? C'était tellement énorme qu'il faillit ne pas y croire. Il fallait pourtant se rendre à l'évidence. Il était séparé de sa femme depuis presque deux mois. Les choses s'enchaînaient logiquement. Elle était trop fragile et trop démunie pour rester seule. Il avait déjà envisagé cette éventualité, redoutant plutôt ses confrères de Saint-Lazare. Mais un avocat ! Un type qu'elle devait payer pour la défendre et qui en profitait pour prendre du bon temps !

Il prit la photo de sa femme, toujours posée sur le coin du bureau, et l'examina. Brusquement il l'imagina couchée, nue, offerte aux mains d'un autre. Il fut aussitôt submergé par une bouffée de jalousie qui lui coupa la respiration. Lorsqu'il composa le numéro de Bréval, il constata que sa main tremblait. Dès qu'il eut son avocat en ligne, il l'accabla de questions. Il voulait savoir qui était Carantec, à quoi il ressemblait, où il exerçait. Surpris par ce déluge, François Bréval finit par s'inquiéter et réclama des explications. Mathieu l'invita à boire un verre le soir même chez lui, à

Mont-Saint-Aignan. En raccrochant, il n'avait toujours pas retrouvé son calme.

Caroline tendit le gobelet à Valérie, qui la remercia d'un sourire.

— Il y a eu plein d'appels, tout est noté sur ton bureau.

Cloué au lit par une forte grippe, Roussel avait, depuis deux jours, confié le service à sa consœur.

— Je me sens complètement débordée, soupira Valérie en s'asseyant.

— Tu t'en sors très bien, tout le monde est en admiration ! riposta Caroline avec enthousiasme. Il faut aussi que tu rappelles le professeur Keller, au C.H.U., il a laissé deux messages...

— Mathieu ? Je ne lui ai adressé personne... Peut-être la dissection de l'autre jour ? Mais je ne pense pas qu'il prendrait mon avis !

L'idée la fit rire. Avant que Mathieu accepte de voir en elle un cardiologue avec qui il pourrait discuter d'égal à égal, beaucoup de temps allait s'écouler !

— Il a dit à la fille du standard que c'était personnel. Il paraît qu'il est aimable comme une porte de prison ! pouffa Caroline.

Valérie fronça les sourcils mais ne parvint pas à se fâcher. Non, Mathieu n'était pas drôle, il pouvait même se montrer détestable. Très conscient de sa supériorité hiérarchique, il ne faisait aucun effort de courtoisie avec ses subordonnés.

« Sauf quand il drague, je suppose... »

— Bon, allez, je commence le tour des chambres, décida Valérie.

Elle ne se sentait pas le droit de parler de « sa visite ». Jusqu'au jour de sa retraite, Roussel dirigerait ce service, absent ou pas.

— Monte d'abord les voir en chirurgie, ils t'ont réclamée pendant que tu étais au labo, c'est au sujet du gamin.

D'un geste précis, Valérie expédia son gobelet vide dans la poubelle puis elle se hâta le long du couloir. Dédaignant l'ascenseur, elle gravit l'escalier quatre à quatre. Une infirmière l'attendait devant l'entrée du bloc opératoire et la conduisit jusqu'à une petite salle de repos où un chirurgien et un anesthésiste-réanimateur discutaient âprement.

— Ah, vous voilà, madame Prieur ! Nous parlions de votre jeune patient, celui de la malformation cardiaque, et de l'opportunité de cette intervention...

Elle dut repousser une pile de dossiers et un téléphone pour pouvoir s'asseoir sur le coin d'une table. La tête penchée de côté, la blouse ouverte sur son tee-shirt blanc, elle se mit à les écouter avec attention. La conversation se prolongea un moment mais Valérie ne ressentit pas une seule fois l'envie de joindre Roussel par téléphone. Elle avait de moins en moins besoin d'en référer à lui. Les cas les plus délicats la passionnaient et lui apparaissaient de façon claire et simple. Sa manière de s'exprimer avec assurance mais sans aucune emphase était très appréciée par ses confrères. Elle savait ménager leur susceptibilité tout en défendant sa position. Et elle n'ignorait pas non plus qu'il était bien rare que les chirurgiens prennent l'avis de qui que ce soit. Une fois qu'ils avaient accepté un patient, ils le faisaient passer au bloc sans états d'âme, et dès que le réanimateur cardio-vasculaire le jugeait réveillé, il retournait en cardiologie à l'étage du dessous. La coopération entre les services s'arrêtait là.

Ils étudièrent d'abord le cas de l'enfant dont l'état général n'était pas satisfaisant. Puis l'anesthésiste avertit Valérie qu'il ferait redescendre en début d'après-midi un malade opéré d'un pontage quatre heures plus tôt. Les pontages représentaient l'essentiel des activités du bloc, où le travail commençait avant l'aube. On ne pratiquait pas de transplantation cardiaque à Saint-Lazare, cet exercice périlleux et coûteux étant réservé aux équipes de Charles-Nicolle.

Lorsque Valérie regagna la cardio, elle était en retard et fut aussitôt accaparée par la surveillante. Ce ne fut qu'en fin de matinée, alors qu'elle remplissait des dossiers, qu'elle se souvint des appels de Mathieu. À contrecœur, elle demanda la communication et tomba sur Sylvie dont la voix lui sembla terriblement froide. Ce fut encore pire lorsqu'elle lui passa Mathieu. Distant, agressif, il annonça qu'il souhaitait la rencontrer le plus rapidement possible. Il refusa sèchement de s'expliquer davantage et ils convinrent de se retrouver le soir même.

— Viens à la maison, proposa Mathieu, ne t'inquiète pas, je ne te retiendrai pas longtemps ! De toute façon, n'aie pas peur, nous ne serons pas seuls, il y aura Bréval !

Un peu inquiète, elle s'appliqua à répondre avec calme.

— Je n'ai pas peur de toi, ne sois pas stupide. À ce soir, alors. J'avais cru que tu voulais me joindre pour des raisons professionnelles...

Elle l'avait dit sciemment et la réponse ne se fit pas attendre.

— Moi ? Mais qu'est-ce qui t'arrive, ma chérie ? Pour qui te prends-tu ?

Sans même lui dire au revoir, elle raccrocha et se mit à sourire. Non, elle ne l'avait pas mal jugé, elle n'avait été ni partiale ni méchante : il ne supportait décidément pas qu'elle exerce.

— Tant pis pour lui, murmura-t-elle, songeuse.

Pourquoi exigeait-il ce rendez-vous soudain, en présence de son avocat ? Elle réalisa qu'elle n'avait pas pensé à lui depuis plusieurs jours. Le temps était comme une peau de chagrin, elle n'en avait jamais assez. Le soir, quand elle lisait des histoires à Camille et à Jérémie, elle manquait parfois de s'endormir avec eux. Il fallait qu'elle se force pour trouver le courage de descendre Atome quelques minutes. Elle s'était promis d'emmener le pauvre chien courir à la campagne mais elle ne l'avait pas fait. Finalement, c'est Augustin qui s'en chargeait, une ou deux fois par semaine. Lorsqu'elle se couchait, épuisée, elle attendait le coup de téléphone de Ludovic en somnolant. Parfois, elle éteignait tandis qu'il parlait au creux de son oreille. Il n'y avait vraiment aucune place pour Mathieu dans sa nouvelle existence.

Elle se redressa et s'étira. Ce n'était pas le moment de sombrer dans la rêverie. Un coup d'œil à sa montre lui apprit que si elle voulait trouver quelque chose de chaud au self, elle avait intérêt à se dépêcher.

11

La piscine avait été vidée, les feuilles mortes balayées. Mathieu avait dû faire venir une entreprise de nettoyage car le jardin et les abords de la maison étaient impeccables.

Dédaignant d'aller se garer sous les marronniers, Valérie s'arrêta devant les baies vitrées comme pour annoncer qu'elle ne tenait pas à s'attarder. En pénétrant dans le living, la comparaison avec la maison de Ludovic s'imposa d'elle-même.

Toute la colère de Mathieu faillit fondre lorsqu'il vit sa femme avancer vers lui. Elle était superbe, à peine maquillée, les boucles un peu trop longues, l'air désinvolte et les yeux brillants. Elle l'embrassa furtivement sur la joue avant d'aller serrer la main de Bréval. Ils avaient commencé à boire sans elle et Mathieu lui servit un kir, d'autorité.

— Puisque tu veux à tout prix un divorce rapide, je pense qu'il est temps que nous ayons une petite conversation.

Il avait usé d'un ton autoritaire, désagréable. Sans même lui accorder un regard, Valérie s'adressa à Bréval :

— Vous êtes là en tant qu'ami ou avocat, François ?

— Oh, tout ça est très officiel, railla Mathieu. Je ne t'ai pas proposé de nous présenter ton défenseur parce qu'il va falloir que tu en changes ! Il n'est pas concevable que ton amant se mêle de nos affaires, n'est-ce pas ?

Drapé dans sa dignité de mari blessé, Mathieu la toisait, attendant sa réaction. Elle soutint son regard avec une sérénité qui l'exaspéra.

— Si Carantec ne veut pas lâcher ton dossier, je le ferai dessaisir ! Trouve-toi un avocat décent !

— Allons, dit Valérie calmement, reprends-toi... Je suis

bien placée pour savoir quel effet ça fait d'être trompé... Sauf qu'en ce qui te concerne je ne vois pas où est la surprise. Nous ne vivons plus ensemble, la séparation de corps a été prononcée, il n'est plus question d'adultère.

— Oh, tu apprends vite ! Il t'a donné des cours particuliers ? Mazette, quelle assurance !

Mathieu posa son verre si brutalement sur la table basse qu'il se fendit. L'alcool coula d'abord le long du meuble puis sur la moquette.

— Il va falloir que tu ailles chercher une éponge tout seul, constata Valérie d'une voix narquoise.

Bréval quitta son canapé, un peu nerveux.

— Cette discussion a mal commencé, ne vous dressez pas l'un contre l'autre... Nous allons trouver un terrain d'entente... Valérie, il serait effectivement préférable que votre conseil soit quelqu'un de... neutre.

— Entendu. Je prendrai donc un de ses associés, répondit-elle sans manifester d'émotion.

En réalité, elle se sentait dans la peau d'une souris pourchassée à la fois par un matou et par un balai. Mathieu était fou de rage, c'était visible, et Bréval ferait tout pour lui être agréable. C'était Keller son client et, derrière lui, beaucoup d'autres clients potentiels dans le monde médical. Valérie ne comptait pas.

— Parlons tout d'abord de cette pension alimentaire, reprit l'avocat. Je trouve votre demande très excessive. Vous avez un emploi stable et bien rémunéré, Mathieu n'a aucune raison de subvenir à tout et l'entretien des enfants doit être assumé conjointement et équitablement. En ce qui concerne la prestation compensatoire, je...

— Et à propos des enfants, déclara tout à coup Mathieu, je ne suis pas sûr de vouloir te les laisser !

Il y eut un petit silence puis Valérie se tourna vers son mari et le dévisagea, incrédule.

— Comment ? murmura-t-elle d'une voix blanche.

— Oui, après tout, maintenant qu'il y a un homme dans ta vie, je dois songer à les préserver.

Tout en sachant qu'elle se mettait dans son tort, Valérie avança d'un pas et lui jeta le contenu de son verre à la figure.

— Sale con ! hurla-t-elle. Comment oses-tu parler des enfants alors que tu ne les as jamais vraiment regardés ? Et toi, combien de femmes vas-tu leur présenter à la fois ? Combien de fausses belles-mères et de demi-frères ?

Livide, il s'essuya la joue sans la quitter des yeux. Durant leurs dix années de mariage, elle ne s'était jamais mise en colère. Elle ne lui faisait pas peur ; il était furieux contre elle, mais il ne pouvait pas s'empêcher de la trouver belle, comme si sa révolte l'avait excité malgré lui.

Faisant volte-face, elle s'en prit directement à Bréval.

— Votre ridicule petit traquenard a foiré, on dirait. Quant aux enfants, n'y pensez même pas ! Je vous laisse entre hommes, vous avez du nettoyage à faire !

Lorsqu'elle monta dans sa voiture, elle s'aperçut qu'elle pleurait de rage. Elle démarra tellement vite qu'une volée de graviers vint frapper la baie vitrée derrière laquelle Mathieu et François n'avaient pas bougé.

Le lendemain soir, Valérie avait invité ses parents à dîner, mais, comme elle fut naturellement retardée à la clinique, Suzanne se chargea de tout préparer.

Faire la dînette dans leur nouvel appartement amusait beaucoup Camille et Jérémie qui aidèrent leur grand-mère de leur mieux. Le couvert fut mis dans la cuisine, puisqu'il n'y avait pas de table dans le salon, et Suzanne confectionna un gâteau pendant qu'Augustin allait promener Atome.

Les enfants, et même le chien, semblaient s'accommoder sans problème de cette existence. Au-dessus du magasin aussi, ils étaient chez eux, et l'absence de Mathieu n'était pas vécue comme un drame.

Après le dîner, une fois le cérémonial du coucher des enfants accompli, Augustin voulut regarder la fin d'un match à la télévision tandis que sa femme et sa fille se préparaient une infusion. Elles parlèrent un long moment, assises face à face sur des tabourets. La température avait beaucoup baissé, au-dehors, et de la buée s'accrochait aux carreaux. Valérie avait raconté à Suzanne son escapade à l'hôtel, puis la querelle chez Mathieu, et enfin la réaction violente de Ludovic.

— Pour ne pas mettre d'huile sur le feu, il confie

officiellement mon dossier à Hubert Bonnet, son associé, mais il continue à s'en occuper.

— Très bien. Sois vigilante et ne te laisse pas faire.

— Il n'en est pas question ! De toute façon, en ce qui concerne Camille et Jérémie...

Sa voix s'étrangla un peu et elle se racla la gorge avant de poursuivre.

— Je ne sais même pas comment il a osé...

— Mais c'est seulement du chantage, ma chérie ! Il est bien incapable de s'occuper d'enfants.

— Il n'en a surtout aucune envie ! Est-ce que tu sais ce qu'il m'avait dit, un jour ?

Secouant la tête, Suzanne encouragea sa fille à continuer.

— Je ne le trouvais pas très tendre, ni paternel, ni même disponible... Je lui ai demandé ce qu'il ressentait pour eux... il a répondu, je te cite son expression exacte, qu'il éprouvait une « indifférence bienveillante » ! Tu te rends compte ? Il a utilisé ce mot d'indifférence et je ne le lui ai jamais pardonné. Il me semble... Tu vois, je ne savais pas que j'avais accumulé tant de rancune ! Mais ça fait partie des mots que je lui ferai rentrer dans la gorge un de ces jours.

La main de Suzanne se posa légèrement sur celle de Valérie.

— Tu ne nous disais rien, reprocha-t-elle avec douceur.

— Je n'étais pas malheureuse, maman ! Même pas inquiète.

— Et où en est-il, de son côté ? Tu es au courant ?

— Non. Comme toujours !

Son rire, amer, s'éteignit presque aussitôt.

— C'est drôle, ça ne me concerne plus.

Elle se leva pour vérifier que la fenêtre était restée bien fermée.

— On meurt de froid... C'est l'hiver, maintenant... J'ai fait une liste de mes affaires personnelles, des rares choses auxquelles je tiens. Un camion doit prendre le tout cette semaine, Bréval sera là-bas pour surveiller le chargement.

Sa voix, trop monocorde, traduisait un malaise.

— Quand je pense que ça se résume à si peu, dix ans de vie commune... Je n'ai pas eu besoin d'un semi-remorque !

Suzanne lui adressa un sourire tendre et lui tendit sa tasse.

— Donne-m'en encore un peu, s'il te plaît.

Valérie remit la bouilloire en marche, ouvrit un sachet de feuilles odorantes et disposa un sucre. La question que lui posa alors sa mère la prit complètement au dépourvu.

— Et ce Ludovic, tu l'aimes ?

— Eh bien... Il me plaît, c'est sûr... Il est très gentil, très drôle.

— Quel âge a-t-il ?

— Quarante ans. Dix de moins que Mathieu. Il est divorcé depuis longtemps... Si tu voyais sa maison, maman ! C'est indescriptible, fouillis, grandiose et intime, une vraie caverne d'Ali-Baba ! J'adorerais...

La phrase resta en suspens, et ce fut Suzanne qui dut achever.

— Quoi ? Y habiter avec lui ?

— Je ne sais pas. Il me l'a proposé mais je ne suis pas prête. Pour Camille et Jérémie, pas de problème, ce serait le paradis. Seulement... je crois que je ne veux pas.

Son air mélancolique intrigua Suzanne.

— Tu as tout ton temps, ma chérie. S'il est sincère, il t'attendra.

Valérie caressait machinalement les oreilles d'Atome. De sa main libre, elle eut un geste vague.

— Ici, je ne regarde pas autour de moi, ça m'est égal, c'est transitoire. C'est comme un sas. Et ça me repose. Je ne suis pas obligée de tenir une maison, je vis en célibataire, rien n'est obligatoire.

Ludovic avait utilisé la même expression. « Rien n'est obligatoire », avait-il affirmé pour la mettre à l'aise, et pourtant il n'était pas parvenu à la convaincre. Beau joueur, il ne lui demandait rien depuis cette soirée à Belle-Isle-sur-Risle, il ne l'accablait pas de déclarations intempestives, n'exigeait pas de rendez-vous.

— Il m'appelle tous les soirs, il me dit des choses adorables, romantiques, je croyais que j'avais passé l'âge... À l'époque, Mathieu ne m'a pas fait la cour comme ça !

— Oh, Mathieu, bien sûr... Ma chérie, ton mari t'écrasait depuis le début. Tu ne t'en rendais pas compte ? Ce que c'est que la force de l'habitude, quand même ! Vois-tu, ton père et moi, on ne faisait pas attention à ses grands airs. Il est né riche, tout lui est tombé dans le bec, il ne se remettra jamais en cause. Mais on était malheureux pour toi.

— Pour moi ? J'avais tout ce que je voulais, maman, une vie facile...

— Taratata. Tu t'es trahie tout à l'heure, tu as parlé de tenir une maison. C'est ce que tu faisais, non ? Les biberons et les couches, les chemises de monsieur, les menus des dîners, les supermarchés, je connais la chanson. Seulement, ça ne pouvait pas te suffire, à toi ! Tu es intelligente, ma grande, et tu avais déjà goûté au monde du travail, à l'hôpital, aux responsabilités. Et hop, dans le placard ! Dans la vitrine, si tu préfères. La luxueuse vitrine des objets de Mathieu.

Ébahie, Valérie écoutait sa mère lui livrer enfin tout ce qu'elle avait depuis des années sur le cœur. Levant les yeux, elle découvrit son père, appuyé au chambranle, qui devait être là depuis quelques instants et qui ne semblait nullement étonné, lui. Atome alla aussitôt se frotter à ses jambes.

— Allez, je t'offre un tour gratuit, lui dit Augustin en décrochant la laisse.

Précédé du chien, il s'éloigna pour permettre aux deux femmes de continuer à bavarder. Prise d'une idée subite Valérie demanda soudain, d'une voix inquiète :

— Maman, vous n'avez pas de problèmes matériels, j'espère ?

S'apercevant qu'elle les obligeait à nourrir ses enfants la moitié du temps, elle était envahie de culpabilité.

— Qu'est-ce que tu racontes ? se défendit Suzanne d'un air contrarié.

— Je sais que les affaires de papa ne sont pas florissantes, au magasin, et puis vous sortez tout le temps Camille et Jérémie, vous les emmenez partout...

— Mais on a bien le droit de gâter nos petits-enfants, quand même ! Nous avons trois sous de côté, tu sais...

— Que vous allez garder pour vos vieux jours !

— Enfin, ma chérie, nous y sommes, aux vieux jours...

— Tu veux rire ? lui demanda Valérie d'une voix tendre. Vous êtes plus en forme que moi !

Elle souriait à sa mère mais elle se promit d'effectuer un virement, dès le lendemain, sur le compte de ses parents dont elle avait la procuration depuis longtemps.

Dans l'entrée, elle aida Suzanne à enfiler son manteau puis elle ouvrit la porte.

— Rejoins papa en bas, ne l'oblige pas à remonter, je vais appeler Atome...

Tandis que sa mère commençait de descendre, se tenant à la rampe, elle siffla son chien. Elle vit les taches noires et blanches du dalmatien qui grimpait vers elle au moment où la sonnerie du téléphone retentissait dans l'appartement. Ludovic avait retardé son appel, sachant qu'elle dînait en famille, et elle lui en sut gré.

— Mathieu, Mathieu !

Se hâtant vers son confrère, le chef de clinique du service de chirurgie cardiaque faisait de grands signes sur le parking.

— Il faut absolument que je te voie ! Est-ce que tu as un moment, à midi ?

Ils traversèrent la cour d'honneur côte à côte, aussi pressés l'un que l'autre de gagner le pavillon Derocque.

— Je veux te parler de deux malades... On a un vrai problème avec la gamine, tu sais, la greffe...

— Veux-tu qu'on déjeune ensemble au huitième ?

— Ce sera parfait.

Ils s'engouffrèrent dans l'ascenseur et Mathieu appuya sur les boutons de leurs étages respectifs.

— À propos, tu féliciteras ta femme pour moi, elle n'a pas perdu de temps sur la dissection qu'elle nous a adressée...

Sans répondre, Mathieu acquiesça d'un petit sourire crispé. Les portes s'ouvrirent et il murmura :

— À tout à l'heure. Vers une heure, là-haut...

S'il devait entendre parler des brillants diagnostics de Valérie jusque dans *son* hôpital, il deviendrait enragé. Tant de choses avaient changé dans sa vie ces derniers mois qu'il ne parvenait pas à les accepter toutes à la fois. Il n'y avait pas si longtemps encore, lorsqu'il arrivait à Charles-Nicolle, il pouvait s'absorber en paix dans son travail. Et, durant les rares moments de pause, il regardait autour de lui afin de repérer les jolies filles. Pour le reste, son existence était bien ordonnée, compartimentée, sans surprise. Sylvie gérait ses rendez-vous professionnels et Valérie s'occupait de la maison et des enfants. À présent, tout était chamboulé et il se sentait débordé. Il avait été incapable de finir l'article sur les dérivés nitrés qu'il aurait dû rendre depuis plusieurs jours déjà. Il avait également surpris des étudiants qui regardaient voler les mouches pendant ses cours magistraux à la fac du Madrillet. Il ne savait jamais quand il devait régler la femme de ménage, sa voiture avait besoin d'une révision et il lui arrivait de passer d'interminables soirées solitaires devant la télévision.

« Mon Dieu, est-ce que je vais vraiment divorcer ? »

L'idée était si pénible, autant par orgueil que par amour, qu'il se promit, si c'était le cas, qu'il se remarierait sans attendre. Il n'était pas question que Valérie se croie irremplaçable. Il ne resterait pas tout seul comme un vieux croûton. Ni à papillonner comme un vieux beau. Les aventures ne l'amusaient qu'en tant que fantaisies, que petits suppléments volés.

« Eh bien, je vais en trouver une autre, plus jeune et plus jolie, je ne suis pas en peine... »

Furieux, il ouvrit la porte de son bureau à la volée, faisant sursauter Sylvie.

— J'ai deux ou trois coups de fil à passer, annonça-t-il en jetant son pardessus en travers d'une chaise.

La secrétaire s'éclipsa aussitôt pour aller chercher du café. Mais il ne voulait pas téléphoner, il voulait juste rester seul un moment. Il avait surpris une lueur amusée dans le regard que Gilles posait sur lui, ces temps-ci. L'histoire de Valérie et de l'avocat avait dû beaucoup le divertir, comme tout le monde. Sauf Sylvie, bien sûr, qui affichait pour sa part un air de compassion encore plus insupportable.

« Mais qu'est-ce que j'ai fait pour mériter ça ? »

Aucune question, aucun remords ne venait atténuer ce qu'il prenait sincèrement pour une injustice. À cause de

Valérie, il souffrait, et il était révolté de se découvrir aussi vulnérable. S'il continuait à se morfondre, à l'imaginer sans cesse dans les bras de ce Carantec, il ne serait bientôt plus bon à rien.

— Puisque c'est comme ça... marmonna-t-il.

La petite Céline pouvait faire l'affaire, après tout. Il l'avait piégée une douzaine de fois sur des questions simples, lors de la visite, et il était certain d'une chose : elle ne ferait jamais un brillant médecin. C'était déjà ça ! Elle n'avait sans doute aucune ambition professionnelle et serait ravie d'abandonner des études qui semblaient lui peser. Elle était jolie, très jeune, probablement assez malléable encore. Serait-elle d'accord ?

— Eh bien, on va voir...

Il se sentait de taille à la séduire. Il avait réussi des conquêtes plus difficiles. Et aujourd'hui, il avait à sa disposition un atout de poids, il pouvait offrir le mariage ! Quelle fille résisterait à l'envie d'être madame Mathieu Keller, d'habiter la villa de Mont-Saint-Aignan ?

Il quitta son bureau tellement vite qu'il faillit percuter Sylvie qui patientait dans le couloir, son gobelet de carton à la main. Pour ne pas la froisser, il but le café d'un trait, puis il s'éloigna à la recherche des étudiants hospitaliers. Du bruit lui parvint de la salle de repos dont la porte était ouverte. Une demi-douzaine de personnes chahutaient et plaisantaient là-dedans. Dès qu'il se présenta, le silence s'abattit sur les jeunes gens, internes et infirmières mélangés.

— Est-ce que Gilles est quelque part ? bougonna Mathieu, aussi embarrassé qu'eux.

Émergeant de derrière l'écran d'un ordinateur, son chef de clinique se dirigea vers lui.

— Tu feras la visite à ma place mais je voudrais d'abord te dire un mot en particulier...

Ils firent quelques pas et, au fur et à mesure qu'ils s'éloignaient de la salle de repos, le brouhaha reprit.

— Est-ce que je leur fais peur ? interrogea Mathieu d'un air satisfait.

— Bien sûr...

— Je dois déjeuner avec Bob, il a un problème. C'est la

gamine qu'ils ont greffée et, si tu veux mon avis, on ne va pas tarder à l'accueillir aux soins intensifs. Tu seras gentil de la surveiller comme le lait sur le feu. J'en saurai plus tout à l'heure.

Gilles se contentait de hocher la tête, peu coopératif, et Mathieu dut faire un effort pour aborder le sujet qui lui tenait à cœur.

— Écoute, j'ai besoin d'un petit service... J'aimerais avoir quelques renseignements sur Céline, c'est une de nos étudiantes, tu vois laquelle ?

Sa mine innocente eut le don d'exaspérer Gilles sur-le-champ.

— Céline ? répéta-t-il.

— Oui. Un beau brin de fille, hein ? Elle me donne des idées...

Ignorant la plaisanterie, Gilles ne répondait pas. Il pensait que *toutes* les filles donnaient des idées à Mathieu et qu'il n'était pas son larbin. Surtout pas pour ce genre de chose.

— Tu m'écoutes ? demanda sèchement Mathieu.

Une nouvelle fois, Gilles acquiesça sans prononcer un mot.

Axelle pénétra dans la chambre de son père et referma soigneusement la porte. Si la femme de ménage arrivait, elle entendrait le bruit de la mobylette. D'ici là, elle était tranquille pour fureter.

Elle alla s'asseoir sur le lit et regarda autour d'elle. Sans rien chercher de précis, elle se demanda si quelque chose avait changé dans la pièce. La grande table Directoire, sous la fenêtre, était chargée de son habituel désordre de papiers. Un cendrier débordant de mégots était posé par terre, près d'un roman policier ouvert, et attestait des insomnies de Ludovic. Indéniablement, il n'était pas dans son état normal. Il était obsédé par cette femme aux yeux verts et, même quand il était là, il paraissait absent.

Sur le secrétaire à rideau, elle aperçut un carnet de chèques et des facturettes de carte bancaire. Elle s'approcha pour tout examiner et découvrit la note chiffonnée de Belle-Isle-sur-Risle. Elle siffla entre ses dents.

— Eh bien ! Il la soigne, sa nana...

Son père avait atteint la quarantaine et elle s'était persuadée que c'était un âge dangereux, qu'elle devait le protéger, l'empêcher de tomber entre les griffes de n'importe qui. Valérie Prieur lui était violemment antipathique. Trop jolie, trop racée, avec quelque chose de mélancolique qui devait rendre les hommes idiots.

— Et lui, comme une andouille...

Au téléphone, sa mère avait voulu se montrer rassurante. Il était normal qu'un jour ou l'autre Ludovic rencontre quelqu'un, tombe amoureux. Mais Axelle avait cru déceler dans sa voix une tristesse retenue. Sa mère ne s'était jamais consolée, elle n'en doutait pas, la preuve en était qu'elle n'avait pas refait sa vie. Même sans évoquer franchement une réconciliation, Axelle gardait le secret espoir de voir un jour ses parents se réunir. Elle se sentait incapable de vivre sa propre existence tant qu'elle n'aurait pas atteint ce but. Dès qu'ils étaient ensemble, ils étaient bien, ça se voyait, ils piquaient des crises de rire, échangeaient leurs idées sur la peinture, la sculpture ou le dessin. Et ce n'était pas par hasard que Ludovic ne donnait jamais suite à ses aventures.

— Seulement, maintenant, il est piégé, le pauvre...

Elle s'obstinait à voir son père comme une victime, une proie. Il était tellement séduisant et tellement naïf ! Alors que cette femme lui semblait au contraire rusée, sûre d'elle, envahissante et sans scrupules.

En se dirigeant vers la table de chevet, Axelle faillit se prendre le pied dans le fil du téléphone. Elle constata que l'appareil était enfoui sous la couette et elle haussa les épaules, exaspérée. Ainsi il l'appelait la nuit ? Et ensuite il s'endormait en pensant à elle ? C'étaient des façons de faire dignes d'un gamin. Et ça ne semblait même pas le rendre heureux ! Il errait comme une âme en peine d'un bout à l'autre de la maison. Elle n'aurait pas été surprise qu'il se soit mis à écrire des poèmes !

Avec un soupir, elle entreprit de vider le cendrier, de remettre le téléphone à sa place et de refaire le lit. Il constaterait qu'elle était entrée dans sa chambre mais il fallait bien qu'une femme s'occupe de lui et cette Valérie Prieur n'était pas près de s'en charger, elle y veillerait personnellement.

Sans même avoir conscience de son égoïsme ou de sa mesquinerie, la jeune fille ne voulait pas envisager un nouveau bouleversement. Elle avait eu trop de mal à accepter le divorce de ses parents pour recommencer à se torturer. Dans la maison de son père, elle avait désormais sa place et n'entendait pas la céder. Elle adorait vivre là, tout comme elle aimait se retrouver en Bretagne avec sa mère pendant les vacances. Elle était partout chez elle, enfant unique et trop gâtée qui tenait farouchement à conserver ses prérogatives.

Assise au pied du lit, Valérie souriait à l'adorable vieille dame qui murmurait :

— C'est terrible quand on n'a plus personne...

Combien de fois avait-elle entendu cette remarque pudique, émouvante, dans la bouche des gens âgés ? Ceux qui savaient qu'ils sortiraient de l'hôpital très diminués et incapables de se débrouiller tout seuls.

— Si je ne peux pas monter mes escaliers, qu'est-ce que je vais devenir ?

Valérie se mordit les lèvres. Sa patiente ne rentrerait sans doute jamais chez elle mais comment le lui apprendre ? Son état cardio-vasculaire s'était encore détérioré, malgré tous les efforts de Roussel.

— N'y pensez pas pour le moment.

— À quoi voulez-vous que je pense ? Les nuits sont tellement longues, mon petit...

L'expression fit ouvrir de grands yeux à Caroline qui se tenait un peu en retrait.

— Je devrais vous appeler « docteur » mais je n'y arrive pas, précisa la vieille dame qui avait saisi l'expression de l'infirmière. Vous êtes si jeune et si mignonne...

Le cœur serré, Valérie s'obligea à ne rien répondre. Il ne fallait ni compatir, ni paraître bouleversée. Elle représentait l'autorité, le savoir, et sa patiente avait besoin d'être rassurée. Le personnel soignant était là pour dorloter les malades, les materner au besoin, mais le responsable d'un service n'en avait pas le droit. Roussel le lui avait expliqué en détail. « Plaisantez avec eux, mais ne les prenez jamais en pitié, même s'ils vous remuent les tripes ! Vous êtes là pour leur faire croire qu'ils s'en sortiront. Surtout si ce n'est pas le cas ! »

Il appartenait à cette génération de médecins persuadés qu'on doit cacher aux patients la vérité quand celle-ci est trop dure. Valérie restait sceptique. Pour sa part, elle refusait ce genre de préjugés. Elle préférait suivre son instinct, improviser selon la personnalité de ceux qu'elle soignait. Mais elle ne voulait pas contredire Roussel tant qu'il serait là. Plus tard, elle ferait comme elle l'entendrait. Y compris s'asseoir sur les lits, ce que le vieux cardiologue n'aurait jamais fait. Et oser parler de la mort quand elle se trouverait en présence de quelqu'un qui ne voudrait pas se laisser infantiliser.

Elle avait parfois discuté de ce problème d'éthique avec Mathieu mais il ne partageait pas son avis, affirmait qu'elle était incapable de comprendre, ayant perdu tout contact avec les malades. Elle insistait, demandait comment on peut lutter si on ignore la gravité de son cas, et il finissait par hausser les épaules.

À présent elle allait pouvoir – devoir – mettre ses théories en pratique, et ce ne serait pas forcément facile. Depuis peu, le monde médical avait enfin pris en compte la douleur physique et commençait à la soulager systématiquement. On prescrivait dix fois plus de morphine, on ne laissait plus les gens souffrir. Alors pourquoi continuer à leur mentir ?

Jetant un coup d'œil par-dessus son épaule, elle chercha un peu de réconfort dans les yeux de Caroline, qui comprit le message.

— C'est l'heure de votre piqûre, déclara-t-elle en approchant.

Tandis que la vieille dame se tournait péniblement, Valérie put se lever et quitter la chambre. Elle avait fini sa journée, rien ne s'opposait plus à ce qu'elle regagne son appartement pour retrouver ses enfants. En enlevant sa blouse, dans son bureau, elle regarda machinalement son agenda. Parmi les nombreux rendez-vous du lendemain matin, un nom attira son attention. Elle le relut trois fois avant d'éclater de rire. Augustin Prieur serait son cinquième patient, vers dix heures. Elle se promit de le recevoir, de lui faire la morale, et ensuite de l'accompagner dans la salle d'attente de Roussel. Comme beaucoup de médecins, elle n'avait aucune envie de soigner un membre de sa famille. Les sentiments qui la liaient à son père étaient trop forts pour qu'elle garde la tête froide. Surtout s'il avait vraiment un problème cardiaque !

Cette idée la frappa avec une telle violence qu'elle dut s'asseoir. Ses parents ne seraient pas éternels. Ils avaient mené une vie fatigante et ne s'étaient jamais beaucoup souciés de leur santé. Ils prétendaient que Camille, Jérémie, et même Atome les maintenaient en forme, mais c'était peut-être le contraire.

Elle sentit un malaise, une sorte de froid intérieur qui l'envahissait. Pour l'instant, une grande partie de sa nouvelle existence reposait sur ses parents. Sans eux, elle ne pourrait pas mener à bien sa reconversion. Mais peut-être leur en demandait-elle trop ? Un jour ou l'autre, il lui faudrait penser sérieusement à son avenir de femme, pas uniquement de médecin.

À l'heure où Valérie se hâtait de regagner la vieille ville, Gilles sortait enfin du pavillon Derocque. Il n'avait pas décoléré de la journée. Supporter un patron comme Mathieu n'était déjà pas facile, mais être mis à contribution pour ses frasques dépassait l'entendement. Docile, il avait quand même compulsé le dossier de la petite Céline Leclerc. Ce n'était pas une élève très brillante et elle traînait dans ses études, arrachant laborieusement les points manquants de ses examens partiels aux sessions de rattrapage. Elle avait loué un petit appartement avec une copine dans la cité universitaire. Ses parents habitaient Dieppe.

Gilles avait noté ces renseignements, assortis du numéro de téléphone, et avait glissé la feuille dans la poche de

Mathieu. Après tout, la jeune fille avait vingt-trois ans, à elle de se défendre contre les assiduités de son chef de service ! Mais il ressentait un vague sentiment de dégoût, de lassitude. Combien d'infirmières ou d'étudiantes en larmes avait-il consolées ces dernières années ? Combien de drames, de démissions, de mutations, de rivaux malheureux, de couples brisés ? Tout ça pour un homme sans grand intérêt qui se servait impunément de son prestige, qui séduisait pour le plaisir de la chasse, qui ne pouvait pas passer une semaine sans lorgner sur une nouvelle fille.

Quittant l'enceinte de Charles-Nicolle par la rue de Germont, Gilles hâtait le pas, pressé de rentrer chez lui. Il faisait un froid sec, vif, et les décorations de Noël commençaient à faire leur apparition sur les réverbères. Une femme marchait devant lui, emmitouflée dans un blouson fourré, ses longs cheveux tombant sur ses épaules. Il était sur le point de la dépasser lorsqu'il reconnut sa silhouette.

— Laurence ?

Elle tourna la tête et lui adressa un grand sourire.

— Salut, Gilles !

— Qu'est-ce que tu deviens ?

— Oh, ça va... Je bosse dans une clinique qui paie bien. Ma surveillante est sympa, c'est la copine de Carlier... Je viens de la raccompagner et on a pris un pot tous les trois.

— Dans le service ? Je ne t'ai pas vue.

— Non, en bas, expliqua-t-elle, un peu gênée. Tu sais, je ne tiens pas à rencontrer Mathieu...

Il la dévisagea, sourcils froncés, navré pour elle.

— Bien sûr... Mais c'est de l'histoire ancienne, non ?

Sans connaître tous les détails de leur rupture, ce qu'il savait du scandale de Tunis l'écœurait.

— Ne restons pas plantés là, il fait vraiment trop froid !

Gilles pensa à Mathieu qui devait encore être dans son bureau, où il terminait la rédaction d'un article scientifique. Quelle serait sa réaction s'il se trouvait soudainement en présence de Laurence ? Est-ce qu'au moins il avait parfois un quelconque remords ? Sans doute pas, puisqu'il était entièrement occupé à séduire cette Céline !

— Viens, je t'offre un verre, déclara-t-il.

Malgré elle il l'entraîna, la tenant par le coude. Il avait été navré lorsqu'elle avait démissionné du C.H.U. En général, il n'éprouvait qu'un vague mépris pour les victimes de Mathieu mais, avec Laurence, il avait ressenti une réelle compassion. Et il lui était arrivé de penser à elle, depuis. C'était une gentille fille, elle faisait bien son métier et elle était toujours gaie. Jusqu'à ce que Mathieu pose les yeux sur elle.

— Qu'est-ce qu'il devient ? demanda-t-elle d'une voix mal assurée.

— Comme d'habitude. Il cavale.

— Et son divorce ?

— C'est en cours. Mais ne t'inquiète pas, il se console ! La dernière en date s'appelle Céline.

Comme elle se taisait, il risqua un rapide regard vers elle. Des larmes perlaient au bord de ses cils, mais c'était peut-être dû au froid.

— Finalement, je ne t'offre pas un verre, je t'invite à dîner.

— Non, Gilles. Merci mais...

— Mais quoi ? Allez, viens, je connais un bon petit bistrot où on va pouvoir se réchauffer...

Cette fois, elle ne se défendit pas et, toute sa fatigue envolée, Gilles se sentit soudain d'excellente humeur.

Il était trois heures du matin et Mathieu ne parvenait pas à trouver le sommeil. Il regrettait d'avoir laissé Céline dormir là. Elle avait décrété qu'elle ne pouvait pas réveiller la fille avec qui elle partageait son appartement et il avait dû s'incliner. La soirée n'avait pas été désagréable, loin de là, mais un peu étrange. Céline avait accepté son invitation à dîner mais c'est elle qui avait choisi le restaurant. Un endroit à la mode, bruyant et bourré de jeunes gens, dans lequel Mathieu s'était senti déplacé. Comme elle n'était pas très bavarde, arborant même une expression boudeuse, il avait déployé de grands efforts pour la faire rire. Lorsqu'il lui avait proposé un dernier verre, sans grand espoir, il avait été étonné qu'elle accepte. Ensuite, les choses avaient été faciles. Elle s'était retrouvée dans son lit, silencieuse mais consentante.

À sa grande surprise, Mathieu avait découvert qu'elle n'avait que peu d'expérience. Pour lui, toutes les filles de cette génération étaient délurées, à leur aise et sans complexes. Céline s'était laissé faire et il s'était appliqué pour être à la hauteur de son rôle de professeur. Ensuite, elle avait paru épuisée et n'avait plus voulu bouger.

Il tendit la main mais suspendit son geste. La forme immobile, à côté de lui, n'était pas Valérie. Celle-ci devait dormir enlacée avec un autre. Ludovic Carantec, avocat, breton, quarante ans. Étouffant un soupir, Mathieu chercha ses cigarettes à tâtons. C'était là, sur cette même table de nuit, qu'il avait un soir retrouvé la clef du studio de Laurence. Et que ses ennuis avaient commencé.

Laurence... Plutôt mieux faite que cette Céline. En tout cas plus inventive et plus appétissante. Mais qui l'avait précipité dans un divorce inattendu, ce qu'il ne pouvait pas lui pardonner.

— Tu fumes la nuit ? C'est gai... dit la voix ensommeillée de la jeune fille, près de lui.

Il préféra ne rien répondre et, quelques instants plus tard, il supposa qu'elle s'était rendormie. Il la raccompagnerait tôt le lendemain matin. Sans oublier de lui fixer un rendez-vous mais, cette fois, c'était lui qui choisirait le restaurant. Avec un peu de pratique, elle deviendrait agréable au lit, il en était persuadé. Le seul problème, c'est qu'elle était plus jolie habillée que nue. Ses yeux noisette étaient grands, bien dessinés, et son petit nez en l'air adorable. Elle paraissait à peine son âge, affichant des attitudes d'adolescente renfrognée ou au contraire un sourire espiègle. Pourquoi avait-elle accepté si facilement de coucher avec lui ? Parce qu'il était le patron du service ou parce qu'elle aimait les hommes mûrs ? Pour épater ses copines ? Il n'aurait jamais la réponse, il le savait très bien, et n'était d'ailleurs pas très sûr de vouloir la connaître. Dix ans plus tôt, il n'avait pas éprouvé les mêmes doutes. Valérie était amoureuse de lui, subjuguée. Oui, mais il avait quarante ans, à l'époque, comme ce Ludovic aujourd'hui.

Après avoir écrasé soigneusement son mégot, Mathieu remonta la couette sur lui et ferma les yeux.

« Il faut absolument que je prenne les enfants, le week-end prochain... »

Ce serait l'occasion d'apercevoir sa femme. Qui allait devenir son ex-femme. L'expression était horrible.

« En tout cas, je ne resterai pas tout seul dans cette grande baraque vide ! »

Malgré lui, il avait fouillé dans tous les placards de la maison, après le passage du camion envoyé par Valérie. Il n'y avait plus de trace d'elle, ni vêtements ni maquillage. Elle avait également fait enlever ses objets personnels. Bréval avait laissé la liste sur la table basse.

« Il ne faut pas que cette garce puisse s'imaginer une seconde que je suis inconsolable ! Je vais la remplacer vite fait... »

Par qui ? Par cette gamine endormie sur l'oreiller voisin ? Pourquoi pas... À son âge, elle allait vouloir des enfants, mais là encore, pourquoi pas ? L'idée de prendre Camille et Jérémie avec lui n'était pas sérieuse. Ils adoraient leur mère, c'était normal.

« Eh bien, je suis prêt à tout recommencer sans elle puisqu'elle m'y oblige ! »

De nouveau, il s'aperçut qu'il cherchait machinalement la main de Céline. Contrarié, il croisa les bras sous sa nuque, gardant les yeux fermés. Cette position allait le faire ronfler, tant pis. Il était comme il était, Mathieu Keller, à prendre ou à laisser. Cette pensée le réconforta un peu et l'aida à glisser dans le sommeil.

12

Gilles avait déjà invité deux fois Laurence à dîner. Il bénissait le hasard qui avait remis la jeune femme sur sa route. Sans cette rencontre fortuite, il ne l'aurait sans doute jamais revue. Or elle lui plaisait, lui avait toujours plu, même s'il n'avait rien tenté pour devenir le rival de Mathieu lorsque celui-ci avait jeté son dévolu sur elle.

Depuis longtemps, Gilles avait l'habitude de s'effacer devant le patron. C'était devenu un réflexe, une seconde nature. En tant que chef de clinique, il aurait pu se montrer parfois susceptible car Mathieu ne le ménageait jamais. Mais son caractère paisible ne le poussait pas à la révolte et il acceptait certaines humiliations comme des fatalités inhérentes à la stricte hiérarchie de l'hôpital. D'autant plus qu'il admirait sincèrement les qualités professionnelles de Mathieu et la manière dont il dirigeait le service.

Pour ne pas rebuter Laurence, qu'il sentait encore très marquée par sa lamentable aventure, il décida d'organiser une petite soirée entre amis. Elle avait besoin de rire, de se détendre, de reprendre confiance en elle. Il ne lui avait posé aucune question et elle n'avait lâché que quelques bribes de confidences. Sans illusion, il se doutait bien qu'elle pensait encore à Mathieu, ce qui n'était évidemment pas réciproque. Le patron sortait avec la petite Céline Leclerc et n'en était pas d'humeur plus aimable pour autant. Son divorce le vexait, le mettait à cran. Et chaque fois qu'il était question de la clinique Saint-Lazare, il devenait carrément désagréable.

Le jour où Gilles reçut ses copains, Laurence vint tôt dans l'après-midi pour lui donner un coup de main. Il habitait une maison minuscule, coincée entre deux immeubles, non loin du C.H.U. Très à son aise, elle l'aida à préparer le dîner puis elle se comporta en hôtesse tout au long de la soirée. Il ne fut jamais question de Mathieu, chacun évitant le sujet avec soin par égard pour Laurence. Sa malheureuse aventure avait fait le tour de l'hôpital mais personne ne songeait à en rire.

En la regardant aller et venir chez lui, jolie comme un cœur, appétissante comme une sucrerie, Gilles se promit de tout mettre en œuvre pour faire sa conquête. Peu lui importait qu'elle ait été la maîtresse du patron. Au contraire ! Pour une fois, il se sentait de taille à le remplacer, à le supplanter.

— Embolie foudroyante, je suis désolée, nous n'avons rien pu faire...

La femme qui sanglotait devant elle bouleversait Valérie. Elle dut détourner le regard pour ne pas se laisser aller à l'émotion. Le malade était arrivé trop tard, beaucoup trop tard.

— Venez vous asseoir, proposa-t-elle en la prenant par l'épaule.

Le désespoir des familles l'atteignait toujours de façon aiguë, elle ne pourrait jamais s'y habituer, encore moins y devenir indifférente. Elle arrêta une aide-soignante qui poussait un chariot et lui demanda d'appeler Caroline. Elle voulait lui confier la femme qui venait de s'écrouler sur l'un des fauteuils du hall. Il faudrait sans doute lui administrer un tranquillisant et attendre qu'elle s'apaise un peu.

— J'aurais dû le faire transporter à l'hôpital, j'aurais...
— Vous n'auriez pas eu le temps, ne vous faites aucun reproche.

Levant les yeux sur elle, la femme la dévisagea à travers ses larmes. Valérie supposa qu'elle devait la trouver bien trop jeune et regretter de ne pas avoir appelé le S.A.M.U. C'était tout le problème d'une clinique, si bien équipée soit-elle, cette proximité d'un hôpital comme Charles-Nicolle. Pour les urgences et les cas extrêmes, tout le monde préférait le C.H.U., c'était normal. Mais même là-bas l'équipe de

Keller en cardio ou celle de Joachim en réa n'aurait rien pu faire.

Confiant la malheureuse femme aux mains de Caroline qui venait d'arriver, Valérie regagna le deuxième étage. Elle se plaisait à Saint-Lazare et son travail la passionnait mais, un jour ou l'autre, il lui faudrait retrouver l'atmosphère d'un grand hôpital. Même si les salaires y étaient moins conséquents, même avec les contraintes imposées par l'administration, même avec des obligations supplémentaires et une absence totale de liberté, même avec les rivalités sournoises des confrères et la rigidité des grands services, Valérie rêvait d'une carrière hospitalière.

— Vous avez un instant ? lui demanda Roussel qui émergeait de son bureau.

Elle le suivit à l'intérieur et referma la porte. La pièce était vaste et claire, meublée avec goût. Un cadre idéal pour mettre les gens en confiance. Lorsque Roussel partirait, c'est là qu'elle s'installerait.

Le vieux médecin la regardait avec une expression étrange, et elle se sentit aussitôt sur la défensive.

— Qu'est-ce que vous pensez de ça ? dit-il d'un ton brusque en poussant vers elle une feuille de papier.

Quelques chiffres étaient inscrits, à la main. Des résultats d'examens qu'elle étudia avec attention. Il lui tendit ensuite un tracé d'électro.

— Pas terrible, commenta-t-elle avec prudence après l'avoir longuement parcouru.

En général, quand Roussel prenait son avis, c'était toujours sous la forme d'une discussion courtoise. Là, il attendait qu'elle se prononce comme pour lui tendre un piège. Elle relut les données, reprit l'électro. Au moment où elle allait retourner le carnet pour lire le nom du patient et son âge, la main de Roussel s'abattit sur la sienne.

— Attendez... Quel est votre diagnostic, Valérie ?

— Mais j'ai trop peu d'éléments pour poser un diagnostic ! protesta-t-elle.

Elle ne comprenait pas où il voulait en venir, cependant elle décida de lui faire confiance et d'entrer dans son jeu.

L'interprétation du tracé, quand il présentait des anomalies, était toujours délicate.

— Il y a des traces d'un infarctus ancien qui est peut-être passé inaperçu... Je pense à un cœur assez fragile ou usé. Sans une artério, je ne me prononce pas davantage mais il semble que ce soit un patient à risque.

Relevant les yeux vers lui, elle surprit son sourire gentil, fatigué, un peu triste.

— De qui s'agit-il ?
— De votre père.

Après un silence assez long, il reprit ses papiers et lui tapota la main.

— Rien d'urgent ni de catastrophique, n'est-ce pas ? Mais c'est un homme qui a négligé sa santé jusqu'ici et il va falloir le surveiller, l'obliger à se soigner, à prendre quelques précautions. Je le revois la semaine prochaine. Vous ne voulez pas vous charger de lui, j'imagine ?

— Non, souffla-t-elle d'une voix détimbrée.

— Alors je vais faire de mon mieux et, de toute façon, je vous tiendrai au courant Toutefois... dans quelque temps je ne serai plus ici, il faudra bien alors que vous preniez le relais.

Silencieuse, elle dévisageait Roussel comme pour s'assurer qu'il ne lui dissimulait rien. Une fois de plus, il nota la remarquable couleur de ses yeux, ce qui lui arracha un sourire.

— M. Prieur est un homme charmant, vous lui ressemblez.

Lorsqu'elle lui parut avoir recouvré son calme, il posa la question qui lui tenait à cœur :

— Si vous préfériez qu'il soit suivi à Charles-Nicolle, je le comprendrais très bien. Le service de Keller est tout de même remarquable.

— Oh non ! répondit-elle avec une évidente sincérité. D'abord, papa n'accepterait jamais. Il n'a aucune sympathie pour Mathieu. Et moi, j'ai toute confiance en vous.

Il n'y avait pas de complaisance dans cette phrase, c'était une simple constatation. Roussel se sentit bêtement flatté et il se remit à sourire.

— Vous savez, murmura Valérie, mon père n'était pas venu consulter. En fait, il était venu voir sa fille en tenue de « docteur ». C'est aussi simple que ça. Mais tant mieux si ça nous permet maintenant d'avoir un œil sur lui. J'aime énormément mon père et en plus j'ai besoin de lui en ce moment. C'est assez égoïste, n'est-ce pas ?

— Non, c'est merveilleux pour lui. Le problème, arrivé à un certain âge, c'est plutôt de se sentir inutile.

Par l'interphone, on réclamait un cardiologue aux urgences.

— Allez-y, suggéra Roussel, je crois que tout le monde préfère travailler avec vous, maintenant...

Elle se leva aussitôt, sans chercher à discuter du bien-fondé de cette affirmation. C'était cruel pour lui mais il était lucide. En ouvrant la porte, elle hésita, un peu embarrassée.

— Merci pour ce que vous faites pour moi, dit-elle très vite.

Au rez-de-chaussée, un interne affolé l'attendait au chevet d'un patient présentant des troubles du rythme très graves. Il s'agissait d'un homme âgé, doté d'un sacré caractère, et qui vitupérait malgré son état. Valérie procéda à un interrogatoire rapide mais très habile. Le vieux monsieur finit par avouer qu'il avait décidé, deux jours plus tôt, d'arrêter son traitement, persuadé de l'inutilité des médicaments. Il précisa, furieux, que ça lui donnait des cauchemars et des nausées. Puis il pâlit d'un coup et chercha sa respiration comme un noyé. Inquiète, elle demanda qu'on le transfère immédiatement à son étage. L'interruption brutale des bêtabloquants risquait de provoquer un infarctus, avec risque de mort subite.

Ludovic sifflotait gaiement, ce qui ne fit qu'augmenter l'exaspération d'Axelle. Il ramassa le dernier coussin et regarda autour de lui avec satisfaction. La grande salle était bien rangée à présent, un plateau posé sur la table basse et des bûches empilées sur le petit bois, dans la cheminée.

— Très romantique ! apprécia sa fille. Si tu cherches des bougies, il doit en rester à la cuisine...

— Écoute, lui dit-il gentiment, sois un peu moins caustique avec ton vieux père, tu veux ?

— Tu n'es pas tellement vieux, que je sache ! D'ailleurs, à te voir faire, on pourrait même penser que tu n'as pas atteint l'âge adulte.

Sans l'écouter, il alla ramasser *La Gazette du Palais* qui traînait près de la bergère. Puis il se tourna vers elle.

— Tu m'as acheté des pistaches ?

— Non, j'ai oublié ! répliqua-t-elle avec un sourire narquois. Désolée... Ta bonne femme devra se contenter de cacahuètes... comme les singes.

Elle se rendit compte qu'elle était allée trop loin quand elle vit son père avancer sur elle. Il s'arrêta à quelques centimètres.

— Tu es trop grande pour recevoir une paire de claques, mais j'en meurs d'envie.

— L'amour te rend violent, on dirait !

À la dernière seconde, il retint son geste et se borna à la prendre par l'épaule.

— Tu te comportes comme une peste, mais ça m'est égal. Tu n'arriveras jamais à me faire croire que tu es malheureuse. J'ai attendu de connaître ton emploi du temps pour pouvoir inviter Valérie ici. Je profite de tes absences pour ne pas te gêner, or je suis chez moi, c'est ma maison. Tu penses me tyranniser encore longtemps ?

Elle se dégagea brutalement, fit un pas en arrière et se mit à hurler.

— Tu t'es vu, dis ? Tu t'es vu ? Tu joues les amoureux transis, j'en ai honte pour toi ! Tu es ridicule ! Cette femme se moque bien de toi, elle est à la recherche d'un mari pour remplacer le sien, elle veut caser ses deux moutards et toi tu gobes ça comme une belle romance ! Atterris avant qu'elle t'ait plumé !

La gifle qu'elle reçut la fit chanceler et lui coupa la parole. Incrédule, elle porta la main à sa joue, recula encore un peu avant d'éclater en sanglots.

— Tu es devenue mesquine, lui jeta-t-il d'une voix rageuse. Injuste, égoïste... Tu veux tout régenter, préserver ta petite vie de fille à papa. Tu te moques éperdument de ce que je ressens !

Elle pleurait tellement qu'elle trépignait, vexée comme elle n'avait pas souvenir de l'avoir jamais été. Elle quitta la pièce en courant et il entendit claquer la porte d'entrée. Quelques secondes plus tard, la Twingo démarrait dans un hurlement de moteur. Il n'avait pas fait un geste pour la retenir. Il baissa les yeux sur sa montre. Encore une demi-heure et Valérie serait là.

Dans la cuisine, il vérifia la cuisson du canard, retourna les petites pommes de terre avec précaution. La brûlure de ses doigts n'était plus qu'un souvenir, même s'il conservait une marque brune tout le long de l'index. En furetant dans un placard, il découvrit un bocal d'olives et un paquet de chips. Tant pis pour les pistaches, mais il avait remarqué que Valérie en grignotait volontiers et il aurait voulu lui faire plaisir.

Après avoir mis le champagne dans un seau, il démoula deux bacs de glaçons qu'il arrangea autour de la bouteille. Il n'aurait jamais imaginé pouvoir lever la main sur sa fille. Mais elle ne voulait rien entendre et son comportement devenait odieux. Si jamais Valérie acceptait un jour de vivre avec lui, la cohabitation s'avérerait impossible. Il décida qu'il avait le temps d'y penser, qu'il ne fallait pas bâtir de châteaux en Espagne et que, au pire, il pourrait louer un appartement pour Axelle. Elle avait l'âge de l'indépendance et, en tout cas, elle en avait les manières.

Absorbé dans des pensées contradictoires, Ludovic retourna dans la salle de séjour, brancha la chaîne stéréo et alluma la flambée. Il espéra qu'il ne s'était pas mis à geler sur les routes, aussi bien pour Axelle – qui devait conduire trop vite, comme chaque fois qu'elle était en colère – que pour Valérie. Elles étaient les deux êtres auxquels il tenait par-dessus tout et il réalisa que sa fille avait raison, qu'elle n'était plus la seule à compter pour lui.

L'ouverture de *Manon* de Puccini l'empêcha d'entendre la voiture de Valérie. La jeune femme surgit dans la pièce alors qu'il était plongé dans une rêverie plutôt mélancolique.

Atome se précipita vers lui et posa deux pattes glacées sur ses genoux.

— Quand il a su que je venais ici, il a voulu m'accompagner, dit Valérie en guise d'excuse. Il est comme moi, il aime ta maison...

La tête levée, Ludovic la fixait. Ses boucles blondes retombaient en désordre sur le col de son manteau noir. Elle portait des bottes sous son blue-jean et elle semblait transie.

— Viens te réchauffer, proposa-t-il en lui tendant la main. Ton chien est le bienvenu. Et quand tu te décideras à me présenter tes enfants...

Il voulait plaisanter mais elle ne sourit pas. Au contraire, elle fronça les sourcils en faisant trois pas hésitants vers la cheminée. Il la rejoignit, la débarrassa du manteau et de la laisse d'Atome qu'il déposa sur le bord du canapé.

— Tu es tellement belle que je ne sais pas quoi dire ! Tu as soif ?

Exprès, il ne l'avait pas embrassée, pas touchée. Il n'aurait pas dû parler des enfants. Tout ce qui se rapportait à l'avenir semblait toujours lui faire peur.

— Raconte-moi ta journée. Tes journées ! Il y a mille ans que je ne t'ai pas vue.

— Je suis fatiguée, dit-elle en souriant.

Mais elle n'en avait pas l'air, pourtant. Il la trouvait resplendissante.

— Je nous ai préparé un canard, annonça-t-il en s'adressant directement au chien.

Le rire de Valérie le réconforta. Il alla vers elle pour lui tendre une coupe.

— C'est bien que tu sois là.

C'était mieux encore mais il ne voulait pas s'appesantir. Il avait longtemps attendu cette soirée et, dans quelques heures, Valérie partirait de nouveau, disparaîtrait pour plusieurs jours en le remettant à la torture.

Elle se laissa tomber dans son fauteuil de prédilection en soupirant :

— Je ne me suis pas beaucoup assise aujourd'hui...

— Même pas à l'heure du déjeuner ? Et, à ce propos, ta clinique et mon étude ne sont pas si éloignées l'une de l'autre pour que nous ne puissions pas nous retrouver dans un bistrot de temps à autre...

C'était plus fort que lui, il posait des jalons, il avait besoin de repères pour la semaine à venir. Elle accepta tout de suite un rendez-vous pour le surlendemain et il en déduisit qu'elle préférait consacrer ses soirées à ses enfants. À midi, ils mangeaient à la cantine de l'école et elle ne les priverait donc pas de sa présence.

Pelotonnée dans la bergère, elle avait croisé ses longues jambes au-dessus de l'accoudoir et elle gardait les yeux fixés sur les flammes en sirotant son champagne.

— Mathieu ne faisait pas de feu, nous n'avons jamais sali la cheminée, dit-elle d'un ton rêveur.

Comme chaque fois qu'elle prononçait le prénom de son mari, il se sentit malheureux.

— Sali ?

— C'est ce qu'il prétendait. Les cendres, la suie...

Elle tourna brusquement la tête vers lui et leurs regards se croisèrent.

— J'aime ta maison, ta façon d'être...

C'était une déclaration bien timide mais il n'en demandait pas davantage pour l'instant.

— J'espère que tu vas aimer mon dîner. Viens...

Cette fois, il lui prit franchement la main et la serra dans la sienne. Atome les précéda jusqu'à la cuisine, de son petit trot guilleret.

— Il a mangé ? s'enquit Ludovic.

La question était anodine mais Valérie fut touchée. Jamais Mathieu ne se serait préoccupé de ce genre de détail. Elle répondit que son père se chargeait du chien avec beaucoup de bonne volonté. Puis elle raconta la visite d'Augustin à Saint-Lazare et l'attitude formidable de Roussel. Il l'interrogea longuement sur ses parents, devinant qu'elle avait besoin de confier ses soucis. Avec une redoutable habileté, qu'il devait à son métier, il la fit parler une bonne partie du dîner. Il voulait tout connaître, et surtout il désirait qu'elle se sente en confiance avec lui. Ce serait un pas de plus vers une intimité tout aussi importante que celle qu'ils avaient connue dans les bras l'un de l'autre à Belle-Isle-sur-Risle.

Après le canard, Ludovic lui servit un dessert qu'il avait acheté dans la meilleure pâtisserie de Rouen. Tout en la regardant dévorer, il lui donna les derniers détails de la procédure du divorce. Hubert suivait le dossier de très près et une première tentative de conciliation chez le juge était prévue pour le mois suivant. Bien entendu, Bréval n'avait posé aucune demande concernant la garde des enfants.

— Mathieu les prend le week-end prochain, il aura déjà du mal à les occuper vingt-quatre heures !

— Le week-end prochain ? Et tu m'annonces ça maintenant ?

En deux enjambées, il avait fait le tour de la table et était venu près d'elle. Malgré toutes ses résolutions, il se pencha, la serra contre lui puis l'embrassa. Ensuite il s'écarta, à regret, décidé à ne pas se laisser aller.

— Tu me le donnes, ce week-end-là ? Tu me le prêtes ? Je vais nous organiser quelque chose d'exceptionnel !

— Non, ce n'est pas la peine de...

— Tu as d'autres projets ?

Son air déçu était tellement irrésistible que Valérie se mit à rire.

— De samedi soir à dimanche matin, d'accord. Après, je déjeunerai avec mes parents. Je ne veux pas qu'ils puissent croire que c'est seulement quand j'ai besoin d'eux que...

— Je comprends très bien.

Elle pensa que c'était vrai, qu'il était sans aucun doute en mesure de la comprendre. Au moment où elle allait lui faire remarquer qu'ils pouvaient très bien rester là, elle se souvint d'Axelle et de son animosité. C'était pour cette raison, sans doute, qu'il l'avait emmenée à l'hôtel la dernière fois.

— Je m'en occupe dès demain, déclara-t-il, je vais nous trouver un établissement dépourvu d'insectes !

Le son de sa voix trahissait une réelle gaieté, une excitation de gamin. Elle se sentit bizarre, soudain, avant de réaliser qu'elle avait seulement envie de lui. Cette découverte la stupéfia. Comme il était toujours debout à côté d'elle, elle s'appuya contre lui avec une certaine volupté. Mathieu ne lui avait jamais laissé le temps d'éprouver du désir. Le frôler, c'était la certitude de se retrouver au lit trois minutes plus tard et elle avait pris l'habitude de fuir les contacts intempestifs. Elle respira profondément, le nez dans le pull de Ludovic, savourant ce désir inattendu.

Un aboiement bref d'Atome les fit sursauter ensemble. Le chien s'était dressé contre une fenêtre de la cuisine et des éclats de voix leur parvinrent.

— Ta fille ramène des amis ?

Sans vouloir se l'avouer, elle était un peu déçue. Ludovic se taisait, beaucoup plus contrarié qu'elle.

— Je vais rentrer, murmura-t-elle, il est tard.
— Je te reconduis.
— Mais... J'ai ma voiture !
— Je préfère te suivre. Je ne veux pas te savoir seule dans les rues. Je m'en irai dès que tu auras poussé la porte de ton immeuble.

Il y eut des rires bruyants dans l'entrée puis du chahut dans l'escalier. Exaspéré, Ludovic alla récupérer le manteau de Valérie et la laisse du chien. Il l'aida à s'habiller et enfila un blouson avant de sortir. Il faisait très froid, les pare-brise étaient couverts de givre et la terre craquait sous leurs pas. Malgré sa colère contre Axelle, il préférait la savoir à la maison.

L'un derrière l'autre, ils prirent la route de Rouen. Lorsqu'ils atteignirent la vieille ville, Ludovic attendit qu'elle se soit garée pour descendre de son coupé. Il lui déposa un baiser léger près de l'oreille et remonta en hâte dans sa voiture. Un quart d'heure plus tard, il était de retour chez lui. Toutes les lumières étaient éteintes et il trouva Axelle assise dans le noir, devant la cheminée, en larmes, complètement saoule.

Céline n'avait pas mis longtemps à comprendre les avantages qu'elle pourrait tirer d'une liaison avec Mathieu Keller. Contrairement à Laurence, la jeune fille avait la tête sur les épaules et songeait à son avenir. Les étudiants ne l'intéressaient guère car elle les trouvait ennuyeux. Les soirées passées à boire de la bière en chantant des chansons de corps de garde dans une ambiance de franche camaraderie l'assommaient. L'appartement qu'elle partageait avec une amie était petit, en désordre, sans aucun charme. Et les fins de mois posaient toujours les mêmes problèmes.

Le chèque mensuel de ses parents n'était pas très conséquent mais ils ne pouvaient faire mieux. Sa mère n'avait qu'un poste de secrétaire à mi-temps, dans une société nautique, et son père était au chômage. Céline se demandait encore, après cinq ans, pourquoi elle s'était lancée dans des études de médecine. Elle savait très bien qu'elle n'arriverait pas au bout. C'était trop difficile et le but était trop éloigné.

Mathieu n'était pas désagréable. Il lui avait fait un peu peur, au début, et avec toutes les histoires qui circulaient sur son compte elle avait bien failli le fuir pour de bon. Puis elle avait prêté une oreille plus attentive aux commérages lorsqu'elle avait compris qu'il était en instance de divorce. Pour rien au monde elle ne se serait lancée dans une aventure avec un homme marié. Pas au nom d'une moralité qu'elle ne possédait pas mais plutôt par réalisme. Les hommes qui trompent leur femme mentent aussi à leurs maîtresses, c'est bien connu.

Pour en être certaine, Céline avait voulu aller chez Mathieu, ce qu'il avait proposé de lui-même, et elle avait exigé d'y dormir afin de s'assurer qu'il était bien libre. Dans la salle de bains, il n'y avait aucune trace de la présence d'une femme. Dans les penderies de la chambre non plus.

La superbe villa de Mont-Saint-Aignan l'avait beaucoup impressionnée. Vivre là en se prélassant au bord de la piscine ou au coin de la cheminée devait être merveilleux. En prenant un petit déjeuner très matinal, elle s'était imaginé qu'elle était chez elle et elle avait décidé que ce serait la meilleure chose qui puisse lui arriver.

Lucide, elle avait réfléchi durant des heures sur la conduite à tenir. Mathieu était un séducteur-né, ça se voyait tout de suite, et il risquait de lui échapper d'un moment à l'autre. Il suffirait qu'il croise une jolie fille dans les couloirs de Charles-Nicolle pour la laisser tomber. Elle devait donc se démarquer des autres, agir différemment, devenir unique. Leurs étreintes n'avaient rien eu d'exceptionnel, elle en était consciente, et il en savait mille fois plus long qu'elle dans ce domaine. Comme avec la plupart de celles qu'il mettait dans son lit. Elle décida donc de le conduire sur un autre terrain. Ayant constaté que toutes les femmes qui l'approchaient avaient la même expression admirative et énamourée, elle estima qu'elle devait le traiter avec indifférence S'il se prenait au jeu, elle avait sa chance.

Cette tactique donna immédiatement de bons résultats. Durant la visite des malades qu'elle suivait en traînant les pieds, elle lui tournait le dos au lieu de chercher son regard. Dans le service, elle l'évitait, faisait semblant de ne pas le voir si elle le croisait, s'obligeait à rire avec les autres étudiants dès qu'il approchait. Elle ne le remercia pas pour les fleurs qu'il lui avait envoyées et remit au lendemain une invitation à dîner en prétextant qu'elle était déjà prise. Lorsqu'il la conduisit dans un restaurant très chic, elle fit mine de s'ennuyer et de ne pas remarquer la somptuosité du décor. À la fin du repas, quand il lui offrit une montre qu'il était allé choisir le matin même, elle se contenta de faire la moue tout en l'accrochant à son poignet. Cette nuit-là, Mathieu s'appliqua à la rendre heureuse et elle ne parvint pas tout à fait à lui cacher son réel plaisir. Mais plus elle serait distante, plus il s'acharnerait, c'était certain. Il avait trop l'habitude qu'on l'aime et qu'on l'admire pour ne pas chercher à vaincre l'indifférence qu'elle lui opposait.

Lorsqu'il l'invita une troisième fois, elle accepta en haussant les épaules, ce qui le vexa prodigieusement. Il se jura alors de la rendre amoureuse et ne supposa pas un seul instant que, pour une fois, c'était lui qui était entraîné dans un marché de dupes.

Valérie roula sur le côté pour échapper aux petites mains qui la chatouillaient. Jérémie était aux anges parce qu'il avait fait rire sa mère et il se mit à sauter sur le lit.

— On dormira à la maison, samedi ? demanda Camille d'une voix boudeuse.

C'était une façon de faire remarquer qu'elle n'était pas tout à fait chez elle dans cet appartement.

— On a des chambres partout, on est riches ! constata Jérémie.

Très sensible, le petit garçon ne voulait créer aucune peine à sa mère. Il ajouta :

— Moi, j'aime mieux les lits superposés !

— Et pour l'école, vous préférez l'ancienne ou la nouvelle ?

Valérie les laissait toujours libres de s'exprimer, de confier leurs regrets.

— La nouvelle ! répondirent-ils en chœur.

— Je l'aimais beaucoup aussi quand j'avais votre âge...

— C'est Suzy ou grand-père qui allait t'attendre ?

— Tous les deux, à tour de rôle.

— Et tu travaillais bien ?

— Très bien ! Si vous ne me croyez pas, vous n'avez qu'à chercher mes carnets de notes, ils sont chez vos grands-parents.

— C'est vrai ?

Très excités, les deux enfants s'étaient rassis sur le lit pour l'écouter. Ils avaient du mal à l'imaginer petite fille.

— Et tu voulais déjà être docteur ?

— On dit « médecin ». Docteur, c'est le titre qu'on vous décerne après un très long cycle d'études. En droit, en lettres...

— On fait des études pour le courrier ?

Elle embrassa son fils sur le nez et, voyant l'expression jalouse de Camille, elle la prit dans ses bras.

— Et vous, mes amours, vous ferez des études de quoi ?

— Vétérinaire ! crièrent-ils en chœur.

Ils aimaient Atome autant l'un que l'autre et ne lui infligeaient jamais aucune misère.

— Il viendra à quelle heure, papa ?

— Vers six heures. Vous devriez vous dépêcher de finir votre sac...

Elle avait déjà préparé des pyjamas et des brosses à dents, des pulls de rechange pour le lendemain. À Mont-Saint-Aignan, elle avait laissé des jouets, des livres et des peluches. C'était toujours leur maison et, contrairement à Valérie, ils aimaient y retourner. Elle espéra que Mathieu avait prévu un programme suffisamment intéressant pour les faire tenir tranquilles. Il n'était pas patient et ne supportait pas les disputes.

— Prenez des écharpes et des gants ! leur cria-t elle tandis qu'ils disparaissaient dans le couloir.

Si Mathieu était ponctuel, elle disposerait d'un moment de paix pour se préparer elle aussi. Rien ne l'avait empêchée de quitter la clinique tôt, pour une fois, et elle avait pu profiter de ses enfants une grande partie de l'après-midi.

Avec un soupir de satisfaction, elle se rallongea sur le lit pour réfléchir à la façon dont elle allait s'habiller. Elle élimina un certain nombre de tenues avant de fixer son choix sur un kilt, un blazer long et cintré, un col roulé blanc. Ludovic ne lui avait rien dit de leur destination mais elle lui faisait confiance. Il avait dû se creuser la tête pour dénicher un endroit de rêve. Dans peu de temps, elle serait dans ses bras. À cette idée, une sorte d'engourdissement s'abattit sur elle. Les souvenirs de leur nuit à Belle-Isle-sur-Risle étaient très agréables, très excitants. Elle fut parcourue d'un frisson et se leva d'un bond. Sous la douche tiède, elle s'aperçut qu'elle chantonnait sans arrêt, ce qui ne lui était pas arrivé depuis des mois.

Quand la sonnette retentit, elle était en peignoir, les cheveux mouillés, et ce fut Jérémie qui ouvrit la porte.

— C'est papa ! hurla-t-il tandis que sa mère arrivait pieds nus, un peigne à la main.

Ils se dévisagèrent avec une certaine curiosité, comme de parfaits étrangers.

— Entre, proposa Valérie en souhaitant qu'il refuse.

Mathieu ferma la porte, embrassa son fils et avança dans le séjour. Puis il se tourna vers elle, souriant, et déclara :

— Tu es magnifique !

C'était si rare qu'il soit simple et sincère qu'elle faillit s'attendrir. Mais, dès que Jérémie eut disparu pour aller chercher sa sœur, il prit Valérie dans ses bras et la plaqua de force contre lui.

— Tu pourrais quand même me dire bonjour...

Les mains de Mathieu étaient déjà sur sa peau et elle se dégagea brutalement.

— Bonjour ! lui lança-t-elle d'un ton froid.

Cette étreinte imposée l'avait ulcérée. Mathieu la regardait avec une expression gourmande et elle resserra son peignoir autour d'elle.

— Les enfants sont prêts...

— Et toi ? Tu es bientôt prête ? Tu viens avec nous ?

Elle sentit qu'il ne plaisantait qu'à moitié.

— Ne dis pas de bêtises...

— Pourquoi ? D'abord, qu'est-ce que tu fais dans cette tenue légère ? Tu vas te coucher ou tu te prépares pour ton avocat ?

Mathieu la défiait, soudain rageur. Penser à Valérie était une chose, la voir à moitié nue devant lui en était une autre. Il restait incurablement amoureux de sa femme. L'arrivée des enfants les soulagea l'un comme l'autre. Camille se précipita au cou de son père qui dut la porter tandis que Jérémie se chargeait du sac en ronchonnant.

— Je les ramènerai demain vers trois heures, déclara Mathieu sans consulter personne.

— Dépose-les chez mes parents, c'est là que je serai. Vous prenez Atome ?

Sans répondre, il saisit la laisse qu'elle lui tendait, se dirigea vers le palier puis s'engagea dans l'escalier. Valérie ferma la porte très doucement et s'adossa au battant. Il ne verrait donc jamais en elle autre chose que sa propriété ? Est-ce qu'il essaierait de la peloter chaque fois qu'il mettrait les pieds chez elle ?

À pas lents, elle gagna sa chambre et commença de s'habiller. Elle allait pouvoir se maquiller tranquillement, sécher ses cheveux, choisir des bijoux appropriés. Pour une fois, Ludovic la trouverait détendue, disponible, il le méritait. Et d'ailleurs, autant se l'avouer, elle avait très envie de lui plaire. Cette seconde escapade la mettait dans un véritable état d'allégresse. Elle n'avait plus peur de l'inconnu qu'il était encore pour elle quelques semaines plus tôt et elle pouvait différer le moment de prendre des décisions sérieuses. Elle ne souhaitait pas lui promettre quoi que ce soit, n'ayant aucune envie qu'il se comporte un jour comme Mathieu. La liberté avait quelque chose de grisant qu'elle ne voulait plus remettre en cause.

Ponctuelle, elle sortait de l'immeuble lorsque Ludovic vint se ranger le long du trottoir. Elle s'installa à côté de lui, décidée à savourer chaque minute de la soirée.

— Tu m'impressionnes beaucoup, lui dit-il en démarrant.

— Ah bon ? Et qu'est-ce qui te fait cet effet-là ? Le parfum ? La coiffure ?

Elle riait mais il resta sérieux pour répondre :

— L'ensemble... Tu es une petite femme très effrayante.

Sa sincérité la désarma. Il n'avait sûrement pas peur de l'amour mais plutôt de souffrir à cause d'elle.

— Où allons-nous, cette fois ? demanda-t-elle en bouclant sa ceinture.

— Dans un moulin. Avec un peu de chance, nous ferons une promenade en barque demain matin. Pas de problème, c'est moi qui ramerai...

Elle lui posa une main légère sur l'épaule.

— Ludovic, tu roules trop vite...

Le compteur affichait cent cinquante et il ralentit. Il y avait très peu de circulation sur la nationale.

— C'est parce que je suis pressé d'arriver. C'est l'une des meilleures tables de Normandie et je meurs de faim ! Parle-moi de toi.

— Tu penses que ça suffira à te couper l'appétit ?

— Je suis très... Oh ! là, là !...

Les yeux levés vers son rétroviseur, il rétrograda en troisième pour freiner sans allumer ses feux arrière. L'un des deux motards qui le suivaient vint à sa hauteur et lui fit signe de s'arrêter.

— Les ennuis ne vont pas tarder, murmura-t-il en se garant sur le bas-côté.

Il baissa sa vitre et attendit le gendarme. Celui-ci porta la main à son casque et se pencha.

— Vous savez à quelle allure vous rouliez ? demanda-t-il d'un ton narquois. Vous avez les papiers du véhicule ?

Ludovic soupira, tourna la tête vers Valérie en esquissant un sourire navré, puis avoua :

— Non...

Il avait changé cinq ou six fois de veste, avant de partir, et avait essayé au moins une dizaine de cravates. Il avait soigneusement vérifié qu'il avait sa carte bancaire et son chéquier sur lui, mais il n'avait pas pensé au reste. Il était dans un tel état d'excitation, comme à chaque rendez-vous avec Valérie, qu'il avait dû laisser son portefeuille dans un autre vêtement.

— Non ? s'étonna le gendarme. Et votre permis de conduire ?

— Non plus. Rien qui prouve mon identité, en fait, j'ai tout oublié chez moi.

— Vraiment ?

L'autre motard s'était approché et faisait le tour du coupé.

— J'ai mes papiers, proposa Valérie.

— Tant mieux pour vous, mais vous n'êtes pas au volant, mademoiselle...

Néanmoins, il tendit la main et prit le porte-cartes qu'elle lui présentait. Il l'examina puis reporta son attention sur elle.

— Cardiologue ?

Son air sceptique n'augurait rien de bon.

— Vous allez nous suivre jusqu'à la gendarmerie, dit-il tranquillement.

— Écoutez, c'est ridicule, je...

— C'est moi qui décide, monsieur.

Exaspéré, Ludovic allait protester mais Valérie, de nouveau, lui posa la main sur l'épaule dans un geste apaisant. Ils reprirent la route, encadrés par les deux motards.

Dans les locaux de la petite gendarmerie, on leur désigna un banc de bois où on les oublia un long moment. Chaque fois que Ludovic s'énervait, on lui répondait que les vérifications étaient en cours.

— Ils ne sont évidemment pas reliés à l'ordinateur central, fulmina-t-il, et à l'étude, personne ne répondra ! On va peut-être passer toute la nuit ici, à regarder ces types fumer leurs Gauloises ?

Il parlait assez haut pour être entendu mais les agents de permanence ne lui accordèrent même pas un regard, devinant qu'il cherchait la bagarre.

— Si tu ne te calmes pas, ils vont nous jeter dans une cellule !

Elle avait beau essayer de plaisanter, il était furieux, déçu, vexé. Une pendule murale indiquait neuf heures et demie, ce qui commençait à compromettre sérieusement leur soirée d'amoureux. Deux fois, Ludovic se leva et alla échanger quelques propos acerbes avec les gendarmes, sans aucun résultat.

Quand il fut enfin établi qu'il ne s'agissait pas d'une voiture volée et qu'ils étaient bien l'avocat et le médecin qu'ils prétendaient être, on leur rendit les clefs du coupé sans un mot d'excuse. Ludovic dut encore signer le procès-verbal pour excès de vitesse avant qu'on les laisse partir.

Arrivés au moulin de Connelles on les informa, bien entendu, qu'on ne servait plus. Mais la direction, compatissante, leur fit monter un somptueux repas froid dans leur chambre. Après avoir débouché le champagne et tout installé sur une table roulante recouverte d'une nappe de dentelle, les deux serveurs s'éclipsèrent. À peine avaient-ils refermé la porte que Ludovic prit Valérie dans ses bras pour lui murmurer une interminable série d'excuses.

— Et déjà, la première fois, quand nous sommes allés à Belle-Ile-sur-Risle, tu m'avais fait remarquer que je conduisais trop vite et qu'on finirait par se faire arrêter ! Maintenant voilà, c'est arrivé, j'ai gâché ce week-end alors que j'avais tout prévu, et si tu en gardes un mauvais souvenir, je ne me le pardonnerai jamais. Nous avons si peu de temps à nous...

Elle l'écouta d'abord gravement puis fut gagnée par un fou rire très communicatif. Les larmes aux yeux, la tête rejetée en arrière, elle essayait de reprendre son souffle et il finit par s'esclaffer avec elle. Gendarmes ou pas, ils avaient la nuit devant eux. Et, après tout, ils n'étaient pas venus là uniquement pour dîner.

Quand Jérémie se réveilla, le dimanche matin, il eut du mal à comprendre où il se trouvait. Lorsqu'il reconnut le décor familier de son ancienne chambre, il soupira. La soirée de la veille lui avait paru terriblement ennuyeuse.

Au restaurant, ils avaient été contraints de se tenir sagement malgré la très longue attente entre chaque plat. La conversation avait été entrecoupée de silences moroses. Quelques réflexions aigres-douces sur leur mère avaient mis Jérémie très mal à l'aise mais il n'avait pas eu le courage d'affronter son père en répliquant. Mathieu lui faisait peur dès qu'il se fâchait.

Il se leva et alla jusqu'au lit de Camille qui dormait toujours, cachée sous sa couette. Ensuite, il remarqua qu'Atome était dressé contre la fenêtre et il alla le rejoindre pour le caresser. Regardant au-dehors, il poussa une exclamation émerveillée en découvrant la neige qui recouvrait la pelouse. Il se précipita sur ses vêtements et commença de s'habiller tout en apostrophant sa sœur. Mais elle enfouit sa tête sous son oreiller, grogna et refusa d'ouvrir un œil. Tant pis pour elle, il ferait seul le tour du parc dont il connaissait les moindres recoins.

Dès qu'il fut dehors, il se mit à courir, ivre de joie, le dalmatien sur ses talons. Ensuite il confectionna des boules de neige bien dures qu'il fit éclater contre des troncs d'arbres. Ce qui lui donna l'envie d'en escalader un pour profiter du paysage d'en haut. Le toit de la maison devait être tout blanc, comme la bâche qui protégeait la piscine.

Il avisa le vieux mélèze qui lui avait servi à faire ses premiers pas de grimpeur. Durant son ascension, il éprouva quelques frayeurs en sentant ses bottes déraper sur les branches givrées. Mais il voulait atteindre un endroit précis, une fourche sur laquelle il n'avait jamais pu se hisser, même en plein été. Sa mère lui interdisait de grimper et sa sœur le dénonçait à chaque tentative. Au moins, ce matin, personne ne le dérangerait. Son père se levait tard, le dimanche, Jérémie s'en souvenait très bien. Il décida que, dès qu'il aurait froid, il rentrerait pour préparer le petit déjeuner. Ce serait une bonne surprise pour les autres et ça les obligerait à se réveiller.

Il était déjà à cinq mètres du sol lorsqu'il perdit l'équilibre. Souffle coupé, il voulut se rattraper au tronc mais il tomba en arrière. Il heurta la terre enneigée avec une telle violence que tout devint noir autour de lui, juste avant qu'il perde connaissance.

13

Augustin et Suzanne étaient encore sous le choc lorsque Valérie rentra le dimanche, en fin de matinée. Ils avaient appelé en vain, toutes les dix minutes, l'appartement de leur fille. Même s'ils savaient qu'elle n'était pas là, ils ne pouvaient s'empêcher de refaire le numéro.

C'est Mathieu qui les avait prévenus par téléphone, à dix heures. Augustin s'était précipité à l'hôpital. Dans le hall, toujours plein de visiteurs le dimanche, il avait dû demander Mathieu qui n'avait fait qu'une brève apparition. Livide, hagard, celui-ci avait exigé que son beau-père mette la main sur Valérie le plus tôt possible. Il s'était montré hargneux, persuadé qu'Augustin pouvait la joindre mais ne voulait pas l'avouer. Sans aucun ménagement, il avait annoncé que l'état de Jérémie était très critique et qu'il était hors de question de le voir pour le moment. Puis il avait dit quelques mots à une hôtesse de l'accueil et il avait disparu. La jeune femme avait conduit Augustin près de Camille, que deux infirmières essayaient en vain de consoler. En l'apercevant, elle s'était jetée dans ses bras.

Tremblant d'émotion, serrant trop fort la main de sa petite-fille, il avait réussi à retrouver sa voiture sur le parking. Ensuite, ils étaient rentrés très lentement, en partie à cause du verglas, en partie parce qu'Augustin avait les larmes aux yeux. À son angoisse pour Jérémie s'ajoutait la peur d'apprendre son état à sa femme, puis à Valérie lorsqu'elle arriverait enfin. De surcroît, il n'avait aucune précision à leur donner puisqu'il ne connaissait pas les détails de l'accident. Il n'aurait pas dû se laisser impressionner par le mépris de Mathieu, mais l'attitude de son gendre l'avait blessé malgré tout.

Suzy prit Camille en charge avec un esprit de décision qui réconforta un peu Augustin. Sans poser de question, elle la berça longtemps dans ses bras, lui prépara un chocolat chaud et lui lut une histoire. Ensuite, elle l'installa devant le poste de télévision et put donner libre cours à son inquiétude comme à son indignation. Mathieu avait beau être le père de Jérémie, il n'était pas le seul à l'aimer !

Pour mieux guetter sa fille, Augustin était descendu dans sa boutique. À travers la vitrine, il surveillait les rares voitures qui passaient dans la rue. Elle n'avait pas donné d'heure précise lorsqu'elle avait annoncé qu'elle déjeunerait avec eux. Contraint d'attendre, Augustin se torturait pour savoir comment la mettre au courant.

De quelle façon peut-on apprendre à une mère que son enfant est à l'hôpital, dans le coma ? Aucun mot ne ferait l'affaire, elle allait devenir folle d'angoisse. Il faisait les cent pas lentement derrière son comptoir et pourtant il était essoufflé, oppressé, en sueur. Il n'osa pas sortir à cause du froid mais il déverrouilla la porte et resta embusqué derrière.

Ludovic était partagé entre le bonheur inouï que lui avait donné Valérie ces dernières heures et la hantise de se séparer d'elle. Ils étaient revenus par de petites routes, admirant le paysage blanc, riant quand le coupé dérapait un peu sur la neige et mordait dans un champ. Ils avaient très peu dormi durant la nuit. Parler, faire l'amour, somnoler l'un contre l'autre, parler encore et refaire l'amour les avait conduits doucement jusqu'à l'aube. Dans le ravissant moulin bordé par deux bras de Seine, ils s'étaient sentis étrangement bien, loin du réel et du quotidien, libres de se confier ou de s'exalter chacun à sa manière. En découvrant à leur réveil les arbres centenaires du parc chargés de neige, ils s'étaient émerveillés ensemble.

Un peu troublée par l'intensité de ces dernières heures, Valérie ne regrettait pas d'être obligée de rentrer. Immanquablement, Ludovic finirait par exiger ce qu'elle ne pouvait pas lui donner : une promesse d'avenir. Elle ne voulait même pas s'interroger là-dessus. La ligne de conduite qu'elle s'était tracée en quittant Mathieu ne prévoyait aucune place pour un homme. Au moins dans l'immédiat. Déjà, les moments passés avec lui étaient volés aux enfants, à la clinique. Or elle avait perdu bien trop de temps, depuis dix ans, pour en sacrifier davantage.

Lorsque le coupé s'engagea rue Saint-Nicolas, elle éprouva cependant une détestable sensation de tristesse.

— Arrête-toi là, murmura-t-elle.

Ludovic se rangea le long du trottoir, à une vingtaine de mètres de la boutique d'Augustin.

— Je t'appelle ce soir, déclara-t-il sans la regarder.

Elle se pencha pour lui dire au revoir et il la serra contre lui, juste un instant, avant de la lâcher.

— Ludovic ?

Il se décida à lui jeter un coup d'œil en coin, se força à sourire.

— C'est vraiment très dur de te quitter, dit-il dans un souffle.

Et plus dur encore de n'avoir aucune place définie dans sa vie, mais il préféra ne rien ajouter.

Elle descendit et il démarra aussitôt. La neige n'avait pas fondu et s'était verglacée par endroits. Elle fit quelques pas prudents en regardant où elle mettait les pieds. Suzy avait sûrement préparé un gigot, son plat préféré du dimanche. À travers la vitrine du magasin, Valérie aperçut la silhouette de son père. Il était collé contre la porte, la main sur la poignée, le visage ravagé.

— Papa !

Folle d'inquiétude, persuadée qu'Augustin faisait un malaise, elle s'engouffra dans la boutique.

— J'ai une mauvaise nouvelle, mon lapin, l'entendit-elle dire.

— Papa...

— C'est Jérémie... Il est à l'hôpital.

— Jérémie ?

Sans avoir conscience de ce qu'elle faisait, elle venait de

reculer de deux pas comme si elle voulait fuir. Elle se retrouva acculée contre un présentoir.

— Quoi, Jérémie, quoi ?

— Je ne sais pas. Mathieu n'a rien voulu me dire. Camille est avec ta mère, elle va bien. Je crois qu'il a fait une chute. On n'a pas interrogé la petite, tu comprends...

— Une chute ? De quoi ? D'où ?

— Je ne sais pas, répéta-t-il en baissant la tête. Il vaut mieux que tu...

— Où sont tes clefs de voiture ? demanda-t-elle brusquement.

La sienne était trop loin, garée à plusieurs rues de là. Il lui tendit son trousseau, tout tiède d'être resté si longtemps dans sa main, et la suivit des yeux tandis qu'elle se précipitait au-dehors. Elle trébucha deux fois en traversant, s'énerva sur la serrure de la portière puis démarra en faisant craquer la boîte de vitesses.

Le chemin jusqu'à Charles-Nicolle, qu'elle connaissait par cœur, lui sembla interminable mais lui permit de retrouver un peu de calme. Elle prit la rampe réservée aux ambulances et s'arrêta devant l'entrée des urgences. Dans le hall, elle eut une hésitation. Où était Jérémie ? À la radiologie ? Ou en cardio, en pédiatrie ?

— Madame Keller !

Une infirmière lui faisait signe, devant la double porte du service de réanimation. Valérie la rejoignit en courant. Dans le couloir, elle aperçut Mathieu. Elle alla vers lui et s'écroula contre sa blouse. Elle avait l'impression de suffoquer, sa cage thoracique lui faisait mal, elle était incapable de prononcer un mot.

Mathieu posa une main hésitante sur les cheveux de sa femme et lui parla avec une surprenante douceur.

— Joachim s'en occupe... Il va lui faire un scanner. Pour le moment, il ne réagit pas...

Valérie eut un premier sanglot, douloureux comme une nausée, et elle s'accrocha davantage à son mari.

— Il est tombé de l'arbre, tu te souviens, son arbre... Je ne sais pas de quelle hauteur. Je dormais et la petite aussi.

C'est le chien qui a fini par aboyer comme un fou. Mais il a dû rester un petit moment dans la neige.

Il avait réussi à garder un ton posé mais quelque chose tremblait dans sa voix. Depuis des heures, il s'accusait sans relâche, ou alors il maudissait sa femme, et même sa fille. Il n'y avait que le chien qui trouvait grâce à ses yeux. La vision qu'avait eue Mathieu, lorsqu'il était allé jeter un coup d'œil par la fenêtre, encore tout endormi mais bien décidé à faire taire cette sale bête, resterait gravée dans sa mémoire pour toujours. La silhouette de son fils dans une étrange position, l'anorak rouge sur la neige, Atome assis la tête basse. Quelque chose qui clochait dans ce tableau. Une sourde inquiétude qui se transformait vite en panique. Des instants de cauchemar quand il s'était approché, pieds nus dans ses mocassins enfilés à la hâte. Le visage bleu du petit garçon, la force qu'il avait fallu pour oser le toucher, et soudain les hurlements hystériques de Camille derrière lui. Un calvaire vécu tout seul. Et Valérie qui était restée introuvable.

— Dis-moi ce que tu en penses, ce que tu crois, toi...

Elle avait réussi à bloquer ses larmes pour quémander la vérité.

— Impossible à dire pour le moment. Joachim fera le maximum, tu sais bien... Il était là quand nous sommes arrivés, je l'avais fait prévenir. Et Martin va le rejoindre d'une minute à l'autre...

Son confrère neurologue, un autre grand patron de l'hôpital.

— Gilles est avec Joachim.

Bien sûr. S'il y avait le moindre problème cardiaque, Mathieu n'était pas en mesure d'intervenir. Valérie prit une profonde inspiration et se détacha de son mari. Il ne portait jamais de blouse mais, ce matin, il avait dû en mettre une pour suivre Jérémie dans le service. Ils étaient très pointilleux en réanimation. Jusqu'à ce que Joachim l'oblige à aller boire un café, il était resté près de son fils.

L'infirmière se tenait à quelques pas d'eux, indécise, gênée. Mathieu tira sa femme par la main jusqu'à un distributeur.

— Tu veux quelque chose ? Tu sais comment ça marche ?

Il fouillait machinalement ses poches.

— Je vais aller... commença Valérie.

— Non ! Il est inconscient. Il n'a pas besoin de nous pour le moment. Tu le sais très bien. Tu ne peux rien faire et moi non plus !

C'était le pire à supporter, pour eux deux, cette attente impuissante.

— Jérémie... murmura-t-elle en s'appuyant au mur du couloir.

Il la regarda et, brusquement, il eut envie de pleurer. Sur leur fils, bien sûr, mais aussi sur elle, et même sur lui.

La neige recommença à tomber vers deux heures. Le ciel était anthracite, lugubre, et le vent faisait tourbillonner les flocons. Malgré la flambée qui ronflait, malgré la lumière chaude de la dizaine de lampes qu'il avait allumées, Ludovic ne se sentait pas aussi bien que d'habitude dans sa maison. Pourtant, il aimait profiter de l'après-midi du dimanche, surtout l'hiver. Il avait écouté distraitement un peu de musique puis avait essayé de lire et était resté une demi-heure sur la même page. Pour tromper son ennui, il avait voulu étudier un dossier qu'il avait fini par abandonner. En désespoir de cause, il était allé chercher quelques gravures qu'il se promettait d'accrocher depuis des mois. Il avait erré en quête d'un emplacement approprié, avait tordu un certain nombre de clous et s'était donné un coup de marteau sur les doigts.

Vers cinq heures, Axelle vint le rejoindre, portant un plateau. Elle avait préparé un thé léger et quelques toasts beurrés.

— Je t'ai entendu bricoler... Qu'est-ce que tu faisais ?

D'un geste las, il désigna les gravures.

— Oh, quand même ! Mieux vaut tard que jamais... Elles sont très belles et tu les as mises exactement où il fallait...

Depuis la nuit où elle s'était saoulée et où il avait dû la porter jusqu'à son lit, elle faisait des efforts méritoires pour être aimable. Tant qu'il n'était pas question de Valérie, elle restait souriante.

— Puisque tu n'as pas voulu déjeuner, tu vas me dire ce qui te ferait plaisir pour dîner.

Elle vint lui déposer une bise sonore sur la joue, par surprise. Il avait l'air tellement perdu qu'elle s'inquiéta.

— Tu vas bien, papa ?

Il la rassura d'un sourire mais il n'avait pas envie de parler. Ou alors, de Valérie, et ce n'était pas avec Axelle qu'il pouvait le faire. Au prix d'un gros effort, il déclara qu'il mangerait volontiers des pâtes. Elle allait lui confectionner un ragoût qu'elle baptiserait sauce bolognaise et, pendant ce temps-là, il pourrait téléphoner. Tandis qu'elle se dirigeait vers la cuisine, il gagna sa chambre et s'y enferma. Il n'avait pas le courage d'attendre plus longtemps. Il laissa sonner une bonne vingtaine de fois puis raccrocha. Valérie n'était pas encore rentrée et il se sentit déçu, frustré, impatient. Craignant d'avoir commis une erreur, il refit le numéro mais toujours en vain.

Pour tuer le quart d'heure qu'il s'était fixé avant de rappeler, il prit l'escalier à vis et monta jusqu'à la salle de bains. Cette pièce avait charmé Valérie, le jour où elle avait soigné sa brûlure. Il regarda autour de lui comme s'il entrait là pour la première fois. Oui, c'était un décor très réussi, qui donnait envie de s'attarder. Sauf qu'il faisait un peu froid. Il faudrait penser à monter la chaudière. Il regarda dehors et ne vit pas grand-chose car il faisait nuit, mais il eut l'impression que la couche de neige avait épaissi. La veille, à la même heure, il s'apprêtait à aller chercher Valérie. Ce soir il était seul, comme il le serait le lendemain et le jour suivant. Il faudrait attendre la bonne volonté de Mathieu pour avoir droit à un autre week-end. Et, d'ici là, se contenter de quelques déjeuners à la sauvette.

Lui parler d'avenir maintenant était impossible. Même s'il en rêvait toutes les nuits. Même si c'était justement le moment, pour eux deux, de refaire une vie nouvelle. Elle avait trente-cinq ans et lui quarante, l'âge idéal pour prendre des décisions importantes.

Le premier matin où elle s'était réveillée près de lui, à

l'hôtel, il lui avait annoncé qu'il voulait vivre avec elle. Or elle n'avait pas répondu, et depuis elle n'y avait pas fait allusion. Pourtant il n'avait pas tout dit. Vivre avec elle, oui, l'épouser, avoir un enfant d'elle, voilà ce qu'il voulait.

— Et tu vas dîner en tête à tête avec ta fille, ta grande fille qui t'aime tellement qu'elle va te mettre des bâtons dans les roues...

Dans le miroir, il s'observa sans indulgence. Est-ce qu'il pouvait prétendre plaire à une femme comme Valérie ?

— Mais qu'est-ce que tu fais là-haut ? cria Axelle. Tu parles tout seul ? Viens, c'est bientôt prêt !

— J'arrive ! répondit-il en ouvrant un robinet.

Après quelques instants, il ferma l'eau et redescendit. Comme il s'y attendait, Axelle était retournée à ses casseroles. Il composa le numéro de Valérie, patienta en vain et raccrocha, très malheureux.

— Non, je ne veux pas me prononcer, répéta Joachim.

Mathieu n'avait pas réussi à lui arracher une parole rassurante. Jérémie était toujours dans le coma, son état était stationnaire. Un peu plus tôt dans l'après-midi, Valérie avait pu l'approcher, saisir la petite main inerte, murmurer des mots tendres.

— Les examens n'ont rien donné, je ne vois rien...

La fracture de la jambe, bénigne, avait été réduite puis plâtrée. Le traumatisme crânien n'inquiétait pas outre mesure l'équipe médicale mais l'enfant restait sans réaction.

— Il n'a pas de problème respiratoire et, pour le moment, pas d'hémorragie interne. Je suis dans l'expectative. On va attendre, mon vieux, on ne peut rien faire d'autre. Je ne veux pas le bousculer cette nuit. Demain, je ferai des examens complémentaires.

Joachim essayait de donner le change mais Mathieu le connaissait trop bien pour être dupe.

— Tu le gardes en réa ?

— Bien sûr. Il ne sera jamais seul, un interne va rester avec lui.

C'est pour Valérie qu'il avait ajouté cette précision. Il avait chargé trois médecins en qui il avait confiance de se relayer jusqu'au lendemain.

— Allez manger quelque chose et revenez après...

— Je préférerais être avec lui, protesta Valérie.

— Non, répondit Joachim très calmement. Je ne veux pas que vous tourniez autour de son lit, ça ne sert à rien. Vous êtes tellement énervée, angoissée, épuisée... Emmène-la, Mathieu...

Dès qu'ils eurent accepté de s'éloigner, Joachim regagna la réa. Il discuta un moment avec Martin qui avait passé la journée là. Ils étaient d'accord sur un point important, il ne fallait pas laisser Jérémie s'enfoncer dans un coma profond. Martin, pour sa part, était persuadé que l'enfant n'était pas très loin du seuil de la conscience.

Mathieu et Valérie étaient montés au restaurant réservé aux seuls médecins. Il n'y avait presque personne mais ils s'installèrent à la table la plus isolée.

— Si Joachim reste aussi vague, c'est qu'il n'est pas vraiment pessimiste...

Elle secoua la tête, trop lasse pour le contredire. Il commanda des steaks avec des salades et une bouteille de bordeaux.

— Je n'ai rien mangé depuis hier, déclara-t-il comme pour s'excuser. Tu vas avaler quelque chose aussi.

Il sortit le petit boîtier électronique qui permettait de le joindre à tout moment et le posa en évidence sur la nappe, entre eux. Valérie considéra l'objet d'un œil anxieux. Si on les appelait, depuis la réa, serait-ce mauvais signe ?

Avec un certain étonnement, elle vit Mathieu qui attaquait de bon cœur son entrecôte. Elle essaya de mâcher une bouchée et l'avala difficilement.

— Est-ce que tu crois que les branches ont un peu freiné sa chute ?

Cette question, elle l'avait déjà posée dix fois et Mathieu leva les yeux au ciel.

— Je n'ai rien vu ! Mais je suppose que oui. Et que sa doudoune l'a protégé, et aussi que la neige a amorti le choc.

— Même si j'avais été là...
— Mais oui ! Tu n'es pas le bon Dieu !
Il regretta d'avoir répondu si vite. Peut-être lui avait-elle tendu une perche ? Il termina sa salade en jetant de fréquents coups d'œil à sa femme. Cet accident changeait leurs rapports, indéniablement. La façon dont elle était tombée dans ses bras en arrivant était un signe. Qui sait si, avec de la chance, du tact, de la volonté, ils ne pourraient pas sauver leur couple ?

Au moment où il allait saisir son verre, il la vit se figer et blêmir. Suivant la direction de son regard, il tourna la tête et avisa Joachim qui venait vers eux, sourire aux lèvres.

— Le fiston a ouvert les yeux, a dit un truc au sujet des atomes et s'est mis à vomir ! Dites-moi, c'est un passionné de physique, votre rejeton ?

— C'est son chien ! s'écria Valérie qui était déjà debout. Il a dû l'entendre aboyer avant de sombrer.

Tapotant l'épaule de Mathieu, Joachim ajouta :

— Il me semble que ça va.

La phrase était lourde de signification. Jamais son confrère ne se serait engagé à la légère dans des circonstances pareilles. Jérémie était donc réellement hors de danger.

— Eh bien, il sera content de vous voir... On descend ?

Il avait eu la délicatesse de ne pas faire sonner le bip, de leur épargner l'angoisse dans les ascenseurs. Mathieu pensa qu'il aurait une dette, désormais, envers Joachim.

Lorsqu'ils se retrouvèrent au chevet de Jérémie, ils constatèrent que le professeur Martin était toujours là, discutant avec Gilles et l'interne. Pour un dimanche soir, il y avait une étonnante concentration de grands patrons autour d'un malade. Le petit garçon commençait à reprendre un peu de couleur et il se mit à pleurer dès qu'il aperçut sa mère.

Les pâtes d'Axelle n'étaient pas aussi mauvaises que prévu et Ludovic s'était resservi deux fois. Ensuite, il avait refusé de regarder avec elle la cassette d'un film prétendu génial, prétextant des piles de dossiers en retard. Dans sa chambre, il avait pris soin de mettre le téléphone sur le coin du bureau et il avait essayé de travailler. Toutes les dix minutes, il refaisait le numéro sans obtenir de réponse. Il avait imaginé tous les scénarios possibles pour expliquer l'absence de Valérie. Mais, à présent, il était dix heures du soir et il se sentait gagné par l'inquiétude.

Il écouta les nouvelles, à la radio, puis tenta de s'intéresser à ce qu'il faisait. Vers onze heures, il mémorisa le numéro, brancha le haut-parleur et se contenta d'appuyer sur la touche *bis* de temps en temps. La détestable sonnerie continua de résonner dans le vide jusqu'à minuit.

Excédé, n'arrivant pas à se débarrasser de toutes les questions insidieuses qui lui venaient à l'esprit, il finit par quitter sa chambre. Axelle avait dû monter se coucher et, même en prêtant l'oreille, il n'entendit aucun bruit. Dans la cheminée, il restait un tas de braises qui projetaient des lueurs rougeâtres sur les tomettes. Comme il faisait très bon dans la grande salle, Ludovic décida de s'y installer. Après s'être servi un verre de calvados, il s'assit à même le sol, tout près du foyer. Il aimait infiniment cette maison. Elle l'avait aidé à surmonter bien des moments difficiles et il ne regrettait pas le temps qu'il y avait consacré. Il l'avait restaurée puis arrangée avec un soin particulier, persuadé qu'un jour il la partagerait avec quelqu'un. Son mariage très précoce, raté, lui avait laissé de l'amertume. Il n'était pas fait pour la solitude. Durant des années, il avait espéré une vraie rencontre et n'avait connu que des aventures sans suite. Valérie représentait un espoir extraordinaire. Depuis, son existence avait pris une dimension nouvelle, grisante. Il se sentait rajeuni, capable de tout. À condition qu'elle soit près de lui.

À minuit et demi, il se mit à marcher de long en large dans la grande salle, s'accordant un dernier quart d'heure. Dès que la pendule lui en donna confirmation, il se précipita sur le téléphone et, cette fois, il compta jusqu'à cinquante avant de raccrocher. L'idée de se coucher lui sembla grotesque et il prit la décision d'aller jusqu'à Rouen. Il était peut-être arrivé quelque chose de grave.

Lorsqu'il ouvrit la lourde porte du vestibule, le froid lui coupa le souffle. Il ne neigeait plus mais le jardin disparaissait sous un épais tapis blanc. Au lieu de se diriger vers sa voiture, il obliqua en direction d'une ancienne bergerie où il remisait ses outils. Il avait dû entreposer des chaînes quelque part, deux hivers plus tôt. La manière dont il glissait en marchant ne lui laissait aucune illusion sur l'état de la route.

Au bout d'un moment, il les dénicha sur une étagère. Leur installation lui prit du temps et augmenta son impatience. Quand il put enfin démarrer, il était une heure du matin.

À peu près au même moment, Mathieu et Valérie quittaient le service de réanimation. Dans le hall, elle s'arrêta à une cabine téléphonique pour appeler ses parents. Augustin décrocha tout de suite, comme s'il avait eu la main sur l'appareil. Elle le rassura de son mieux, fit même une plaisanterie, demanda des nouvelles de Camille.

Dès qu'elle eut raccroché, Mathieu la prit par la taille et lui offrit de la ramener chez elle. Lui proposer d'aller à Mont-Saint-Aignan aurait été une grossière erreur qu'il n'était pas assez naïf pour commettre.

— Je passerai te prendre demain matin à la première heure pour te ramener ici. Tu récupéreras la voiture de ton père à ce moment-là...

Trop fatiguée pour protester, Valérie accepta. L'insupportable tension nerveuse de cette dure journée était tombée et elle se sentait à bout de force. Elle s'installa près de Mathieu avec reconnaissance, se laissant aller contre l'appuie-tête. Ils avaient eu tellement peur tous les deux qu'elle se retrouvait plus proche de lui qu'elle ne l'avait été depuis bien longtemps.

Durant le trajet, elle ferma les yeux et ne les rouvrit que devant son immeuble, lorsqu'il coupa le moteur. C'est ainsi qu'elle ne vit pas le coupé rouge de Ludovic, garé un peu plus loin.

— Je t'accompagne, décida Mathieu comme s'il s'agissait de la chose la plus naturelle qui soit.

Ils descendirent ensemble mais il fit le tour de sa voiture pour venir la prendre par les épaules.

— Si tu es aussi fatiguée que moi... soupira-t-il en la serrant contre lui. Mais je crois que nous avons mérité un verre ! Après, je te laisse dormir, promis...

Il sentait les boucles de Valérie qui effleuraient sa joue. Il l'embrassa tendrement sur la tempe, sans insister.

— Fais attention, ça glisse...

Au même instant, elle trébucha et il la retint par la taille, éclatant de rire.

— Ma chérie ! Tu veux que je te porte ?

Ce fut cette phrase-là que Ludovic, qui venait de baisser sa vitre, entendit. Incrédule, il les suivit du regard. Malgré le faible éclairage de la rue, il avait parfaitement reconnu Mathieu. Il aurait pu l'identifier n'importe où, même en ne l'ayant vu qu'une seule fois.

La lumière de l'immeuble s'alluma et, une seconde, leurs silhouettes enlacées se détachèrent nettement à contre-jour. Quand la porte cochère se fut refermée, Ludovic resta abasourdi, sans réaction. Lorsqu'il baissa enfin les yeux sur son tableau de bord, il vit qu'il était presque deux heures. Ainsi Valérie rentrait chez elle, au milieu de la nuit, amoureusement blottie contre son mari qui proposait même de la porter pour passer le seuil ! Comme une seconde nuit de noces ? Pour fêter quelles retrouvailles ?

Il avait la douloureuse impression qu'on lui avait plongé un couteau dans les poumons et il réalisa qu'il souffrait d'un violent point de côté. Il avait dû retenir sa respiration trop longtemps. Ouvrant sa portière, il descendit de voiture sans savoir ce qu'il allait faire. Les suivre ? Sonner ? De quel droit ? Au nom de quel serment que Valérie n'avait d'ailleurs pas prononcé ?

Pour ne pas voir les fenêtres de l'appartement, il appuya son front au toit du coupé. La tôle était glacée. Tout comme le vent qui s'engouffrait dans la rue étroite. Il frissonna et se rassit au volant. Il avait besoin d'une cigarette mais il dut s'y reprendre à trois fois avant de faire fonctionner son briquet. Vingt-quatre heures plus tôt, très exactement, Valérie était dans ses bras à lui. Et maintenant ?

À travers le pare-brise, il scruta la façade obscure. Est-ce qu'ils étaient allés tout droit dans sa chambre ? Mathieu ne reparaissait pas, bien entendu, et Ludovic se trouva stupide d'attendre ainsi, contre toute évidence.

Au fond du réfrigérateur, Valérie avait trouvé une bouteille de vin. Elle l'avait débouchée triomphalement et avait empli deux verres à ras bord. Ils avaient bu à Jérémie, les yeux dans les yeux. Puis Mathieu avait eu faim et elle lui avait fait de bonne grâce un sandwich. Ensuite, ils avaient terminé la bouteille en multipliant les hypothèses sur le cas de leur fils. Ils parlaient le même jargon technique et, pour une fois, leurs avis convergeaient.

À un moment où Valérie passait près de lui, il l'avait attirée sur son genou d'un geste spontané. Il ne voulait pas l'effaroucher mais il avait une idée très précise de ce qu'il allait faire. Les cernes de sa femme l'émouvaient, tout comme ses boucles en désordre ou ses yeux brillants de fatigue.

— Val, cette nuit aurait pu être un cauchemar... Je suis tellement soulagé...

Il chuchotait contre sa nuque et elle se raidit un peu.

— Reste là, chuchota-t-il. S'il te plaît...

Dès qu'elle se détendit, il poursuivit.

— Si tu savais comme tu me manques, comme je regrette ce qui nous est arrivé...

— Mathieu...

— Attends, ne bouge pas... Juste un petit moment...

Sa voix était douce, suppliante, mais elle voulut se dégager quand même. Il l'en empêcha tout en l'embrassant. Cette fois, elle se débattit et parvint à se mettre debout.

— Arrête, c'est ridicule.

Elle était sur la défensive mais pas suffisamment. Il la prit de vitesse en se levant d'un bond. Ils luttèrent d'abord en silence puis elle l'entendit rire.

— Un vrai chat sauvage ! J'adore...

Il la désirait tellement, soudain, qu'il était prêt à se battre avec elle. Persuadé qu'une réconciliation sur l'oreiller lui donnerait un avantage certain, il était déterminé à aller jusqu'au bout. Il avait réussi à passer une main sous le pull de

Valérie et le contact de sa peau l'électrisa. Il était en train de glisser ses doigts dans le soutien-gorge lorsqu'elle lui mordit le bras. Il cria de douleur et, par réflexe, lui envoya une gifle qu'elle esquiva. Furieux, il regarda la marque des dents qui devenait violette.

— Tu es folle ou quoi ?

Hors de lui, il fit un pas en avant et la prit par les cheveux. Il ne voulait pourtant pas la frapper mais juste l'immobiliser.

— C'est comme ça que tu les séduis ? cria Valérie, folle de rage. Tu les violes ? Tu leur tapes dessus ?

— Ne fais pas l'idiote ou je vais te faire mal pour de bon, prévint-il.

Paniquée, elle comprit qu'elle n'avait plus aucune chance de le calmer. Il avait trop envie d'elle et il avait aussi une revanche à prendre. Elle était plus petite que lui, beaucoup plus légère, et surtout au bord de l'épuisement. Elle sentit qu'il défaisait l'agrafe du kilt. Quand il la toucha, elle sursauta, eut horreur de ce contact brutal, intime.

— Lâche-moi, hurla-t-elle. Lâche-moi tout de suite !

Il essayait de la pousser vers la table et elle résistait, les yeux pleins de larmes, furieuse, humiliée.

— Est-ce que tu pourras regarder Jérémie en face, demain matin ? articula-t-elle en essayant de conserver son sang-froid.

— Tu es ma femme, riposta Mathieu d'une voix rauque. Ma femme ! Jérémie, c'est comme ça qu'on l'a fabriqué, non ?

Au moment où il voulut lui écarter les genoux, elle lui décocha un coup de pied bien placé.

— Je ne suis plus ta femme, et j'en aime un autre !

Ce fut beaucoup plus efficace que tout le reste. Abasourdi, Mathieu la lâcha enfin. Elle se redressa, en profita pour saisir la bouteille vide. Il la regarda quelques secondes, hagard, puis recula jusqu'à l'évier en secouant la tête.

— Pose ça... Je ne...

Incapable d'achever il se détourna. Elle enleva son collant déchiré mais remit son kilt avec des gestes saccadés. Du coin de l'œil, elle continua de le surveiller tandis qu'il se passait de l'eau sur le visage puis sur le bras, à l'endroit où elle l'avait mordu. Quand il osa lui faire face, son expression avait changé.

— Alors comme ça, tu l'aimes, ce petit avocat à la con !

Sa voix était froide, méprisante. Il était redevenu le professeur Keller.

— Pourquoi pas ! Je n'ai pas de comptes à te rendre !
— En tout cas, tu t'es bien vite consolée.
— Consolée de quoi ? De tes infidélités ? Oui.

Le silence retomba entre eux. Au bout d'un long moment, il chercha du regard le pardessus qu'il avait abandonné sur le dossier d'une chaise en arrivant.

— Bon, je vais rentrer...
— Oui, c'est ça, pars.

Elle venait de jeter le collant et la bouteille dans la poubelle. Hésitant, embarrassé, il haussa les épaules.

— Je suis désolé, on s'est énervé, dit-il d'un ton sec.
— Je n'attends pas d'excuses, tu peux t'en aller.

Certaine qu'il ne tenterait plus rien, elle l'observait sans bouger. Il s'approcha, lui prit la main.

— L'important, c'est Jérémie. N'est-ce pas ?

Hochant la tête, elle attendit la suite.

— Tu m'as toujours rendu un peu fou, je n'y peux rien. Tu es très belle, même en colère. J'ai pris ça comme un jeu, tout à l'heure...

— Un jeu, Mathieu ? Quand on s'aimait, peut-être. Seulement c'est fini, tu comprends ?

Même si elle avait raison, c'était difficile à accepter. Épuisé soudain, il murmura :

— Je viendrai te chercher à huit heures, je t'attendrai en bas. D'accord ?

— Inutile. Je prendrai ma voiture et j'emmènerai papa pour qu'il récupère la sienne. On se verra là-bas.

Il la précéda dans le couloir, jusqu'à l'entrée.

— Bonne nuit, Val, dit-il en s'engageant dans l'escalier.

C'était une des rares choses qui lui restait d'elle, ce diminutif qu'il était le seul à utiliser. Cette fois, leur rupture semblait consommée, irrévocable.

Lorsqu'il émergea de l'immeuble, la neige s'était remise à

tomber et la rue était déserte. Sa voiture était le seul véhicule visible dans tout ce blanc. Comme il n'avait aucune raison d'y prêter attention, il ne remarqua pas les traces de chaînes toutes fraîches qu'avait laissées le coupé de Ludovic, quelques minutes plus tôt.

14

Têtu, Augustin alla jusqu'à Mont-Saint-Aignan dont il avait toujours les clefs, récupéra l'ours en peluche de Jérémie dans sa chambre et le lui rapporta à l'hôpital. Le petit garçon était choyé, dorloté par l'ensemble du personnel médical. Joachim avait décidé de le garder vingt-quatre heures en observation, dans sa réa, même si son état ne le justifiait plus. Ensuite, il le ferait monter en médecine pour quelques jours. Tous les examens étaient rigoureusement normaux.

Valérie passa une heure au chevet de son fils en début de matinée, avant de se rendre à Saint-Lazare. À peine arrivée, elle téléphona à l'étude, pressée de raconter à Ludovic l'accident de son fils. Lorsqu'elle s'était réveillée, à six heures et demie, il était encore trop tôt pour l'appeler. Et, à cause d'Axelle, elle n'avait pas voulu le joindre en pleine nuit, après le départ de Mathieu.

La secrétaire lui répondit que maître Carantec était en rendez-vous. Déçue, Valérie alla boire un café avec Caroline à qui elle fit le récit de son épouvantable journée. Roussel vint se joindre à elles quelques minutes plus tard et elle dut recommencer. Il se récria, lui suggéra aussitôt de prendre sa matinée, ce qu'elle refusa. Il y avait toujours beaucoup de travail le lundi, aussi préféra-t-elle s'y attaquer sans attendre.

À plusieurs reprises, elle rappela l'étude où elle obtint la même réponse. Agacée, elle s'aperçut qu'elle mourait d'envie de se confier à Ludovic, d'entendre sa voix. Mais il était aussi occupé qu'elle, apparemment.

Jusqu'à l'heure du déjeuner, elle fut très accaparée par l'état critique d'un patient qui surmontait mal un récent pontage. Les chirurgiens avaient réussi leur opération mais le malade s'enfonçait inexorablement. Roussel eut une réflexion amère en déclarant :

— Encore un qui va mourir guéri !

La lutte opposant chirurgiens et cardiologues était aussi vive à Saint-Lazare que partout ailleurs. Roussel assurait que les nouvelles techniques rendaient certaines interventions superflues, voire indésirables. Et il enrageait chaque fois qu'on lui envoyait ce qu'il appelait un « sursitaire ».

— Ils s'en lavent les mains, ils ont réussi à réparer la tuyauterie ! Les chirurgiens sont devenus des plombiers ! Pour eux, tout est en ordre, on me fait redescendre le rescapé et c'est ici qu'il fait l'arrêt cardiaque, dans mon service ! J'ai des décès, mais pas eux ! Ah, bon sang, qu'ils mettent des bagues, des ombrelles, n'importe quoi mais qu'ils arrêtent de découper les artères en rondelles, personne ne peut y résister !

Toute la matinée, il ronchonna. Mais ils parvinrent à maintenir leur malade en vie. Dès qu'elle put souffler un peu, Valérie se précipita à Charles-Nicolle. Devant l'entrée de la réa, elle croisa Mathieu qui s'en allait.

— Il va de mieux en mieux ! Sans sa jambe plâtrée, il sauterait sur son lit !

Elle lui sourit, chassant les souvenirs de la nuit précédente. Il était inutile d'en vouloir à son mari, rien ne le ferait plus changer à cinquante ans.

— Ta mère est près de lui, j'ai préféré lui abandonner le terrain.

Bien qu'étant sans illusion sur les sentiments que Mathieu portait à ses parents, la réflexion la blessa.

— Heureusement qu'ils sont là, tu sais !

— Sans doute, puisque tu n'es plus en mesure de t'occuper des enfants... Tu es très prise, entre la clinique et ton perroquet, il ne doit pas rester grand-chose pour eux !

— Dès que tu as quelque chose à te reprocher, c'est fou comme tu deviens agressif ! riposta-t-elle d'une voix cinglante qui résonna dans le hall.

Il regarda autour de lui, exaspéré à l'idée de se donner en spectacle. Ce qui lui fit découvrir Céline, debout près du kiosque à journaux, qui l'attendait sans oser s'approcher, l'air boudeur. Valérie tourna la tête vers la jeune fille.

— C'est la nouvelle ? J'ai toujours un train de retard, j'en étais restée à l'autre...

D'un geste décidé, elle poussa les portes battantes et abandonna Mathieu sans regret.

Ludovic n'avait pas eu le courage de rentrer chez lui, la veille. Il avait erré un long moment puis il avait eu besoin d'alcool et il était allé à La Bohème, une des rares boîtes de nuit ouvertes un dimanche soir, où tous les commerçants de la ville se pressaient. Mais le bruit lui avait vite semblé insupportable et, finalement, il s'était réfugié à l'étude. Un peu avant l'aube, il avait dormi une heure sur le canapé de son bureau. Le réveil, pénible, lui avait rendu sa douleur intacte.

Il avait utilisé le rasoir qu'il laissait toujours dans le cabinet de toilette puis il avait patienté jusqu'à l'arrivée de sa secrétaire et l'avait envoyée acheter une chemise en bredouillant des explications incompréhensibles. Ensuite, il avait appelé Axelle pour la sortir du lit. Tout ensommeillée, elle n'avait mentionné aucun message pour lui, ce qui ne l'avait pas surpris. Après lui avoir souhaité une bonne journée, il avait raccroché et avait considéré longuement, d'un air haineux, le téléphone.

Encore sous le coup de l'émotion, il avait du mal à réaliser que tous ses espoirs, ses projets et ses rêves s'étaient effondrés. En enfilant la chemise, trop grande, que la secrétaire lui avait rapportée, il avait donné des ordres pour qu'on ne lui passe aucune communication, même urgente. Dans le courant de la matinée, il avait reçu des clients et rempli mécaniquement des dossiers.

Comme chaque lundi, Hubert et Charles vinrent le retrouver peu après treize heures. La fidèle secrétaire les avait avertis discrètement que quelque chose semblait perturber Ludovic, aussi ne firent-ils aucun commentaire sur sa mine ravagée. Ils le traînèrent dans leur bistrot habituel sans poser de question ni même essayer de le faire participer à la conversation. Charles veilla seulement à ce que les verres soient toujours pleins.

La neige avait commencé à fondre par endroits, couvrant les trottoirs d'une informe gadoue jaunâtre. Il faisait moins froid mais le ciel restait d'un gris sinistre. De retour à l'étude, Hubert accompagna Ludovic jusqu'à son bureau et referma la porte sur eux. Prudent, il demanda ce qui n'allait pas mais n'obtint aucune réponse. Debout devant la fenêtre, Ludovic lui tournait le dos.

— Tu as des ennuis ? insista Hubert.

— Non... Rien qu'une banale histoire de cœur qui tourne mal...

Sa voix s'était cassée sur les derniers mots et Hubert, compatissant, ne l'interrogea pas davantage. Après quelques instants de silence, il le laissa seul. C'était la première fois qu'il voyait Ludovic aussi perturbé. En général, s'il avait une petite déception sentimentale, il était le premier à en plaisanter. Cette fois-ci, il avait l'air vraiment atteint. Hubert se promit de le surveiller dans les jours à venir. Ludovic était un associé trop précieux pour le laisser faire des bêtises. Or il avait exactement la tête de quelqu'un qui ne sait plus ce qu'il signe ni ce qu'il dit. Et il fallait au moins l'empêcher d'aller plaider dans cet état-là.

Valérie se débrouilla pour quitter Saint-Lazare assez tôt dans l'après-midi. Elle se rendit une nouvelle fois à Charles-Nicolle, câlina son fils un moment puis rentra chez ses parents s'occuper de Camille. Suzy n'avait pas voulu la conduire à l'école et la petite fille avait profité de sa journée de liberté pour jouer à la marchande dans le magasin d'Augustin. Il affirma qu'elle l'avait aidé à vendre une édition rare à une vieille dame indécise, qui avait été conquise par l'enfant.

Comme elle se languissait déjà de son frère, Valérie dut lui promettre qu'elle l'emmènerait à l'hôpital dès que Jérémie aurait changé de service. Pour la distraire, et aussi pour soulager Suzy qui n'avait pas eu le temps de faire des courses, Valérie proposa de dîner à la pizzeria. Auparavant, elle prit son père à part et exigea de l'ausculter. Elle avait pensé à prendre un stéthoscope car elle n'avait pas oublié son inquiétude lorsqu'elle l'avait aperçu, la veille, à travers la vitrine. Longuement, elle écouta son rythme cardiaque sans rien déceler d'alarmant. Elle s'assura qu'il suivait bien le traitement prescrit par Roussel, lui recommanda de marcher lentement lorsqu'il se promenait avec Atome.

— Je suis bien content que tu te fasses du souci pour moi ! dit-il en reboutonnant sa veste. Parce que, ça y est, je t'ai enfin vue avec ce truc-là sur les oreilles, mon petit docteur !

Ils décidèrent d'aller dîner tôt et, juste avant de partir, elle téléphona chez Ludovic. Ce fut Axelle qui lui répondit, d'une voix revêche. Son père n'était pas là et elle n'avait aucune idée de l'heure à laquelle il rentrerait. Perplexe, Valérie essaya à l'étude mais elle n'obtint que le répondeur. Elle hésita un peu, se demandant s'il fallait laisser un message, puis elle raccrocha sans avoir dit un mot. Un peu troublée, elle essaya de se souvenir de leurs dernières conversations. Avait-il mentionné un dîner, un rendez-vous ? Elle se reprocha de n'avoir pas prêté assez attention à ce qu'il disait. L'accident de Jérémie lui avait fait oublier tout le reste.

Emmitouflée dans sa doudoune, Camille la tirait par la manche.

— On t'attend, maman ! J'ai faim !

Valérie se pencha vers sa fille et la souleva dans ses bras. En l'embrassant, tous ses soucis s'envolèrent.

Quand Ludovic arriva chez lui, il trouva Axelle en train de mettre le couvert dans la salle à manger. Comme ils utilisaient rarement cette pièce, préférant la cuisine, il supposa qu'elle avait invité des copains.

— Des copines ! On se fait un dîner de filles, pour une fois ! Tu seras le seul homme de la table, tu te rends compte ?

Trouvant l'idée de cette soirée insupportable, il refusa de troubler leur réunion mais Axelle se mit en colère.

— Tu peux bien faire un effort, pour une fois ! Tu n'es jamais là.

Habile, elle changea brusquement de tactique et vint le prendre par le cou.

— Papa, s'il te plaît... Elles se font une joie, et moi aussi... Je me suis donné un mal fou pour préparer un menu de gala... Tu pourras aller te coucher juste après le dessert si tu es fatigué...

Il dut s'incliner, n'ayant pas le courage de se disputer avec elle. Il imaginait très bien à quoi pouvaient ressembler les amies d'Axelle. De jolies jeunes filles éthérées, discutant d'art avec aplomb et refaisant le monde à leur manière. Avec un soupir, il quitta la salle à manger pour aller se doucher. Il se sentait sale, fatigué, vieux.

Malgré une douche brûlante, puis glacée, il ne récupéra aucun entrain et dut se forcer à se rhabiller. En descendant dans sa chambre, il s'arrêta près du téléphone. Autant avoir une explication, même désagréable. Inutile de laisser Valérie harceler la secrétaire. Une rupture nette serait peut-être moins pénible à supporter.

Il composa pourtant le numéro d'une main hésitante, le cœur battant, persuadé qu'il n'arriverait pas à prononcer une syllabe. Mais, comme la veille, la sonnerie retentit une douzaine de fois dans le vide.

Il raccrocha avec une telle violence qu'il fit tomber une petite lampe d'opaline. Est-ce qu'elle avait quitté son appartement ? Était-il concevable qu'elle soit retournée à Mont-Saint-Aignan après s'être réconciliée avec son mari ?

Alors qu'il était prêt à rompre, quelques instants plus tôt, qu'il s'était armé de courage pour l'affronter, il se sentait soudain parfaitement ridicule. Elle avait dû rejoindre sa petite vie de famille, sans même se donner la peine de l'avertir. C'est dire s'il existait peu et s'il avait peu compté !

Il se jeta sur l'annuaire, le feuilleta fébrilement. Mathieu Keller n'y figurait pas, sûrement sur liste rouge, mais en revanche il trouva Augustin Prieur. Sans réfléchir, il fit le numéro mais là aussi sans succès.

Peu à peu, la rage céda la place à la lassitude. Ainsi ils avaient tous disparu, elle, ses enfants, ses parents. Les bouchons de champagne devaient sauter dans la villa de Mathieu. Une maison qu'elle prétendait ne pas aimer ! Un mari dont elle avait dit pis que pendre ! Et lui, lamentable devant son téléphone, prêt à tout et bon à rien.

— Parfait... Eh bien, c'est fini pour aujourd'hui, on ferme !

D'un geste sec, il débrancha la prise puis ouvrit la porte de sa chambre à la volée pour aller mettre hors service les deux autres postes. Dans la cuisine, Axelle était en pleine discussion avec trois filles qui venaient d'arriver et qui avaient encore leur manteau à la main.

— Il y a un problème ? demanda Axelle en voyant son père se battre avec le fil.

— Aucun ! Je veux juste passer une soirée tranquille. Tu n'attends pas d'appel urgent ?

Elle trouva qu'il avait une tête de déterré mais elle se contenta de faire les présentations. Aimables, souriantes, les jeunes filles jugèrent aussitôt que Ludovic, avec son air désespéré, était irrésistible.

Valérie avait décidé de rester chez ses parents. Dans son lit de jeune fille, elle avait fait une place pour Camille qui dormait pelotonnée contre elle. Minuit avait sonné depuis longtemps à tous les clochers de la ville mais elle ne trouvait pas le sommeil. Le silence de Ludovic lui était devenu insupportable. Elle n'y comprenait rien. Ils avaient pris l'habitude de se parler longuement, le soir, et elle se sentait frustrée. Bien sûr, il pouvait avoir eu une obligation ou un empêchement. Peut-être dînait-il quelque part avec sa fille. Ou bien il était parti plaider à Paris, ce qui lui arrivait parfois, et n'avait pas pu rentrer. Mais, dans ce cas, il l'aurait prévenue en appelant la clinique. Non, décidément, elle était inquiète.

Depuis deux jours, elle avait vécu tant de choses, subi tant d'émotions contradictoires qu'elle n'avait pas vraiment eu le temps de penser à lui pour de bon. C'était Jérémie qui avait occupé toutes ses pensées. Même la scène pénible avec Mathieu n'avait pas réussi à la distraire de son angoisse.

Se retournant avec précaution, pour ne pas déranger

Camille, elle poussa un long soupir. Est-ce que son avenir passait de nouveau par un homme ? Était-elle en mesure de s'engager ? Paradoxalement, elle en avait envie mais elle ne se sentait pas prête. Son appartement, son poste à Saint-Lazare, ses soirées de mère célibataire, tout ça était provisoire mais très agréable.

Dans le silence de la nuit, elle entendit son père tousser. C'était merveilleux de pouvoir se réfugier ici. Mais c'était peut-être aussi le signe qu'elle ne se suffisait pas à elle-même, qu'elle avait besoin d'être entourée, rassurée. Tous les hommes n'étaient pas d'odieux empêcheurs d'exister comme Mathieu. Elle repensa à leur affrontement, dans la cuisine, à ses gestes de propriétaire. Jamais Ludovic ne pourrait se comporter ainsi, même ivre mort. Ses mains à lui étaient douces. Et puis, il savait écouter, il comprenait entre les mots.

« Tu es en train de lui trouver toutes les qualités, ma parole... »

Avec un petit sourire amusé, elle ferma les yeux. Camille s'agita un peu sur l'oreiller et Valérie sentit l'odeur de son shampoing à la pomme verte. Elle remonta la couette, embrassa doucement la joue de sa fille. Elle décida qu'elle appellerait Ludovic à sept heures et demie le lendemain matin. Elle était sûre, au moins, de le trouver. Tant pis si Axelle n'était pas contente. En attendant, il fallait dormir. Elle avait trop de responsabilités pour se permettre des nuits blanches.

Juste avant de glisser dans le sommeil, elle songea qu'il restait peu de temps avant Noël et qu'elle n'avait encore rien prévu.

Axelle avait offert l'hospitalité à ses amies pour la nuit, tout le monde ayant un peu trop bu. Réfugié dans sa chambre, Ludovic les avait vaguement entendues rire et chanter. Quand la maison avait enfin retrouvé son calme, il était toujours assis à son bureau. Le dîner avait été plutôt gai mais lui s'était senti terriblement absent, malgré les efforts des jeunes filles pour le faire participer à la conversation. Il ne pouvait pas chasser de son esprit l'image de Valérie dans les bras de Mathieu.

Il changea de position, décroisa les jambes et s'aperçut qu'il était tout ankylosé d'être resté si longtemps immobile. Son regard se posa sur les piles de dossiers. Il n'était pas en état de travailler, il ne comprenait rien à ce qu'il lisait, comme si les questions de droit les plus simples lui étaient devenues hermétiques. Depuis combien de temps n'avait-il pas pris de vacances ? Il avait passé la plupart de ses loisirs à bricoler, aménageant telle ou telle pièce, redessinant les massifs de fleurs, courant les brocanteurs. Depuis qu'Axelle vivait avec lui, il évitait autant que possible de la laisser seule. Et quand elle s'absentait, elle le lui annonçait toujours au dernier moment, ne lui permettant pas de s'organiser. Avant de quitter l'étude aujourd'hui, Charles lui avait suggéré de se reposer, de décrocher un peu.

En repensant à l'air compatissant de ses deux associés, il se sentit exaspéré. Il n'avait pas besoin qu'on le plaigne ni qu'on le ménage. Il n'était pas malade et, jusqu'ici, il avait plutôt donné l'image d'un battant. Seulement voilà, autant regarder la vérité en face, la déception infligée par Valérie le démolissait complètement. Il n'allait pas s'en relever de sitôt, surtout s'il restait assis comme un imbécile, sans pouvoir ni travailler ni dormir.

Avant même d'en avoir conscience, il avait pris sa décision. Il se leva, alla jusqu'à une armoire d'acajou qu'il avait patiemment restaurée lui-même quelques mois plus tôt, attrapa un sac de voyage et y fourra quelques vêtements. Puis il monta dans la salle de bains pour ramasser ses affaires de toilette. Après une hésitation, il se déshabilla, se doucha pour la deuxième fois de la soirée. Dès qu'il eut enfilé des vêtements chauds et confortables, les cheveux encore mouillés, il descendit achever ses préparatifs. Il écrivit deux lettres debout, appuyé sur la tablette de la cheminée. L'une destinée à Axelle et l'autre à Hubert. Ouvrant le tiroir du secrétaire, il saisit sa carte bancaire et son chéquier, laissant tout l'argent liquide pour sa fille.

Dans la cuisine, il déposa la feuille bien en évidence et rebrancha le téléphone. Enfin il sortit, prenant soin de verrouiller la porte derrière lui. La nuit était assez claire mais il faisait très froid. Il dut attendre d'avoir dégivré pour démarrer. Sans se presser, il prit la route de Rouen. Il voulait d'abord déposer l'enveloppe adressée à Hubert, afin que celui-ci la trouve en arrivant. Il avait beau être malheureux, il n'était pas inconséquent. Ses dossiers et ses clients devaient être pris en charge.

Après avoir quitté la ville, il s'engagea sur l'autoroute de l'Ouest. Il roula assez vite pendant une centaine de kilomètres puis il s'arrêta à une station-service. Il fit le plein d'essence, ajouta de l'antigel dans le lave-glace. Dans la petite boutique surchauffée, il but un café et acheta des bonbons. La caissière lui rendit sa monnaie avec un sourire fatigué. La nuit devait être longue, sur cette aire de repos où seuls quelques routiers faisaient halte.

Lorsqu'il remonta dans son coupé, il avait le moral à zéro. À Caen, il quitta l'autoroute pour la nationale. La circulation était quasiment nulle et il essaya de s'amuser en conduisant mais le cœur n'y était pas. Il s'était mis à pleuvoir, et avec les brusques rafales de vent, il valait mieux rester prudent. Surtout dans l'état de fatigue où il se trouvait. Il avait très peu dormi en trois jours. Une heure sur le canapé de son bureau à l'aube du lundi et, avant ça, eh bien, il fallait remonter jusqu'à ce moulin où il avait partagé avec Valérie plus de veille que de sommeil.

— Oh, Valérie... murmura-t-il entre ses dents.

Ses mains s'étaient crispées sur le volant et le halo de ses propres phares devint flou. Il dut s'arrêter sur le bas-côté. Il sentit une goutte qui venait de tomber sur son genou. Incrédule, il essuya sa joue d'un revers de main rageur. La dernière fois qu'il avait pleuré, c'était à l'enterrement de ses parents, vingt ans plus tôt. Il s'appuya au dossier, mit la tête en arrière et ferma les yeux. Perdre la femme qu'il aimait était déjà une épreuve insurmontable mais, dans ces conditions, c'était pire que tout. Elle avait fait preuve d'un cynisme ahurissant. Peut-être, après tout, s'était-elle servi de leurs week-ends d'amoureux pour rendre son mari jaloux et lui donner une leçon. Ensuite, elle avait pardonné, était rentrée bien sagement au bercail. Dans cette histoire, elle avait gagné le droit de travailler, ce que Mathieu ne contesterait plus, trop heureux de la récupérer.

Comment avait-il pu se tromper à ce point ? Il l'avait tenue dans ses bras. Il l'avait vue s'abandonner, il l'avait entendue rire, il avait cru la deviner. Il avait pensé au mariage, avait échafaudé des projets d'avenir, avait même décidé en secret quelles chambres occuperaient les enfants !

Le comble du grotesque. Dieu merci, à la conciliation prévue chez le juge, c'est ce pauvre Hubert qui se couvrirait de ridicule, pas lui. Mais ce n'était pas en pleurant comme un petit garçon abandonné au bord du chemin que la situation s'améliorerait. Il prit un Kleenex dans la boîte à gants, se moucha puis entrouvrit la vitre pour respirer un peu d'air glacé. Il lui restait une quarantaine de kilomètres avant Avranches. Ensuite, la route était excellente jusqu'à Pontorson. Là, il pourrait s'accorder un nouvel arrêt. Le coupé quitta le bord du fossé pour reprendre la nationale. Ludovic se contraignit à conduire doucement pendant un moment puis, lorsqu'il se sentit moins mal, il accéléra.

Ce fut finalement à Dol-de-Bretagne qu'il retrouva son énergie et il décida de pousser jusqu'à Dinan. Il dénicha un café ouvert et resta au comptoir où il dévora un sandwich de pain rassis. Il était sans doute encore trop tôt pour les boulangers. À partir d'ici, il était chez lui. Il connaissait chaque village et il avait des souvenirs partout.

Il abandonna la nationale pour une départementale et prit la direction de Plancoët. La mer n'était plus très loin à présent. Il ne la verrait pas car il faisait encore nuit mais il la devinerait. Malgré lui, il s'était mis à conduire plus vite, gagné par une sourde excitation. Lors de ses précédents voyages, c'était Axelle qu'il venait voir. Mais, au-delà du plaisir qu'il avait à retrouver sa fille, il replongeait toujours dans ses racines et son passé avec un plaisir intense. Aujourd'hui, Axelle était devenue une femme et Ludovic n'était là que pour chercher l'apaisement.

Par habitude, il se gara à la pointe de Pléneuf. Il prit son blouson fourré sur le siège passager et enfila ses gants. Lorsqu'il descendit du coupé, il huma longuement l'air marin avant de s'engager sur le chemin des Douaniers. Il marcha pendant une demi-heure, à pas lents sur la corniche, jusqu'à la plage des Vallées. Les bruits du ressac lui signalaient la marée haute mais il ne distinguait pas encore grand-chose. Peu importait, il aurait pu avancer les yeux fermés. Il avait arpenté ce lieu des milliers de fois lorsqu'il était enfant. Il finit par s'asseoir pour écouter l'océan. Avec du temps et un peu de chance, il pourrait guérir ici, à défaut d'oublier.

Quand les premières lueurs de l'aube pâlirent l'horizon à l'est, il était transi. Pour se réchauffer, il s'obligea à regagner sa voiture en courant. Il brancha aussitôt le chauffage et se remit en route. Après avoir dépassé le corps de garde, il roula doucement pour profiter de la vue qui se dégageait sur la baie de Saint-Brieuc. Puis il se laissa descendre jusqu'à Dahouët, le petit port où habitait Nathalie.

La soif avait tiré Axelle de son lit, un peu avant sept heures. Enveloppée dans son peignoir, elle gagna la cuisine d'une démarche ensommeillée. Debout devant le réfrigérateur, elle but à longs traits du jus d'orange. Elle n'alluma qu'après s'être désaltérée. La feuille, sur la table, attira aussitôt son attention et elle eut une bouffée d'angoisse en reconnaissant l'écriture de son père.

Ma grande fille, j'ai vraiment besoin de vacances, je ne suis pas très en forme, comme tu l'as sans doute constaté. Ayant connu une amère déception avec qui tu sais – oui, oui, tu avais raison –, quelques jours de Bretagne me feront le plus grand bien. J'ai prévenu l'étude. Invite donc tes copines à rester un peu, je n'aime pas te savoir seule. Si tu préfères un copain, choisis-le avec soin, je te parle d'expérience ! Tu trouveras de l'argent dans le tiroir de mon secrétaire. N'oublie pas de fermer à clef. Je t'aime tendrement. Papa.

Abasourdie, elle relut trois fois la lettre. En Bretagne ? Alors il était allé tout droit chez sa mère, bien sûr. Fallait-il l'appeler pour la prévenir ? À quelle heure était-il parti ? Nathalie l'accueillerait à bras ouverts et saurait le consoler, elle n'en doutait pas. Puisqu'il se réfugiait là-bas, tous les espoirs étaient permis. D'un coup d'œil, elle vérifia la prise du téléphone et composa le numéro de sa mère, qu'elle réveilla. Elle l'avertit en quelques mots et abrégea la conversation pour lui laisser le temps de se préparer. Si seulement ils pouvaient se retrouver, tous les deux ! La veille, durant le dîner, elle avait été agacée par la distraction de son père mais, dès qu'il s'était retiré, les autres n'avaient pas tari d'éloges. Elles étaient prêtes à essayer de le séduire, si Axelle donnait son accord. Pour des filles de leur génération, il représentait le comble de la séduction. Après avoir beaucoup ri, Axelle s'était quand même sentie flattée. C'était vrai qu'il était beau et plein de charme, mais, comme elle le connaissait mieux que les autres, elle avait pu constater qu'il était profondément perturbé.

« Maman va s'occuper de lui... »

C'était la meilleure chose qui puisse arriver. Comme elle avait eu raison de détester cette Valérie Prieur dès qu'elle l'avait vue ! Et aussi de passer sous silence son appel de la veille. C'était un réel oubli mais ça tombait très bien. Qu'est-ce que cette bonne femme avait pu faire à son père pour le rendre aussi triste, pour le faire fuir jusqu'en Bretagne en pleine nuit ?

Complètement réveillée, très en forme, la jeune fille commença de préparer le petit déjeuner en chantonnant. L'été précédent, elle avait connu sa première rupture et son père lui avait répété que les chagrins d'amour étaient éphémères. Il avait tout fait pour la distraire, à ce moment-là, et ils étaient beaucoup sortis ensemble.

« C'est un type merveilleux, je l'adore... »

Nathalie devait faire du café elle aussi, en ce moment, et les imaginer tous deux dans la petite maison de Dahouët avait quelque chose de très émouvant.

La sonnerie du téléphone la fit sursauter et elle faillit se brûler avec la bouilloire. En reconnaissant la voix de Valérie, elle fut envahie d'une sourde jubilation. D'un ton sec, elle répondit que son père n'était pas là, sans ajouter aucune précision. Quand cette garce rappellerait, il serait toujours temps de lui annoncer qu'il était en voyage.

— Entre...

Nathalie regardait Ludovic avec une évidente tendresse.

— Tu étais réveillée ? demanda-t-il en escaladant les marches.

— Je viens d'avoir Axelle.

Il ferma soigneusement la porte et la suivit jusqu'à la cuisine.

— J'étais en train de te concocter un petit déjeuner. J'aurais été déçue si tu n'étais pas venu !

Elle se remit à rire et le poussa vers le banc.

— Tu verrais ta tête...

Gentiment, elle déposa devant lui une assiette, du beurre salé, un plat de crêpes et des petits pains qu'elle avait réchauffés. Ensuite, elle lui servit un bol de café.

— Tu le prends comme ça, sans sucre ni lait ?

Elle le dévisageait, heureuse qu'il soit là. Il lui rendit son regard et finit par sourire. Très brune, elle avait le teint pâle et des yeux dorés.

— Tu parais en forme... murmura-t-il.

— Plus que toi, oui, sûrement !

Il y eut un bruit léger, au-dessus de leurs têtes.

— Je ne suis pas seule, Yann est là.

— Je serai content de le voir.

Posant sa main sur celle de Nathalie, il demanda gravement :

– Tu vas bien, toi ?

— Oui.

Ils échangèrent une grimace complice qui était comme un code entre eux puis attaquèrent leur petit déjeuner.

— Axelle doit être persuadée que je vais te tomber dans les bras et que nous nous remarierons cette semaine ! De ce point de vue-là, elle ne grandit pas.

— Si tu n'avais pas pris la mauvaise habitude de tout lui cacher...

Au moment où il reposait son bol, il reçut une grande bourrade dans le dos.

— Salut, toi !

Yann se tenait debout derrière lui, un peu embarrassé. Ludovic se tourna à moitié et lui tendit la main en souriant.

Il le connaissait depuis quarante ans. Grand, baraqué, le Breton le toisait. Ils avaient été de vrais amis à une certaine époque mais ils n'étaient plus certains, ni l'un ni l'autre, que ce soit toujours le cas.

Dans son pull marin, les traits burinés et le regard clair, Yann hésitait encore lorsque Ludovic lui fit une place sur le banc.

— Tu arrives de ta Normandie ? Et tu es là pour longtemps ?

— Quelques jours.

Nathalie les observait, amusée malgré elle. Yann était timide, maladroit, gentil et très amoureux d'elle. Depuis qu'Axelle n'habitait plus la maison, il y vivait la plupart du temps. Mais il serait prêt à s'effacer, une fois de plus, si elle le lui demandait.

— Je vais prendre une chambre à l'hôtel, annonça Ludovic.

— Sûrement pas, protesta Nathalie. Tu peux t'installer dans mon atelier, tu seras tranquille.

Attenant à la maison, un petit corps de bâtiment avait été aménagé quelques années plus tôt, lorsqu'elle avait décidé de peindre pour de bon. Il était constitué d'une vaste pièce tout en longueur, très lumineuse grâce aux ouvertures supplémentaires pratiquées dans le mur de granit, sur la façade nord. Un petit cabinet de toilette y avait même été installé.

Ludovic jeta un coup d'œil vers Yann. Celui-ci passait presque toutes ses journées sur son bateau et, quel que soit l'état de la mer, il quittait le port chaque matin. Sans doute serait-il inquiet de savoir Nathalie et Ludovic en tête à tête.

— Non, tu es gentille mais je...

— Reste ! décida Yann en le regardant droit dans les yeux.

Il n'y avait rien d'autre à ajouter. Ils se connaissaient trop, tous les trois, pour douter de la parole des autres. Ils avaient appartenu à la même bande de copains, dans leur enfance, et ne s'étaient jamais fâchés ouvertement depuis. Même lorsque Ludovic avait commencé à sortir avec Nathalie, Yann s'était incliné. Il n'était pas venu au mariage, cependant. Ayant devancé l'appel, il effectuait alors son service militaire. Il avait souffert en silence mais sans manifester de rancune. En vrai marin, il s'était consolé avec son voilier. Lorsque Nathalie était revenue à Dahouët et avait rouvert la petite maison pour s'y installer avec sa fille, Yann s'était contenté d'observer la situation de loin. Il avait patienté toute une année encore avant de se décider à inviter Nathalie à déjeuner. Peu à peu, elle lui avait raconté ses déboires. L'échec de son mariage et aussi une aventure lamentable dans laquelle elle s'était finalement jetée pour oublier Ludovic. Yann avait écouté en silence. Ensuite, il avait pris l'habitude de passer la voir, de préférence à l'heure où Axelle était en classe, lui rendant des tas de services, l'emmenant faire un tour en bateau à l'occasion. Il avait encore attendu quelques mois avant de lui avouer qu'il l'aimait depuis toujours, depuis l'époque où elle portait des nattes et des socquettes. Très discrètement, ils étaient devenus amants. Les week-ends où Ludovic venait voir Axelle, Yann partait en mer et ne rentrait pas pendant trois jours. Quand enfin Nathalie lui avait annoncé que sa fille allait vivre chez son père, il s'était saoulé pour la première fois de sa vie.

L'arrivée intempestive de Ludovic, ce matin-là, avait donc de quoi le surprendre et l'agacer. Mais il avait une telle confiance en Nathalie qu'il ne pouvait même pas imaginer la contrarier. Si elle proposait d'héberger son ancien mari, c'est qu'elle avait ses raisons.

— Tu seras très bien dans l'atelier, je vais monter le chauffage avant de partir.

Il adressa un grand sourire à Nathalie et quitta la cuisine. Ils le virent longer la fenêtre, équipé de son ciré et de ses bottes.

— Il passe toujours sa vie à bord ? demanda Ludovic.

— Oui ! Tu le connais... Il a trois pêcheurs qui travaillent pour lui mais il ne peut pas s'empêcher d'y aller, un jour sur deux.

— Et l'autre ?

— Consacré au *Nat*, son voilier. Il le bichonne comme un pur-sang.

— Qu'il a baptisé *Nat* ?

Pour la première fois en quarante-huit heures, Ludovic éclata de rire.

— Quand te décideras-tu à l'épouser ?

— Il ne me l'a pas demandé.

— À cause d'Axelle ? Mais c'est de la folie !

— Attends, attends... Le jour où Axelle se sera entichée de quelqu'un pour de bon, elle comprendra mieux... Et puis, il n'y a pas que ça. Je suis peintre, j'ai la galerie à Saint-Brieuc, j'étais la femme d'un avocat. C'est beaucoup pour un pêcheur. Tu saisis ?

— Un pêcheur rentier, oui !

— Ne crois pas ça. Il se donne du mal et les choses sont devenues difficiles. Mais le problème n'est pas là. Il n'a pas fait d'études, ça le complexe. Quant à la galerie, c'est toi qui m'as prêté de l'argent. Tant que je ne t'aurai pas remboursé, il n'y mettra pas les pieds.

— Très bien, dit Ludovic en quittant le banc, je vais lui parler !

— Ne fais donc pas l'idiot, répondit-elle d'une voix posée. Tu devrais plutôt aller dormir un peu.

Elle le précéda dans le vestibule, ouvrit un placard et prit des draps, une couverture, des serviettes de toilette. Il lui ôta la pile des mains, lui adressant un clin d'œil.

— Je connais le chemin. Ne sors pas, il fait froid.

Il courut jusqu'à la porte de l'atelier, soulagé que Nathalie ait eu la délicatesse de ne poser aucune question. Il découvrit Yann penché sur le radiateur, une pince à la main. Après avoir déposé le linge sur le divan, il s'approcha et l'entendit bougonner.

— Il chauffe très vite, il fera bon d'ici dix minutes. Allez, je me sauve...

Ludovic l'arrêta en l'attrapant par la manche du ciré.

— Tu m'emmèneras faire un tour, demain ?

— Si tu veux, répondit le Breton d'un air indifférent.

Ils échangèrent un long regard et, quand Yann reprit la parole, Ludovic eut la nette impression qu'il allait dire quelque chose d'important.

— Je n'y connais rien mais toi, qu'est-ce que tu en penses, sincèrement ? C'est beau, non ?

Il désignait les aquarelles de Nathalie disposées un peu partout dans l'atelier. Ludovic alla les examiner de plus près, commençant par le mur du fond. Yann restait immobile derrière lui, planté au milieu de la grande pièce. Après un arrêt de plusieurs minutes devant une série d'esquisses du cap, Ludovic se retourna.

— Elle a vraiment du talent et elle a fait des progrès incroyables. J'espère qu'elle réussira, elle le mérite.

— Ah... Bien, très bien... Je suis content de ce que tu dis...

Il avait l'air sincèrement ravi. Il hocha la tête une ou deux fois puis quitta l'atelier sans rien ajouter. Une fois seul, Ludovic se sentit un peu désemparé. Il baissa les stores des quatre fenêtres et se retrouva dans la pénombre. La fatigue s'abattit sur lui pendant qu'il arrangeait les draps. Peut-être parviendrait-il enfin à s'endormir, malgré tout. Il enleva ses chaussures, s'étendit sur le divan et s'enveloppa dans l'épaisse couverture. Mais, dès qu'il eut fermé les yeux, le visage de celle qu'il ne parvenait pas à oublier s'imposa à lui.

15

Avec d'autres étudiants hospitaliers, Céline avait dû assister à une transplantation cardiaque qui lui avait semblé interminable. Étouffant sous son masque, elle avait passé des heures à danser d'un pied sur l'autre. Et l'idée de dîner le soir même avec Mathieu ne l'amusait qu'à moitié. Il choisissait toujours des restaurants compassés qu'elle n'était pas assez gastronome pour apprécier. Fidèle à la conduite qu'elle s'était tracée, la jeune fille le faisait souvent languir d'un jour sur l'autre, se décommandait parfois à la dernière minute ou bien refusait de terminer la soirée à Mont-Saint-Aignan.

Depuis une semaine, Mathieu avait été l'objet d'attentions particulières car tout le service était au courant de l'accident de son fils. Et les infirmières l'avaient encore plus choyé que d'habitude. Il fallait que Céline soit vigilante et ne laisse personne prendre sa place. Elle sentait très bien les regards haineux de celles qui auraient voulu séduire le patron, et elles étaient nombreuses ! Mais la plus redoutable, c'était quand même celle entrevue dans le hall : son ex-femme. En un seul coup d'œil, Céline avait mesuré Valérie. Grande, mince, des yeux extraordinaires et beaucoup d'allure. Une rivale de taille, et surtout la mère des enfants. D'ailleurs, chaque fois qu'il parlait d'elle, Mathieu avait une drôle d'expression nostalgique.

Le bruit des instruments la ramena à la réalité du bloc opératoire. La greffe était en train de s'achever. De toutes les précisions données par le chef de clinique avant de pénétrer dans la salle, Céline avait surtout retenu le prix élevé de l'intervention. Mais un cœur neuf n'avait sans doute pas de prix.

Elle jeta un coup d'œil à sa voisine qui ne perdait pas un seul geste des chirurgiens. Comment pouvait-on se passionner pour une telle boucherie ? Décidément, la médecine lui plaisait de moins en moins. L'échappatoire que représentait Mathieu Keller s'imposait chaque jour davantage. Il fallait qu'elle se fasse épouser, qu'elle ait un enfant avec lui, et elle serait tranquille pour le reste de ses jours. À condition de le surveiller, de l'empêcher de courir les filles. Tout de même, l'âge venant, il finirait bien par se calmer. Et elle lui donnerait tout ce dont il aurait besoin. Faire l'amour avec lui était loin d'être une corvée. Elle n'en était pas amoureuse pour autant mais, ça, il n'était pas obligé de le savoir. Au contraire. Elle lui poserait bientôt un ultimatum en lui jouant la grande scène des adieux. Ce serait un excellent moyen de connaître ses intentions.

Un étage plus bas, la surveillante annonçait à Mathieu :

— Un malade recommandé par le docteur Prieur, monsieur.

Le docteur Prieur ! Il n'en croyait pas ses oreilles ! Il parcourut la lettre qu'avait rédigée Valérie, puis posa des questions précises au patient tout en examinant le dossier. Il aurait aimé prendre sa femme en défaut mais le diagnostic paraissait indiscutable. Voyant que Gilles l'observait, il marmonna quelques mots à l'intention de la surveillante avant de quitter la chambre.

— Finis la visite, je vais voir Jérémie, déclara-t-il dès qu'ils furent dans le couloir.

Son fils semblait complètement remis mais on avait poussé très loin les tests pour être certain de n'avoir rien négligé. Un coma de quelques heures pouvait laisser des séquelles et presque tous les confrères de Mathieu avaient donné leur avis.

— Fais-lui une bise pour moi, recommanda Gilles. Il sort bientôt ?

— S'il s'appelait Dupont, il serait déjà dehors !

Mathieu patienta un instant devant les ascenseurs. Lorsque les portes s'ouvrirent, il s'écarta devant la personne qui en sortait. Ce ne fut qu'au moment où elle le frôla qu'il reconnut Laurence. Stupéfait, il la dévisagea tandis qu'elle soutenait son regard.

— Comment vas-tu ? parvint-il à demander d'un ton léger.

— Très bien !

Il n'en revenait pas de la voir là, aussi mignonne que dans son souvenir, arborant un petit air guilleret qu'il avait oublié. Persuadé qu'elle était à sa recherche, il lui proposa de descendre prendre un café. Elle accepta avec un drôle de sourire.

— Tu es en beauté ! déclara-t-il sincèrement en émergeant dans le hall.

Ils s'installèrent à une table de la cafétéria. Un peu gêné, Mathieu ne savait que dire. Il n'avait pas pensé à elle depuis longtemps. Jérémie, Valérie, ses obligations professionnelles et son divorce, sans parler des exigences de Céline, lui avaient fait oublier la malheureuse Laurence. Elle lui rappelait de bons et de mauvais moments. Le pire n'étant pas l'épisode de Tunis mais bien le jour où elle lui avait appris, par téléphone, que Valérie sortait de chez elle. Il se demanda pourquoi elle venait le relancer.

— Je n'ai pas beaucoup de temps, mais je suis content de t'avoir rencontrée... Ton travail, ça va ?

— Très bien.

— Tant mieux ! Et tu sais, tu n'as rien à regretter, ici c'est toujours l'enfer. On manque de personnel et les filles sont débordées. Pour le salaire qu'elles touchent, c'est honteux...

Il but son café trop chaud et esquissa une grimace. Il était partagé entre l'envie de fuir et celle de s'attarder. Elle l'avait aimé d'une manière émouvante et, surtout, elle lui avait donné beaucoup de plaisir. En plus, c'était un vrai régal pour les yeux, ronde et appétissante, au point qu'il éprouva soudain un vague regret. À tout hasard, il lui adressa un sourire auquel elle ne répondit pas. Elle restait distante et il supposa qu'elle lui en voulait toujours. Toutefois, il n'eut pas le loisir de s'interroger longtemps car elle se leva soudain, mettant fin à leur brève entrevue.

— Je ne m'ennuie pas mais je suis un peu pressée. Gilles doit m'attendre.

Elle n'espérait pas le rendre jaloux mais elle remarqua avec satisfaction sa stupeur.

— Gilles, tu sors avec Gilles ?

Il trouvait l'idée déplaisante, incongrue.

— Il est tellement gentil, dit Laurence d'une voix suave.

Puis elle fit ce qu'elle n'avait jamais osé faire lorsqu'ils étaient amants, elle l'embrassa sur la joue, en camarade.

— À un de ces jours, Mathieu ! Et sans rancune...

Il était loin le temps où il la faisait rougir d'un regard, où elle l'attendait comme le Messie ! Vexé, il abandonna la cafétéria. Il se souvint qu'il devait aller voir Jérémie. La rencontre avec Laurence l'avait mis de très mauvaise humeur. Tout de même, elle l'avait remplacé bien vite ! Et avec son propre chef de clinique !

« S'il veut se contenter des restes, cet abruti... »

C'était bien la première fois qu'une pareille mésaventure lui arrivait. Il essaya de penser à Céline et à l'endroit où il l'emmènerait dîner. Mais c'était une piètre consolation, la conversation de la jeune fille n'ayant rien d'exaltant. Il se promit qu'en tout cas elle passerait la nuit avec lui. Elle avait encore beaucoup de choses à apprendre dans ce domaine-là pour être une maîtresse aussi agréable que Laurence l'avait été. Ou d'autres ! Sans même parler de Valérie...

Il pressa le pas malgré lui, songeant qu'à cette heure-ci il trouverait peut-être sa femme au chevet de leur fils.

En fait, Valérie avait quitté Charles-Nicolle un quart d'heure plus tôt. Et elle était aussi troublée que Mathieu, même si elle avait pris soin de le dissimuler à Jérémie. Celui-ci était en pleine forme et ne tarderait pas à quitter l'hôpital. S'il ne lui inspirait plus la moindre crainte, le silence de Ludovic, en revanche, commençait à l'obséder. Elle essayait de le joindre dix fois par jour car, depuis l'accident de son fils, elle s'était acheté un téléphone portable qu'elle ne quittait plus. À l'étude, on prétendait qu'il était en voyage. Chez lui, Axelle était encore plus laconique et toujours aussi peu aimable. Que s'était-il donc passé ? Pourquoi cette soudaine absence ? Elle avait beau passer et repasser dans sa tête tous les détails dont elle parvenait à se souvenir, rien ne laissait prévoir un tel mutisme.

C'était surtout le soir que Ludovic lui manquait. Quand Camille était endormie et que le téléphone restait muet. Alors Valérie arpentait sa chambre en se torturant avec des questions sans réponses. Il était un peu tard, sans doute, pour s'apercevoir à quel point cet homme comptait pour elle. Ou, au contraire, elle avait eu raison de ne rien promettre puisqu'il ne voulait sans doute que passer un moment avec elle. Un petit moment de volupté qui n'engageait personne. Le genre de sport que Mathieu pratiquait lui aussi depuis bien des années.

Chaque fois qu'elle ouvrait sa boîte aux lettres, elle éprouvait une affreuse déception. Il ne lui avait pas écrit, même pas une simple carte postale par dérision, ce qui lui aurait donné le courage de tirer un trait sur leur histoire. Mais non, pas un signe de vie, le mépris le plus absolu.

À force de réfléchir, elle réalisait qu'elle ne savait pas grand-chose de lui. Elle avait eu confiance, d'emblée, dans l'image qu'il donnait de lui. Elle ne s'était pas demandé s'il s'agissait d'un masque, d'une tactique de séduction. Utilisait-il systématiquement ce romantisme fou qu'il avait manifesté avec elle ? Était-ce sa façon de faire des conquêtes ?

Elle ne voulait pas se confier à ses parents, jugeant qu'elle les avait beaucoup trop mis à contribution depuis quelques mois. Et puis, elle avait dépeint Ludovic comme un homme merveilleux, le contraire de Mathieu, et elle avait honte de s'être trompée à ce point-là. Fallait-il qu'elle soit aveugle et vulnérable pour tomber dans les bras du premier beau parleur venu !

Quand elle en avait assez de marcher d'un mur à l'autre, elle finissait par se coucher mais le sommeil la fuyait. Elle ruminait jusqu'à l'écœurement ses déceptions successives. Les trahisons de Mathieu, d'abord, puis Ludovic qui s'envolait en fumée. Quand elle n'en pouvait plus de se tourner et retourner dans son lit, elle rallumait sa lampe de chevet, ramassait une de ces revues de médecine qu'elle recevait depuis peu et s'obligeait à la lire jusqu'à la dernière ligne. Au moins son métier ne la décevrait jamais.

Elle en eut la confirmation un matin, de la manière la plus inattendue. Quand elle pénétra dans son bureau, elle eut la surprise d'y découvrir Carlier, son vieux copain, qui l'embrassa aussitôt avec effusion.

— J'ai été ton premier patient, rappela-t-il, j'espère que je ne serai pas le dernier !

Il l'examina des pieds à la tête avant de lui adresser un clin d'œil complice.

— Ma vieille, tu es superbe ! Comment va ton fils ?

— Tellement bien que je me suis mise à croire aux miracles !

Caroline passa la tête à la porte pour leur proposer du café.

— Elle est mignonne, la petite ! apprécia Carlier.

— Elle est surtout très gentille et très compétente.

— Oh, ne t'inquiète pas, s'esclaffa-t-il, je ne suis pas Mathieu Keller ! Et j'ai tout ce qu'il me faut à la maison !

Elle ne devinait pas la raison de sa présence mais elle le laissa prendre son temps. Ils attendirent que Caroline leur ait porté deux gobelets fumants en bavardant de choses et d'autres. Enfin, quand ils furent de nouveau seuls, il en vint au motif de sa visite.

— On me fait un pont d'or, dans le privé, et je crois que je vais me laisser faire...

Sourcils froncés, elle l'écoutait avec attention, ne comprenant toujours pas pourquoi il éprouvait le besoin de lui parler de sa carrière ou de ses projets.

— J'en ai marre de l'hôpital, poursuivit-il. Petit salaire et gros boulot. Et puis il faut supporter ton ex et je n'ai pas l'échine aussi souple que Gilles !

Il marqua une pause, esquissa un sourire et se pencha en avant.

— A propos de Gilles... Il est enfin tombé amoureux. Et tu ne devineras jamais de qui ! Cette fille dont je t'avais donné l'adresse, certain jour où tu étais très en colère...

L'éclat de rire spontané de Valérie le rassura. Mathieu

avait dû passer au dernier rang de ses préoccupations, c'était bon signe.

— Enfin, la question n'est pas là. Je t'épargne les commérages ou bien nous y serons encore ce soir. Tu connais l'ambiance du C.H.U. ? Histoires de cœur et de cul, ragots et rivalités. Je dois t'avouer que ça me pèse.

— Tu exagères ! L'hôpital c'est aussi...

— Oui, oui, un monde merveilleux, c'est ce que tu vas me dire dans deux minutes. Tu as toujours aimé ça, toi. Mais dans ton cas, c'est différent.

— Pourquoi ?

— Tu as toute ta carrière devant toi. Il te faudra Charles-Nicolle un jour ou l'autre, je te connais !

Ils échangèrent un très long regard. Elle commençait à voir où il voulait en venir.

— Je finis l'année universitaire et je donne ma démission pour juin. Ce qui signifie qu'un poste sera vacant.

— Mais...

— Attends ! Tu es la première à le savoir. Ma lettre ne partira qu'en mars, ce qui te laisse trois mois pour réfléchir. Si tu as envie de te mettre sur les rangs, je dois également t'avertir que le directeur général ne verrait pas forcément ta candidature d'un mauvais œil. Il ne sait sans doute pas à quel point tu es brillante mais il a un petit compte à régler avec le professeur Keller. Toi dans le service, c'est à la fois une bonne recrue et une épine dans le pied de Mathieu.

Elle triturait le gobelet vide et le plastique cassa avec un bruit sec. Carlier la gratifia d'un large sourire avant de préciser :

— Tu es seule juge mais... tu as déjà perdu trop de temps pour t'amuser à élaborer un plan de carrière. Tu dois saisir les occasions. En rentrant à l'hôpital, tu peux passer l'agrég et puis après... Tu sais bien que ta vie n'est pas ici. Je suis sûr que tu commences à t'ennuyer !

— Pas vraiment, non. Il y a beaucoup de travail. Et un beau plateau technique. Mais le C.H.U., bien sûr, c'est un autre monde...

— La balle est dans ton camp, ma vieille ! Et moi, je ne suis pas en avance, dit-il en se levant.

Sans bouger, elle continuait de le regarder, perplexe.

— Pourquoi fais-tu ça ? demanda-t-elle posément.

— Je ne sais pas. Je crois que... Écoute, Mathieu fait chier tout le monde depuis dix ans, et toi je t'aime bien !

C'était sincère, elle le savait. Les difficultés de l'internat leur avaient laissé une réelle complicité. Ils avaient appartenu au même groupe de travail, la « sous-colle » comme l'appelaient alors les étudiants. Et Valérie avait obligé les autres à bûcher d'arrache-pied en se révélant, de loin, la plus douée. La plus acharnée, aussi, forçant l'admiration de ses copains de l'époque dont aucun n'était misogyne.

— Je vais y penser, dit-elle.

— Oui, je crois que tu ne vas penser qu'à ça ! Et inutile de me répéter que je suis « gentil » !

Elle l'accompagna jusqu'aux ascenseurs et, avant que les portes ne se referment, il eut le temps de lui adresser un dernier clin d'œil.

Le vent était froid, rapide, le ciel restait plombé et le voilier embarquait des paquets de mer. Transi, claquant des dents, Ludovic essayait d'oublier ses pieds mouillés dans les bottes de caoutchouc. Cramponné au gouvernail, Yann maniait son bateau comme une voiture de course. Il riait de plaisir, tout à la joie de la vitesse. Pour une fois qu'il n'était pas seul à bord, il pouvait exploiter au maximum les possibilités du onze mètres. Par gestes, il indiquait à Ludovic, qu'il savait bon marin, ce qu'il attendait de lui.

Le voilier filait sur les vagues, exigeant toute l'attention des deux hommes. La météo était mauvaise et l'océan creusait dangereusement. Il n'y avait aucune autre embarcation en vue, personne n'ayant été assez fou pour quitter le port.

— On vire ! hurla Yann.

L'eau glacée gifla Ludovic avec une telle force qu'il en perdit le souffle. Mais il n'avait pas lâché la voile, accroché à son écoute. Il entendit grincer le mât d'artimon, recracha un liquide salé et assura sa prise. Inutile de chercher à discuter, il devrait attendre d'être à quai pour dire ce qu'il pensait au Breton. Mais, pour le moment, il était obligé de suivre ses directives au plus près. On ne peut pas être deux à conduire un voilier, surtout dans ces conditions extrêmes, il s'en souvenait parfaitement. Il y avait beaucoup trop de toile pour un vent de force dix mais ce n'était pas lui le capitaine. Yann cria quelque chose qu'il ne comprit pas puis, une seconde plus tard, il faillit se faire assommer et baissa la tête juste à temps. La bôme frôla ses cheveux en sifflant. Le bateau accusait une gîte inquiétante et peina pour se redresser. Ludovic ouvrit les yeux, vit un mur d'eau qui fonçait sur eux. La voix de Yann ne lui parvenait que par bribes mais il fit les gestes qu'il fallait sans même réfléchir. Le voilier franchit la vague dans un mouvement de montagne russe. Il y eut une seconde d'accalmie et le Breton en profita pour vociférer :

— Tu t'en sors très bien !

Tous les muscles douloureux, la paume des mains écorchée, Ludovic eut le temps de sourire avant de se retrouver trempé une nouvelle fois.

Lorsqu'ils se présentèrent à l'entrée du port, deux heures plus tard, des pêcheurs sortirent du bar où ils étaient réfugiés pour leur adresser de grands signes. Ce fut seulement en accostant que Ludovic s'aperçut qu'il pleuvait. Il était vidé et il eut du mal à se hisser sur le quai.

— Venez vous réchauffer ! lui cria quelqu'un en le saisissant par le bras.

Pour les gens de Dahouët, si Yann avait pris le risque d'embarquer quelqu'un avec lui, malgré le temps de chien, c'est qu'il ne s'agissait pas du premier venu.

Dans l'arrière-salle du café, il y eut des accolades et des exclamations joyeuses.

— Eh, les jeunes !

Un vieux pêcheur les apostrophait, depuis sa table, l'œil brillant.

— Vous avez dû vous faire plaisir ! C'est pas croyable ce que ça souffle... Et toi, Carantec, il y avait un moment qu'on ne t'avait pas vu...

Ludovic acquiesça d'un signe de tête avant d'avaler son calva en deux gorgées. Sa présence au village devait intriguer tout le monde.

— Il a voulu te noyer ? ajouta le vieil homme en gloussant.

Ce fut Yann qui se chargea de répondre.

— Oui, mais il s'est accroché !

— Il est pas breton pour rien ! Son père n'était pas nul à la barre...

Après quelques éclats de rire, le patron du bar offrit sa tournée. Quand les conversations reprirent, Ludovic se tourna vers Yann. Ils étaient assis côte à côte sur de hauts tabourets, leurs vêtements toujours trempés.

— Tu es complètement cinglé...

— Tu as eu la trouille ?

— Oui. Bien sûr que oui !

— Mais ça ne t'a pas déplu ? Avec moi, tu ne craignais rien.

Yann était l'homme le plus modeste qui soit, sauf lorsqu'il était question de bateau.

— Si ça se calme un peu, j'irai à la pêche demain. Mais si le vent se maintient, on remet ça. Tu es d'accord ?

Fronçant les sourcils, Ludovic le dévisagea.

— Tu veux bousiller ton bateau ou quoi ?

— Non... Mais j'ai ordre de te distraire. Il paraît que tu en as besoin.

Après une seconde de stupeur, Ludovic fut gagné par le fou rire. Il donna une vigoureuse claque sur l'épaule de son copain d'enfance.

— Je te voyais plutôt en bourreau qu'en ange gardien, imagine-toi !

Cependant, il dut reconnaître qu'il n'avait pas pensé à Valérie une seule seconde pendant qu'il était à bord du *Nat*. Le remède était violent mais efficace. D'autant plus qu'avant de partir, à huit heures du matin, il avait eu Axelle au téléphone et qu'elle lui avait assuré, comme chaque jour, qu'il n'y avait aucun message ou appel pour lui. Il ne pouvait pas s'empêcher d'espérer, la nuit, que tout cela était un malentendu et que Valérie finirait par se manifester. Mais sa fille confirmait invariablement cet inadmissible silence. Attentive, Nathalie le surveillait du coin de l'œil et elle avait chargé Yann de lui changer les idées, de gré ou de force. Ce n'était pas une mauvaise initiative, après tout, car même si la mer ne le guérissait pas elle l'empêchait de devenir fou.

— Très bien... Pêche ou course, je suis ton homme.

— Ben, t'as pas le choix, je crois...

Yann savait ce que pouvait représenter un chagrin d'amour et il parvenait à plaindre Ludovic. D'ailleurs, Nathalie avait dit qu'il fallait s'occuper de lui et il préférait s'en charger personnellement. C'était plus rassurant de le savoir sur son bateau qu'à la maison.

— Viens, on va se changer, décida-t-il. Si, en plus, tu attrapes la crève...

Devançant Ludovic, il déposa de la monnaie sur le comptoir. Dehors, le temps était toujours aussi mauvais. Tout en s'installant dans le coupé qui était resté garé sur la jetée, ils jetèrent ensemble un regard vers le *Nat* dont les mâts oscillaient violemment.

— C'est un bon bateau, dit Yann.

— Oui, mais tu prends des risques.

— Non, je t'assure. Je m'amuse.

Ludovic avait mis le contact et branché le chauffage. En quelques instants, il y eut de la buée sur toutes les vitres. La laine mouillée des pulls marins dégageait une odeur fade.

— Ils vont danser toute la nuit, annonça Yann qui gardait les yeux fixés sur l'ensemble du mouillage. On aura peut-être une tempête, finalement.

À l'intérieur de la voiture, il semblait occuper toute la place tant il était grand.

— Je vous emmène dîner à la crêperie ce soir, décida Ludovic.

Comme l'autre ne répondait rien, il enclencha la marche arrière et commença à manœuvrer. Ce ne fut qu'une fois arrivés devant la maison de Nathalie que Yann demanda :

— Dis donc... À quoi elle ressemble, la fille qui te met dans cet état ?

— J'ai l'air si mal ?

— Pas brillant. Venant de toi, ça fait drôle.

C'était une façon assez maladroite d'évoquer l'admiration qu'il avait pour Ludovic, malgré leur ancienne rivalité.

Même s'il l'avait trouvé trop souvent sur sa route, il l'aimait bien.

— Épouse-la, tu as ma bénédiction ! dit brusquement Ludovic en désignant la façade de la petite maison.

— Ce n'est pas de la tienne dont j'ai besoin. Il faut qu'elle le veuille, elle ! riposta Yann sur le même ton.

Lorsqu'ils étaient enfants, ils prenaient un malin plaisir à se lancer des défis, à essayer de se surprendre. Sur la lande de Fréhel, ils avaient inventé toutes les gageures possibles. Mais ils n'avaient plus l'âge de jouer, à présent, et ils devaient surveiller leurs paroles s'ils voulaient sauver quelque chose de leur amitié. Quand ils aperçurent Nathalie, à la fenêtre de la cuisine, ils ouvrirent en même temps leurs portières.

Le lendemain matin, Axelle put affirmer d'un cœur léger à son père que personne n'avait appelé car, pour une fois, c'était vrai. Mais la veille encore, l'autre avait fait une tentative, insistant pour savoir quand Ludovic serait de retour, et elle l'avait envoyée sur les roses sans ménagement. Elle était persuadée de bien faire, d'ailleurs. Sa mère lui avait confié qu'elle trouvait Ludovic très abattu, très triste, et il fallait donc le laisser en paix. Si ses parents n'étaient jamais tranquilles, ils n'auraient pas la possibilité de se retrouver tous les deux.

Très contente d'elle, Axelle s'était organisée en invitant pour la semaine une de ses meilleures amies, Claire. Elles jouaient à la dînette le soir et à se faire peur en s'endormant, tandis qu'elles écoutaient le vent tourner autour de la maison. Le 10 décembre était arrivé et les cours aux beaux-arts allaient bientôt s'interrompre. Axelle devait aller passer Noël chez sa mère. Avant la fugue de son père, il avait été convenu qu'elle passerait le réveillon avec lui puis qu'elle prendrait la route de la Bretagne le 25. S'il ne revenait pas d'ici là, elle avancerait son voyage de deux jours.

Au téléphone, il avait raconté qu'il faisait du bateau avec Yann, son vieux copain, et que le temps était abominable.

Tout comme à Rouen où des averses de grésil se succédaient. On allait encore avoir droit à un hiver interminable

Le soir, Axelle essayait de faire des flambées mais ne parvenait qu'à enfumer la grande salle. L'absence de son père lui procurait une liberté dont elle n'avait pas vraiment envie. N'étant pas amoureuse, elle sortait volontiers avec une bande de copains. Comme tous les étudiants des beaux-arts, qui bénéficiaient du cadre grandiose de l'Aître-Saint-Maclou, elle adorait les petits bistrots et les salles de cinéma du centre-ville. Mais c'était quand même dans la maison de son père qu'elle se plaisait le plus. Elle parlait de lui avec Claire, lors des interminables conversations qu'elles poursuivaient tard dans la nuit, sous la couette ou attablées dans la cuisine. Or elle ne rencontrait pas toute l'adhésion qu'elle espérait quand elle se vantait d'avoir dissimulé certains appels téléphoniques. Claire trouvait qu'elle avait tort d'intervenir.

— Et si ton père attend ce coup de fil le revolver sur la tempe ?

— Mais non ! Maman est là pour le consoler...

Dubitative, Claire faisait remarquer qu'il ne fallait pas chercher à influencer le destin des autres.

— Imagine qu'il soit vraiment amoureux...

— Si c'était le cas, il ne serait pas parti ! C'est un battant, pas un fuyard.

— Mais tu as vu la tête qu'il faisait, l'autre soir, quand il a dîné avec nous ?

— Ah oui, le coup du grand chagrin...

— Remarque, il était craquant !

— Attention, chasse gardée !

Axelle riait mais Claire restait sérieuse et la désapprouvait, jugeant son attitude puérile. Dans ces cas-là, elles finissaient par changer de sujet. Cependant, peu à peu, un doute envahissait Axelle et parfois, en s'endormant, elle se sentait vaguement coupable.

Mathieu avait tout essayé pour dérider Céline, sans grand succès. Impatiente, nerveuse, elle avait réussi à gâcher le dîner mais avait quand même accepté ensuite de se rendre à Mont-Saint-Aignan. Elle s'apprêtait à jouer une partie difficile et elle l'avait mis en condition.

Dans le living, Mathieu n'alluma qu'une seule lumière tamisée et partit chercher la bouteille de vodka. Quand il revint, il trouva Céline roulée en boule sur le canapé, les larmes aux yeux. Surpris, il voulut connaître la raison de ce brusque chagrin mais elle refusa d'abord de lui répondre, secouant la tête farouchement. Il s'assit près d'elle et la prit dans ses bras jusqu'à ce qu'elle se calme. Il aurait préféré la déshabiller mais ce n'était vraiment pas le moment. Comme pour lui donner raison, elle déclara soudain :

— Je crois que je vais te quitter...

Inquiet, il la prit par le menton et l'obligea à lever la tête.

— Qu'est-ce que tu racontes ? J'ai fait quelque chose qui t'a déplu ? Pourquoi veux-tu t'en aller ?

— Non, tu n'as pas compris... Je veux qu'on arrête, toi et moi, ça ne nous mène nulle part.

Sans en avoir l'air, elle guettait la moindre de ses réactions.

— Nous ne souhaitons pas les mêmes choses, nous ne serons jamais sur la même longueur d'ondes...

— Tu dis des bêtises.

— Tu vois ! Tu me traites comme une gamine sans importance !

— Mais pas du tout, je...

— Si ! Tu m'exhibes dans des endroits chics, ensuite tu me fais l'amour et tu t'endors ! Ce n'est pas ce que j'attends d'un homme.

Réduit au silence, il la dévisageait. Est-ce que par hasard elle voulait le plaquer, elle aussi ? Après l'humiliation infligée par le départ de Valérie, il ne se sentait pas en mesure d'accepter un nouvel échec. Il s'aperçut qu'il avait peur. C'était exactement ce qu'elle espérait.

— Si je ne peux pas faire ma vie avec toi, je préfère m'en aller maintenant. À mon âge, on pense à l'avenir. Toi, c'est normal, tu t'en fous. Tu as déjà tout eu, tout fait. Rien n'est nouveau pour toi. Je sais que tu aimes bien t'amuser avec les filles mais je ne serai pas un numéro de plus dans ta collection.

— Céline ! se récria-t-il. Je te jure que...

Elle s'écarta brusquement, le toisa sans indulgence.

— Que quoi ? Ce que j'espère entendre, tu ne le dis jamais ! Qu'est-ce que tu fais, avec moi ? Tu passes le temps ? Tu cherches à oublier ton ex-femme ? Je ne compte pas beaucoup...

— C'est faux !

— Tout le monde me le répète, à Charles-Nicolle ! Les copains se paient ma tête à longueur de journée, ils disent que tu me jetteras, comme les autres, que je n'ai rien à attendre de toi, que je suis ridicule...

D'un geste qu'elle pensait pathétique, elle s'essuya les yeux mais elle ne pleurait pas vraiment.

— Tu comprends, Mathieu, ajouta-t-elle tristement, je veux un mari, des enfants, des projets. Alors je préfère m'en aller avant d'être trop malheureuse.

— Et tu ne veux pas les faire avec moi, les enfants ? Tu ne veux pas que ce soit moi, ton mari ? Je suis trop vieux pour toi ?

C'était absurde, ça ne se passait jamais comme ça. Il était toujours le premier à rompre, il ne promettait jamais rien. Et là, tout juste s'il ne quémandait pas !

— Tu es sérieux ?

Oui, il l'était. Pas emballé, pas exalté, mais il ne mentait pas. Elle pouvait être une épouse très convenable. Sa jeunesse ferait pardonner le reste. Au moins, elle n'aurait pas les ambitions professionnelles de Valérie. Ce serait une gentille et jolie petite femme. Et lui, un jeune papa...

— C'est pour quand, ton divorce ?

Elle lui demandait des comptes, rien de moins ! Mais il n'avait pas envie de la voir bouder, il voulait en finir.

— La conciliation chez le juge a lieu après-demain. Ensuite la procédure est rapide.

Comme elle attendait la suite, il fut bien obligé de préciser :

— Je suppose que nous pourrions nous marier au mois de mai ou juin...

Cette fois elle céda, satisfaite, et vint vers lui.

— Je veux une vraie bague de fiançailles et je veux te présenter à mes parents ! déclara-t-elle d'une petite voix câline.

C'était le comble, il en eut le vertige. Avec la certitude de commettre la plus grosse bêtise de sa vie, il se pencha vers elle et l'embrassa. Lorsqu'il commença à déboutonner son chemisier, il avait envie d'elle mais sans plus. Il venait de se faire piéger mais elle n'était pas seule responsable. Dans la décision qu'il avait prise, il y avait une part d'orgueil et une part d'angoisse.

Céline se laissait faire, très excitée. Les mains de Mathieu étaient expertes, agréables, mais c'était surtout le décor du grand living qu'elle examinait. Bientôt elle serait ici chez elle.

Suzy prit le cartable des mains de l'institutrice qui avait accompagné Jérémie jusqu'à la grille. Il ne semblait pas fatigué par cette première journée d'école, au contraire. Son plâtre et ses béquilles avaient suscité l'admiration de tous ses copains. En quarante-huit heures, depuis sa sortie de l'hôpital, il avait acquis une grande habileté pour se déplacer. Il fit une démonstration à sa grand-mère, sur le trottoir, jusqu'à l'arrivée de Camille.

Le petit garçon ne gardait qu'un vague souvenir de sa chute mais en revanche son séjour à Charles-Nicolle l'avait beaucoup amusé. Le matin de sa sortie, son père lui avait offert une montre, trop coûteuse et prétentieuse pour son âge, mais qu'il s'obligeait à garder au poignet pour ne pas paraître ingrat. Sa mère, elle, lorsqu'elle était venue le chercher, avait pensé à lui apporter un anorak neuf. Patiemment choisi avec Camille pour conseillère, le vêtement était léger comme une plume, orné de bandes jaune vif et d'une large inscription dans le dos.

Jérémie adorait sa mère alors que son père lui avait toujours fait un peu peur. Et l'attitude de tout le personnel médical l'avait conforté dans l'idée que Mathieu était quelqu'un de redoutable.

Lorsqu'ils arrivèrent au magasin, Jérémie effectua

quelques allers et retours sur ses béquilles, afin d'impressionner son grand-père. Ensuite, ils montèrent dévorer le cake que Suzy avait préparé. Ils venaient à peine de se mettre à leurs devoirs quand Valérie leur fit la bonne surprise d'entrer dans la cuisine. Elle avait quitté son travail plus tôt que prévu, un peu inquiète au sujet de son fils. Il lui fit aussitôt admirer tous les gribouillis qui maculaient son plâtre et Camille en profita pour éclater en sanglots, sous prétexte qu'on ne s'intéressait qu'à son frère.

Une heure plus tard, après avoir récité leurs leçons puis exigé des câlins, ils allèrent s'installer devant la télévision afin de regarder pour la cinquantième fois une de leurs cassettes favorites de Walt Disney.

Fatiguée, Valérie resta avec Suzanne qui s'était mise à éplucher des légumes. Elle lui parla un peu de la clinique mais sans entrain. Dès qu'elle quittait Saint-Lazare, elle était reprise par son obsession. Peu pressée de rentrer chez elle où Ludovic ne l'appellerait pas et où elle remuerait des idées noires, elle préférait s'attarder chez ses parents.

— C'est cette visite chez le juge qui t'angoisse ? demanda abruptement Suzanne sans lever les yeux de ses pommes de terre.

— Oh, non... Ce n'est qu'une formalité...

— Alors qu'est-ce qui ne va pas, ma petite fille ?

Tant que Valérie avait été mariée, avait vécu à Mont-Saint-Aignan, jamais sa mère ne lui avait posé de questions. Mais, depuis sa rupture, elle était redevenue pour Suzanne une petite fille vulnérable. Cependant, prise d'un regret, elle ajouta aussitôt :

— Si je suis indiscrète, ne me réponds pas.

Au moment où Valérie allait craquer, Augustin entra dans la pièce.

— Tu dînes avec nous, mon lapin ?

— Eh bien, je ne...

— Reste donc, je vais préparer un gratin dauphinois pour les enfants !

Comme elle avait envie d'accepter, elle ne se fit pas prier.

— Il est possible qu'un poste se libère, à l'hôpital, d'ici quelques mois, annonça-t-elle.

Autant parler de son métier pour repousser les confidences qu'elle s'apprêtait à faire au sujet de Ludovic.

— À Charles-Nicolle ? demanda sa mère, incrédule.

— Je veux réintégrer le C.H.U. un jour ou l'autre. Et poursuivre des études, peut-être faire de la recherche, en tout cas publier...

Cette fois, Suzanne abandonna ses pommes de terre.

— Comment ça, des études ? Mais, tu as fini ?

— On n'a jamais fini. En passant l'agrégation, j'obtiendrais un titre supplémentaire.

— Ah... Et Mathieu ? Est-ce que tu ne te retrouverais pas dans son service ?

— Si.

— Ce serait ennuyeux ?

— Pour qui, maman ?

Suzanne examina sa fille. Son air déterminé la renseigna. Tout ce qui se rapportait à sa carrière semblait se résumer en un mot à présent : foncer. Sur ce point précis, Valérie n'avait pas d'états d'âme et c'était tant mieux.

— Je suis sûre que tu prendras la bonne décision.

Des cris leur parvinrent du couloir et, une seconde plus tard, les enfants surgirent. Camille trépignait parce que son frère, à force de multiplier les démonstrations d'agilité, venait de casser sa nouvelle montre. Jérémie avait la mine coupable mais pas consternée. Augustin, derrière eux, promit de porter l'objet chez le bijoutier dès le lendemain, certain que les dégâts étaient réparables.

Le petit garçon leva un visage innocent vers sa mère et sa grand-mère qui souriaient.

— De toute façon, avoua-t-il d'une voix mal assurée, je l'aimais pas tellement, cette montre...

Le regard tendre et amusé de sa mère acheva de le rassurer. Il vint vers elle, à cloche-pied, pour la prendre par la taille. Son geste, spontané, avait quelque chose de très possessif.

Le lendemain matin, après avoir déposé les enfants à l'école, Valérie hésita un long moment, assise derrière son volant. Elle avait passé une partie de la nuit à réfléchir. Le rendez-vous au palais de justice, pour la conciliation, était prévu à onze heures et demie. Ce qui lui laissait un bon moment devant elle puisqu'elle avait pris une matinée de congé.

Atome remua un peu sur la banquette arrière et vint poser son museau sur l'épaule de sa maîtresse. Avec un soupir résigné, elle démarra. Sa décision était prise mais elle savait que ce serait une démarche pénible. Pour se donner du courage, elle promènerait d'abord le chien dans la campagne.

Elle quitta Rouen, dépassa Notre-Dame-de-Bondeville et prit la direction de Clères. Peut-être n'y aurait-il personne chez Ludovic. Peut-être croiserait-elle sans le savoir Axelle sur la route. Mais il fallait qu'elle fasse quelque chose, n'importe quoi mais au moins une tentative pour rompre ce silence, pour savoir.

Un peu avant le village, elle trouva un coin tranquille, sur les berges de la Clérette. Elle fit descendre Atome et marcha un moment avec lui. Il faisait froid mais il ne pleuvait pas. Elle se sentait nerveuse, transie, et elle écourta la balade. Avec un regard de reproche, Atome remonta docilement en voiture tandis qu'elle poussait à fond la manette du chauffage.

En approchant de la maison, elle eut une dernière hésitation. Elle risquait de ruiner à jamais son dernier espoir. N'ayant aucune idée de ce qui s'était produit, elle en était réduite à des suppositions, toutes plus désagréables les unes que les autres. Ludovic pouvait avoir donné des consignes à sa fille, à sa femme de ménage. Il pouvait aussi être de retour sans l'avoir avertie, ce qui serait le pire.

Elle vit tout de suite la Twingo d'Axelle et vint se ranger à côté. Le coupé rouge de Ludovic n'était pas là. Elle examina la façade quelques instants et remarqua la fumée qui s'échappait d'une cheminée. Elle ne devait plus reculer, à présent, car n'importe qui pouvait l'observer d'une fenêtre.

— Tu restes là, toi... murmura-t-elle à Atome en ouvrant sa portière.

Les souvenirs des bons moments qu'elle avait passés dans cette maison lui serraient la gorge. Elle allait se saisir du heurtoir lorsque la porte s'ouvrit. Axelle la toisait avec son habituelle expression insolente. Vêtue d'un pull trop grand pour elle et qui appartenait sans doute à son père, la jeune fille ne lui tendit pas la main et ne prononça pas une parole. Il y eut quelques instants pénibles avant que Valérie ne se décide à ouvrir la bouche.

— Bonjour Axelle. Votre père n'est pas là, je suppose ?
— Non.
— Savez-vous quand il rentrera ?
— Je vous l'ai dit au téléphone, je n'en sais rien !

Agressive, Axelle restait sur le seuil comme pour barrer l'entrée. Valérie fit un pas en arrière.

— Où est-il ? demanda-t-elle posément.
— Si vous l'ignorez, ce n'est peut-être pas par hasard ?

Elles avaient l'air de deux rivales et l'animosité entre elles devenait palpable. Valérie fit un ultime effort pour conserver son calme.

— J'ai besoin de le voir ou de lui parler. On ne disparaît pas comme ça
— Il fait ce qu'il veut ! riposta Axelle avec une violence contenue.

Le regard de Valérie la mettait mal à l'aise. Il y avait cette couleur verte, intense et inhabituelle, qui la gênait, mais aussi une expression sincère d'angoisse, de désespoir.

— Où est-il ?

Est-ce qu'elle allait poser cette question inlassablement, debout sur le perron ? Partagée entre l'inquiétude et la colère, Axelle répondit, hargneuse :

— Chez ma mère ! Voilà, vous êtes satisfaite ? Foutez leur la paix !

La porte claqua, laissant Valérie abasourdie. Elle mit quelques secondes à se reprendre. Elle regagna sa voiture, démarra, trouva le courage de faire trois kilomètres avant de s'arrêter. Une fois qu'elle eut coupé son moteur, elle se mit à pleurer. Elle n'avait aucun doute sur ce qu'elle venait d'entendre. Axelle avait été trop heureuse de crier la vérité. Ludovic était donc parti chez son ex-femme, quelque part en Bretagne, pour une raison inconnue. Est-ce qu'il l'aimait encore ? Est-ce qu'il avait menti de bout en bout ? Et d'ailleurs, étaient-ils vraiment divorcés ? Elle ne savait rien, décidément, de cet homme. Rien d'autre que ce qu'il avait dit, lui, et qui pouvait très bien n'être qu'un tissu de mensonges. Dans ce cas-là, Mathieu avait trouvé son maître, Ludovic était plus rusé et plus traître que lui !

Après un quart d'heure de sanglots, de rage impuissante, de coups de poing sur le volant, elle parvint à retrouver un peu de sang-froid. Il fallait qu'elle rentre, qu'elle se change et qu'elle se rende au palais. Il fallait surtout qu'elle envoie Ludovic Carantec aux oubliettes une fois pour toutes.

16

Par réaction au chagrin et à la colère qu'elle avait éprouvés le matin même, Valérie se prépara avec un soin particulier pour son rendez-vous chez le juge. Vêtue d'un ensemble grège dont la jupe courte et le spencer la mettaient en valeur, elle se présenta au palais à l'heure pile. Son imperméable doublé de fourrure sur le bras, elle demanda son chemin à un greffier subjugué. Devant le cabinet du juge, un homme jeune et d'allure sympathique l'aborda, se présenta, lui serra la main. Elle n'avait pas encore eu l'occasion de rencontrer Hubert Bonnet, qui était officiellement son avocat depuis que Ludovic s'était dessaisi du dossier.

— Madame Prieur...

D'un œil connaisseur, il l'observa des pieds à la tête, la découvrant assez belle pour justifier toutes les folies de Ludovic.

— Vous serez d'abord entendue seule, puis avec Mathieu Keller en ma présence, annonça-t-il.

Comme elle s'était maquillée, avait souligné son regard, il avait du mal à se détourner d'elle. D'autant plus qu'elle n'était pas seulement jolie ou séduisante. Elle dégageait une sorte de volonté farouche, de tristesse à fleur de peau qui émouvaient beaucoup Hubert.

— Voici nos adversaires, murmura-t-il.

Mathieu et Bréval arrivaient en haut des marches. Il y eut un instant de flottement puis Valérie se dirigea vers son mari qu'elle embrassa hâtivement sur la joue avant de saluer François. Elle présenta Hubert et les hommes échangèrent des poignées de main réticentes.

— Vous êtes l'associé de Ludovic Carantec ? s'enquit Mathieu d'un air méprisant.

— Je suis ici pour représenter le docteur Prieur, répondit tranquillement Hubert.

— Jusqu'au prononcé du divorce, il s'agit toujours de madame Keller ! riposta Mathieu avec une insupportable suffisance.

— Mariée ou pas, ma cliente conserve le droit à son titre de médecin, je pense ?

Après ce premier échange venimeux, ils firent une pause en s'observant les uns les autres. Mathieu se tourna vers sa femme et, malgré lui, poussa un soupir. D'où il était, il sentait les effluves de son parfum reconnaissable entre tous. Il évita le regard vert qu'il aimait trop, glissa sur la taille, les hanches, les longues jambes. Jamais Céline n'aurait cette allure-là, il était sans illusions.

Le juge fit appeler Valérie qui s'éloigna d'une démarche décidée vers la porte capitonnée. Quelques minutes plus tard, elle ressortit et ce fut le tour de Mathieu. Ensuite, lorsqu'ils se retrouvèrent tous les quatre dans le bureau, tout alla très vite. Tandis qu'elle signait le protocole d'accord, Valérie n'éprouva rien d'autre qu'un sentiment de soulagement. Mais, en relevant la tête, elle vit Mathieu qui la fixait d'un drôle d'air. Il essayait de dissimuler son trouble mais, à l'évidence, il était malheureux, les yeux soudain noyés, un tic au coin des lèvres. Navrée pour lui, elle esquissa un sourire auquel il ne répondit pas. Elle entendit son stylo qui crissait rageusement sur le papier.

Il passa devant elle pour lui tenir la porte. Elle le connaissait suffisamment pour savoir qu'il était tendu à craquer. Devant François, et surtout devant Hubert, il ne pouvait rien dire. Sans saluer personne, il se hâta vers la sortie. Bréval prit congé en marmonnant quelques phrases de circonstance. Désemparée, Valérie se retrouva seule avec Hubert.

— Venez, dit-il simplement, allons boire quelque chose.

Comme il l'avait prise par le bras, avec beaucoup de gentillesse, elle le suivit. Sur les marches du palais, il l'aida à enfiler son imperméable. La pluie était glaciale et tombait dru. Ils allèrent se réfugier dans le bar le plus proche où, d'autorité, Hubert commanda deux coupes de champagne.

— Dans n'importe quel cas de figure, c'est toujours un moment pénible. Est-ce que ça va ?

Il semblait s'inquiéter sincèrement et elle fut touchée.

— Oui, oui. Je n'aurais pas cru que Mathieu... En général, il est moins émotif...

La souffrance de son mari l'avait désolée sans vraiment la toucher. Elle avait tourné la page depuis longtemps. Et elle était encore sous le choc de sa confrontation avec Axelle. Elle but sa coupe en trois gorgées et Hubert fit signe au garçon qui vint les resservir. En allumant une cigarette, elle essaya de rassembler son courage pour poser la question qui lui tenait à cœur.

— J'ai appris que Ludovic est en Bretagne, dit-elle enfin. Chez son... ex-femme, c'est ça ?

Consterné, Hubert hocha la tête. Il ne savait absolument pas quoi répondre. Elle avait déjà oublié l'épreuve de la conciliation mais une idée fixe la tenaillait, il aurait dû s'en douter. Il hésita, se mordit la lèvre, baissa les yeux. Le silence qui s'était installé lui devint rapidement insupportable. Cette femme avait beau être superbe, et sans aucun doute intelligente, elle criait pourtant au secours. Et pendant ce temps-là, Ludovic devenait fou dans son petit port de Dahouët !

— Écoutez, déclara-t-il d'une voix sourde, je ne veux pas me mêler de ça. Quand il est parti, il était vraiment mal.

— Pourquoi ?

— Mais... je l'ignore ! C'est vous qui devez le savoir !

— Non, pas du tout. Je n'ai rien compris... Il avait des problèmes ?

— À part vous, je ne crois pas.

Elle était suspendue à ce qu'il disait, et lui avait peur d'aller trop loin, de se tromper. Pourtant, il commençait d'être persuadé qu'un malentendu était à l'origine de toute cette histoire.

— Il a quitté Rouen sur un coup de tête. J'ai supposé que vous aviez rompu ou quelque chose comme ça.

— Moi ?

La fragilité de Valérie atteignit Hubert qui en avait pourtant vu d'autres.

— Il n'est pas du genre à se confier, et pas davantage à se noyer dans les chagrins d'amour, soupira-t-il. Mais dans l'état où il était...

— Quel état ?

— Eh bien... il avait la tête d'un type qui a reçu une balle dans le dos !

— Ce n'est pas moi qui l'ai tirée. Il a disparu comme ça, sans la moindre explication, et je me demande encore pourquoi. Est-ce qu'il est... très lié avec son ex-femme ?

— Nathalie ? Oui, il aime beaucoup Nathalie et il s'entend très bien avec elle. Mais ce n'est pas elle qu'il est allé voir, c'est la mer. Il a toujours prétendu que la Bretagne le guérissait de tout.

Le menton dans les mains, Valérie ne quittait pas Hubert des yeux.

— Sa fille m'a dit, pas plus tard que tout à l'heure, qu'il valait mieux que je laisse ses parents tranquilles.

Heureux d'avoir une raison de rire, Hubert s'esclaffa.

— Ah, Axelle ! Elle a quelques problèmes œdipiens à régler ! Ne vous occupez pas d'elle...

Une lueur d'espoir perçait dans le brouillard qui engloutissait Valérie depuis le matin. Elle ne savait pas encore ce qu'elle allait faire mais sans doute y avait-il quelque chose à tenter. Hubert la vit changer dix fois d'expression tandis qu'elle essayait de réfléchir. Puis soudain elle planta son regard dans le sien.

— C'est grand, la Bretagne... dit-elle doucement.

Il s'était engagé sur une pente dangereuse. Carantec était un nom répandu mais, avec un bon Minitel, elle pouvait quand même trouver.

— Dahouët, lâcha-t-il à voix basse.

Elle le remercia avec un naturel désarmant. Pour ce qu'il lui avait révélé et pour le champagne. Elle lui tendit la main, remit son imperméable et quitta le bar. Il régla les consommations tout en espérant que Ludovic ne lui en voudrait pas. Il ne savait pas s'il avait fait une erreur ou, au contraire, une bonne action.

Yann tenait Nathalie dans le creux de son bras, sans trop serrer pour ne pas lui faire mal. Lorsqu'elle était contre lui, il éprouvait exactement le même plaisir que lorsqu'il était sur son bateau. Et il était aussi heureux dans cette cuisine que sur le pont du Nat. Elle se hissa sur la pointe des pieds pour pouvoir l'embrasser dans le cou. Comme il sortait de la douche, il sentait bon le savon.

— Je vais ouvrir les huîtres, décida-t-il.

Il le faisait avec une habileté consommée, sans jamais se blesser ou abîmer les coquilles. Dans le réfrigérateur, elle prit les langoustines et les bouquets qu'elle avait cuits dans la matinée.

— Il m'inquiète, murmura-t-elle d'une voix songeuse.

— Ludovic ?

— Oui. Il ne parle pas, il mange à peine...

— Un plateau de fruits de mer, ça m'étonnerait qu'il le boude !

Pour la rassurer, il plaisantait gentiment alors qu'il n'en avait pas envie. Il était trop souvent question de Ludovic mais il ne voulait pas manifester sa jalousie latente. Un sentiment un peu injuste, car son ancien rival n'était pas là pour Nathalie, il le savait bien.

— Tu te fais beaucoup de souci, je trouve. Tu l'aimes tant que ça ?

— Yann !

Il posa une huître ouverte sur le plat, avec délicatesse, puis leva les yeux. Elle l'observait, sourire aux lèvres.

— Je l'ai aimé, il y a longtemps. C'est le père d'Axelle. Et c'est quelqu'un de formidable.

— Je sais...

Le pire était que lui aussi avait de l'affection pour Ludovic.

— C'est drôle, reprit-elle, je l'aurais cru à l'abri des chagrins d'amour.

— Il serait bien le seul ! protesta Yann.

Ils échangèrent un bref regard complice et il se dit qu'il tenait à elle par-dessus tout. Si elle s'angoissait au sujet de Ludovic, c'est qu'elle avait ses raisons.

— Oui, admit-il, je crois qu'il en bave... Il n'y a qu'en

mer qu'il n'y pense pas, c'est pour ça que je lui mène la vie dure...

— Ne le flanque pas par-dessus bord ! dit-elle en riant.

Outré qu'elle puisse proférer une chose pareille, il rétorqua :

— Il y a peu de chance ! Il connaît la musique. On s'amuse bien tous les deux.

D'une certaine façon, c'était vrai. Ludovic, à bord du Nat, n'était plus celui qui avait fait un enfant à Nathalie, celui qui avait réussi ses études de droit, mais un simple marin. Ensemble, ils avaient effectué quelques courses folles, depuis le début de la semaine. Ils commençaient invariablement par passer le cap Fréhel et le fort La Latte, cabotaient dans la baie de la Frénaye pour prendre le voilier en main puis se lançaient au large de Saint-Malo comme s'ils voulaient battre des records de vitesse. Plus le vent était fort, plus ils s'acharnaient à remonter vers les îles anglo-normandes, quel que soit l'état de la mer.

— Quand il s'en ira, il me manquera, dit Yann prudemment.

Nathalie haussa les épaules, perplexe. Son ex-mari n'allait ni mieux ni moins bien qu'au jour de son arrivée. Cependant, il ne pouvait pas abandonner indéfiniment son étude, sa maison de Clères et sa fille.

— Demain, je tirerais bien vers l'ouest, pour changer, marmonna Yann.

Le temps était vraiment trop mauvais pour la pêche. Le baromètre avait plongé soudainement et la météo était catastrophique.

— Vous n'allez pas sortir demain si ça ne s'arrange pas, quand même ?

— Juste une petite virée... il y a un avis de tempête mais elle ne sera pas ici avant quarante-huit heures...

Vouloir faire changer Yann d'idée, lorsqu'il avait décidé quelque chose, relevait de l'utopie. La porte de la cuisine s'ouvrit et Ludovic entra, les bras chargés de bouteilles.

— Tu as dévalisé l'épicerie ? lui demanda Nathalie en l'enveloppant d'un regard presque maternel.

Il posa le vin et le champagne sur la table puis il saisit un torchon propre pour s'essuyer les cheveux. Il était trempé et elle prit conscience du bruit de la pluie, au-dehors.

— Qu'est-ce qu'il nous prépare, le capitaine ? dit Ludovic en jetant un coup d'œil vers l'évier où Yann continuait de s'affairer.

— Des cancales, pour ce soir, et un périple aux petits oignons pour demain si tu te sens d'attaque.

— Oui.

C'était sa réponse, invariablement, aux propositions démentes de Yann. En multipliant les efforts physiques et les décharges d'adrénaline provoquées par la peur car ils prenaient de vrais risques, Ludovic parvenait à dormir quelques heures chaque nuit. Il s'endormait en pensant à Valérie, mais il s'endormait quand même.

Alors qu'ils allaient passer à table, Axelle appela pour prendre des nouvelles. Comme chaque fois, il s'efforça de plaisanter avec elle. Hélas ! elle ne prononçait jamais les mots qu'il ne pouvait pas s'empêcher d'espérer. Non, il n'y avait rien de personnel dans le courrier et aucun coup de téléphone, comme d'habitude. En raccrochant, il dut faire un immense effort pour retrouver le sourire. La douleur ne s'apaisait pas et la manière dont Valérie l'avait rayé de sa vie laisserait pour longtemps une blessure ouverte.

Après le dîner, il les aida à ranger puis se retira aussitôt dans l'atelier. Il ne voulait pas perturber leurs soirées et, de toute façon, il n'avait pas envie de s'attarder. Il se dépêcha de prendre une douche et de se réfugier sous les couvertures. Il écouta durant une bonne heure le bruit de la pluie et du vent qui battaient la petite maison de granit. Ainsi qu'il l'avait supposé, la mer agissait sur lui comme un antalgique. Calmant, mais pas curatif. Or il ne pouvait pas passer le reste de son existence à s'arracher les mains sur des cordages pour survivre. Il faudrait bien qu'il se décide à rentrer chez lui. Peut-être pour tout vendre. Pourquoi pas ? Il pouvait liquider sa maison et sa part de l'étude, recommencer ailleurs. Il pouvait même s'installer en Bretagne, il était plutôt moins mal là qu'ailleurs. En tout cas, il n'aurait pas le courage de rester à Rouen, de respirer le même air qu'elle, de la croiser, peut-être, dans les rues de la vieille ville. Il pouvait encore une fois changer de route, il n'avait que quarante ans. Il décida qu'il allait y penser sérieusement. D'ici quelques jours, il prendrait une décision et s'y tiendrait quoi qu'il arrive. À moins que Yann ne l'ait noyé avant, ce qui serait peut-être encore la meilleure solution.

Valérie avait travaillé comme un automate, une bonne partie de l'après-midi. Puis elle était allée trouver Roussel qui lui avait accordé sans difficulté trois jours de congé.

Ensuite, elle s'était rendue au magasin de son père, s'était assise sur le comptoir comme lorsqu'elle était enfant, et lui avait expliqué qu'elle avait besoin d'une petite pause. Augustin l'avait écoutée, la tête penchée de côté, triturant machinalement un très vieil ouvrage qu'il venait de recevoir.

À bout de nerfs, Valérie avait la sensation d'être prise entre le marteau et l'enclume. Si elle ne mettait pas de l'ordre, tout de suite, dans sa vie, elle allait commettre de nouvelles erreurs. Son père l'approuva gravement et fit preuve de la même discrétion que Roussel en ne posant aucune question. À trente-cinq ans et avec la force de caractère qu'elle avait montrée ces derniers mois, sa fille pouvait bien entreprendre tout ce qu'elle voulait. Il promit de choyer les enfants comme des petits princes et exigea de garder Atome. Valérie n'avait pas besoin de s'encombrer d'un chien pour ce qu'elle projetait de faire, et Jérémie ne pouvait pas s'en passer.

En quittant la boutique, Valérie eut la mauvaise surprise de constater qu'une neige toute fraîche recouvrait les trottoirs. Elle portait toujours son ensemble grège, son imperméable fourré et ses escarpins. Une fois dans son appartement, elle se débarrassa de cette tenue trop sophistiquée. Elle prit une douche, enfila un peignoir, puis alla se faire du café. Sur la table de la cuisine, elle étala une carte routière qu'elle étudia en détail. Elle mit cinq bonnes minutes à repérer le minuscule port de Dahouët, dans la baie de Saint-Brieuc. La route serait longue et pénible, surtout si la neige persistait, mais elle avait tout son temps.

Tout en réfléchissant, elle se confectionna un énorme

sandwich au jambon. Les paroles d'Axelle et celles d'Hubert étaient tellement contradictoires qu'elle ne parvenait pas à se faire une opinion. Aux dires de son associé, Ludovic était parti se consoler ! Se consoler de quoi ? De quel obscur chagrin ?

Quoi qu'il en soit, l'incertitude était pire que tout. Elle ne chasserait jamais Ludovic de sa tête si elle restait dans le doute. Il l'obsédait davantage de jour en jour et cette torture serait sans fin si elle n'y mettait pas un terme elle-même. Tant pis pour le prix à payer, pour une éventuelle déception, pour une humiliation supplémentaire : elle voulait savoir.

« S'il me rit au nez, je pourrai au moins me défouler et lui voler dans les plumes ! »

Après avoir mangé et bu trois tasses de café, elle alla s'habiller. Un pantalon de velours, un col roulé et des mocassins souples lui semblèrent adaptés. Dans un sac, elle mit un autre pull, des tee-shirts, des sous-vêtements et des boots avec un nécessaire de toilette. Elle s'assura qu'elle avait bien ses papiers de voiture et son chéquier puis elle jugea qu'il était temps de partir. Elle prit la carte routière, enfila un blouson et ferma soigneusement l'appartement.

Dans la lumière des réverbères, la neige tombait à gros flocons. Valérie laissa tourner un moment son moteur avant de démarrer. Cette escapade avait quelque chose d'excitant, malgré tout.

Dès qu'elle fut sur l'autoroute, elle brancha la radio pour avoir un fond sonore. Elle ne connaissait pas la Bretagne du Nord, n'ayant jamais dépassé le Mont-Saint-Michel. C'était le genre de destination qui aurait fait horreur à Mathieu. Il avait trop le goût de l'exotisme pour apprécier autre chose que les plages des pays chauds. Paresser sous les cocotiers lui semblait la seule occupation possible en vacances.

En y pensant, elle eut envie de rire. Pourquoi avait-elle donné dix ans de sa vie à un homme comme lui ? Dès le premier jour, elle avait compris que la seule véritable préoccupation de Mathieu était son propre nombril. Il se regardait vivre, en parfait égocentrique. Elle aurait dû le quitter tout de suite, mais elle ne l'avait pas fait. Après la naissance de Camille, elle ne s'était même plus posé la question

La neige ne s'arrêtait pas, l'obligeant, au contraire, à rouler doucement. Mais, au moins, l'autoroute était sablée. Elle ne savait pas ce qu'elle trouverait lorsqu'elle quitterait les grands axes. Vers minuit, elle s'arrêta pour faire le plein d'essence. Les rafales de vent la surprirent. C'était vraiment une nuit épouvantable pour conduire mais elle ne s'inquiétait pas. Inutile d'arriver trop tôt si elle voulait trouver un réceptionniste à l'hôtel. Juste à côté de Dahouët, au Val-André, il y avait un établissement ouvert toute l'année d'après son guide. Elle s'y reposerait un peu avant de se lancer à la recherche de Ludovic. Le coupé rouge devait être facilement repérable.

À Caen, elle prit la nationale et peina beaucoup jusqu'à Villedieu-les-Poêles. Le vent soufflait de côté, par bourrasques, déstabilisant la voiture. Même en faisant très attention, les plaques de verglas ne se discernaient qu'au dernier moment. Songeant à ses enfants et à ses responsabilités, elle commençait à regretter de s'être lancée dans cette aventure.

« Et si je ne le trouve pas ? J'aurai bonne mine... »

Tant pis, elle pourrait toujours se reposer deux jours, se promener, se calmer.

Un peu avant Avranches, la route devint plus large et la neige céda la place à la pluie. Valérie se serait volontiers arrêtée pour boire un café mais tout était fermé, tout le monde dormait. Elle avait toujours aimé les voyages nocturnes. Depuis dix ans, hélas ! c'était Mathieu qui conduisait lorsqu'ils étaient ensemble.

Elle commença à ressentir les effets de la fatigue à la hauteur de Pontorson. Elle s'arrêta pour faire quelques pas mais la violence de la pluie la découragea. Inquiète à l'idée d'être seule sur le bas-côté, elle reprit la route à contrecœur, étouffant un bâillement. À un embranchement, elle se trompa et se retrouva en direction de Dinan. Consultant sa carte, elle voulut couper par de petites départementales où elle s'égara. Il n'était pas loin de cinq heures et elle n'en pouvait plus. Tous les villages encore assoupis se ressemblaient et les panneaux indicateurs portaient des noms inconnus.

À la sortie d'Hénanbihen, enfin, le Val-André était fléché et il ne lui restait plus qu'une vingtaine de kilomètres à parcourir. Très soulagée, elle relâcha un peu son attention. Les muscles du cou et des épaules douloureux, elle se frotta les yeux. Un déluge noyait toujours son pare-brise. Comme elle allait croiser un camion et que la chaussée n'était pas large, elle voulut serrer à droite. Un peu éblouie par les phares que la pluie entourait d'un halo, elle ne vit pas une flaque profonde dans laquelle ses roues entrèrent trop vite, lui arrachant le volant des doigts. Sa voiture fut déportée vers le milieu de la chaussée sans qu'elle eût le temps de réagir.

En face d'elle, le chauffeur freina désespérément pour éviter la collision. Mais il percuta quand même le véhicule qui fut traîné sur une cinquantaine de mètres par la calandre du poids lourd avant d'achever sa course dans le fossé. L'accident n'avait duré que quelques secondes.

Hébété, le camionneur n'essaya même pas de se ranger. Il alluma ses feux de détresse et, laissant son moteur tourner, il descendit aussitôt de la cabine, suivi par un autre homme. Trempés en quelques secondes, ils pataugèrent dans la boue du bas-côté jusqu'au véhicule dont tout le capot avant semblait broyé. La portière gauche était inaccessible et ils essayèrent l'autre. Les tôles tordues refusaient de céder mais ils parvinrent à ouvrir le coffre. Ils ne distinguaient pas grand-chose dans l'obscurité cependant l'habitacle ne paraissait pas trop déformé. À genoux sur la banquette arrière, ils tâtonnèrent pour trouver le conducteur.

— C'est une nana ! Sortons-la d'ici en vitesse...

À eux deux, ils réussirent à défaire la ceinture de sécurité puis à extraire la jeune femme de son siège. Dès qu'ils émergèrent du coffre, les trombes d'eau s'abattirent de nouveau sur eux.

— Faut s'éloigner de cette bagnole ! cria le chauffeur.

Valérie murmura quelque chose et il la prit dans ses bras, le plus doucement possible, pour la porter jusqu'au camion. Il aurait dû l'allonger sur la route, ne pas la toucher, mais il craignait que le réservoir de la voiture n'explose. Il la déposa sur la couchette, dans la capucine, alluma le plafonnier, la regarda enfin, terrorisé.

— Comment ça va ?

— Je ne sais pas, bredouilla-t-elle.

Elle devait être blessée car du sang coulait le long de sa tempe et avait déjà imprégné son pull. Sans hésitation, il se précipita sur le micro de sa C.B. et demanda des secours au premier collègue qui lui répondit. L'autre homme revenait. Il jeta un coup d'œil à Valérie, lui adressa un sourire encourageant qu'elle ne remarqua même pas, puis il fouilla dans un sac et en sortit un appareil photo. De nouveau, il s'éloigna du camion.

— Vous avez mal quelque part ? insista le routier.
— Un peu partout... Mais je crois que ce n'est pas grave...

Sa voix était rauque, détimbrée. Elle voulut se redresser mais y renonça.

— Ne bougez pas, surtout ! Les docteurs disent toujours...
— Je suis médecin, dit Valérie en soupirant.

L'air surpris et soulagé du chauffeur l'amusa.

— Mais je serai contente quand mes confrères arriveront !

Le choc s'estompait et elle se sentait moins mal malgré sa faiblesse. Le chauffeur lui tendit un grand mouchoir.

— Il est propre. Si vous le voulez...

La vue du sang qui continuait de couler l'impressionnait. Elle passa ses doigts sur son front puis, prudemment, dans ses cheveux. Elle grimaça en découvrant une plaie douloureuse et qui semblait profonde.

— Qu'est-ce qu'il fait, votre copain, avec son appareil ? Du tourisme ?
— Il m'a raconté qu'il était plus ou moins journaliste. Je l'ai pris en stop à la sortie de Saint-Brieuc.

Elle essaya de lui sourire mais elle luttait contre une nausée. Il la vit pâlir, se décomposer, et il fronça les sourcils.

— Je vais couper le moteur, ça pue les gaz d'échappement !

Il était assis de travers sur son siège et il tourna la clef de contact sans quitter Valérie des yeux.

— Vous n'y êtes pour rien, déclara Valérie. J'ai perdu le contrôle en entrant dans une flaque.
— C'est plus une route, c'est un bourbier ! confirma-t-il. Et ça continue de tomber...

Elle remarqua enfin le crépitement de l'averse incessante sur le toit du camion. Il faisait chaud dans la cabine mais elle frissonna.

— Ils ne vont plus tarder, assura le routier d'une voix qui tremblait encore.

Lorsque l'ambulance du S.A.M.U. arriva devant l'entrée des urgences, à l'hôpital de Saint-Brieuc, le jour n'était pas encore levé. L'interne de garde venait de prendre son poste et il s'occupa de Valérie avec beaucoup de zèle. Après avoir désinfecté la plaie du cuir chevelu, il coupa quelques mèches pour effectuer des points de suture. Il prit le fil le plus fin qu'il trouva et s'appliqua puisqu'il s'agissait d'une consœur.

Ensuite, il exigea un certain nombre de radios et d'examens auxquels elle se plia de mauvaise grâce. Être passée de l'autre côté de la barrière, dans le camp des malades, 'exaspérait. Jamais elle n'avait autant pris conscience du ton mièvre employé par le personnel médical pour s'adresser aux patients. Elle dut répéter plusieurs fois qu'elle était médecin et qu'elle se sentait très bien. Malgré tout, elle fut conduite dans une chambre où l'interne vint la retrouver. Il insista lourdement pour qu'elle accepte de rester quelques heures en observation, au moins le temps d'avoir les résultats du laboratoire. Au bout d'un moment, elle finit par accepter car la vue du lit lui rappelait toute sa fatigue.

Dès qu'elle fut seule, elle se déshabilla et se glissa dans les draps rêches. C'était moins bien que l'hôtel, mais elle était tellement épuisée qu'elle aurait pu dormir n'importe où. S'efforçant de ne pas repenser à cet horrible accident, elle sombra dans le sommeil.

Un bruit la réveilla, deux heures plus tard, et elle ouvrit les yeux, hagarde. Une infirmière l'observait avec un grand sourire bienveillant.

— Alors, docteur Keller, ça va mieux ?

Valérie s'assit, en bâillant.

— Les flics ont rapporté ça pour vous.

L'infirmière lui tendait son sac à main.

— J'ai fait comme eux, je me suis permis de lire vos

papiers d'identité, pour les formalités d'admission. Soyez gentille de vérifier qu'il ne vous manque rien.

Pour lui faire plaisir, Valérie jeta un coup d'œil à son portefeuille et hocha la tête.

— Tout est en ordre, c'est parfait, assura-t-elle.

— Vous avez eu une sacrée chance, on dirait...

La porte s'ouvrit brusquement et un homme d'une cinquantaine d'années, en blouse blanche, entra d'un pas décidé. Il alla jusqu'au lit, prit la main de Valérie qu'il tapota gentiment.

— Est-ce que vous êtes remise de vos frayeurs, madame Keller ? Permettez...

Il mit ses lunettes pour examiner la blessure d'un œil critique.

— Il a bien travaillé, l'interne ! Et pourtant, il ne pouvait pas deviner que... Corrigez-moi si je me trompe, mais vous êtes bien la femme de Mathieu Keller, le cardiologue rouennais ?

Complètement réveillée à présent, elle se redressa d'un bond.

— J'étais ! Nous sommes en instance de divorce. Vous connaissez Mathieu ? J'espère que vous n'avez pas eu la mauvaise idée de le prévenir ?

— Eh bien... Pour tout vous dire, je m'apprêtais à le faire...

Étouffant un soupir de soulagement, elle se décida à sourire.

— Je vais lui téléphoner moi-même, déclara-t-elle pour couper court à toute initiative malheureuse.

— Comme vous voudrez... Transmettez-lui mes amitiés...

Un peu déçu de ne pas pouvoir se mettre lui-même en valeur, il ôta ses lunettes d'un geste las. Elle avait lu son nom, sur le badge, ce qui lui permit de répondre en hâte :

— Je n'y manquerai pas, monsieur Lefèvre. Je suis moi-même cardiologue. Je travaille dans une clinique de Rouen.

Les médecins ne se donnant jamais leur titre entre eux, ce « monsieur » dont avait usé Valérie lui conférait déjà un certain prestige aux yeux de l'infirmière qui suivait leur conversation, prodigieusement intéressée.

— Je vais vous faire monter les résultats des examens et les clichés, proposa Lefèvre. Vous verrez que tout est pour le mieux. Mais néanmoins, sans vouloir vous influencer, je pense que vous devriez rester ici jusqu'à demain matin.

Ils échangèrent une poignée de main très confraternelle puis il quitta la chambre.

— Le téléphone est là, dit l'infirmière en désignant la table de chevet. Est-ce que vous avez faim ?

— Je crois que oui...

Son sandwich de la veille était un très vieux souvenir. Elle attendit que la porte se referme pour sortir du lit. Ils avaient failli alerter Mathieu ! Un comble ! Malgré un léger mal de tête et un peu de vertige, elle se sentait très bien.

Dans le minuscule cabinet de toilette, elle découvrit son sac de voyage posé sur un tabouret. Si les gendarmes l'avaient trouvé, c'est donc que sa voiture n'avait pas flambé ni explosé. Elle prit sa trousse de toilette tout en repensant au camionneur et à son air paniqué. Elle se jura de lui envoyer une lettre pour le remercier de sa gentillesse.

L'image renvoyée par le petit miroir, au-dessus du lavabo, était consternante. Il y avait même encore des traces de sang séché sur sa joue, sans parler d'un hématome presque noir sur la pommette. Elle se débarbouilla, mouilla ses cheveux pour pouvoir les peigner un peu tout en évitant l'endroit douloureux. Qu'est-ce qui avait bien pu la couper aussi profondément ? Un éclat du pare-brise ? Elle se souvenait des phares, du choc, du bruit de tôle et de freins. Patiemment, elle arrangea quelques mèches pour dissimuler la plaie. Il n'était pas question qu'elle s'attarde dans cet hôpital. Elle serait mieux n'importe où ailleurs. Il suffisait de téléphoner à l'hôtel du Val-André. Elle y passerait la nuit prochaine et ensuite, rien ne l'empêcherait de chercher Ludovic. C'était la raison de sa présence ici. L'accident lui avait fait perdre un jour mais il lui en restait deux. Elle ne pouvait pas abandonner maintenant, elle n'aurait plus jamais le courage de recommencer D'ailleurs Noël approchait et elle serait coincée.

Regardant de nouveau son image dans le miroir, elle se demanda si Ludovic n'allait pas prendre ses jambes à son cou en la voyant. Elle n'était vraiment pas à son avantage. Peut-être que son ex-femme, cette Nathalie, était ravissante ? Peut-être n'avait-il aucune envie d'être poursuivi ?

« Tu t'es déjà posé ces questions mille fois, ça suffit ! »

Résolument, elle quitta le cabinet de toilette. Quand l'infirmière reviendrait, elle lui annoncerait son départ. Et, dès qu'elle serait dehors, il faudrait qu'elle se mette en quête d'une voiture à louer. Puis qu'elle passe à la gendarmerie pour savoir ce qu'il était advenu de l'épave.

Un coup d'œil sur ses vêtements de la veille la démoralisa. Tout était bon à jeter, à l'exception des mocassins. Heureusement qu'elle avait de quoi se changer dans son sac de voyage. Elle retourna le chercher et commença de s'habiller.

17

Un vent d'une rare violence s'était levé sur Dahouët après le déluge de la nuit. La petite maison de granit semblait trembler sous les bourrasques. Nathalie dut se cramponner à la clôture en allant ramasser son courrier dans la boîte aux lettres. Depuis le petit déjeuner, elle ne décolérait pas. L'entêtement de Yann l'avait mise hors d'elle. À quoi bon être un marin expérimenté si c'était pour agir comme un gamin de cinq ans ! Elle n'avait pas mâché ses mots et il avait baissé la tête, penaud mais inflexible.

Un volet claquait et elle dut se battre pour le fixer.

— Si ce n'est pas une tempête, ça, c'est quoi ? marmonna-t-elle en regagnant la cuisine.

Elle s'approcha de la fenêtre pour observer le ciel plombé sur lequel plusieurs couches de nuages noirs se déplaçaient à toute vitesse.

— Les cons ! dit-elle en donnant un coup de poing sur la table.

L'attitude de Yann était facile à comprendre : il provoquait Ludovic. C'était puéril, inconséquent, dangereux, mais pour une fois qu'il pouvait affirmer sa supériorité, il n'allait pas rater l'occasion ! Quant à Ludovic, on avait l'impression que tout lui était devenu indifférent. Inutile de compter sur lui pour raisonner l'autre. Au contraire, ce genre de défi morbide le sortait de son apathie.

Elle se versa une tasse de lait chaud puis ajusta d'un coup de pied rageur le bourrelet de sable qui colmatait les courants d'air sous la porte. Elle s'assit, les coudes sur la table, et jeta un regard morne au courrier. Attrapant *Ouest-France*, elle fit sauter la bande de papier et déplia le journal. La page des prévisions météorologiques ne fit qu'augmenter son angoisse. Le pire était prévu pour les vingt-quatre prochaines heures, avec un rappel de prudence qui lui parut dérisoire.

Alors qu'elle feuilletait distraitement le quotidien, elle tomba en arrêt devant la photo d'une carcasse de voiture.

Son ciré plaqué sur lui par le vent, Yann hésitait. Deux de ses copains, venus ajouter des bouées et des pneus pour protéger leurs bateaux, étaient montés quelques instants à son bord. Devant son intention de quitter le port, ils l'avaient traité de fou furieux.

Du quai, Ludovic observait la danse des voiliers solidement arrimés à leurs anneaux. Les éclats de voix des Bretons, sur le pont du *Nat*, avaient fini par le faire sourire. Il était presque certain que Yann n'appareillerait pas. Il tergiversait depuis une bonne demi-heure. En fait, il devait attendre que ce soit Ludovic qui lui demande de renoncer. Une sortie serait quand même trop suicidaire et Yann tenait à son bateau.

— Je te coule dans le port si je te vois larguer tes amarres ! menaça un marin qui était venu se joindre aux autres.

La discussion s'envenimait et Ludovic commençait à avoir froid. Il tourna le dos au vent pour tenter de se protéger un peu. Il distingua alors une silhouette qui se dirigeait vers eux en courant et en gesticulant. Il plissa les yeux mais mit quelques instants à reconnaître Nathalie. Si elle venait se mêler à la bagarre, ce serait peut-être l'occasion pour Yann de s'en sortir avec les honneurs. Ce que femme veut...

— Ludovic !

Elle agitait quelque chose dans sa direction. Il alla à sa rencontre, un peu intrigué, vaguement inquiet. Parvenu à sa hauteur, il s'aperçut qu'elle tenait un journal. Ou plutôt qu'elle le cramponnait car le vent menaçait de le lui arracher.

Saisissant Ludovic par la manche de son ciré, elle l'entraîna vers le *Nat*. Elle ne jeta même pas un coup d'œil à Yann et à ses copains en passant devant eux. Elle descendit directement dans le carré et étala le journal sur la table, par-dessus les cartes maritimes. Il se pencha vers la fin de l'article qu'elle lui désignait, sous la photo d'une voiture broyée. Il lut, à mi-voix :

— « La conductrice, un médecin rouennais, a été transportée à l'hôpital de Saint-Brieuc dans un état critique... »

Souffle coupé, il saisit le quotidien et détailla intensément le véhicule auquel il n'avait pas prêté attention. Le sigle du constructeur, sur le coffre, était très lisible. Valérie possédait exactement la même voiture. Même marque, même couleur.

Ludovic ne mit que quelques secondes à réagir. Il escalada l'échelle en deux enjambées et sauta du pont sur le quai. Il n'avait qu'une idée en tête : récupérer les clefs de son coupé pour foncer à Saint-Brieuc.

Émergeant à son tour, Nathalie leva la tête vers Yann. Elle dut crier pour couvrir le bruit du vent et des pavillons qui claquaient contre les mâts :

— Pas de sortie aujourd'hui ! On rentre ! Tu n'as pas de chance, mon chéri, il faisait si beau...

Ludovic ne perdit pas de temps à longer la côte. Il prit la nationale 12 et roula à tombeau ouvert en échafaudant des dizaines d'hypothèses qu'il rejetait les unes après les autres. Si c'était bien Valérie qui avait eu un accident, que faisait-elle donc, la nuit dernière, à quelques kilomètres du Val-André ? Il n'était pas fait mention d'un autre passager mais ça ne voulait rien dire. De toute façon, elle ne pouvait se trouver par hasard sur cette petite départementale.

Il refusait d'imaginer ce que signifiait « état critique ». Mais, si c'était le cas, Mathieu Keller devait déjà être près d'elle. Peut-être même avait-elle été transportée ailleurs qu'à Saint-Brieuc ?

Devant l'hôpital, il se gara à cheval sur un trottoir, juste sous un panneau de stationnement interdit. Dans le hall, il se précipita au guichet d'accueil où on le renseigna tout de suite. Valérie Keller occupait la chambre 209. Il reprit son souffle en attendant l'ascenseur. Tant pis s'il tombait sur Mathieu, tant pis si elle le jetait dehors, tant pis s'il se ridiculisait · n'importe quoi pourvu qu'elle aille bien !

Il n'eut même pas l'idée de frapper. D'emblée, il poussa

la porte. Il la découvrit assise au pied du lit, tout habillée, un plateau sur les genoux et une fourchette à la main.

Interloquée, elle le regarda, avala de travers et se mit à tousser. Il restait sur le seuil, sans esquisser un geste, la fixant avec une drôle d'expression.

— Valérie, dit-il enfin sur un ton de reproche.

En faisant un pas vers elle, il s'aperçut qu'il portait toujours son ciré et ses bottes de caoutchouc. Embarrassé, il s'arrêta de nouveau.

— Rien de cassé ? parvint-il toutefois à demander.
— Non.
— J'ai eu très peur...
— Moi aussi !

Ils étaient restés sur un tel malentendu qu'aucun des deux ne savait que dire. Dans le silence qui suivit, elle reposa ses couverts et se leva. En fait, ils étaient aussi terrorisés l'un que l'autre.

— Tu es seule ? Ton mari n'est pas là ?
— Bien sûr que non !
— Dommage. J'en aurais profité pour régler mes comptes.

Sa voix s'était brusquement durcie. Il ajouta, sur le même ton :

— Je sais que vous êtes réconciliés mais j'aurais préféré que tu me le dises toi-même.

— Réconciliés ? Eh bien... Nous sommes passés chez le juge hier matin...

— Chez le juge ? Ce n'était vraiment plus la peine !
— Mais... Écoute...
— Non, toi d'abord !

Intacte, obsédante, la tristesse de Ludovic était revenue et il fallait qu'il lui dise ce qu'il avait sur le cœur.

— Tu m'as laissé tomber d'une manière qui me donne encore froid dans le dos. Je suis venu chez toi. Pas pour t'espionner mais parce que j'étais inquiet. Je t'ai vue, dans les bras de ton mari. Je l'ai entendu rire, il voulait même te porter ! Et puis vous êtes montés ensemble. Tu n'as pas idée de l'effet que ça fait !

À évoquer cette sinistre soirée, il se sentait malade de jalousie.

— Dans les bras de Mathieu ? Moi ?

— Tu ne m'avais rien promis, je sais, je n'ai aucun droit mais c'est quand même ignoble.

Peu à peu elle comprenait, les choses s'enchaînaient logiquement, elle découvrait ce qui s'était produit cette nuit-là. Elle éprouva soudain un tel soulagement qu'elle esquissa un sourire. Il la dévisagea, consterné.

— Vraiment, Valérie, ça t'amuse ? Je n'aurais pas cru... Tu as fait tout ça par jeu ? Et alors, lequel danse le mieux, au bout des ficelles, lui ou moi ?

Furieux, il était sur le point de quitter la chambre quand elle se précipita sur lui. Elle le prit par un poignet pour le retenir, le regardant bien en face.

— Le soir où tu nous as vus, on sortait de l'hôpital. Jérémie était en réanimation.

— Ton fils ?

— Il était tombé d'un arbre, chez son père. Il a passé toute la journée du dimanche dans le coma. J'ai cru devenir folle. Il a émergé vers vingt-deux heures. Quand Mathieu m'a raccompagnée, j'aurais pu rire avec n'importe qui, embrasser n'importe quoi, même un réverbère ! Il est resté un moment avec moi et on a fini par s'engueuler, on a même failli se battre !

Elle voulait tout lui raconter si vite qu'elle en bégayait. Incrédule, il avait du mal à la suivre.

— Comment va-t-il, Jérémie ?

— Une jambe cassée. Il s'en est sorti avec juste une jambe cassée ! Tu te rends compte ?

Ludovic restait tendu, crispé, et elle dut le secouer.

— Je voulais tout te raconter, j'avais besoin de te parler ! Seulement tu n'étais pas là, ni à ton étude ni chez toi, et j'ai fini par croire que tu étais pire que Mathieu ! Je t'en ai voulu un peu plus chaque jour, c'est devenu infernal. J'étais décidée à te rayer de ma vie. Bonne pour la poubelle, l'aventure à la sauvette ! Mais je n'ai pas pu. Je t'ai rappelé vingt fois et je n'ai eu que ta fille, qui me déteste. Je suis même allée chez toi mais elle m'a envoyée sur les roses.

— Axelle ? Tu as eu Axelle au téléphone ? Tu l'as vue ?

Abasourdi, il tentait de mesurer l'étendue du désastre. Sa propre fille l'avait précipité dans un inutile désespoir. Délibérément, elle lui avait menti. Et avec un aplomb qui le confondait !

— Valérie...

Il dégagea son poignet, un peu brutalement, pour pouvoir la prendre par les épaules.

— Valérie, c'est vrai ?

— Qu'est-ce que je fais ici, d'après toi ? Il a fallu que je piétine mon orgueil, crois-moi ! Je ne savais même pas ce que j'allais te dire, à condition de te trouver d'abord...

— Qui t'a dit où j'étais ?

— Hubert. Et toi, comment as-tu appris que...

— Par le journal.

À cet instant il distingua les points de suture. Il repoussa les petites mèches blondes avec précaution. Étonné de ne pas lui en vouloir, de se trouver si démuni devant elle alors qu'il l'avait détestée durant des nuits entières, il ne savait plus comment il devait réagir.

— Vous avez de la visite, madame Keller ? Mais que faites-vous dans cette tenue ? Il faut vous recoucher !

L'infirmière restait sur le seuil de la chambre, des clichés de radiologie à la main.

— Non, je m'en vais, annonça Valérie.

— Mais le docteur Lefèvre...

— Je signerai la décharge, ne vous inquiétez pas.

Perplexe, l'infirmière alla poser les radios et les résultats d'examens sur le lit. Puis elle sortit, à regret, d'un pas traînant. Ludovic n'avait pas quitté Valérie des yeux.

— Est-ce que tu... Enfin, je crois qu'il faudrait qu'on parle un peu...

— Oui !

Sans se dérober, elle attendait qu'il décide.

— Très bien, dit-il, on va repartir de zéro.

Il empoigna le sac de voyage qui était resté sur une chaise, en évidence.

— J'ai bien entendu, tu quittes cet hôpital ? Alors, viens...

— D'accord, mais...

— Viens !
Il lui tendait la main et elle la prit.

Dès qu'elle eut achevé de remplir les papiers administratifs qui dégageaient la responsabilité de ses confrères, Valérie retrouva le vent et la pluie qui sévissaient toujours. Ludovic l'attendait au volant du coupé, juste devant les marches. Il la conduisit à la gendarmerie, puis chez le garagiste où avait été remorquée l'épave de sa voiture. La vision de la tôle déchiquetée lui fit froid dans le dos. La femme qu'il aimait plus que tout au monde avait failli se tuer à cause de lui, sur un malentendu, et il aurait très bien pu l'ignorer. C'était une idée odieuse, intolérable, qui le fit s'interroger longuement sur ce qu'il allait dire à sa fille dès qu'il la verrait.

Ensuite, il l'emmena dans une rue commerçante car elle voulait acheter quelques vêtements. Pendant qu'elle essayait des jeans dans une boutique, il entra dans le magasin d'en face et choisit pour elle un gros pull irlandais écru, particulièrement chaud. Au moment où il payait, il se vit dans une des glaces. Avec son ciré et ses bottes, il avait vraiment l'air d'un touriste. Il ne lui manquait plus qu'un chapeau de pêcheur ! Il s'acheta un pull bleu marine ainsi qu'un blouson. Il avait des mocassins dans sa voiture et il se changea en hâte, guettant Valérie à travers sa vitre. Comme elle s'attardait, il avisa une cabine téléphonique et appela Nathalie pour la rassurer. Il eut encore le temps de faire quelques emplettes dans une pharmacie avant que Valérie émerge enfin de sa boutique. Elle ressemblait à une gamine, moulée dans un jean camel, d'autant qu'elle le rejoignit en courant pour échapper à la pluie.

En quittant Saint-Brieuc, il prit cette fois la route de la côte. Étrangement silencieux l'un et l'autre, ils tournaient la tête ensemble, dès qu'ils apercevaient la mer. Au bout d'un quart d'heure, il engagea le coupé dans un chemin étroit au bout duquel elle découvrit un invraisemblable petit château cerné de bâtiments de ferme.

— Nous sommes au domaine du Val, annonça-t-il. J'en ai pour une minute...

Il escalada les marches du perron et disparut à l'intérieur de l'hôtel. Valérie observa la façade un peu austère dont l'architecture remontait sans doute au XVe siècle. Le vent s'était déchaîné à présent et elle songea qu'on devait se sentir à l'abri derrière ces hauts murs de granit.

Lorsqu'il revint, il lui ouvrit la portière et, de nouveau, il lui tendit la main pour qu'elle le suive.

À l'intérieur, le bruit des bourrasques s'atténuait en sifflements aigus, en chuintements. On les conduisit jusqu'à une très grande chambre, admirablement meublée, dont les fenêtres donnaient sur le parc.

— C'est un site classé, dit Ludovic en jetant un coup d'œil au-dehors.

Tous les arbres semblaient plier sous les rafales et un grand nombre de branches cassées jonchaient les allées.

— C'est le seul établissement que je connaisse qui reste ouvert en cette saison, dit-il comme pour s'excuser.

Elle sourit de sa remarque. L'endroit était somptueux, comme toujours lorsqu'il choisissait.

— Il est cinq heures... Tu aimerais boire quelque chose ? demanda-t-il en décrochant le téléphone. Si tu veux, nous irons dîner au bord de la mer, le spectacle doit valoir le déplacement. Mais repose-toi d'abord.

— Je vais prendre un bain, murmura-t-elle, j'en ai vraiment besoin.

Un peu intimidée soudain, elle avait peur de ce tête-à-tête. Lui aussi, mais il s'abstint de tout commentaire. Au point où ils en étaient, il n'était plus question d'une simple escapade. Ils ne pourraient rien éluder, rien éviter.

— Pour après ton bain, dit-il en lui mettant le pull irlandais dans les mains. Habille-toi chaudement, je ne te ferai pas grâce de la tempête.

Tout le temps qu'elle resta absente, il se tint debout devant l'une des fenêtres. La nuit était tombée sur le parc. Il se sentait nerveux, surexcité, mal à l'aise. Quoi qu'il arrive, il fallait qu'il gagne la partie. Pas sur l'oreiller, non, mais au contraire en gardant ses distances et la tête froide. Il avait trop souffert jusque-là, il voulait en finir.

Lorsqu'il l'entendit revenir, il se retourna et sourit malgré lui tellement elle était jolie. Elle était enfouie dans le pull, un peu grand pour elle, ses cheveux étaient encore mouillés mais elle avait maquillé ses yeux. Ils vidèrent leurs coupes en écoutant le vent fou qui cernait le château.

— Un soir de décembre ici, déclara-t-elle, c'est complètement...

— Romantique ? Non, nous ne sommes pas là pour ça.

Il resservit du champagne, alluma une cigarette et alla tirer les grands rideaux de velours tandis qu'elle téléphonait à ses parents. Elle resta évasive, bavarda gaiement avec ses enfants, n'évoqua jamais son accident de la nuit précédente. Lorsqu'elle revint vers lui, il murmura d'une voix songeuse :

— Le type qui t'a sortie de ta voiture, le camionneur... J'aimerais bien lui dire merci.

Ils entendirent un bruit sourd, suivi d'une cascade de verre brisé, quelque part dans les profondeurs de l'hôtel.

— Eh bien, on dirait que ça souffle vraiment très fort.

Il vérifia la fermeture des fenêtres, enfila son blouson et tendit le sien à Valérie.

— On va aller voir ça de près, d'accord ?

Un peu surprise par la distance qu'il maintenait entre eux, elle le suivit en silence. Le hall de la réception était désert. Quand ils ouvrirent la porte, il y eut un brutal courant d'air. Dehors, c'était presque difficile de se tenir debout face aux rafales. Il maintint la portière tandis qu'elle s'installait dans le coupé.

— Je te mets du chauffage tout de suite.... Tu as vu ? On dirait la fin du monde...

Une branche atterrit juste à côté du capot et fut emportée dans l'allée. Il démarra doucement et quitta le domaine du Val sans encombre. La mer n'était qu'à huit cents mètres mais ils en entendirent le fracas bien avant. Il était sept heures et la marée était au plus haut.

— Les vagues vont déborder les digues partout, annonça-t-il, ravi.

— Et tu aimes ça ?

— Oui et non. C'est effrayant pour les bâtiments qui naviguent en ce moment au large, mais c'est quand même grandiose...

Ils entraient dans un petit village et Ludovic s'arrêta à quelques mètres de la jetée. Il n'y avait qu'un seul endroit éclairé, un peu en surplomb de la mer, et ils coururent dans cette direction.

À leur arrivée dans le petit restaurant, seules deux tables étaient occupées. On les installa contre la baie vitrée. Des bougies et un éclairage tamisé rendaient l'atmosphère d'autant plus intime que les éléments se déchaînaient avec une rare violence au-dehors.

Ludovic commanda des huîtres, du homard grillé et un gros-plant glacé.

— J'ai pensé qu'on serait très bien ici pour s'expliquer... Parce que vois-tu, Valérie, il y a certaines choses que je ne suis pas prêt à recommencer.

Le menton posé dans ses mains, ses yeux verts rivés à ceux de Ludovic, elle l'écoutait.

— Hier, à cette heure-ci, j'envisageais de vendre ma maison à Clères, mes parts de l'étude... bref, de changer de vie.

— Ta maison ? Tu es fou ! J'adore ta maison.

— Assez pour y habiter ? Pour y installer tes enfants ?

— Mais... oui ! Pourquoi pas ? Seulement il me faudra un peu de temps, tu...

— Non. Maintenant. Je ne veux plus me ronger, attendre, espérer un rendez-vous, te voir entre deux portes, ne pas savoir où tu es. Et risquer de me retrouver en bas de chez toi comme certain soir

Sa détermination ne faisait aucun doute. Valérie hocha la tête, mais sans prononcer un mot. Il patienta un peu puis il poursuivit :

— Je t'ai appelée pendant des heures. Le lendemain aussi. Et ainsi de suite. Tu n'étais jamais là, j'ai vraiment cru que tu étais retournée à Mont-Saint-Aignan.

— J'étais chez mes parents !

— J'ai essayé leur numéro, une fois, mais sans obtenir de réponse. J'étais assommé, effondré, je ne comprenais pas.

— Je t'ai téléphoné, Ludovic. Mais ta fille...

— Je sais, j'imagine très bien ce qui s'est produit. Le vrai malentendu. Mais on vivait tellement loin l'un de l'autre que ça devait finir par arriver. Je ne t'aime pas à mi-temps, à quart de temps... Et je ne suis pas une girouette. Tu es la femme de ma vie, à condition que tu le veuilles.

— Ludovic...

— Laisse-moi finir, je t'en supplie, c'est de plus en plus difficile, c'est pire qu'un oral de rattrapage ! Je n'ai pas eu l'impression, jusqu'ici, que tu étais tout à fait... sur la même longueur d'ondes que moi. Tu as retrouvé ta liberté, tu n'as pas envie de la sacrifier, de t'engager à nouveau. Tu recommences à respirer, tu as peut-être peur que je t'étouffe, ce serait légitime. Malheureusement, c'est ce que je souhaite. Pas t'étouffer mais t'épouser. Pas dans six mois mais le plus vite possible. Et, d'ici là, que tu vives avec tes enfants mais aussi avec moi. Si ce n'est pas ce que tu désires, si tu as le moindre doute, si le quotidien t'effraie et si tu préfères les situations précaires, alors il vaut mieux se séparer.

Elle se recula un peu, baissa les yeux sur le plateau de coquillages. À cette seconde précise, elle comprit que leur avenir lui appartenait. Elle avait encore le choix mais elle ne disposait plus d'aucun délai. Ludovic ne lui ferait aucune concession.

— Ce n'est pas un ultimatum, précisa-t-il en prenant sa main sur la table. Mais si tu ne m'aimes pas comme moi je t'aime, si nous ne voulons pas la même chose, alors à quoi bon ? Te voir de temps à autre est au-dessus de mes forces, je n'y peux rien.

La lumière s'éteignit brusquement. La tempête avait dû rompre un câble électrique. À la lueur de la bougie, elle le dévisagea.

— Je ne prendrai plus jamais de risque avec toi, murmura-t-elle. Je veux ce que tu veux du moment que tu es là. J'ai cru que j'allais faire une pause, oui, mais c'était avant que tu disparaisses, qu'on se perde. Maintenant, je sais, tout est clair. C'est pour ça que je suis venue. On ne se quittera plus.

Elle esquissa une grimace tellement il serrait fort ses doigts.

— C'est vrai ? Tu me le jures ? Tu viens t'installer à la maison avec tes petits ? Dès qu'on rentre ? On fêtera Noël tous ensemble ? Et après, tu me laisseras les apprivoiser ?

Attendrie, elle remarqua son expression juvénile, émerveillée.
— Oui.
Il la lâcha, prit une huître et la lui tendit.
— Mange, alors. C'est sûrement meilleur que ce qu'on t'a servi à l'hôpital

À l'heure où Valérie et Ludovic achevaient leur dîner au bord d'un océan démonté, Mathieu et Céline s'ennuyaient poliment dans un restaurant chic de Rouen. Elle fixait les détails de leur mariage pendant qu'il attendait l'heure d'aller au lit. Elle organisait déjà la rencontre de ses parents avec Mathieu, certaine de les épater, très contente d'elle-même.

Augustin et Suzanne regardaient la télévision, Camille assise entre eux et Jérémie installé dans un gros fauteuil, sa jambe plâtrée reposant sur un tabouret, son ours en peluche coincé sous son menton. Dans le petit appartement de la rue Saint-Nicolas, au-dessus de la boutique, il régnait l'habituelle quiétude des soirées d'hiver. Et tout en suivant le film d'une oreille distraite, Suzanne songeait au menu du réveillon.

Gilles et Laurence dégustaient des spaghettis au fond d'un petit bistrot italien, les yeux dans les yeux. Même sans le chianti dont ils avaient un peu abusé, ils se seraient sentis heureux

Axelle marchait de long en large dans la cuisine, très agitée, passant en revue avec Claire les différentes versions qu'elle pourrait donner à son père pour expliquer ses mensonges. Le coup de téléphone de sa mère l'avait édifiée. Cette horrible Valérie, plus têtue que prévu, était allée les rejoindre là-bas, et l'heure des explications ne tarderait pas à sonner.

L'hôpital Charles-Nicolle, tel un grand paquebot échoué dans la nuit rouennaise, accueillait son lot quotidien d'urgences et les ambulances succédaient aux cars de police sur la rampe d'accès.

Yann, qui tenait Nathalie contre lui, entendit le téléphone sonner et fronça les sourcils. L'appel provenait de la minuscule capitainerie du port. On lui signalait une lumière à son bord. Très inquiet, il s'habilla en hâte, sortit et, luttant contre le vent fou, il se précipita vers les quais. De loin, il aperçut le *Nat* qui dansait au milieu des autres bateaux. Il y avait bien deux hublots éclairés d'une lueur vacillante. Au moment où il allait foncer, il s'arrêta net. Il venait d'apercevoir, garé à l'abri d'un muret, le coupé rouge de Ludovic. Comprenant que le *Nat* ne risquait rien d'autre que cette visite d'amoureux, il partit d'un grand éclat de rire.

Réfugiés dans le carré, une lampe à pétrole se balançant au-dessus de leurs têtes, Valérie et Ludovic étaient bien sur le voilier. En quittant leur restaurant, ils avaient voulu aller sur la digue pour jouir du spectacle dantesque des vagues qui se fracassaient à grand bruit. Mais il était impossible de résister aux coups de boutoir du vent qui les avait fait se raccrocher l'un à l'autre. Alors Ludovic avait eu l'idée de descendre jusqu'à Dahouët. Il savait dans quel coffre du bateau et sous quel gilet de sauvetage Yann dissimulait les clés du roof. Cramponnée à un hauban, Valérie avait attendu qu'il ouvre le panneau et elle avait descendu l'échelle derrière lui. Il avait eu des difficultés pour allumer la mèche de la lampe-tempête tant le *Nat* s'agitait sur ses amarres. Incapable de se tenir debout, Valérie s'était assise à la place qu'occupait généralement Yann. Avec une grimace, elle avait humé l'odeur particulière, ce mélange d'eau de mer, de gas-oil et d'alcool à brûler propre à tous les bateaux.

À l'intérieur du carré, tout était en cuivre ou en acajou. Le sextant et les cartes maritimes étaient tombés sur le plancher et roulaient d'un bord à l'autre. Ludovic les ramassa, les fourra dans un placard d'où il sortit deux quarts métalliques et une bouteille de calva.

— J'ai passé ici des moments inouïs, à te maudire et à essayer de récupérer. On a frôlé le naufrage cent fois ! Yann a beau être un marin hors pair, c'est toujours la mer qui a raison, en fin de compte.

Il était obligé de parler fort pour couvrir tous les bruits de craquements, de grincements et de claquements.

— Il voulait partir en virée, ce matin ! Heureusement que tu t'es débrouillée pour faire passer ta photo dans le journal ! Sinon, on servirait peut-être de repas aux petits poissons en ce moment...

Il se laissa tomber près d'elle, trinqua joyeusement et essaya de boire une gorgée.

— Quand même, la tempête dans le port, c'est rare ! dit-il en la prenant dans ses bras.

Avec autant de fougue que de volupté, il la serra contre lui pour l'embrasser. Puis il murmura, d'une toute petite voix :

— T'avoir avec moi, ici et maintenant, ça tient du miracle.

Ce fut elle qui glissa la première ses mains sous le pull.

— Puisque tu n'aimes pas les cadres trop précieux, chuchota-t-elle à son oreille, on a bien le temps de retourner à l'hôtel...

Il frissonnait sous ses doigts et elle éprouva un désir intense, fulgurant, joyeux.

Peu importaient les rafales et le chahut, au-dehors, ils étaient seuls au monde sur cette couchette. Ils n'entendirent donc pas que les éléments, peu à peu, s'apaisaient au cours de la nuit. Ils ne furent pas sensibles à la brusque chute du vent, aux mouvements moins violents du bateau, au silence enfin revenu. Perdus d'abord dans le plaisir, puis dans le sommeil, ils étaient toujours enlacés lorsque l'aube se leva.

C'était le 16 décembre, le petit matin était glacial mais la mer s'était calmée. Un groupe de marins discutaient à voix basse ou par signes sur le quai. Emmitouflé dans sa parka, Yann désigna du doigt les amarres. Avec un bel ensemble, trois Bretons se penchèrent sur les anneaux et défirent les nœuds des cordages. Échangeant des clins d'œil, ils sautèrent sans bruit sur les ponts des deux bateaux qui encadraient le *Nat*, afin de le dégager doucement et de le pousser loin du quai. Comme la marée était en train de baisser, le courant allait faire le reste.

Un peu à l'écart, Nathalie observait toute cette agitation avec bienveillance. Elle savait, pour les avoir achetés elle-même, à quel point les sacs de couchage du *Nat* étaient confortables et chauds. Elle jeta un coup d'œil par-dessus son épaule, vers le coupé rouge de Ludovic qui semblait abandonné derrière son muret. Yann revenait vers elle, arborant un sourire de triomphe.

— Bon voyage les amoureux ! dit-il en observant le voilier qui s'était mis à dériver lentement vers la sortie du port.

— Ce n'est pas dangereux, tu es sûr ?

— Tu sais bien que non. Et puis il n'est pas breton pour rien. Il n'aura pas de problème de navigation ! Tu as vu cette mer d'huile ?

— C'est toujours comme ça après une tempête.

— Et il va pouvoir en mettre plein la vue à son petit docteur !

À cet instant le *Nat* doublait le phare et, sur la digue, le groupe de marins hurlait des plaisanteries, les mains en porte-voix. Dans le carré, Ludovic émergea de son sommeil, écouta, se souleva sur un coude avec précaution jusqu'à la hauteur d'un hublot. Il vit la côte qui défilait lentement et il comprit quel genre de blague on leur faisait. Il considéra que c'était une sorte de cadeau et il se rallongea contre Valérie, remontant le duvet sur eux.

La sonnerie insistante du portable de Valérie avait mis fin brutalement à la promenade en mer.

Assise au bord de la couchette, claquant des dents parce qu'il faisait très froid dans le carré, elle avait échangé quelques phrases avec sa mère sous l'œil inquiet de Ludovic. Très vite, il avait compris qu'il se passait quelque chose de grave. Il avait démarré le moteur du voilier pour regagner rapidement le port.

En hâte, ils étaient retournés chercher leurs affaires à l'hôtel. De là, Valérie avait téléphoné au docteur Roussel, à Saint-Lazare, puis au chirurgien qui devait opérer son père. Têtu, celui-ci avait refusé une hospitalisation à Charles-Nicolle. Il voulait aller là où sa fille travaillait et nulle part ailleurs. L'intervention devait donc avoir lieu à la clinique le lendemain matin. Bien entendu, Valérie décida qu'elle y assisterait.

Ils avaient fait une dernière halte d'un quart d'heure à peine chez Nathalie. Ils étaient restés tous les quatre dans la cuisine de la petite maison, buvant leur café debout. Sur la route du retour, Ludovic avait d'abord laissé Valérie tranquille. Il savait qu'elle se faisait du souci pour Augustin et que la soudaine décision de Roussel l'inquiétait beaucoup. Elle refusa de s'arrêter pour déjeuner, pressée d'être à Rouen. Il n'insista pas mais, lorsqu'ils arrivèrent rue Saint-Nicolas, il ne se contenta pas de la déposer devant le magasin. Très naturellement, il verrouilla ses portières et l'accompagna. Un peu étonnée, elle eut une hésitation à laquelle il coupa court.

— Je ne te lâche plus, je t'ai prévenue... Surtout si tu as des soucis. D'ailleurs je trouve normal que tu me présentes à ta mère. Et ne me dis pas que le moment est mal choisi !

Renonçant à discuter, elle accepta qu'il la suive et elle grimpa quatre à quatre l'escalier de bois qui conduisait à l'appartement de ses parents.

Valérie avait assisté à de nombreuses opérations, quelques années plus tôt, et elle n'était guère impressionnable. Cependant, avant de pénétrer dans le bloc ce matin-là, elle avait fait un effort considérable pour surmonter son angoisse. Sous les champs stériles, la forme allongée sur la table était celle de son père. Elle lui avait parlé, quelques instants plus tôt, avait même trouvé la force de plaisanter avec lui, mais à présent il était inconscient.

Au-dessus de son masque, elle jeta un regard vers l'anesthésiste, qui lui adressa un sourire rassurant. L'équipe chirurgicale était en train de mettre en place la circulation extracorporelle nécessaire à tout pontage coronarien. Valérie observa avec attention les gestes précis de ceux qu'on appelait par dérision les « pompistes ». Le cœur venait d'être arrêté et la machine avait pris le relais normalement.

Indifférent au bruit sec des instruments retombant dans les plateaux, le chirurgien marmonnait. Il avait l'habitude de parler sans cesse, pendant ses interventions. La présence de Valérie et de Roussel ne semblait pas le troubler et ne changeait rien à son comportement. Il manipulait son greffon veineux avec une parfaite dextérité.

Gênée par une infirmière, Valérie se déplaça légèrement.

Le visage d'Augustin était heureusement invisible et elle parvenait à garder ses distances, à étudier le « cas » qu'on opérait devant elle sans jamais l'associer à son père.

— Cette artère est en très mauvais état... regardez-moi ça...

Entre deux ordres brefs, le chirurgien poursuivait ses commentaires. Il était presque dix heures et, si tout se déroulait normalement, ce serait bientôt fini. Roussel avait un regard fatigué. Il y avait trop longtemps qu'il était debout, immobile.

Lorsqu'on commença à réchauffer le cœur, il se mit en fibrillation, comme prévu. Valérie s'obligea à ne pas détourner les yeux, même pour le choc électrique. Ensuite, l'arrêt de la circulation extracorporelle se fit sans problème.

— Et voilà le travail, grogna le chirurgien en s'écartant de la table.

Il se retourna brusquement vers Valérie et il lui adressa un clin d'œil. Il sortit du bloc le premier mais elle le suivit aussitôt. Il ôta ses gants ensanglantés, les jeta, arracha son masque puis son calot. À présent, Augustin appartenait pour quelques heures à l'anesthésiste-réanimateur.

— Vous êtes soulagée ? demanda-t-il en ouvrant le robinet du premier lavabo, devant lui.

Il l'observait dans le miroir tout en se lavant les mains.

— C'est toujours un peu particulier quand on connaît le patient, hein ? Mais ça s'est bien passé...

Se tournant à moitié vers la pendule murale, il hocha la tête.

— On a mis quatre heures... C'est plutôt un record de lenteur, mais on avait des spectateurs exigeants !

Elle se déshabillait à son tour, enlevant la longue blouse verte, les bottes.

— Vous avez préféré un pontage à un *stent,* finalement... constata-t-elle d'un ton neutre.

Elle faisait allusion aux tuyaux rigides que des sondes pouvaient monter le long des artères pour une dilatation.

— C'était plus approprié, à mon avis. J'en ai discuté avec Roussel...

Leurs regards se croisèrent une nouvelle fois, dans le miroir, et Valérie se décida à sourire.

— Merci, dit-elle à mi-voix.

— Demain, il redescendra chez vous. Arrangez-vous pour qu'il ne nous fasse pas une sténose du greffon, hein ?

Elle songeait avec angoisse aux risques septiques, même rarissimes comme la redoutable médiastinite, mais elle préféra plaisanter.

— J'essaierai de faire aussi bien que vous !

En passant près d'elle, il lui donna une sorte de petite tape amicale sur l'épaule. Elle eut besoin de quelques instants encore avant de quitter la salle. Sa mère devait l'attendre depuis longtemps et elle était pressée de pouvoir la rassurer. Même en sachant qu'il était inutile de venir avant la fin de la matinée, elle avait dû se précipiter à la clinique juste après avoir déposé les enfants à l'école.

Comme il n'y avait personne dans le petit salon d'attente, près des ascenseurs, Valérie regagna la cardiologie. Caroline l'intercepta dès son arrivée, demanda des nouvelles de l'opéré puis annonça qu'elle avait installé Suzanne dans son bureau.

— J'ai pensé qu'elle serait mieux chez vous...

La porte était restée entrouverte et Valérie aperçut le visage de sa mère. Elle tenait la tête penchée sur le côté et son expression était ravagée.

— Maman ! Il va très bien, maman...

Brusquement émue, elle s'était précipitée sur Suzanne qu'elle avait fait sursauter. Passant son bras autour de ses épaules, elle ajouta :

— Il sera sur pied dans quelques jours et, d'ici là, ce sera le malade le plus dorloté du service ! Tu pourras peut-être le voir en fin d'après-midi. Ne te fais pas de souci, je vais te le rendre en pleine forme !

Suzanne n'eut qu'un bref soupir pour exprimer son immense soulagement. Elle s'étonnait d'être parvenue, sans même s'en apercevoir, à cet âge de la vie où les parents sont, à leur tour, consolés et rassurés par leurs enfants. Comme elle était assise dans le fauteuil de sa fille, derrière le bureau, elle voulut se lever pour lui céder la place.

— Non, non ! Ne bouge pas, repose-toi encore un peu...

Les yeux de Suzanne glissèrent sur le papier à en-tête qui portait les titres de Valérie et son nom de jeune fille, puis sur le stéthoscope négligemment jeté en travers de l'agenda couvert de rendez-vous.

— Tu y es tout de même arrivée... dit-elle d'une voix douce.

Déjà elle ne pensait plus à elle, ni à son mari, mais seulement à sa fille qui allait avoir trente-six ans et qui avait réussi son changement d'existence, qui volait enfin de ses propres ailes.

— Ton ami Ludovic doit venir nous chercher vers sept heures pour nous emmener dîner chez lui avec les enfants, déclara-t-elle en se souvenant soudain du message dont elle était chargée.

Amusée, Valérie hocha la tête. Qu'est-ce qu'il y avait de plus têtu qu'un Breton ? Elle, peut-être.

Décrochant sa blouse blanche, elle l'enfila et remonta le col d'un geste qui était redevenu machinal.

— Docteur Prieur, on vous demande de toute urgence à la chambre 22, annonça la voix de Caroline dans l'interphone.

— Reste là, maman, je reviendrai tout à l'heure, dit Valérie qui se hâta de sortir.

Suzanne écouta un moment les bruits du couloir. Quelque part dans la clinique, Augustin devait se réveiller. Ils avaient encore un bout de chemin à faire ensemble, avec leur fille et leurs petits-enfants.

Elle se laissa aller contre le dossier du fauteuil, posa ses bras sur les accoudoirs puis regarda autour d'elle. C'est dans cette position que Valérie devait écouter ses patients et rédiger ses ordonnances. Au bonheur qu'elle éprouvait à savoir Augustin hors de danger s'ajouta soudain une formidable sensation de fierté. Alors elle évoqua, sans la moindre inquiétude, cet homme blond dont elle avait fait la connaissance, la veille. Dans une semaine, jour pour jour, ce serait Noël. Il avait dit qu'il se chargerait de tout. Très bien. C'était ce qu'il fallait. Parce que personne, désormais, ne pouvait plus empêcher l'ascension de Valérie, sa fille unique. Vraiment unique.

Remerciements

J'adresse ici mes plus vifs remerciements à monsieur Guy Vallet, directeur général du Centre hospitalier universitaire de Rouen, et à madame Mouchot, déléguée à la communication, qui m'ont permis de me familiariser avec l'hôpital Charles-Nicolle. Ainsi qu'au docteur Thierry Pieters, qui a bien voulu me fournir quelques explications, détails ou termes techniques.

Tout cela m'a permis de camper le décor de l'histoire racontée ici. Si par hasard quelque incongruité médicale s'est glissée dans le récit, j'en suis seule responsable et je réclame l'indulgence des professionnels pour ce qui n'est, bien entendu, qu'une fiction romanesque. Enfin je précise que la clinique des Bleuets ainsi que la clinique Saint-Lazare sont de pures inventions, que ces établissements n'existent pas à Rouen où, en revanche, il en est d'excellents.

Imprimé en France par la Société Nouvelle Firmin-Didot
Dépôt légal : juillet 2007
Suite du premier tirage
N° d'édition : 4392 - N° d'impression : 86413